世纪末的漱石

[韩] 尹相仁 著 刘立善 译

新星出版社 NEW STAR PRESS

阅读日本书系编辑委员会名单

委员长 谢寿光　社会科学文献出版社社长

委　员 常绍民　三联书店（北京）副总编辑
　　　　　张凤珠　北京大学出版社副总编辑
　　　　　谢　刚　新星出版社社长
　　　　　章少红　世界知识出版社副总编辑
　　　　　金鑫荣　南京大学出版社社长兼总编辑
　　　　　韩建民　上海交通大学出版社社长

事务局组成人员
　　　　　杨　群　社会科学文献出版社
　　　　　胡　亮　社会科学文献出版社
　　　　　梁艳玲　社会科学文献出版社
　　　　　祝得彬　社会科学文献出版社
　　　　　梁力匀　社会科学文献出版社

目 录

绪论　关于"世纪末"
　　第一节　"世纪末"——烂熟与变革……………………001
　　第二节　"世纪末"的起源…………………………………002
　　第三节　颓废倾向……………………………………………007
　　第四节　进步与衰颓之间……………………………………010
　　第五节　作为"世界观"的颓废倾向………………………012
　　第六节　复活的逻辑…………………………………………017
　　第七节　唯美的构想…………………………………………022

第一章　近代日本文学与"世纪末"
　　第一节　"世纪末"的生涯…………………………………033
　　第二节　颓废倾向与日本的"近代"………………………042
　　第三节　"世纪末"的繁荣与自然主义的全盛……………049
　　第四节　"世纪末"与浑融的美学…………………………059

第二章　夏目漱石文学作品中的"世纪末"
　　第一节　"世纪末"与夏目漱石……………………………062
　　第二节　时代认识……………………………………………068
　　第三节　形形色色的"颓废倾向"…………………………077
　　第四节　"世纪末"的背景…………………………………087

第三章 "世纪末"艺术与美的体验
- 第一节 英国留学与美的体验······102
- 第二节 邂逅"新艺术",对"日本艺术情趣"大开眼界······113
- 第三节 "书籍艺术"——世纪末的装帧艺术······124
- 第四节 观赏都市的眼睛——印象主义······128
- 第五节 弗兰克·布朗温的绘画情趣······138

第四章 拉斐尔前派的想象力——女主人公的图像学
- 第一节 画中的女人······151
- 第二节 乱发的"新艺术美人"······156
- 第三节 拉斐尔前派的想象力······168
- 第四节 另一个"莪菲利亚幻想"······179

第五章 世纪末的感受性——水底幻想
- 第一节 世纪末特色的"围绕水的想象力"······192
- 第二节 水与女人······198
- 第三节 蒙娜丽莎——"宿命的女人"之原型······203
- 第四节 女性形象的两极······208
- 第五节 厄洛斯的领域······215
- 第六节 水的灵魂······219

第六章 浪漫灵魂的去向——从《薤露行》到《旅宿》
- 第一节 镜子之谜······225
- 第二节 "镜子"的变形······229
- 第三节 作为寓意的《夏洛特小姐》······235

第四节　艺术想象力与"高塔神话"……………………239
　　第五节　天鹅的去向………………………………………245
　　第六节　高塔中的作家……………………………………250

第七章　绘画与想象力——以《梦十夜》为中心
　　第一节　关于猪的绘画……………………………………257
　　第二节　隐蔽的主题——"喀尔刻"……………………263
　　第三节　欲望的修辞学……………………………………272
　　第四节　"怪异"的梦想…………………………………274

补论　住宅的风景——论《门》里的空间象征描写法
　　第一节　安乐窝——住宅的原生态风景…………………279
　　第二节　家具的秘密………………………………………283
　　第三节　煤油灯的含义……………………………………286
　　第四节　莫里斯·梅特林克与象征剧……………………290
　　第五节　存在之中的"风声"……………………………295
　　第六节　"静剧"的世界…………………………………300

参考文献……………………………………………………304

后　记………………………………………………………315

寄语"岩波精选人文丛书"………………………………319

绪论　关于"世纪末"

第一节　"世纪末"——烂熟与变革

表达某种文艺现象的术语，即通常所说的"文艺用语"中，有不少术语因为行文的缘由，其意思俨如变色龙一般，自由自在，变幻不定。使用这些术语时，必须慎而又慎。笔者作为本书标题使用的"世纪末"这一语词，恐怕就是很容易让人误解的术语之极端一例。

机械式的时间概念"世纪末"这一语词，在被作为表达特定文艺现象的术语使用的过程中，潜藏着笔者早已预想到的概念理解混乱问题。若将"世纪末"这一术语与同样是表达文艺上共同思考形式或时代样式的诸如"巴洛克"（Baroque①）、"哥特"（Gothic②）、"罗曼蒂克"（Romantic）等名称进行比较，其结论不言自明。众所周知，所谓"世纪末"，只不过是"人为"的时代划分概念，但这个语词是一个罕见的实例，它仅仅以时

---

① 艺术风格名称，原意是"不圆的珠子"，美术史上指 1720 年前后南欧与西欧出现的不规则形状建筑与装饰的样式，其特点是一反文艺复兴鼎盛期的严肃、含蓄、均衡，富于动感，倾向于豪华与浮夸。巴洛克也成为具有同样艺术倾向的文学、艺术与时代精神的总称。代表人物有意大利洛伦佐·贝尼尼（Lorenzo Bernini，1598—1680）等。——译者注

② 12—16 世纪初流行于欧洲的一种以新型教堂建筑为中心的艺术，包括雕塑、绘画与工艺美术。它讲究线条轻快，造型挺秀，塔尖高耸，一反罗马式厚重阴暗的半圆形拱门教堂风格，造成一种向上升华、天国神秘的幻觉，突出了基督教盛行时代的观念。代表作品有巴黎圣母院等。——译者注

代的概念包蕴了"时代的思考形式"。可以说，就"世纪末"内涵的暧昧程度而言，其宽泛的言外之意，远远大于这个语词明示的范围，"世纪末"一词的完整意思，就存在于"实际内涵远远大于语词明示范围"这一宽广的领域之中。

第二节 "世纪末"的起源

"世纪末"一词，译自法语"fin de siècle"，亦作"fin-de-siècle"[①]。其直译的意思是"世纪之末"或者"世纪之终"，相当于英语的"the end of century"（但是，英语圈或德语圈都原样照搬了法语的原始语词）。这也就是说，"世纪末"意味着一个世纪的百年之终。然而，这个"终"并非电影字幕上显示的"剧终"之"终"（fin），而应被理解为法国作家埃米尔·左拉（Émile Zola，1840—1902）创作的《作品》（1886年）中初次出现的语词实例"fin de siècle"（世纪末）之意，换言之，应该被理解为"世纪之终的部分"[②]。不过，纵然属于这种情况，即便"世纪之终的部分"之终点（若从算数形式方面讲,应该是1900年12月31日）已很明确，但它还是遗留下一个问题，即"归根到底，起点始于何时？"这个问题的答案只能听凭个人的主观判断了。尽管如此，我们仍可以参考针对这一概念的既往具体用例，将其作为某种程度上的一个基准。

一般认为，"世纪末"一词最早出现在19世纪80年代。查阅词源解释详尽的《罗伯特法语大辞典》（*Le Grand Robert*），我们可以发现，1886年5月4日的时事日刊报纸《勒·沃尔泰》（*Le Voltaire*）登载了评论家L.塞利吉耶的评论，在其中一节里他这样介绍道：有人宣称，"颓废"这个概念为刚刚诞生不久的"世纪末"所取代，"世纪末"这个概念，很

[①] 一般认为，在中文以及属于相同汉字文化圈内的韩语中，"世纪末"这个概念借用了日语的译词（参见本书第一章里引用的吉田健一著《欧洲的世纪末》）。
[②] 参照 *Trésor de la langue française*（以下简写为"*Trésor*"）中的"Fin (-) de (-) Siècle"一段。

可能十分引人注目[1]。据笔者调查，大致可以推定，这个用例与前述埃米尔·左拉的《作品》中出现的"世纪末"这个用例，是同时出现的最早用例。缘此而言，一般认为，在各种意义上，1886年都是很值得纪念的年份。众所周知，这一年9月，让·莫雷亚斯[2]（Jean Moréas，1856—1910）在《费加罗报》（Le Figaro）上发表象征主义宣言，破天荒地将象征主义（Le Symbolisme）这个名称公布于众。距此五个月前的1886年4月，在到处传播着轰动社会的话题氛围中，阿纳托尔·巴居创办了杂志《颓废者》（Le Décadent）。如此这般，颓废派与象征主义之间进行的炽烈争斗，于1886年达到了白热化。这一年，"世纪末"这个概念夹带着前述两个象征性的事件，开始广为人知，可以说，这实在是一件意味深长的事。

根据上述这些记录，我们可以知晓若干重要的史实。其一是20世纪那些风华正茂的文化精英，将世纪的"终点"界定在19世纪结尾的15年。其二是如此观点并非基于随意算术式的根据，而是立足于当代文化与社会状况的反映之上。有"世纪末的耶利米"[3]（霍尔布鲁克·杰克逊语）之称的社会评论家马克斯·诺尔道（Max Nordau, 1849—1923），发表了赫赫有名的著作《堕落论》（Entartung，1892年），被视为19世纪末社会病例诊断书。《堕落论》开头这样明确写道："世纪末"这个名称，包罗了现代社会中发生的各种各样的现象，以及潜藏于这些现象根柢的社会氛

---

[1] 法语大辞典 Le Grand Robert（Deuxième édition），对词源的解释非常详尽。这部辞典介绍了作为"fin de siècle"的最早用例。此辞典笔及当时的时事日刊报纸 Le Voltaire 于1886年5月4日登载的评论家 L. 塞利吉耶的评论文章之一节，其内容如下：

"…lui se contente d'être fin de siècle. Cela répond à tout, suffit à tout, dispense de tout. Le mot ne date pas d'hier, mais il a déjà fait fortune. C'est une si belle trouvaille! … Il y a deux ans, c'était un décadent: il fut déliquescent à la saison dernière. Le voici fin de siècle aujourd'hui."

译文："……他满足于'世纪末'格调。'世纪末'格调无所不适应，可以满足一切，同时还能摆脱一切束缚。这句话是最近诞生的，已经为人们所广泛接受。这是一个何其切当美妙的概念表达呀！……两年前，称如此概念为'颓废派'。然而，以去年冬季为界线，这个概念云消雾散了。于是，今天我们面前有了一个新概念，叫作'世纪末'。"

[2] 原籍希腊（生于希腊雅典）的法国诗人，象征主义理论的先驱者。后又创立"罗曼文学派"（école romance）。——译者注

[3] 耶利米（Jeremiah，生卒年不详），公元前7世纪以色列王国的先知，当民族面临危机时，他就劝说背弃信仰的人悔改。——译者注

围①。此论对于人们理解"世纪末"这个名称形成的具体过程十分重要。继之,针对这个名称的实际传播能力,马克斯·诺尔道又略加夸张地阐释道。

> "世纪末"是法语。这是因为,可称为如此精神的具体状态,是在法国最先被感觉到的。这个名称自地球的这半球飞到了那半球,最终被纳入了一切文明话语之中②。

然而,正如我们从 L.塞利吉耶的证言中可以理解到的那样,在表达社会状况或精神状态之外,当时法国文坛上的颓废倾向乃至颓废运动,是与"世纪末"这个词汇相关联而出现的。以故,我们不可忽略的是,在相当程度上,"世纪末"作为一个口号,带有文艺性的(或者政治性的)目的,扩而言之,或者它还包含思想意识形态。

至于"世纪末"这个名称,在社会性的文脉中,应当以何种形式活用?这一点我们可以从美国历史学家欧根·韦伯的专著《世纪末的法国》(1986年)中觅得若干具体实例。根据《世纪末的法国》的观点,"世纪末"这个新词问世不久,便脍炙人口。譬如,1888年,名曰《世纪末》的四幕剧在巴黎公演,其内容是黑市交易、偷香窃玉乃至恐怖凶杀等③。翌年的1889年,又诞生了一部题为《世纪末》(Humbert de Gallier 著)的小说,长达325页,描写一个富豪人家的浪荡公子因为过于百无聊赖,沉溺于赌博,又遭受恋爱挫折的打击,最终自杀,小说内容极其阴郁。迨及1890年末,一份名为《世纪末》(La Fin de Siècle)的周报开始发行,以揭露金融界丑闻为最大的卖点。④ 值得一提的还有,1892年的法国法院宣判记录中,存在如下一份记录,即巴黎法院审判了一个敲诈犯,他完全

---

① Max Nordau, *Degeneration* (London: William Heinemann, 1895), p.1.
② Ibid.
③ Francis de Jouvenot & H.Micard, *Fin de Siècle*, pièce en quatre actes, 1888.
④ Eugen Weber, *France, Fin de Siècle* (Cambridge, Mass: Harvard University Press, 1986), P.10.

依赖妻子卖淫来维持生活，法院宣判那男子的罪名是：一个不折不扣的"世纪末的丈夫"（un mari fin-de-siècle）①。

欧根·韦伯不愧是名副其实的历史学家，他通过上述一系列事例，主要是将社会性文脉中的"世纪末"这一"流行语"所包容的社会伦理方面的消极内涵极力地凸显出来。这里，笔者着重关注的是类似"世纪末的丈夫"中出现的"堕落的、颓废的"这种意味的"fin de siècle"（世纪末）形容词的用法。如此用例，在恰好于同年问世的马克斯·诺尔道著《堕落论》一书中，也频繁出现过②。

"fin de siècle"（世纪末）作为形容词的语意，并不仅仅局限于"颓废的"这一层意思。正如马克斯·诺尔道已经指出的那样，这个语词自被使用之际开始，因使用这个语词的人各自精神内涵标准的不同，语意也随之千差万别③。

这里，笔者欲返回原点，再度围绕"fin de siècle"的语意，追本溯源，加以详述。依据辞典里"fin"这个词条，查"fin de siècle"的语意，《大拉鲁斯辞典》（Grand Larousse）的解释如下："19世纪末诞生的词语，其形容词的意思是洗练的颓废艺术之状态。"在《珍宝》（Trésor）中，围绕"世纪的最后部分"这一名词用法的含义，举出的是前已述及的埃米尔·左拉《作品》中出现的用例。至于"fin de siècle"（世纪末）作为形容词用法的例证，《珍宝》里举出了马塞尔·儒昂多④著《苟德》（1926年）中出现的诸如"极度世纪末式的生长于巴黎的女性……"等。特别是《苟德》中的用例，"世纪末的"中含有"洗练的""颓废的"等微妙语

---

① Eugen Weber, *France, Fin de Siècle* (Cambridge, Mass: Harvard University Press, 1986), p.9.
② 例如，有"世纪末的国王""世纪末的司教""世纪末的婚礼""世纪末的衙门"等多种说法。马克斯·诺尔道在何种文脉中使用了"世纪末"这个形容词？为具体解释这一点，现举一例如下。譬如，"世纪末的衙门"竟然是这样干的，将犯人处以极刑后，"解剖了杀人犯普拉茨尼的尸体，秘密警察的头领从尸体上剥下一大块皮，伸出舌头舔完之后，自己与朋友用这张人皮做了香烟盒与扑克盒。"（Nordau, op.cit., pp.4—5.）
③ Max Nordau, *Degeneration*, p.3.
④ 马塞尔·儒昂多（Marceru, Jouhandeau, 1888—1979），法国作家，他以"苟德"（Godeau）为主人公，创作了一系列神秘小说。——译者注

气①。行文至此，我们不难知晓，作为形容词的"世纪末"的语意中，包蕴着"洗练的颓废艺术之状态"这一心理学乃至美学方面的内涵。加之，如此"世纪末"，伴随此前在浪漫主义者中间流行的"世纪儿"（enfant du siècle）、"世纪病"（mal du siècle）等语句的一系列联想，进而还具备"挥发着病态的、软弱无力的余韵"②这一层意思。一般认为，归根结底，如此内涵还是反映了某种心理状态。

然而，我们不可忘记，"fin de siècle"（世纪末）这个词语刚问世不久，就被以"摩登的""现代风格的"等意思广泛使用着③。特别是在英语圈，与"decadent"（颓废的）相比，倒是"fin de siècle"（世纪末）的内涵显得更浑厚④。

如此看来，可以说，诸如"颓废的""现代风格的""洗练的"这些意思，具体代表了作为形容词的"世纪末"的含义。然而乍一看来，这里似乎存在不自然的因素，也就是说，在"世纪末"之中，并存着截然相反的两个概念——消极内涵与积极内涵。正是在这一点上，"世纪末"这个词语具备了极其重要的语意。在某种意义上说，这种语意源出可谓"世纪末"的同义语、略显怪异的概念——"颓废倾向"（décadence）之中。一言以蔽之，为探究、掌握"世纪末"的特质，不可缺少的程序是，首先针对和"世纪末"属于孪生兄弟关系的"颓废倾向"这一概念，进行缜密考察，并加以论证。

---

① 关于《珍宝》（Trésor）中"世纪末"这一词条的内容，笔者参考了阿部良雄的论文《何谓"世纪末"》，载《法国19世纪末文化综合研究》。这篇论文属于昭和58年（1983年）科学研究费补助金研究成果报告书，昭和59年（1984年）3月出版。此文对"世纪末"做了详细考察。
② 吉田健一：《欧洲的世纪末》，筑摩书房，昭和45年（1970年），第146页。
③ Weber, op.cit., p.9.
④ "OED"（Oxford English Dictionary,《牛津英语词典》——译者注）对于"fin de siècle"的语意做出了如下解释：其一，"吻合（19）世纪末的氛围，并显示了（19）世纪末的特征"；其二，具备"先进的、现代的乃至颓废的"等内涵。

第三节　颓废倾向

关于"世纪末"的最早用例，此前提及的引文作者L.塞利吉耶指出，"世纪末"这个词语出现之后，便取代了"颓废倾向"（décadence）。这一观点无异于间接暗示二者本是同根而生。（再进一步说来，是由那种寻求强烈刺激的新人，让"世纪末"继"颓废倾向"之后而出现。）换言之，这两个词语的紧密关系，俨然一枚硬币的两面，一直被并用着。"世纪末"的主要语意是"颓废倾向"，而今日常用的"颓废倾向"之定义，不外乎是指"19世纪末"这一时代特质，即"世纪末的精神状态"。如此看来，人们围绕"世纪末"这个词语，之所以产生了误解，出现了理解方面的混乱，首先是因为人们对使用的"颓废倾向"一词复杂的内涵，理解得尚不深透。可以说，"颓废倾向"的如此特性，传给了"世纪末"。

不言而喻，与"世纪末"相同，"颓废倾向"一词仍然以意思模糊不清的状态，渗透世纪末的法国文坛，还进一步扩散到欧洲各地。亚瑟·西蒙斯[①]在专著《象征主义文学运动》中，向我们介绍了这一文学现象之一端。

> 此间，似乎被漠然称作"颓废倾向"的一个新词诞生了。这个新词很少被以正确意义使用，通常情况是，或者被人们投之以谴责的意思，或者被人们回击以挑战的意思。还有一些人装腔作势，端出一副具备尚未完善的美德之架势，一边接连不断地干着尚未理解的恶德之事，一边自称是颓废派。此类现象主要流行于各国的某些青年中间[②]。

[①] 亚瑟·西蒙斯（Arthur Symons，1865—1945），英国诗人，评论家，英国象征主义运动先驱，热衷于介绍夏尔·皮埃尔·波德莱尔（Charles Pierre Baudelaire，1821—1867）等法国象征派诗人，有诗集《昼与夜》（1889年）、《伦敦之夜》（1895年）等。——译者注
[②] 亚瑟·西蒙斯：《象征主义文学运动》，樋口觉译，国文社，昭和53年（1978年），第17页。

围绕"颓废倾向"一词十分流行的19世纪末的状况，亚瑟·西蒙斯做出了如上回顾，并告诉我们："颓废倾向"或"颓废"这样的词语，意思极其朦胧暧昧。

与19世纪末诞生的新词"世纪末"不同，"颓废倾向"是一个很早以前就被人们使用的语词。"颓废倾向"（décadence）派生于拉丁语"cadere"（掉落）或"decadere"（坍败、衰微）之中[①]，可译作"崩溃""衰颓""颓唐"等词语，"颓废倾向"这个概念可以理解为表达某种精神的低落或怀旧逆行的消极态度。于是，据此意思进行类推，可以得出如下结论："一个成熟的国家或社会趋向衰退时，政治与文化烂熟至极后，便呈现出走向颓废的、不自然不健康与腐败的样态。"[②] 如此状态，即可称作"颓废倾向"。

关于"颓废倾向"的起源，从理论上讲，虽然可以溯及古罗马帝国时代，但目前不存在罗马时代实际使用过这一概念的历史记录。据说最早的历史记录，出现于13世纪的拉丁语中[③]。当今流传的"颓废倾向"之语意，尽管主要形成于19世纪80年代或19世纪90年代的法国与英国，但在此之前，以罗马帝国日趋没落的史实为基础产生的"颓废倾向"这一语词，被人们首先作为历史的概念接受过来了。关于这一点，正如法国启蒙思想家孟德斯鸠（Montesquieu，1689—1755）的《关于罗马人的兴隆与没落的诸种原因考察》（1734年）、法国启蒙思想家伏尔泰（Voltaire，1694—1778）的《关于国家精神与风俗的随想》、英国历史学家爱德华·吉本（Edward Gibbon，1737—1794）的《罗马帝国的衰退与没落》[④]（1776—1788年）等大学者的专著所阐述的那样，"颓废倾向"也是18世纪以来人们对大国灭亡原因的历史性关注点之延长。将历史的进展视为"堕落"，

---

① Weber, op.cit., p.14; Richard Gilman, Decadence: *The Strange Life of an Epithet* (New York: Farrar, Straus & Giroux, 1975), pp.20-21.
② 涩泽龙彦：《欧洲的颓废倾向》，《涩泽龙彦集》第Ⅵ卷，桃源社，昭和45年（1970年），第56页。
③ Gilman, op., cit., p.22, 36.
④ 此著是欧洲启蒙时期的史学代表作，又译作《罗马帝国衰亡史》（*The History of the Decline and Fall of the Roman Empire*），共六卷。爱德华·吉本于1764年历游意大利的那不勒斯、威尼斯、罗马等地，在考察罗马卡皮托废墟时，萌发了撰写罗马帝国衰亡史的念头。《罗马帝国衰亡史》认为，基督教破坏了罗马的英勇精神，构成了罗马帝国衰亡的主要原因。——译者注

如此想法构成这一事实的基础思想。譬如,法国启蒙思想家让·雅克·卢梭(Jean Jacques Rousseau,1712—1778)认定,"颓废倾向"是过度发达的人类文明逆反自然理法的结果。孟德斯鸠在《杂录》中说道:"从(过去的)各个帝国的历史看来,与其说历史的进展是伟大的繁荣,不如说是接近'颓废倾向'。"孟德斯鸠认为,"颓废倾向"是繁荣或进步的必然"结果"①。如此历史观中,又被添加了人们对欧洲人种退化学说的恐怖感,而"欧洲人种退化说"确是受到了英国博物学家查理·罗伯特·达尔文(Charles Robert Darwin,1809—1882)的进化论、英国经济学家托马斯·罗伯特·马尔萨斯(Thomas Robert Malyhus,1766—1834)的思想与优生学等学说的影响。这一点的确不容忽视。在如此状况中,总是走在时代前头的艺术家们,沉浸于"终末的未来展望"之中,并非不可思议。

> 我们目前正处于颓废倾向的状况,面对如此现实却装作没看见,对事物不做分辨,莫此为甚。宗教、风俗、正义,一切领域皆带有颓废倾向。文明的变质,导致社会正在风化解体。现代人的感性正处于麻木状态。诸如讲究吃喝、感觉、趣味、奢华、快乐等方面的精致化,神经症、歇斯底里、嗜睡症、吗啡中毒患者、诈骗式的伪科学、极端的"叔本华主义者",这一切都是社会进化的先驱性症状②。

这一段文字,是当时阿纳托尔·巴居主编的最具影响力的杂志《颓废者》1886年4月10日登载的社论之一节。有人认为,出于阿纳托尔·巴居手笔的、堪称"颓废主义宣言"的这篇重要社论,宛如慨叹拉丁文明之终末的"19世纪版"文章。文中并列的一连串带刺激性的词语,原样不动,即可称作是那些自称"颓废"作家的"世界观"示意图。纵观流荡其中的

---

① Matei Calinescu, *Faces of Modernity: Avant-Garde, Decadence, Kitsch* (Bloomington: Indiana Univ. Press, 1977), pp.158-159.
② 马利欧·珀拉茨:《肉体与死亡和恶魔》,仓智恒夫等译,国书刊行会,昭和61年(1986年),第535页。

基调，可谓是孟德斯鸠风格"决定论"特色的历史认识，即"颓废倾向"是"进步"的必然结果。

第四节　进步与衰颓之间

在整个19世纪，"进步"堪称是进化论追求的目标。一般认为，"进步"以其最强大的影响力，成为渗透当时人们心中的一个语词。早在达尔文的《物种起源》（1859年）付梓之前，"进步"就已成为驱动时代发展的法则。以故，达尔文思想有了颇易扎根的土壤。于是，面对以"进步"这一理念为基础的一切道德与社会教理，达尔文思想成为科学性的证明。因此，达尔文思想很快就传播扩展开去。特别是19世纪，产业革命完成后，人们享受着高度的物质文明，对"进步"抱有坚定不移的信念。人们甚至说，目睹机械文明不断带来的进步，面对科学不断带来的惊异，与《圣经》相比，世人更愿意相信"进步"这个概念。此见令人首肯。

然而，进化论提出的"必然论"这一观点，在当时欧洲人的心地上也栽植下担忧的嫩苗，此乃不争的事实。也就是说，他们依据进化论的原理类推，进而持有如下悲观的思考——与一切动物相同，人类也必然经由幼年期、青年期、壮年期，抵达老年期，走的是一条衰退之路。规律倘若果真如此，最先灭亡的，应当是欧洲人，因为他们比任何种族都最早完成了进化，构筑出灿烂的文明。此外，欧洲人还认为，正像繁荣至极的罗马帝国或拜占庭帝国很简单地就遭到蛮族蹂躏一样，在不久的将来，现代的西方文明，或恐也会遭到不断蔓延扩大的"非文明圈"种族的侵夺。19世纪末的欧洲人，之所以惧怕黄色人种的崛起，时常齿及"黄祸"（the yellow peril）一词，就是出自于上述恐怖思路。还有，进化论副产物，是执拗的自信，如此自信绝不允许人们简单将"世纪末"理解为"第19次百年的终结"，因此，将人种、国家以及世界终末的幻想，连接到人为界定的时代划分之概念上。如此这般，进化论中的"模拟医学命题"（让·皮耶鲁），并不仅仅止于生物学层次。此命题认定，时间——换言之，甚至从"世纪"这种人为的时间划分概念中，也会产生出进化论发展过程中涉及的倾向。面对口口声声高喊"世纪末"的一那帮人，前述的马克斯·诺尔道十分焦虑，大发雷霆，他开始攻击那些人，谴责他们在概念使用方面流露出的愚钝①。

不言而喻，厌恶资产阶级社会的艺术家们，从达尔文主义（Darwinism）带来的关于物质或种族进步的乐观理论中，提取德国哲学家叔本华（Arthur Schopenhauer，1788—1860）或哈特曼（Eduard von Hartmann，1842—1906②）特色的斗争与迷妄的观念③。艺术家们如同讨厌女人和自然一样，从感情上讨厌"进步"这个概念。在这些艺术家看来，卢梭与达尔文都不过是自己应当敬而远之的对象。产业化的进展与资产阶级的崛起，使艺术的空间变得日趋狭窄。早在1864年，法国的兄弟作家"龚古尔兄弟"（Frères Goncourt④）就开始使用"现代的忧郁"（la mélancolie moderne）这个概念。对艺术家们而言，进步与神经衰弱是同一回事。科学的进步意味着艺术的悲剧，这一普遍理念逐步变成了现实，如此征兆，随处可见。爱尔兰诗人、剧作家威廉·勃特勒·叶芝（William Butler Yeats，1865—1939）在《肉体的秋天》（1898年）中，将"颓废倾向"视为"被独断的科学否定了的、能照射超越性世界的淡淡的光"⑤。如此这般，"颓败的意识与进步的自负，二者微妙重合之后，形成了一大特征，这便是19世纪西欧历史主义的特

---

① Nordau, op. cit., pp.1—2.
② 哈特曼综合了黑格尔和叔本华的哲学立场，企图调和理性主义和非理性主义。但他认为哲学家以理性来洞察宇宙的究竟，即可建立起乐观主义人生观。其主要著作有《无意识的哲学》与《美的哲学》。哈特曼的审美思想对日本文豪森鸥外（1862—1922）的影响很大。——译者注
③ John R.Reed, *Decadent Style* (Athens: Ohio University Press, 1985), p.15.
④ 茹尔·德·龚古尔（Jules de Goncourt, 1830—1870）辞世后，其兄埃得蒙·德·龚古尔（Edmond de Goncourt, 1822—1896）继续奋斗不止。埃得蒙的日本文化情结浓郁，"喜爱日本版画，喜爱日本古玩，尤其喜爱日本的菊花"（芥川龙之介语）。"龚古尔兄弟"文学功绩辉煌，1903年，法国设立了"龚古尔文学奖"。
⑤ John Goode, "The Decadent Writer as Producer," in Ian Fletcher ed., *Decadence and the 1890s* (London: Edward Arnold, 1979), p.126.

征"①。在具有如此特色的西欧历史主义中,艺术家越来越沦为孤立于社会之外的存在者。由此看来,所谓"颓废倾向",即孤独的艺术家抱有的一个"世界观"②。

第五节 作为"世界观"的颓废倾向

"我是颓废倾向末期的罗马帝国。"这是19世纪末的诗人保尔·魏尔兰(Paul Verlaine,1844—1896)十四行诗《沉郁》(*Langueur*,1884年)中的第一行。围绕这著名的诗行,如果可以做出如下解释——"它集中表现了1848年的革命失败之后,或者再进一步做出戏剧性的解释,即表现了1870年普法战争失败导致1871年巴黎公社短命的暴动爆发之后,以法国为中心的知识分子感情"③,那么,这里就可以做出类似意大利美术史家、文学研究家马利欧·珀拉茨(Mario Praz,1896—1982)风格的解释,即用颓废倾向的语言来证明诗人:"与其说诗人恐惧悲惨的结局,不如说诗人执着于现实的深渊。"④ 这是因为,诗人的双眼观察时代之际,必然带有方向性(譬如精神性的倾向)。对诗人来说,所谓方向性,一言以蔽之,肯定归结于审美态度方面。例如,恰似从阿纳托尔·巴居或保罗·魏尔兰的遣词用句中所窥见的那样:由于诗人意识到自己正处于"décader"⑤意识之中,才产生了"décadisme"(尔后出现的"décadentisme",意即"颓

---

① 阿部良雄:《关于波德莱尔与"颓废倾向"的备忘录》,Eureka 1978年10月号。
② "颓废倾向是一个世界观。自1850年前后至1900年或者第一次世界大战爆发前的社会,是一个被以'衰颓'(decay)这一语词来形容的社会。颓废倾向是法国作家们对这个社会的特殊洞察。"参见 George R.Ridge, *The Hero in French Decadent Literature* (Athens: University of Georgia Press, 1961, p.22)。
③ Calinescu, op.cit., p.162.
④ 马利欧·珀拉茨:《肉体与死亡和恶魔》,仓智恒夫等译,国书刊行会,1986年,第535页。
⑤ 这是阿纳托尔·巴居根据"décadent"一词造出的动词。譬如在前述杂志《颓废者》的引文第11页中这样写道:"Religion, mœurs, justice, tout décade…"("宗教、风俗、正义,一切都正在颓废着……")可见"décade"是被当作动词"颓废"使用的。

废主义"或"颓废倾向的教理")这种结晶。为了避开此前"颓废"附带的低俗观念,阿纳托尔·巴居造出了新词"décadentisme"(颓废主义)。保罗·魏尔兰的如下文章,令我们不难详细理解颓废主义的内涵:

> "颓废主义"(décadentisme)一词,是天才的词语,是留在文学史上的津津有味的出土文物。这个破格的语法,是奇迹的标志。"颓废主义"短小,便利,精巧,而且很规范地清除了颓废倾向中含有的低俗观念。此非炫耀学问,而是洋溢着文学色彩。这个恰如其分的词语,最终会巩固自己的地位[1]。

苏赞那·纳尔班蒂安指出:"通贯了整个19世界的'颓废倾向'这个词,由作为界定文化衰落的专业用语,进而为其他某种样式命名,在这个过程中,'颓废倾向'开始兼容了若干内涵。"[2] 如苏赞那·纳尔班蒂安所述,颓废倾向与19世纪后期法英两国"为艺术而艺术"的艺术运动及唯美主义相配合,在这个相配合的过程中,相对于表达社会现象的概念,颓废倾向侧重于表达其中的美学概念(样式)。

开创了这一肇端的人,是宣扬"为艺术而艺术"的法国诗人泰奥菲尔·戈蒂耶(Théophile Gautier,1811—1872)。不过,率先针对作为"样式"的颓废倾向进行理论性提示的人,是法国具有保守倾向的"讲坛派"批评家德吉雷·尼扎尔(Désiré Nisard,1806—1888)。他在《关于颓唐期拉丁语诗人的风俗批评研究》(1834年)中,将罗马时代诗人们过度夸张修饰性的文体,命名为"颓废样式"。实际上,这一轻蔑语主要用于暗中攻击类似维克多·雨果(Victor Hugo,1802—1885)那样的浪漫主义诗人[3]。与此相反,1868年,泰奥菲尔·戈蒂耶夏尔·皮埃尔·波德莱尔

---

[1] Noël Richard, *Le Mouvemment décadent: dandys, esthètes et quitessents* (Paris: Nizet, 1968), p.48.
[2] Suzanne Nalbantian, *Seeds of Decadence in the Late Nineteenth Novel* (London: Macmillan Press, 1983), p.4.
[3] Nalbantian, op.cit., pp.4-5; Calinescu, op.cit., pp.158-161.

在诗集《恶之华》（*Les Fleurs du Mal*）的序言中，站在赞同"颓废样式"的立场上，对作为"样式"的颓废倾向，首次提出了肯定的观点①。然而，这里的"颓废倾向"与波德莱尔的"颓废倾向"在用法上存在些许差异。波德莱尔指责维克多·雨果是缺乏想象力的技巧家时，用"颓废倾向"这个词表示"（艺术上的）学院派枯燥无味"。尔后，波德莱尔以德国作曲家威廉·理查德·瓦格纳（Wilhelm Richard Wagner, 1813—1883）音乐中的"视觉"特质为例，认为"颓废倾向"表达的旨趣是："为打破各种艺术中因袭守旧境界而存在的体系性尝试。"波德莱尔认为颓废倾向不是"样式"或"特色"之类的概念，他偏重于从观念层次来把握颓废倾向的复杂内涵②。

在接近纪之末这一具体时期内，人们热衷于将颓废倾向作为文艺样式的概念，广泛谈论。这一点尽管确系事实，我们也并无必要思考将作为美学概念的颓废倾向单一限定于"样式"的范围之内。这是因为当我们判断艺术表现中的"某种样式的时候，我们就等于在判断某种倾向"③，所有的"样式"皆不外乎是艺术家"世界观"的反映。

19世纪末，在廓清颓废倾向特质方面最需重视的对象中，有约利斯·卡尔·于斯曼④（Joris-karl Huysmans, 1848—1907）的小说《逆流》（1884年）。这部作品付梓后，即刻被称作"颓废倾向的《圣经》"或"颓废倾向大全"，激起了轩然大波，博得受众的共鸣。作者以特有的表现手法，表述《逆流》涉及的从文学到园艺的一切领域中颓废倾向的意趣。以故，《逆流》立刻

---

① 19世纪末英国文坛颓废文学拥护者哈维洛克·霭理士力主颓废倾向并非道德概念，而是美学概念。他的观点是，将颓废倾向从"古典"样式中细分出来，其内涵更加复杂。譬如，哈维洛克·霭理士认为，斯威夫特的作品是"古典的"，佩特的作品是"颓废的"；休谟与吉本思想是"古典的"，爱默生与卡莱尔的思想是"颓废的"；罗马的建筑样式是"古典的"，拜占庭建筑样式是"颓废的"等。Havelock Ellis, "Introduction," in J.K.Huysmans, *Against the Grain* (New York: Illustrated Editions, 1931, pp.23-31.)
② Calinescu, op.cit., pp.165-167.
③ 转引自 Reed, op.cit., p.8.
④ 法国作家，父亲是荷兰人，母亲是法国人。《逆流》是于斯曼最重要的作品，主人公德艾散特断言：文明的本质在于远离自然与现实生活。——译者注

成为新美学的宣言书（manifesto）①。让·皮耶鲁撰写了卓越的世纪末文学研究专著——《颓废倾向的想象力》，此著最后一章网罗了以下内容——对陈腐现实的拒绝、彻底的厌世主义、哲学领域的唯心观、主观主义、独我主义、神秘主义、神秘学（occultism）、人造乐园的梦想、感觉的磨练、梦幻与毒品、异国情调、对曩昔产生的乡愁、人为的追求、断绝与政治社会、社会生活的关联②。可以说，这些颓废倾向的世界观要点，原封不动，就可以说是约利斯·卡尔·于斯曼《逆流》的主人公德艾散特的世界观。这里，做如是断定，完全并无不当。

　　对悲观主义、"人为性"、洗练而珍奇的东西之酷爱，构成了波德莱尔的文学世界。《逆流》中展示的颓废倾向世界观，实际上继承了波德莱尔的文学世界特点。《逆流》的如此特色又被尔后的青年文学家们继承下来。譬如，"青年维也纳派"骁将、奥地利评论家赫尔曼·巴尔（Hermann Bahr，1863—1934），在《颓废倾向》中论述的"新兴的一代"，就与上述颓废派的共同特征相通。据此而论，自称"颓废"之人，都有一种"炽烈的欲求，希望告别浅薄粗杂的自然主义，进入洗练的理想深处"。他们喜欢沉浸于烟雾笼罩的微明中，乐于置身于暧昧朦胧的氛围里，他们与自己的所有神经玩游戏，都是"神经浪漫主义者"。他们支持保罗·魏尔兰特色的颓废倾向诗学，全盘肯定《逆流》的主人公德艾散特酷爱的"人为性"这一理念③。亚瑟·西蒙斯于1893年发表的评论《象征主义文学运动》，将"颓废倾向"一词视为"最精准地表述了最新文学运动的普遍性观念"，将其特质界定为具有"崭新性""人为性""自我意识""敏感过度""复杂性""精神道德扭曲倾向"等④。凡此种种，其共同之处是：对愚昧的资

---

① 《逆流》出版一年之后，模仿颓废倾向诗人风格的作品集《融化的颓废诗集》（加布里耶尔·维克尔等著，1885年）认为，《逆流》的主人公德艾散特展示的别具一格的世界观之灵感，来自魏尔兰的奇妙文笔，而这种奇妙文笔和词汇的组合旨在要具体表达"颓废"的词义。〔Kenneth Cornell, *The Symbolist Movement*（New Haven: Yale University Press, 1951），p.37.〕
② 让·皮耶鲁：《颓废倾向的想象力》，渡边义爱译，白水社，昭和62年（1887年），第349—350页。
③ 池内纪：《维也纳派——神圣的春天》，《德国世纪末》第一卷，国书刊行会，昭和61年（1986年），第200—206页。
④ R.K.R.Thornton, *The Decadent Dilemma*(London: Edward Arnold, 1983), p.52.

产阶级社会感到非常不快,对拟古典主义传统感到厌恶,对生命现实感到悲观。

在类似马克斯·诺尔道那样保守的知识分子看来,这种颓废倾向的世界观,相当于"躁郁病患者"的临床病历,而这种"躁郁病"的病因,是社会道德的荒废与精神疾患"神经症"的蔓延。马克斯·诺尔道这样说道:

> 对如此新倾向,感到有名副其实的喜悦的,不过是极少数人。……然而,正像少量的油漂浮在辽阔水面上一样,这一个小集团有着天赋的才能,可以覆盖社会可视的表面①。

能够扰乱由悠久文化传统培育起来的欧洲文艺秩序的颓废诗人毕竟是极少数。马克斯·诺尔道的上述现状分析显得很滑稽。其结果是,在同一部书中,他自己证明了自己观点的自相矛盾。在《堕落论》这份"攻击性文献"中,作为揭发对象的艺术流派如下:首先是拉斐尔前派;接着是高蹈派(Parnassiens)、象征主义、写实主义、神秘派、唯美派、恶魔派、(文学领域的)印象派、颓废派、"青年维也纳派"②作家;后续者还有19世纪后期西欧文学史总目录涉及的全体作家。不言而喻,其广为人知的艺术家范围,几乎包罗了19世纪后期在欧洲极其活跃的作家、诗人、哲学家、画家、作曲家,例如:弗里德里希·威廉·尼采、威廉·理查德·瓦格纳、夏尔·皮埃尔·波德莱尔、亨利克·易卜生、泰奥菲尔·戈蒂耶、龚古尔兄弟、列夫·尼古拉耶维奇·托尔斯泰、埃米尔·左拉、约利斯·卡尔·于斯曼、约瑟夫·佩拉丹、莫里斯·梅特林克、比利哀·德·利拉丹、保尔·魏尔兰、斯特凡·马拉美、莫里斯·巴雷斯、戈哈特·豪普特曼、奥斯卡·王

---

① Nordau, op.cit., p.7.
② 第二次世界大战后,以 E. 富克斯、W. 胡特尔、A. 勒姆登画家为代表,活跃于奥地利维也纳的画家群。又称"维也纳派"、"维也纳幻想派"和"维也纳幻想现实主义画派"。他们活用"幻想现实主义"的手法,以华丽的色彩创作出文学性强烈的绘画世界。总体上的画风以沉郁的幻想与启示录式的幻觉为特征。——译者注

尔德……

马克斯·诺尔道坚信，颓废倾向越是日趋深化，接受最后审判的日子也就来得越快。他的这种分析里，应当说掺入了他个人的期待，此论向我们明示的观点是：在19世纪后期欧洲文艺中，颓废倾向是普遍存在的中心性文艺现象。（这里应当指出的是，尽管人们指出《堕落论》中存在自相矛盾现象、视角偏向问题，以及记述粗疏等很大的缺欠，但时至今日，《堕落论》仍然被视为一部重要文献。这一点说明《堕落论》仍不失其学术价值。就保留当时文艺状况全貌方面而言，《堕落论》堪称是一座"世纪末资料馆"。）换一个角度说来，马克斯·诺尔道撰写的大量书籍，恰切忠实地证明了让·皮耶鲁提出的如下主张。

> 如果将"颓废倾向"仅仅看作不过是诗歌流脉过程中的一时变迁，那就犯了大错误。实际上，唯有这种颓废倾向，才是世纪末20年里出现的一切文学倾向的共同分母[①]。

如此看来，倘若认定"颓废倾向"是19世纪最后20年或者19世纪后期[②]法国文艺的中心理念，而且环环推展开去，可以说，这并非粗暴的看法。这里再重复一遍：颓废倾向是"世纪末"的精神状态。

第六节　复活的逻辑

正如让·皮耶鲁所说的那样，"颓废倾向美学"面对人的生存，它尽管以相当悲观的想法为基础，尽管颓废文人们的口号中混杂着"没落""破

[①] 让·皮耶鲁：《颓废倾向的想象力》，渡边义爱译，白水社，昭和62年（1887年），第14页。
[②] 乔治·理治说："颓废倾向的理念，在19世纪后期虽非垄断性的概念，却是主要概念。颓废倾向这个理念，当时几乎抓住了作家们的心，与他们形影不离。虽然作家们见仁见智，但对自然主义者、高蹈派、象征主义者、写实主义者来说，颓废倾向可谓是他们共同的舞台。"（Ridge, op.cit., p.1）乔治·理治将颓废倾向理解为19世纪后期50年里文艺方面的基本理念。

坏""衰弱""耗尽""虚无""倦怠""精神疾患"等负面词汇,但是,若将如此意识以近来的后现代主义(post modernism)方式,直接与"文学的枯竭""艺术的终结"等现象挂钩,则显然是一个轻率的判断。亚瑟·西蒙斯认为,颓废倾向这个概念"最准确地表达了最新文学运动的普遍观念"。亚瑟·西蒙斯希望人们应该联想到颓废倾向还有"新的、美的、意味深长的病"这一称呼。亚瑟·西蒙斯所说的"病",其实就是颓废文人们的负面遗产——"精神疾患"之反语。很明显,颓废倾向并不是一种应该治愈的"病"。亚瑟·西蒙斯从这种"美丽的病"中,发现了美学的律动,他认为这种律动可以开拓出未知的领域。

拉鲁斯编《19世纪万有大辞典》中,仅将"进步"(progrès)解释为"颓废倾向"的反义词①,从而表明,此见不过是立足于19世纪历史主义立场做出的判断。西方人是将颓废倾向作为进步的终结来认识的。关于19世纪后半期,尼采这样说道:"通常说来,一切进步皆为局部性的衰弱所牵引。"②在尼采看来,颓废倾向是终结,也是起始③。威廉·勃特勒·叶芝在随笔《肉体的秋天》中提出的观点是,所谓颓废期,换言之,即冬眠的艺术正在做着生机勃勃美梦的时期④。为反驳马克斯·诺尔道提出的"衰退"(Degeneration)学说,阿尔弗莱德·E.赫克出版了《复活》(*Regeneration*,1895年)一书,书名与前者的"衰退"内涵相反,针对前者,宣示反论。此著论述了"终结与开始共存,衰退与复活相互置换"的可能性⑤。不消说,此论属于尼采与叶芝的颓废观的延长。

"世间不存在完全衰微的现象。一切的凋落,归根结底,都是一种苏醒。"⑥(R. W. 格林乌德语)此论揭示的观点是,历史的发展,存在于

---

① 阿部良雄:《非人的诗学》,小泽书店,昭和57年(1982年),第157页。
② Robert B.Pynsent, "Decadence, Decay and Innovation," in R.B.Pynsent ed., *Decadence and Innovation: Austro-Hungarian Life and Art at the Turn of the Century* (London: Weidenfeld & Nicolson, 1989), p.112.
③ Nalbantian, op.cit., pp.2-4.
④ Pynsent, op.cit., p.113.
⑤ Thornton, op.cit., p. 65.
⑥ Gilman, op.cit., p. 162.

衰退与进步的同时性之中。这个观点克服了此前将"误解"与"偏见"混为一体的颓废观,是一个新的出发点。

霍尔布鲁克·杰佛逊于描写英国世纪末文艺的古典作品《19 世纪 90 年代》中这样说道:

> 然而,19 世纪 90 年代既非一味趋于衰退,亦非完全绝望。这一时代的颓废倾向,在很多情况下,仅仅是名义上的颓废倾向。应当将被马克斯·诺尔道当作堕落来指责的许多倾向名之为"复活"。因为这些倾向是某种精神活力的健全与健康的表现①。

诚然,将世纪末颓废文人们的艺术表现信口说成是"健康"或"健全"的,也许难以令人轻易首肯,但是,若对霍尔布鲁克·杰佛逊的观点加以补充后,或许可以做出这样的判断:类似马克斯·诺尔道那样的保守阵营非难"颓废倾向",其理论实质关涉的是"颓废"的创造性"表现"问题,并没与颓废文人的本质直接相连。总而言之,应当承认"颓废倾向"中存在精神活力,而且这种活力尔后能够成为"90 年代的文艺复兴"(W. B. 马德克语)的原动力。霍尔布鲁克·杰佛逊的这一观点,时至今日,仍然十分新颖,与本书的基本立场,其揆同一。奥斯卡·王尔德将 19 世纪末的英国装饰艺术运动,比喻为意大利的文艺复兴(Renaissance),日本《世纪末的艺术》一书的作者高阶秀尔,以奥斯卡·王尔德的说法为线索,将世纪末看作"开拓新时代的文艺复兴"。该书写道:

> 从这个意义上讲,在世纪末出现了丰润的艺术运动,在运动的出发点上,出现了英国作家、批评家瓦尔特·佩特的名著《文艺复兴》和以英国画家但丁·加布里耶尔·罗塞蒂为核心的拉斐尔前派运动,

---

① Holbrook Jackson, *The Eighteen Nineties* (London: Grant Richards, 1923), p.19.

二者都带有象征性①。

此论值得我们倾听。马利欧·珀拉茨硬是将世纪末诗人们拽入其著作《肉体与死和恶魔》的病态想象力谱系之中。与此相反，吉田健一对"与字面意思相同，可将颓废理解为损害健康的病弱的意思"②这一看法提出的异议极其确当。此外，恩斯特·费歇尔将颓废文人们视为"某个时期里蔫萎迟放的烂熟者之花"③，这一看法也难免被指责为沿袭旧说。关于这一点，若认真而深刻地观察当时文艺的推展状况，便会一目了然。

"维也纳派唯美主义者们逃进了艺术的殿堂"（卡尔·E. 萧斯基语），这一派的画家们逃避令人不快的政治与社会的现实，厌恶艺术的道德主义传统，追求新精神。赫尔曼·巴尔仅仅以消极意识，将维也纳派唯美主义者们提倡的"颓废倾向"置换为"颓废"，如此思路显得过于粗疏了。这里，再对名称问题稍做进一步的论述。"青年维也纳派"与1897年高举"分离派"大旗的画家们，合力创办了当时具有代表性的文学美术杂志《神圣之春》，这本杂志是世纪末维也纳走向兴盛的"青春样式"（法语"新美术"的德语叫法）的主要据点之一。在此处登场的小集团与艺术样式的名称中有"年青""春天""青春"等字样，是以极其"健康"且带有"进取性"的词语来装饰表达的。对此，我们应当予以关注。对19世纪文艺而言，"颓废倾向"是燃烧着"革新"这一欲望的艺术家集团的一场前卫运动，也是新美学的"萌芽"〔被视为世纪末文艺始源的拉斐尔前派的同仁杂志名曰《萌芽》（*The Germ*，1849—1890）便是意味深长的一个事实〕。

"颓废倾向季节"来到了19世纪末的法国文坛与画坛后，使法国文化进入了绚烂的全盛期——"美好时代"（Belle Époque），这个时代一直持续到第一次世界大战爆发。此外，在"青年维也纳派"作家与"分离派"画家十分活跃的世纪转换期的维也纳，还诞生了非常华美丰艳的文化。针

---

① 高阶秀尔：《世纪末艺术》，纪伊国屋书店，昭和56年（1981年），第45页。
② 吉田健一：《欧洲的世纪末》，筑摩书房，昭和45年（1970年），第101页。
③ 恩斯特·费歇尔：《幻想与颓废》，岩渊达治译，合同出版社，昭和43年（1968年），第62页。

对此事，应该说无人能提出异议。一海之隔的英国，此时情况又是如何呢？拉斐尔前派涉及的幽远的中世之世界，奥斯卡·王尔德的"时髦精神"，奥布里·比亚兹莱①（Aubrey Bearsley，1872—1898）具有神经质特色的"新美术"设计，这三者相互融合，在"黄色的90年代"（Yellow Nineties）构筑出了妖冶的颓废倾向美学，在漫长的维多利亚王朝文化史上，"黄色的90年代"也是成果最丰硕的"美好时代"（Belle Époque），这是无需再度强调的事实。如此看来，我们岂不是应该承认，颓废倾向并非被人们随意挂连到"颓废""枯竭""终末"等概念上的贫瘠虚像，它有另一个侧面，它是走向"艺术的近代"的新的动力源。

与传统割断了关联、表明了革新意志的一切前卫艺术，都必须勇于面临充满敌意的各种批评，这是常见的现象。其中最典型的批评，就是怒骂前卫艺术是"颓废倾向"。颓废倾向作为新艺术，遭受了古典美学老生常谈式的嘲讽谩骂，而法国诗人波德莱尔却逆用颓废倾向这个概念，接受了作为"艺术出发点"的颓废倾向的积极意义，进而推导出"颓废倾向＝现代性"这样一个等式。对以为自己是"成年"的西欧历史主义的傲慢态度，波德莱尔发出了冷笑。他从反面证明：西欧文明意欲通过返回精神的幼年期或野蛮状态，进而达到苏醒。波德莱尔颓废倾向的观念，是一把"解放的钥匙"，将19世纪末的欧洲文艺引向精神的自由与艺术的自律②。

法国作家莫里斯·巴雷斯（Maurice Barrès，1862—1923）认为，波德莱尔是一切颓废文学的不祧之祖。1884年，莫里斯·巴雷斯在杂志《墨水涸痕》上表述"新精神"形象时，首次使用了"颓废倾向"这个概念③。这里的所谓"新精神"，可以理解为：是以精神反对唯物价值观的

---

① 英国插图画家，自学成才，他的富于唯美情调的钢笔画插图，表现了异国情调的幻想与病态感觉的世界，对当时的"新美术"产生了巨大影响。他在美术界仅仅活跃了五年便英年早逝。代表作有英国作家托马斯·马洛礼的《亚瑟王之死》的插图与奥斯卡·王尔德的《莎乐美》的插图等。——译者注
② 阿部良雄：《非人的诗学》，小泽书店，昭和57年（1982年），第157页。
③ 菲利普·居里安：《世纪末之梦——象征派艺术》，杉本秀太郎译，白水社，昭和57年（1982年），第38页。

一种思考形式。这里应当明确指出，在19世纪末的法国，"前卫主义""现代性""颓废倾向"之类的词语，基本上是作为同义语使用的①。

马利欧·珀拉茨总结道："大约19世纪80年代至20世纪初期，文学世界都集中于'颓废倾向'这个概念的周围。"②纵观19世纪与20世纪文学史，马利欧·珀拉茨的视角绝对不可忽略。自19世纪末至世纪转换期的二三十年，堪称是"颓废倾向的季节"，这个季节沉浸于具有启示录特色的构想与极度洗练的感觉之中，不仅是无与伦比的"唯美的飨宴"之瞬间，还越过了艺术划定的各种各样的界线。"颓废倾向的季节"是"萌芽"的时代，它借助不断的冒险活动，为20世纪预备了现代主义。

第七节　唯美的构想

"每个世纪的终末，都很相似，任何时候都总是东摇西摆，状态混沌。"③这是约利斯·卡尔·于斯曼的小说《在那儿》（*Là-bas*，1891年）中著名的一段话。于斯曼从《逆流》中人为的感觉喜悦中走了出来，皈依天主教神秘的世界，对"世纪末"这个时代，做出了如上判断。确实，在19世纪末这个时代里，一切领域都在动摇，混混沌沌。因而，约利斯·卡尔·于斯曼发表了上述见地。百年前的约利斯·卡尔·于斯曼说的话，在其后一边发生地壳变动、一边接近20世纪的世纪末，依然对各方各面都非常适用。"颓废倾向""世纪末""现代性"这些术语，代替了"后现代主义"（post modernism）。站在世纪末这个时代里最前头的前卫文士们，众口一词，宣告该时代里颇受重视的事物相继消亡。19世纪的颓废文士们宣称"上帝死了""自然死了"。尔后，今日的后现代主义艺术家们则

---

① Calinescu, op.cit., p.5, 155.
② 马利欧·珀拉茨：《肉体与死亡和恶魔》，仓智恒夫等译，国书刊行会，昭和61年（1986年），第535页。
③ "Les queues de siècle se ressemblent. Toutes vacillent et sont troubles"〔Mario Praz, *The Romantic Agony*, tr. by Angus Davidson, 2nd ed.(London: Oxford University Press, 1970), p.396〕.

宣告："历史与理念已经终结""文学死了"。"new"（新的）与"modern"（现代的）是19世纪的概念，"post"（后）是20世纪末流行的"接头词"。这些概念是人们在令既存的概念境界发生解体的过程中使用的"套话"。

一个世纪终末之际，为何会出现如此程度的动摇呢？关于其因素，唯有追究概念本身，才能够合乎正常程序。"世纪末"并不单单意味着一个世纪一百年与下个世纪之首之间的接头，它还有"世纪的终末→时代的终末→今世的终末→千年王国的终末"等意思的连锁功能。唯有能够成为这种连锁功能中特有的、富于言外之意的内涵者，才至关重要。法语"fin de siècle"（世纪末）很难译成其他语言，其难点就在这里。

如此这般，关于世纪末的西方文明特有的"终末论"构想，植根于基督教的"千年王国"（the millennium）这一信仰之中。所谓"千年王国"，指的是带来世界终末的最后审判日到来之前，基督再度莅临凡世统治凡世而出现的至福神圣的千年。实际上，在西历1000年，与最后审判日相关的启示录风格的恐怖，曾经支配了西欧人的意识形态。因为西方人很早就习惯于按年历来判断事物纯粹的"开始"与"终末"。弗兰克·克默德指出：

> 最重要的是，我们对时代的感觉，要靠世纪的终末来满足。实际上，如此习惯潜在于我们的意识深处，遵从习惯，每百年便搞出一起事件。这种现象似乎经常出现①。

这一见解向人们昭示：欧洲人观察"世纪末"时，具有独特的思考模式，他们按照预定计划，"搞出一起事件"，于是，将"世纪末"打造成孕育动摇与混乱的一个时代。

弗兰克·克默德还这样说道："恐怖与颓废倾向，是在启示录式的形态中交替出现的两大要素，通常情况下，颓废倾向总是与憧憬革新这一心

---

① Frank Kermode, *The Sense of an Ending*: *Studies in the Theory of Fiction* (London: Oxford University Press, 1966), p.96.

态相结合。"① 弗兰克·克默德还指出,"恐怖"与"颓废倾向"这两大要素,支配着世纪末的时代意识。我们如果将这个观点稍做展论,即如果说"恐怖"支撑着世纪末的"悲观思考",那么,"颓废倾向"表现的,可谓是为阻止"悲观思考"的发展而产生的趋向复活的意志。

自1870年或者1880年至1914年,这一期间是走向现代主义(modernism)的转换期,这一观点如今已成定论,而令"转换"成为可能的动力,不外乎就是颓废倾向的想象力。在这种意义上讲,可以说,弗兰克·克默德的"实际上,世纪的终末与我们奇特的想象力之间,存在着内在的相关性"②这一见解,确实富有暗示功能。结合这个见解,菲利普·居里安的以下考察意见,也很值得我们倾听。

> 活在想象世界里的画家与诗人,具有重要作用。因为正是他们进一步充实了"'形象共贮物',并由此可创造出样式"(孔伯里契语)。首先由无意识打磨出样式,这种样式可以活用非常陈旧的形象,创造出独特的新形象③。

高阶秀尔认为,在绘画史方面,"世纪末艺术"具有转换点的意义,即"从再现外部自然开始,逐步向表现人心内部神秘的方向转换"④。颓废倾向的想象力,或许从已经确立的美的规范中,"冒险地逃逸出来了",总之,这种想象力的视线,能够窥视未知的深渊,伸及19世纪合理的理性达不到的神秘世界,发现了转换的契机。这是不容否认的事实。

作为文艺概念的"世纪末",现今已经不是专指特定时代的概念了。"世纪末"意味着一种精神现象或精神状态,就像"90年代"不是指"时代",

---

① Kermode, op.cit., p.9.
② Kermode, op.cit., p.97.
③ 菲利普·居里安:《世纪末之梦——象征派艺术》,杉本秀太郎译,白水社,昭和57年(1982年),第19页。
④ 高阶秀尔:《续鉴赏名画的眼力》,岩波新书,昭和36年(1961年),第130页。

而是指"精神状态"一样①。针对"世纪末",约翰·米尔诺下过更具"文艺性的"稳妥的定义:

> "世纪末"不仅指作家或画家汇成的流派,它还是一种包罗万象的艺术氛围,在19世纪末诸种艺术中,"世纪末"包含着颓废艺术与象征主义艺术、"时髦精神"②与唯美主义运动③。

换言之,"世纪末"在变成"思想"或"样式"之前,首先它是一种"艺术氛围"。这一点与马泰·克林内斯卡的如下见地,可谓属于同一脉络,即"世纪末"精神状态的代名词——"颓废倾向",不是"结构",而是"方向或倾向"。所谓"世纪末",即前一世纪末尾的少数文化精英作为特权搞到手的、对世界的特殊构想。名为"世纪末"的"唯美构想",以巴黎为据点,扩及伦敦、维也纳、慕尼黑、罗马,再经由维也纳,波及东欧的布拉格、布达佩斯,进而东渐远东的岛国日本,俨然流行病一般,不断地蔓延开去。

本书以"世纪末"这个文艺概念,针对活跃于日本明治时代末期至大正时代④初期的文豪夏目漱石(1867—1916)及其作品世界进行分析,试图廓清夏目漱石文学创作的特质。与此同时,还有一个目的,即通过代表当时文学界的大作家夏目漱石,勾勒出在"日本的世纪末"这一时期里达到全盛的"世纪末美学"的一个断面。20世纪后半期以降,"世纪末"这个词语,在解析19世纪后半期文学与美术的特质方面,是一个十分有

---

① Graham hough, *The Last Romantics* (London: Methuen, 1961), p.187.
② 英文是"dandyism",法语是"dandysm",19世纪初流行于英国年轻绅士中的一种时髦风气,影响到法国,最后发展成法国诗人阿尔弗莱德·德·缪塞(Alfred de Musset, 1810—1875)与波德莱尔的文学反俗主义。——译者注
③ 约翰·米尔诺:《象征派与颓废派的美术》,吉田正俊译,PARCO出版社,昭和51年(1976年),第7页。
④ 1868年至1912年是明治时代,1912年至1926年是大正时代。——译者注

效的概念。自"世纪末"引人注目以来，日本从20世纪60年代开始，主要以美术领域为中心，围绕"世纪末"展开研究；20世纪70年代开始，研究范围不再仅仅局限于美术分野，文学也被纳入了和"世纪末"相关的视野。本书就位于如此研究的延长线上。

然而，人们认为，时至今日，"世纪末"作为一个普遍的文艺概念，仍未受到正当的对待。如此倾向在日本近代文学研究领域尤其彰明较著。笔者阅读卷帙浩繁的日本近代文学史，即使从分类细致的章节目录中也未发现"世纪末"的字样。当然，之所以如此，或恐是因为古典式的文学史记述方法以某种思想或一个个文艺思潮的消长为中心，不希望将"世纪末"这样笼统的、没有细目着眼点的精神现象，纳入文学史体系。但是，针对在一个时代里具有统治性的观念与氛围，若不进行认真考察，那么，就不可能期待人们对该时代的文艺特质能够有正确的理解。有学者云："晓畅每个时代的喜好或感情，这一点对解释艺术作品是必不可少的前提条件。"[①] 不消说，马利欧·珀拉茨的这句"金言"旨在强调，这个"前提条件"如果与"文学史"发生具体关联时，其分量大大重于这个条件与具体"艺术作品"发生关联时的分量。

自明治30年代[②]后半期至大正初期的约20年，是日本近代文学史上重要的转换期，也是进入"艺术的近代"殿堂的重要踏台。这个时代的日本，因为在"日清战争"[③]与"日俄战争"中接连获胜，对"进步"抱有的坚定不移的信念，乃至对"现代化"抱有自信，走上了"富国强兵"之路。"进步"与"现代化"成为那个时代的口号。这般乐观的氛围，为没跟上时代潮流的文士们的"逆反精神"抬头，充分夯实了基础。他们最先关注的是现代化过程中出现的文化扭曲现象，这是文士们肩负的义务。

另外，西欧19世纪末出现的各种艺术思潮——自然主义、唯美主义、颓废主义、象征主义、绘画方面的拉斐尔前派与印象派等传入了日本。受

---

① 马利欧·珀拉茨：《肉体与死亡和恶魔》，仓智恒夫等译，国书刊行，会昭和61年（1986年），第47页。
② 明治30年为1897年，明治30年代即1897年至1906年。——译者注
③ 即光绪20年（甲午年，1894年）8月1日，中日双方正式宣战的"甲午战争"。——译者注

到这些西欧文化影响的日本作家与诗人们,在深化自我觉醒与对美的信仰之同时,还接受了欧洲世纪末的颓废倾向观念。唯美派诗人与作家们,拒绝平板的现实描写,尊重真实内心价值,在倦怠与虚无的格套内,讴歌感觉与神经的艺术,不断摸索由病态审美想象力磨练出的语言,并摸索以如此语言表达艺术的可能性。而且,他们的颓废倾向表现,与其说是对社会现象表述反对意识,毋宁说是在追求文学的"现代性"。

欧洲世纪末出现的类型与流派的界线,在日本或者消失了,或者显得极其淡薄。唯美主义与自然主义,二者理应是相反的互不兼容的关系,在日本却竟然变得相互难以区分,完全被笼罩在以厌世主义(pessimism)为基础的颓废倾向观念的一片浓雾之中。如前所述,19世纪末这个时代,正像拉斐尔前派(Pre-Raphaelite Brotherhood)、威廉·理查德·瓦格纳、奥斯卡·王尔德、"分离派"等实例所表现的那样,在一个共同的艺术理念之下,文学与美术自不必说,音乐与戏剧等也与之联盟,相互刺激,形成了一种时代的"样式",形成一个诞生了特殊"浑融美"的时代。尤其是姊妹一般的文学与美术,二者的交流在波德莱尔以后更趋繁密。纵然在岛国日本,从明治时代后期直到末尾,也出现了文学与美术亲密交流这样一种新动向。《明星》《昴星》《方寸》《白桦》等文艺杂志,以及"龙土会""白马会"① "潘神之会"② 等艺术关系和谐的团体,是构成文艺思潮核心的集团。对此,可做如是观:这种文学与绘画的"近亲相爱"关系中,浑融存在两大侧面,其一是在文化发展成熟过程中自然产生并逐渐成形的,其二是以欧洲"世纪末"的动向为样板的。总而言之,这种艺术动向,不外是反映了当时文化的精神环境——最优先地追求美。

---

① 明治时代后期美术团体,成员有黑田清辉、久米桂一郎、山本芳翠、和田英作、藤岛武二等。白马会高扬自由主义艺术精神,画风带有"外光派"特色。——译者注

② "潘神"(Pan)是希腊神话中的畜牧神,掌管畜牧、商业、音乐。潘的形象半人半兽,山羊足,人身,头上长两只山羊角和两个山羊耳朵,尖嘴巴蓄着颚髯。潘创制排箫,常带领山林女神,舞蹈嬉戏。"潘神会"是明治时代后期反对自然主义的唯美主义文艺团体,致力于美术与文学的创作,代表人物有诗人北原白秋、石川啄木,剧作家小山内薰,美术家石井柏亭等。他们将东京当作巴黎,将隅田川当作塞纳河,尽情享受着青春浪漫的灵肉生活。——译者注

在进入具体论述之前,笔者必须预先说明的要点就是"世纪末"的范围与对象问题。对此,目前的议论可谓仁者见仁,智者见智。关于"世纪末"范围的界定,大致可分为以下三种说法:第一种说法,范围限定在19世纪最后20年;第二种说法,从印象派(Impréssionnisme)举办展览会与希腊籍法国诗人让·莫雷亚斯发表文学领域《象征主义宣言》的1886年开始,止于1900年,即19世纪最后的大约15年;第三种说法,自19世纪80年代至第一次世界大战爆发(1914年)的大约30年。

笔者无意卷入这种围绕侃侃谔谔的"世纪末"范围界定的议论,只是有必要明示笔者的考察范围,即以"世纪末美学"这一观点,将关注的焦点对准以夏目漱石为中心的明治末期的文学状况。以故,笔者将本书探讨的"世纪末美学"的时间范围限定如下:始于19世纪中期的拉斐尔前派时代,止于"美好时代"(Belle Époque)的结束。做出如此限定的依据如下。

首先,一种见解是,随着20世纪的开幕,"世纪末"迎来了终结。笔者认为,这个观点不过是完全拘泥于年历(神话)的姑息式想法,1900年12月31日,其实只具有作为时间记号的意义。1880年至第一次世界大战爆发为止的法国社会被称为"美好时代"[①]。正如名称所示,在这个时代里,烂熟的世纪末文化占据了统治地位,社会平和而丰裕。代表性世纪末样式之一的"新美术"(Art nouveau,"新美术"于1900年的巴黎世界博览会上达到绝顶,故此,还被称作"1900年样式"),与"美好时代"的命运相同[②]。此外,代表维也纳世纪末艺术的"分离派"(Secession)从事艺术革新运动的活跃期间,是1897年至1905年这八年。进入20世纪后,文学方面的象征主义在欧洲各地或者欧洲以外的地方,

---

[①] 1880年7月14日,法国市民首次举办了纪念1789年法国大革命的"攻占巴士底狱纪念庆祝大会"。查尔斯·雷理科将此前一直被暧昧对待的"美好时代"(Belle Époque)的开幕时间定为这次"庆祝大会"。(Charles Rearick, *Pleasures of the Belle Epoque*: *Entertainment & Festivity in Turn of the Century France*, New Haven, Conn: Yale University Press, 1985, pp.3-4)

[②] 让·波尔·布伊龙的观点是,"美好时代"始于英国19世纪70年代的拉斐尔前派画家们的活动与美国画家惠斯勒的活动,终止于包含装饰美术(art déco)预备期间(1902—1914年)在内的1914年。(Jean-Paul Bouillon, *Journal de L'Art Nouveau*, Genève: Skira, 1985)

出现了"令人惊异的发展",一直活跃到第一次世界大战爆发。如此看来,"颓废倾向"的想象力并没有随着19世纪的闭幕而骤然彻底消失,它在某种程度上一边发生变形,一边进入20世纪①,让·皮耶鲁的这一主张,令人十分认同。

很难想象,这种以百年为单位的人为的时代划分形式会令各自社会酿造出的时代氛围在瞬间消失一空。"世纪末"脱换外装,进入了20世纪这个新世纪,使社会在较短时期内依旧持续着"世纪末"的氛围。20世纪的头几年(1901年、1904年)出版的类似《启示录》的书籍,预言不久的将来会到达世纪的终末,此类书籍曾被人广为阅读。加之,《神经衰弱与颓废》(1913年)之类分析精神病理现象的书籍不断出版②,间接表示"世纪末"仍在持续。至少在法国,"国家濒临消亡的警告自19世纪80年代至第一次世界大战爆发前,不曾绝迹"③。另外,20世纪初生于巴黎的人,回顾当时情景,这样说道:

> 当时的我,是靠约利斯·卡尔·于斯曼的《逆流》(A Rebours)活过来的。换言之,我就是作品的主人公德艾散特……去看歌剧《普莱亚斯与梅丽桑德》之时,嗅觉令我好似完全沉浸在兰花的芳香里。品赏忧郁情绪,是20世纪10年代社会性的时髦④。

从这段话中,我们可以窥见,19世纪末汹涌澎湃的德艾散特式的"世纪末感受性",被许多20世纪"出生于巴黎的男人"(parisien)继承下来了。

如此看来,"至第一次世界大战爆发的1914年,19世纪才终于结束了,

---

① 让·皮耶鲁:《颓废倾向的想象力》,渡边义爱译,白水社,昭和62年(1887年),第371页。
② Weber, op.cit., pp.11-12.
③ Ibid., p.13.
④ Ibid., p.248.

'拿破仑战争'[1] 终结于1815年,19世纪好像起始于1815年"[2]。笔者认为,这个灼见并不仅仅局限于历史领域,作为艺术上的时代划分观点,也可以让人完全接受。

以下,笔者欲对将拉斐尔前派设定为"世纪末美学"的起点之依据加以说明。1848年诞生的拉斐尔前派运动,追求绘画革新,向陈腐的"学院派"打出了一面反抗的大旗。从年代上看,拉斐尔前派与通常所说的世纪末,相隔相当长的时间,然而,最近关于世纪末艺术的研究,已经证明此派艺术家们的绘画或文学作品,是世纪末艺术的源流。近期出版的关于世纪末象征主义的绘画书籍,几乎无一例外地认定,拉斐尔前派是世纪末的滥觞。此外,如前述让·波尔·布伊龙等学者的研究所确认的那样,拉斐尔前派的艺术家被视为"新美术"(art nouveau)的先驱者。即便从文学方面看,但丁·加百列·罗塞蒂(Dante Gabriel Rossetti,1828—1882)的诗歌神髓,被奥斯卡·王尔德与莫里斯·梅特林克等人继承下来了。根据继承者名单可以看出,拉斐尔前派完全超越了流派与国境,在欧洲世纪末文学谱系中占据重要位置,这一点早已成为文学史方面的常识。

那么,剩下的问题是,"世纪末美学"的整体框架,是否果真原封不动就可适用于评价明治末期日本文学的状况?若从结论上断言,拉斐尔前派远超过欧洲的"世纪末"影响,是"日本的世纪末"辉煌的"原点"。当时日本主流文学家们积极致力于引进"世纪末",并在论证拉斐尔前派理论方面发挥了指导性作用。这些作家的观点一致,视拉斐尔前派为世纪

---

① 拿破仑战争(Napoleonic Wars,1799—1815)的前期重点是反封建的民族战争,具有进步性;后期变质,沦为掠夺他国的侵略战争。1812年6月,拿破仑率51万大军远征俄国,招致毁灭性惨败,几近全军覆没,因而促成新的反法联盟。——译者注
② Enid Starkie, *From Gautier to Eliot: The Influence of France on English Literature 1851-1939* (London: Hutchinson & Co., 1960), p.129.

末艺术思潮的源头，为介绍如此思潮倾注了全力①。

另外，将1914年定为"世纪末"的下限，这个前提应该说无任何问题。总之，20世纪开头那段时间的当时大多数文人，之所以接受了"世纪末"这个概念，是因为视其为现在进行时的最新艺术倾向。

以上，结合明治时代末期的日本文学，概述了"世纪末"的范围与对象。关于此类问题的详细考察将于第一章里展开，届时将论述明治时代日本文艺里的"世纪末"的广泛影响力。

"二战"之后的日本学术界，有人挑战"战前"形成的"夏目漱石神话"，这种形势促使夏目漱石的"阴暗部分"逐渐显露出来，这一点成为笔者撰写本书的端绪。伊藤整（1905—1969）与荒正人（1913—1979）等评论家，对"阴暗的夏目漱石形象"展开了发掘，因而被"国民作家"这一面纱所遮掩的、人们从未见过的夏目漱石文学创作的多面性被郑重其事地凸显出来。

夏目漱石读了法国作家居斯塔夫·福楼拜（Gustave Flaubert，1821—1880）的《萨朗波》，大受感动，将其铭记在心。夏目漱石在读后感中，将福楼拜喻为"双刀将"（可参阅本书第二章）。在笔者看来，唯有夏目漱石，才是与美国诗人、小说家与评论家埃德加·爱伦·坡（Edgar Allan Poe，1809—1849），法国作家居斯塔夫·福楼拜不分轩轾的"双刀将"。发表辛辣的文明批判灼见，讲述梦幻故事，夏目漱石能同时进行这两件事，实在堪称罕见的才子。此外，夏目漱石提倡"低徊趣味"之同时，也凝视人生的深渊。《漾虚集》的作者夏目漱石，还是不次于泉镜花（1873—

---

① "拉斐尔前派的继承者，是尚美主义（唯美主义）。"见岛村抱月著《英国的尚美主义》，《抱月全集》第1卷，日本图书中心，昭和53年（1978年），第325页。
"特别是像但丁·加百列·罗塞蒂那样的艺术家，有的地方近似法国象征主义者（表象派），将淫逸与虔诚之念合二为一，形成一大特色。"见岩野泡鸣著《自然主义的表象诗论》，《泡鸣全集》第15卷，国民图书，大正11年（1922年），第208页。
"神秘的、象征的、情感特色的所谓颓废潮流，汹涌澎湃，在最近欧洲的观念领域形成大势，压倒了神经极钝者。如此现象不外乎萌芽于罗塞蒂一派的P·R·B等。"见厨川辰夫著《论最近英国诗人与时势的关系》，《帝国文学》明治40年（1907年）12月号。

1939）的一位"梦幻派"作家。夏目漱石于明治40年代创作的类似《梦十夜》或《永日小品》那样的散文小品，在当时突显了世纪末式前卫表达的顶点。

夏目漱石的著作，装帧华美，这般"新美术"风格的装帧设计，可以说是具有洗练感受性的夏目漱石气质的艺术家的发挥。《其后》里长井代助那样的男主人公，由敏锐的感觉与复杂的神经塑就，是一个继承了些许颓废血脉的世纪末唯美主义者。另外，活跃在夏目漱石作品中的妖冶"新女性"们的本性，可谓名副其实的"能改变男人命运的女性"（femme fatale）之苗裔。夏目漱石视都市实相为"迷宫"，他还是一个"前卫"的现代主义者，以近代意识看待都市文化。

具有如此特色的夏目漱石，其文学创作中的"世纪末"特质，不外标示出迄今为止被忽略了的夏目漱石文学新领域之存在。笔者坚信，"世纪末"或"世纪末美学"这样的概念，对解析夏目漱石作品中唯美想象力之结构，可以发挥极其有效的作用。

第一章　近代日本文学与"世纪末"

第一节　"世纪末"的生涯

作为"fin de siècle"的译词,"世纪末"如今已经被广泛使用了。在日本,这个词从何时开始使用？笔者打算以这个提问为出发点,展开论述。

众所周知,明治时代初期,日本引进了西历,随之,各种各样的新词被相继创造出来。作为百年单位时代划分的概念——"世纪"这个今天被广泛使用的词语就是一个代表。《日本国语大辞典》（小学馆）针对"世纪"这样解释道："（1）指时间、年代；（2）时代划分的名称,以百年为单位。"该辞典着重对（2）的内涵做如下解释："关于'Century',曾有过'百年''世期'等各种译法。明治20年（1887年）前后开始,被固定译为'世纪'。"针对这个译词固定下来的时期,人们已进行过比较深入的具体考证。根据芳贺彻（1931——）的考证,明治14年（1881年）刊行的松岛刚著《社会平权论》中,就出现了"几世纪"这样的用例。据说也许自这个时期开始,"世纪"这个词语就已经作为译词固定下来了[①]。

然而,正如芳贺彻指出的那样,以基督教文明的年代概念为基础的百

[①] 芳贺彻：《日本的"世纪末"》,载前田爱编《日本文学新史·近代》,《国文学解释与鉴赏》另册,至文堂,昭和61年（1986年）2月。

年单位时代划分，对于明治6年刚刚采用太阳历①的明治时代的人们来说是很难习惯的，这一点不难想象。刚刚进入新世纪的1901年1月22日，维多利亚女王崩殂。为表示哀悼，正逗留英国的夏目漱石去商店买黑手套时，店员对夏目漱石这样说道："新世纪的开幕，有点不吉利。"（"The new century has opened rather inauspiciously…"②）我们不能期望在如此氛围中，使用"世纪"这个词语。一般认为，要想让当时的日本人对"世纪"这个时代划分概念能有真正的认识，至少，这些人应当有过迎接新世纪（20世纪）的体验。当时具有代表性的综合杂志《太阳》，在距新世纪尚有半年左右的明治33年（1900年）6月，发行了标题为"19世纪"的临时增刊号（第6卷第8号），就是一个证明。

意味着世纪之终的"世纪末"这个词语的实际出现，究竟始于何时？根据笔者迄今考察的范围，至少可以认定，在文艺界的最早用例，出现在明治28年（1895年）1月《帝国文学》创刊号上，该刊收录了一篇题为《世纪末的文坛》的文章，此乃当时的东京帝国大学英文系学生上田敏撰写的一篇短评。作者在此文中将明治28年（1895年）界定为"世纪末年"。毫无疑问，上田敏使用的"世纪末年"是一个译词，它出自1886年诞生于法国、其后不久又固定于英文与德文之中的"fin de siècle"（世纪末）。

然而，笔者在这里希望人们注意的是，如以下引文所示，除了"世纪末"之外，上田敏还使用了另外一个译词。

> 约利斯·卡尔·于斯曼（1848年生）的著作《逆流》（*A Rebours*，1889年，正确时间当为1884年）的主人公德艾散特，撼

---

①明治政府为顺应文明开化大趋势，明治5年（1872年）11月9日颁布了《改历诏书》，决定废除太阴历，改明治5年12月3日为明治6年（1873年）1月1日，与太阳历一致。——译者注
②明治34年（1901年）1月23日，星期三，"昨夜六时半，女皇作古。at Osborne.Flags are hoisted at half-mast.All the town is in mourning.I, a foreign subject, also wear a black-necktie to show my respectful sympathy. 'The new century has opened rather inauspiciously, ' said the shopman of whom I bought a pair of black gloves this morning."见《夏目漱石日记》，载《夏目漱石全集》第13卷，第34页。本书中的《夏目漱石全集》引文，全部依据日本岩波书店昭和40年（1965年）至昭和42年（1967年）刊行的《夏目漱石全集》。

动了现代文坛。德艾散特因为对这个世纪深感怀疑而精神痛苦，他的肉体受到了过敏的神经之刺激，他是一个所谓"浇季"（ファン・ド・シエクル）的人①。

这是日本著名诗人、象征诗运动的先驱者上田敏（1874—1916）题为《幽趣微韵》的评论中的一节。《幽趣微韵》载于《江湖文学》明治30年（1897年）5月号。上田敏从"神经敏锐"中找到了"现代"西欧文学的特征，并举出位居如此倾向之巅的作家——约利斯·卡尔·于斯曼。而且，上田敏在论述于斯曼的代表作《逆流》（A Rebours）时，将作品的主人公德艾散特形容为"浇季之人"，并在"浇季"这个词的旁侧，附注了日文"片假名"②——"ファン・ド・シエクル"③。由此看来，上田敏显然是以"浇季"这个译词来代替自己两年前使用过的"世纪末年"。

据辞典解释，所谓"浇季"，即"道德浇薄、人情淡薄的末世"（《日本国语大辞典》）。如此解释与上田敏以"怀疑""过敏的神经"等词语界定的概念"ファン・ド・シエクル"之内涵，未必完全吻合。而且"浇季"这个汉字名词，本质上附带贬义印象。上田敏开始从事文学评论活动后，便以充沛精力译介法国或比利时的象征派诗人与作家，其背景不外是上田敏对如此时代意义的"浇季"作家们，萌发出最强烈的共鸣。

上田敏究竟为什么宁愿冒着产生矛盾的危险也要选用"浇季"这个新译词？关于"世纪末"的含义，如本书绪论中所述，在"世纪之末"这个名词意思基础上，又掺入"颓废的"或者"现代的"之类的形容词意思。这样一来，问题的焦点是前述引文里的"浇季"一词，究竟用于何种文脉中为宜。"浇季"大概没有可能被作为形容词来使用。其证明是，首先，上田敏在翻译"ファン・ド・シエクル"时，避开了"世纪之末"这一直

---

①载《上田敏全集》第3卷，教育出版中心，昭和53年（1978年），第82页。初载于《帝国文学》明治28年（1895年）6月号，文章标题是《于斯曼》。《于斯曼》收入春阳堂明治34年（1901年）12月版《文艺论集》时，引用的这一段作为《补遗》附加其中。
②楷书体日文字母，现在主要用于标记外来语或拟声词、拟态词等。——译者注
③法语"Fin de Siècle"（世纪末）的日语音译。——译者注

译，选用了意译的"浇季"。也就是说，直译的"世纪末"最先出现时完全是一个年代性的概念，以此解释德艾散特的颓废倾向理念，不符合前后文意。上田敏一定是依据这个判断，才将其他译词用做形容词的。像"浇季之人"这一实例，是展示出带形容词性质的用例，其意思和如下文章中"世纪末"的用法可谓完全相同。即 1890 年 6 月 5 日的《演说者》(*The Speaker*) 上，登载了一篇关于奥斯卡·王尔德《道林·格雷的肖像》(*The Picture of Dorian Gray*，1891 年) 的书评，文中评论亨利"确实是一个世纪末的绅士"[①]。

上田敏的评论文章《于斯曼》在阐论于斯曼的文学世界时有一处补遗："这是足以令受众欣赏'浇季'趣味的味觉的合奏，还是嗅觉的画堂……"(《上田敏全集》第 3 卷，第 271 页)。此处的"浇季"没有像前面初出之际那样，在这个词的旁侧附注日文"片假名"——"ファン・ド・シエクル"。尽管如此，其内涵也很明显，即"浇季"包蕴"颓废的"这一语意，带有"世纪末的"意思。上田敏在论述于斯曼代表的"晚罗颓罗（废）的文学"[②]（《幽趣微韵》）之时，换言之，即上田敏论述 19 世纪末的颓废倾向文学之时，正确地根据专业术语，极早使用了"ファン・ド・シエクル"（"浇季"）这个词语。可以认为，这件事象征着上田敏是日本引介"世纪末"这个概念的真正主角。

继上田敏这个先例之后，在明治 30 年代[③] 后半期的日本评论界，作为文艺概念的"世纪末"，逐渐为人们所广泛使用。其中一个显例是，《帝国文学》明治 36 年（1903 年）5 月号的"杂报"栏，登载了评论家樱井天坛（1879—1933）题为"所谓自然主义"的报道，其中有如下内容：

> 夫观事象之皮相而不能观其核心之徒云："自然主义已经消亡，

---

① Holbrook Jackson, *The Eighteen Nineties: A Review of Art and Ideas at the Close of the Nineteenth Century* (London: Grant Richards, 1913), p.21. 评论者的"世纪末的绅士"这句话出自《道林·格雷的肖像》中的亨利曾念叨过的"fin de siècle"一段话。
② "晚罗"是上田敏的造语，一般认为，"晚罗"即意味着"拉丁世界的末期"。
③ 即明治 30 年（1897 年）至明治 39 年（1906 年）。——译者注

放浪自恣的主观主义与奔放热烈的空想主义，乃至神秘主义与象征主义，已经到来，取代了自然主义。他们口不离"ファン・ド・シエクル"，不断热议象征主义者。"

这段文字中使用的"ファン・ド・シエクル"（世纪末）这个概念，包含了神秘主义与象征主义之类的思潮。这时，人们已经不使用此前上田敏试用的译词"世纪末"与"浇季"，而是直接使用法文的音译。继之，前述《帝国文学》5月号上，还发表了匿名作者撰写的《颓废[①]论》。其中这样写道："……到了约利斯·卡尔·于斯曼，全篇中的登场人物悉数由'颓废'的人物荟萃构成，可谓达到恣荡放逸糜烂之极。"所谓"颓废的人物"，换言之，即"世纪末的人物"，可以说，这个概念表达的意思，与上田敏所说的"浇季之人"基本相同。樱井天坛与《颓废论》的作者，没使用上田敏生硬的译词，而采用了法文原文直译的概念。

此外，如要缜密考察迄今为止关于法语"fin de siècle"（世纪末）的试译的例子，这里可以举出如下一篇文章。首先，早在明治39年（1906年），评论家、美学家、英语文学研究者岛村抱月[②]（1871—1918）在《英国的尚美主义》中写道：

> 马克斯·诺尔道将这些诗人与其后的尚美主义诗人乃至更后时期内的诗人，统称为"颓废诗人"、"时代末诗人"或"颓废期诗人"。这是因为，文明发展分为时限，在其推进的过程中，首先，一个时期的文明发展到了顶点，达到烂熟之后，就会趋向腐败溃烂。当新文明要取代这种现状时，首先必须打破烂熟的旧文明。这种不稳定的时代，即所谓颓废期的时代末[③]。

---

① 日文原文是"デカダン"，即法语"décadent"的直译。——译者注
② 明治35年（1902）3月至明治38年（1905年）9月，岛村抱月留学牛津大学与柏林大学，专攻美学、心理学、艺术史。他的业余爱好是戏剧。归国后甚得坪内逍遥器重。——译者注
③ 岛村抱月：《岛村抱月全集》第1卷，日本图书中心，昭和54年（1979年），第324页。

岛村抱月引用马克斯·诺尔道的《堕落论》的观点来论述世纪末颓废诗人，在如此论述中，"fin de siècle"被译成了"时代末"这个概念（顺便提一句，"décadent poet"被译成"颓废期诗人"）。岛村抱月在明治39年（1906年）1月发表的《被囚禁的文艺》中，使用"19世纪末的文艺"等字样，从文中可以看出，他将"fin de siècle"分别用作名词概念的"世纪末"与形容词概念的"时代末"，形容词概念是与颓废意味相结合而形成的。

此外，玉置迈在关于德国世纪末画家阿诺德·勃克林①的文章《阿诺德·勃克林》（载《帝国文学》1905年9月号）中写道，"呈现疲劳之色的'纪季思潮'，浸透于三者的作品中"，玉置迈将"fin de siècle mood"译作"纪季思潮"。

根据笔者的考察，"世纪末"作为一个文艺用语浸透日本文坛，大致始于明治40年（1907年）。法国文学研究家折竹蓼峰（1884—1950）以杂志《帝国文学》②为据点，积极致力于引进法国象征诗，他在题为"近代法国诗界概观（下）"（载《帝国文学》1907年9月号）的评论中这样写道：

> 19世纪末期达到繁荣之极的是象征派诗歌。这个诗歌流派的主张，与其说与世纪末思潮相契合，不如说是在世纪末思潮的滋养之下才诞生的。

此论旨在说明，象征主义诞生于"世纪末思潮"之中。折竹蓼峰的此

---

①阿诺德·勃克林（Arnold Böcklin，1827—1901）是瑞士画家，在德国学习，艺术上属于德国浪漫主义。他的作品以希腊神话基督教义为题材，活用象征主义和浪漫主义手法，飘荡虚幻神秘的情调。代表作有《潘神与排箫女神》《维纳斯的诞生》《死岛》等。——译者注
②创刊于明治28年（1895年）1月，大正9年（1920年）1月停刊。它是东京帝国大学文科教员、学生与毕业生创办的"帝国文学会"的同仁杂志，主要作者有高山樗牛、上田敏、大町桂月、森鸥外、夏目漱石、芥川龙之介等。——译者注

文中出现的"世纪末",可以替代岛村抱的"时代末"和玉置迈的"纪季"。

《帝国文学》明治40年(1907年)10月号上,登载了著名文艺评论家厨川白村(1880—1923)的文章《论近代英国诗人与时势的关系》。此文中也出现了与"颓废堕落"的时代氛围相关联的"世纪末"字样。

> 一般说来,近代国民的生活,在其客观方面或者社会方面发生激烈竞争,如此状态进而在主观方面或者精神方面形成了烦闷与痛苦。不久的后来,便出现了世人所谓的<u>世纪末风气</u>,欧洲大陆出现了<u>颓废堕落的风潮</u>①。(底线为引用者所加)

这里,厨川白村使用的"世纪末"一词,是表达19世纪末欧洲社会风潮和精神风潮的概念。此外,上田敏针对比利时象征主义诗人莫里斯·梅特林克(Maurice Maeterlink,1862—1949)的诗,这样评论道:

> 如同发高烧说梦话一般,如同谵语般发生了风化,令人忆及树叶沉重、气氛压抑的医院的中庭或者运河之岸。这种"世纪末的烦闷",被表现为抒情诗……②(上田敏:《梅特林克》,《哲学杂志》1907年11月号)。

从上述这一段文字中,我们也可看到"世纪末的烦闷"这样的文字表述。继上田敏之后,以杂志《帝国文学》为中心,关于"世纪末"的介绍,很快就普及至整个日本文坛。譬如,名闻遐迩的自然主义派论客相马御风③,于前述折竹蓼峰与厨川白村的文章相继问世之后,发表了如下一文:

---

① 厨川白村:《厨川白村集》第1卷,福永书店,大正13年(1924年),第31页。
② 上田敏:《上田敏全集》第7卷,教育出版中心,昭和53年(1978年),第149页。
③ 相马御风(1883—1950),诗人、评论家,毕业于早稻田大学,自然主义文学运动评论家。代表作有《御风诗集》《黎明期的文学》《大愚良宽》等。——译者注

> 疲劳，无解决，怀疑，"自暴自弃"，凡此种种，都是可以当作形容词来形容"世纪末"文艺的特质。最近的自然主义特质，就表现于此。（底线为原文所加。相马御风：《文艺上主客两体的融会》，《早稻田文学》1907年10月号）

这里不容忽略的事实是，自然主义者们认为，"世纪末"与自然主义文学的特质相同。对此，与自然主义文学没有直接关系的评论家生田长江[①]于文章中这样写道：

> "颓废派"（décadents）这个名称，与其说来自世间，莫如说是自己命名的。而且颓废派同仁将道德意识迟钝的原因，归结于所谓的"世纪末"（Fin de siècle）的特殊时代……（生田长江著《自然主义论》，《趣味》1908年3月号）

从这篇论文中，我们也能看见"世纪末"字样。在当时的文艺界，一部分人认为："自然主义＝颓废＝世纪末。"按照评论家中村光夫（1911—1988）的说法，我们不难窥见这里成立的是一道"跛行的公式"（这一点留待后文详述）。

总而言之，我们应当这样认定：从这时开始，"世纪末"与"颓废"在含义上可以互换，这一点已成定论。换言之，通过对此事的确认，我们可以知晓，人们对"世纪末"这个概念的理解已经十分完整了。例如，明治42年（1909年）2月出版的综合杂志《太阳》增刊号《文艺史》，对自然主义作家岩野泡鸣（1873—1920）的诗做出如下解释："他最早发表

[①] 生田长江（1882—1936），生于鸟取县日野郡根雨町，毕业于东京帝国大学哲学科，评论家与翻译家，代表作有《最近的小说家》《彻底的人道主义》《超近代派宣言》等，翻译了《尼采全集》。——译者注

了带有世纪末与颓废倾向的作品。"① 这个恰当的例子说明，"世纪末"与"颓废"作为文艺用语已被广泛认知，此类用语可以正常适用于日本的诗人与作家身上。

明治42年（1909年）刊行的《文艺百科全书》这样评论尾崎红叶（1867—1903）的弟子小栗风叶（1875—1926）的长篇小说《青春》（1905—1906年）："早在《青春》问世之前，国木田独步的短篇小说就描写了许多有<u>颓废性的世纪末思想</u>的登场人物。"②（底线为引用者所加）由此可见，"颓废"与"世纪末"被视为近义词。另外，属于反自然主义与唯美派系统的诗人、剧作家木下杢太郎（1885—1945）也说："东洋教舍弃了一切哲学，排斥艺术，以屏迹山中的释迦菩萨为教祖。然而东洋教绝不否认西洋的特别是世纪末颓废艺术表达的内容。"③（木下杢太郎著《浅草公园》）。不言自明，木下杢太郎的观点与前者相同。

那么，在评论之类的形式之外，实际的文学作品中，类似"颓废性的"这种形容词用法的"世纪末"，究竟始于何时何处？根据笔者迄今的考察范围，其最早用例可从夏目漱石的小说《三四郎》（连载于《朝日新闻》1908年9月1日—12月29日）中觅得。第四章里佐佐木与次郎（小川三四郎的朋友）对小川三四郎说道："神情总有些奇妙。脸色显得非常疲劳，是'世纪末'的脸。"（第四节）这段台词里就出现了"'世纪末'的脸"这种语言表述。显然，此处的"世纪末"，是作为形容词使用的"fin de siècle"的译词。（关于这一点的详论，可参见本书第二章）

围绕以上考察，归纳说来，"fin de siècle"的译词——"世纪末"，经过上田敏提出的、纯粹表示年代概念的"世纪末年"与意为"颓废"的形容词"浇季"用例，其"颓废"的内涵逐渐扩大，作为一个文艺专业用语，终于在文坛上固定下来了。其固定下来的征兆之展露，一般认为始于明治40年（1907年）。经过如上过程，"世纪末"作为法语"fin de siècle"

---

① 《文艺史》，《太阳》第52卷第3号，明治42年（1909年）2月，第122页。
② 早稻田文学社编《文艺百科全书》，早稻田文学社，明治42年（1909年），第702页。
③ 《方寸》1909年11月号，《木下杢太郎全集》第7卷，岩波书店，昭和56年（1981年），第164页。

的译词，最后固定于日语之中。尔后，这一译词逐渐传入同一"汉字文化圈"内的韩语和中文之中，至今尚存①。

第二节　颓废倾向与日本的"近代"

明治42年（1909年）2月发行的《太阳》增刊号《文艺史》，是一项大规模的规划，从各种角度总结了明治时代里近代文艺的具体发展状况。据《文艺史》的观点，明治文艺思想的推移可分为四个阶段。

第一期，至明治20年（1887年）前后的欧化主义；

第二期，至明治30年（1897年）前后的国粹保存主义；

第三期，明治30年（1897年）以后的"日本主义"②；

第四期，至明治35年（1902年）或36年（1903年）以后至今的"世纪末"思想③。

这里提出的观点是，日本的"世纪末"潮流形成于明治35年或36年。这里引用《文艺史》中相关部分的开头：

> 我将本章的标题定为"世纪末"。确实应该是世纪末。……世纪末这个语词是法国人造出来的。这个词在概括19世纪末混沌纷乱的思想界方面，是最恰切的一个词④。

---

① 查阅《中文大词典》（中国文化学院华冈出版社，1973年）中"世纪末"词条："指19世纪末期社会变革剧烈，人心浮动不安，达于极点，故有世纪末之称。"《远东英汉大辞典》（远东图书公司，1995年）中的"fin de siècle"词条的解释是"19世纪末的、颓废的"。"19世纪末的"的"19"未加引号，这是一特征。韩国语辞典的解释，与日文辞典、中文辞典的解释大同小异。

② 明治维新后的思潮，持续到"二战"结束。日本主义固守日本传统文化，拥护国粹，以此来反对欧化主义、民主主义和社会主义。它没有形成一定的思想体系，观点因人而异，急先锋有三宅雪岭（1860—1945）、高山樗牛（1871—1902）等。他们在政治上反对欧美协调主义，强调对外推行强硬政策。到了大正时代与昭和时代，日本的资本主义进一步发展，导致了阶级对立的激化，日本主义便强调以天皇为中心的皇道或国体思想，以此反对社会主义与马克思思想。——译者注

③《文艺史》，《太阳》第52卷第3号，明治42年（1909年）2月，第7页。

④《文艺史》，《太阳》第52卷第3号，明治42年（1909年）2月，第34—35页。

此文作者将明治42年（1909年）界定为"世纪末"。针对"世纪末的思想"，作者又做了如下解说。

> 脱离狂热的情态后，从容静定的环境，出现在第三期（或者第四期？）。在这一时期日本才开始认真研究西方文化。大致在这个时期，日本文明的步调终于与欧美诸国达于一致。因此，在彼处发生的思想界的动摇，即所谓世纪末思想，几乎同时也发生在日本。日本倡扬尼采的个人主义、易卜生主义或颓废思想，即在这一时期[①]。（《文艺史》第二编"思想界的变迁"）

这里，此文作者着重指出，尼采的个人主义、易卜生的自我解放思想，以及颓废倾向的氛围，构成了明治30年代中期以后"世纪末的思想"之基础。关于这一点，该书第三章第三节"世纪末的思想"中有较详细的论述。其论点之特征如下：

> 这种世纪末各种各样复杂的思想发酵之后，或者化作神秘主义，或者化作个人主义，或者化作表象主义、颓废倾向、本能主义等。凡此种种，其实质是树立起各种主义，而且均不舍弃自我。但无一个宏大思想能将这些主义统一起来。倘若说有一个宏大的思想，那就是广义的个人主义[②]。

正如我们从这段文字记述中所能领会的那样，世纪末的各种思潮的重要一点，一言以蔽之，可理解为广义上的个人主义。

更显得饶有趣味的是，从"文明的步调终于与欧美诸国达于一致"这

[①]《文艺史》，《太阳》第52卷第3号，明治42年（1909年）2月，第7页。
[②]《文艺史》，《太阳》第52卷第3号，明治42年（1909年）2月，第85页。

一句话中，我们可以看出，明治42年（1909年），以引进西欧世纪末思潮为肇端，日本文艺界与欧洲文艺界开始齐头并进，行进于同一条世纪末思潮的轨道上。如此认识当时已经扎下了根。不消说，这种认识从另一个侧面证明了日本的"国家主义"，即"日俄战争"胜利后，日本萌生了"国民的精神力量，绝不落后于西方诸国，吾国文明与西方诸国步调一致"的理念①。

面对在广泛领域里偏于接受"世纪末"不健全一面的这一"颓废倾向"②，明治时代的文学家们，立足于相当积极的立场，旗帜鲜明地肯定"世纪末"的意义。譬如，明治41年（1908年），发生了轰动社会的森田草平（1881—1949）与平塚雷鸟（1886—1971）之间的"情死未遂事件"③，报纸等媒体将其定性为道德方面的"颓废"现象。对此，评论家、小说家内田鲁庵（1868—1929）做出如下强烈的反驳。

> 然而，将这位学士与小姐指定为典型的颓废，还算说得过去，而小报记者将其视为堕落，确系大错特错了。通常情况下，人们往往将颓废与堕落混为一谈，而实际上二者在实质上存在区别，颓废有其主张，堕落则无主张④。

人们通常认为，内田鲁庵如此这般地捍卫"颓废"，旨在表明，他将"颓废"界定为抗拒既存道德与社会习惯的一种"新的理论"。

---

① 《文艺史》，《太阳》第52卷第3号，明治42年（1909年）2月，第7页。
② 早稻田文学社编《文艺百科全书》中写道："颓废倾向，亦称世纪末思想，不健全的神经质是其特点。"早稻田文学社，明治42年（1909年），第743页。
③ 小说家、翻译家森田草平，毕业于东京帝国大学英文科，是夏目漱石的弟子。平塚雷鸟毕业于日本女子大学家政科，是妇女运动家与评论家。已婚的森田草平在歌人与谢野晶子（1878—1942）开设的"闺秀大学"任教时，结识了女弟子平塚雷鸟，眉来眼去，坠入情网。1908年3月21日，二人奔向栃木县大雪覆盖的盐原尾花岭，决定殉情，因被警察发现，"情死"未遂。此事件一夜之间成为家喻户晓的恋爱丑闻。此刻，夏目漱石挽救了声名狼藉的森田草平，《东京每日新闻》连载森田草平描写恋爱内幕的小说《烟尘》。森田草平晚年加入了日本共产党。——译者注
④ 内田鲁庵：《精神世界的异常现象》，《女学世界》，明治41年（1908年）5月号，收入《内田鲁庵全集》第6卷，Yumani书房，昭和61年（1986年），第20—21页。

与这一点相关联,以"颓废者"或"世纪末派"自居的岩野泡鸣①曾表示:在现代文学界,"表象派、恶魔派、人工派、神秘派、苦闷派、心热派"等思潮,都受过"世纪末(Fin-de-Siècle)的刺激"。岩野泡鸣又说道:

> 如此现象,如果按照我国老一辈的说法,或恐是证明"世间沦为浇季"的实例。然而,我们切莫忘记,新鲜的、水水灵灵的、生机蓬勃的种子,必然会从这"浇季"之中萌发出来②。

应当承认,这个论点意味深长。尤其发人深思的是,岩野泡鸣指出"世纪末"(浇季)或者"颓废倾向"的观念之中,蕴藏着新的创造之潜能。我们必须说,当时岩野泡鸣能提出这种主张,殊甚令人惊诧。

思索起来,岩野泡鸣的如此发言是有其背景的。明治时代末期的文学家们,有的人解悟到"世纪末"已经是褪色的口号。我们可以做出这样的判断:岩野泡鸣晓畅这一点,在此基础上,他大谈"世纪末",旨在明示一己见地。换言之,在岩野泡鸣看来,"世纪末"并不单单是时代区分的概念,而是一种能够主导新的变化的世界观。因而,即使"世纪末"在名目上所表示的世纪过去后,它仍旧是一个状态持续性的"现在进行时"概念。

> 诸种达观,即所谓"世纪末思潮",尚未达到可以支配世间的程度。可以说,目前人们是在微光里摸索"世纪末思潮"。比喻说来,即目前世纪末思潮正处于发酵之中。(上田敏:《法兰西近代诗歌》,《明星》1903 年 1 月号)

---

① 岩野泡鸣说:"在现代,纵然存在不孝子女和违背道德的父母,纵然有情死、投水自杀、当强盗、通奸、杀人、谋反、战争、胜利、和平会议、博览会等活动,对此,如果一个人能够从中痛切地感受到自我解放、个人主义、神经过敏、灵肉燃烧、视听错觉、味嗅两觉,那么,他就是'世纪末派'的一员,对他应当表示欢迎。"见岩野泡鸣《新体诗史》,明治 41 年(1908 年),收入《岩野泡鸣全集》第 14 卷,国民图书出版社,大正 11 年(1922 年),第 673 页。
② 岩野泡鸣:《岩野泡鸣全集》第 14 卷,国民图书出版社,大正 11 年(1922 年),第 672—673 页。

上田敏的此一番阐述，明示出一己意识：纵然进入 20 世纪，文艺潮流犹然处于"世纪末"的正中心。还有，厨川白村于《近代文学十讲》（1912 年）中这样说道：

> 许多人将如此情调命名曰"世纪末"（Fin de Siècle）。其意为，上一个世纪的末尾，如此情调最为显著。然而，不消说，以世纪划分时代，纯属人图方便而为，与思潮变迁的途径，完全无关。即使进入 20 世纪，19 世纪的这种情调依然与现今相通，普遍存在①。

厨川白村的如此观点，是以岩野泡鸣与上田敏的认识为基础的。笔者希望人们特别注意的是，厨川白村将"世纪末"称作"情调"。还有，厨川白村指出，如此"情调"和"世纪的划分"无关，纵然到了 20 世纪，"世纪末"这种"情调"依然"普遍"存在。

大塚保治②于《帝国文学》明治 38 年（1905 年）12 月号上发表论文，针对法国象征派画家居斯塔夫·莫罗（Gustave Moreau，1826—1898）的绘画，这样写道：

> 这样的地方极其吻合最近一部分人的偏好倾向，吻合了近世的特质，也就是吻合"das Moderne"（现代性）、"fin de siècle"（世纪末）与"décadence"（颓废倾向）等 19 世纪末的情趣倾向。（大塚保治：《论居斯塔夫·莫罗的绘画》）

这里，我们可以知晓：大塚保治的理解是，"世纪末"与"颓废

---

①厨川白村：《厨川白村集》第 1 卷，福永书店，大正 13 年（1924 年），第 31 页。
②大塚保治（1868—1931），原名小屋保治，是夏目漱石的朋友，1901 年毕业于东京帝大哲学系。1895 年他入赘大塚家，改姓大塚。1896 年始，相继留学德、法、意三国，1900 年归国任东京帝大教授，引进西方美学，为日本打下了美学研究的基础。谢世后，1933 年，其著作《美学及艺术论》与《文艺思潮论》问世。——译者注

倾向""现代性"属于同一谱系。关于这一点,阅读以下文章,可以加深理解。《帝国文学》明治41年(1908年)4月号的"时事评论"栏文章,这样写道:"新浪漫主义或者近代的象征主义,<u>是一股新思潮,明显带有'颓废'风格。此乃不争的事实</u>。"①(底线为引用者所加)"世纪末"="颓废倾向"="现代性",如此等式,可以说不仅反映在前述文人们的见地中,也反映在许多文化精英的认识之中。

就连造出了"颓废的近代倾向"(Decadent Modernism)这个新概念的厨川白村,也是持上述观点之一人。根据评论家厨川白村的观点,从如下见地中,可以窥见"颓废倾向"的"近代特色"意义,即

> 反抗旧套,不屈服于权威,强烈地发挥个性,肆无忌惮。而且在热爱人生的这个情感方面,极其贪求感觉世界的快乐,未久,又陷入绝望悲观的深渊之中②。

反抗旧套与权威,张扬个性,耽溺于感觉,对现实持怀疑态度,这些"颓废倾向"的道德条目,被当时的文学家们当作"近代性"的价值,接受过来了。

"fin de siècle"(世纪末)的语义中含有"modernism"(现代主义)的意思,这一点如前所述,"modern"的语源是拉丁语的"modernus"。"modernus"带有希腊语"neo"(new)的含义。世纪末是"新思潮"广受赞扬的时代。林达·多灵的论文,旨在分析19世纪90年代英国小说特征,据此论文,世纪末小说中登场的"新女人"与"颓废",是这个时代追求"新颖"的孪生子③。我们如果用心一览世纪转换时期法国与英国刊发的杂志名称则不难知晓,当时诸如"new"(新)或者"nouveau"(nouvelle)

---

① 此文标题是"戏曲与象征",署名"梦曲"。
② 厨川白村:《厨川白村集》第1卷,福永书店大正13年(1924年),第33页。
③ Linda Dowling, "The Decadent and the New Woman in the 1890's", *Nineteenth Century Fiction* *33*(March 1979), pp.434—445。

之类的形容词与定语十分流行。赫尔布鲁克·杰克逊有过这样的介绍：与"世纪末"并行的"new"已经抬头，这反映在追求现代性的社会氛围中，可以发现在英国的世纪转换期里，诞生了如下新概念——"New Spirit"（新精神）、"New Humour"（新幽默）、"New Realism"（新现实主义）、"New Hedonism"（新快乐主义）、"New Drama"（新剧）、"New Unionism"（新联合主义）、"New Party"（新党）、"New Woman"（新女性）[①]。

欧洲的这种现象同样也发生在日本。也就是说，在19世纪末引进文艺思潮的同时，《新小说》《新声》《美术新报》《新潮》《新思潮》《新天地》《新文艺》等杂志在日本相继创刊，公开发行[②]。从这里出现的定语"新"的泛滥，可以看出当时人们对"近代"的强烈期待。我们必须认识到，人们因文艺界不断形成的"新"意识而渐渐觉醒，在这种觉醒中相继出现了日本"世纪末的繁荣"乃至"现代性"的萌芽。

"世纪末"的潮流真正涌入日本文学界，是在明治40年代。这个事实与当事者们的认识有别，从今天的角度看，西方的"世纪末"与日本的"世纪末"之间存在某种"错位"，此乃极自然的现象。这是因为明治时代的日本在接受西方近代文明的过程中难免产生时间方面的落差。人们做如此理解，并无大碍。

尽管如此，仅就这个问题而言，不能将原因全部归结于时间方面的落差。这是因为所谓日本受到"迟到"的"世纪末"之浸润，这一点其实并不局限于明治40年代的日本文学界，因为正如本书绪论所阐述的那样，纵然在作为"世纪末"源头的欧洲，各国接受在"世纪末"时，也存在程度不同的时间差异，出现过与日本类似的现象。顺便笔及，在与"世纪末"文化中心地存在距离这一现象方面，捷克与日本相同。19世纪80年代末，捷克出现了"世纪末氛围"征兆，如此氛围作为捷克文学的主流倾向之一，

---

① Jackson, op.cit., pp.21—22.
② 高阶秀尔：《明治30年代艺术中的世纪末背景》，收入芳贺彻等编《讲座比较文学4·近代日本的思想与艺术》，东京大学出版会，昭和49年（1974年），第93—94页。而且在高阶秀尔举出的实例之外，还可列举出明治30年代或40年代创刊的带"新"字的杂志，如《新理想》《新纪元》《新韵》《新文坛》等。

一直延续至20世纪20年代初期①。

如此看来，在19世纪末的日本，由于上田敏等人的引介，"世纪末"进入岛国，并在进入20世纪后开始普及文坛，形成了一股浩浩荡荡的潮流。因此，这里便有一个性质问题，即不能将日本的如此现实单单归因于外来思潮移植过程出现的时间落差。极力思考二者的差异，笔者得出的结论是，若说进入20世纪后西欧的"世纪末"已化作余韵或"退潮"，那么，明治时代日本的"世纪末"或可以说正涌向"最高潮"。

明治30年代至40年代的文坛要求文学界"脱离传统"，掀起"新的变革"。文学家人人高喊"世纪末"，人们认为，作家们的主张与时代要求处于联动状态。当时是日本近代文学史上变革最激烈的时代。"世纪末"或"颓废倾向"等标语，绝非上一世纪留下的褪了色的遗产，"世纪末"或"颓废倾向"与为真正进入"近代"而萌生的新的思考形式直接相联。在这个意义上，上田敏的译诗集《海潮音》②堪称西欧世纪末文学的精美诗文集，是故，《海潮音》序言将这本译诗集刊行的时代意义界定为传达了"新声之美"，确实有其道理。

第三节 "世纪末"的繁荣与自然主义的全盛

中村光夫在《风俗小说论》（1955年）中对日本自然主义小说展开的批判，骤然产生了巨大影响。西欧的自然主义是针对浪漫派过度迷信个性而产生的，是"非个性的文学"。与西欧的自然主义相比，日本的自然主义小说却是"偏重作家个性的文学"，在这一点上明显带有"浪漫小说"

---

① Jiri Kudnac, "The Significance of Czech Fin-de-Siècle Criticusm", in Robert B. Pynsent ed., *Decadence and Innovation: Austro -Hungarian Life and at the Turn of the Century* (London Weidenfeld & Nicolson, 1989), p.88.
②《海潮音》1905年10月由本乡书院出版，内收欧洲29位诗人的57首名诗，侧重于象征诗与高踏派的诗，将欧洲象征诗引入日本。这本译诗集堪称岛国象征诗运动的先驱。——译者注

性质①。这是中村光夫批判自然主义时提出的中心观点。围绕自然主义迎来全盛期的明治40年代，他总结如下：

> 最大限度地概括说来，"日俄战争"的胜利，基本上确立了文明开化政策，而文明开化政策思想的背后其实是功利主义。明治40年代日本思想界的氛围，是对文明开化政策及功利主义的批判与反省。否定和怀疑权威，是新时代的口号②。

这一段文字，可谓是非常稳妥的概括。笔者引用此论的理由，不外是为了证明：明治40年代整个日本文坛状况与欧洲19世纪末文坛状况有相似之处。文明开化的实现（即近代产业革命的发达），导致出现了"功利主义否定论""时代怀疑论"，这种论调是世纪末艺术家普遍明示的态度。

明治40年代被人们视为"自然主义的时代"，中村光夫对这一时代的"思想界的氛围"做出的解析，让我们充分理解到：这个时代的氛围呈现出某种程度的"世纪末"色彩。自然主义在上述思想土壤中迎来了鼎盛期，而中村光夫的自然主义批判，对日本独特的状况考虑不周，存在严重问题。中村光夫批判的矛头指向自然主义"偏重个性"的问题，纵然比照自然主义本来面目进行审视，日本自然主义的"偏重个性"确实是"扭曲"的，但那也是特殊时代状况具体反映的结果。我们必须承认，这一点是铁定无疑的事实。日本的自然主义，"与其说是一场旗帜鲜明的思想运动，倒不如说是某种朦胧的时代氛围形成的文学化"③。对这个观点，中村光夫一方面表示认同，另一方面又以诞生于法国的自然主义为尺度，对日本的自然主义进行批判，如此做法难免有老生常谈之嫌。

在评价以某种文艺思潮为基础的文学运动时，始终以其"老家"（发源地）为尺度来做出判断，是很危险的。任何文艺思潮被引进之际，相应

---

① 中村光夫：《风俗小说论》，河出书房，昭和30年（1955年），第60—61页。
② 中村光夫：《风俗小说论》，河出书房，昭和30年（1955年），第58页。
③ 中村光夫：《风俗小说论》，河出书房，昭和30年（1955年），第77页。

国家的独自文化背景与时代状况总是作为重要的因子发挥作用。19世纪90年代的英国现实主义，在以居斯塔夫·福楼拜与居伊·德·莫泊桑（Guy de Maupassant，1850—1893）为样板的同时，又与"颓废倾向"的美学相结合，还引入了绘画领域的印象派造型原理，进而形成了独具特色的"现实主义"（realism）。如今我们思考此事，并非毫无意义。此外，绘画领域的印象派，在其"老家"法国以外的其他地方，都立足于各自国家自由的立场，或者依据迫不得已的"误解"，不受原本形式的约束，展示出各自特征，普及世界各地。面对这些现象，法国美术评论家并不会横眉怒目将其斥责为"似是而非"的艺术，进而加以嘲笑。

中村光夫在论述自然主义时，并没有认真听取岩野泡鸣的如下发言。岩野泡鸣是一个自然主义作家，他有勇气将自己置于砧板之上加以剖析，他这样说道：

> 然而，"主义"这个概念，并不像竖劈竹子那样，会一清二楚地分开。所以，法国近代表象主义（象征主义）终结之前，自然主义经历了浪漫主义和混入了病态现象的颓废时代[①]。

笔者认为，没听到岩野泡鸣的如此发言，对中村光夫来说是一大不幸。岩野泡鸣好像已经预想到了自己"尚未体验过"的批判，他在明治40年（1907年）就展示出这样的姿态，即反对以文艺上的"主义"原论立场为基础的老生常谈类型化的观点。在中村光夫揭示日本自然主义的"浪漫性"及其他属性之前，岩野泡鸣早已明确指出：日本自然主义带有"浪漫性"与"病态的"要素。

明治40年代的文坛状况，早自明治30年代中期就已逐渐萌发。譬如，

---

① 岩野泡鸣：《依据日本古代思想论述近代表象主义》，《早稻田文学》明治40年（1907年）4月号，《岩野泡鸣全集》第15卷，国民图书出版社，大正11年（1922年），第126页。

从明治35年（1902年）前后开始，在柳田国男①的邸宅与东京都港区麻布的法国餐馆"龙土轩"，人们定期召开文学家与画家的座谈会，这项文艺活动通称"龙土会"②。柳田国男以及蒲原有明（1876—1952）、国木田独步、岛崎藤村、田山花袋、岩野泡鸣、小山内薰（1881—1928）、小杉未醒、桥本邦助等人，参加了"龙土会"的艺术活动。从这些成员构成，我们可以知晓，这个社团活动何其自由奔放。因此，令人想起世界末法国杂志《鲁卫·安德潘旦特》创刊后，埃米尔·左拉、龚古尔兄弟、约利斯·卡尔·于斯曼、奥克塔夫·米尔博、斯凡特·马拉美、保尔·魏尔兰、里拉丹等人并驾齐驱，踊跃为杂志撰稿的情形。"龙土会"成员之一的蒲原有明，围绕"龙土会"这样说道：

> 自然主义的母体就在这里。另外，半兽主义、神秘主义、象征主义等新主义新主张磨砺奇怪爪牙的地方也是这里。……（蒲原有明：《龙土会记》，《世界文艺》1910年8月号）

可以说，这是一段值得我们倾听的证言。主义和主张各不相同的文士汇聚一堂，各有立场，各抒己见，交换艺术见解，相互刺激。正是因为存在如此文艺活动，不期然预兆了即将到来的明治40年代形形色色艺术思潮交会的、浑然一体的文坛状况。

岛村抱月留学欧洲，将其成果归纳成论文《被囚禁的文艺》（载《早稻田文学》1906年1月号）。此文指出："19世纪末的文艺，确实是光彩耀目的诸多潮流的汇合。"岛村抱月将所谓"潮流"列举如下：约翰·罗斯金与埃米尔·左拉等人的自然主义，弗里德里希·威廉·尼采与亨利克·易

---

①柳田国男（1875—1962），兵库县人，民俗学家。他曾与文学家频繁往来。人们期待他成长为抒情诗人，但他后来情系民俗学，成为该领域第一人。——译者注
②明治37年（1904年）11月，他们的文学沙龙迁至东京都港区麻布龙土町法国餐馆"龙土轩"，"龙土会"一名由此诞生。——译者注

卜生的道德论者，乔治·弗雷德里克·瓦茨①与列夫·托尔斯泰的新浪漫主义，阿诺德·勃克林②的神秘派，但丁·加百列·罗塞蒂的拉斐尔前派，爱德华·马奈与克劳德·莫奈的印象派，斯特凡·马拉美的"标现派"（象征派？）……岛村抱月以对这种浑然一体的文艺潮流的认识为前提，写出了《被囚禁的文艺》，论文主旨是，解放被知识囚禁着的自然主义文艺，将其放入情感的大海中，以期望诞生新浪漫主义文艺③。自然主义的大本营是杂志《早稻田文学》，此杂志的代表性论客岛村抱月归国不久，就发表了论文，宣示以神秘的主情的文艺为最高理想。在明治40年代的自然主义发展过程中，这篇论文可以说具有象征性意义。岛村抱月在明治43年（1910年）元旦《读卖新闻》上发表评论《祝福新文艺的将来》，其中这样写道："令自然主义愈发有灵魂，是这一派的前途。"此文力说唯有像约利斯·卡尔·于斯曼那样的"有灵魂的自然主义"，才是今后的活路。憧憬这种"有灵魂的自然主义"，并非岛村抱月的一己之见，而是与岩野泡鸣、田山花袋、蒲原有明等作家的观点相通的，是一种普遍现象。

岛村抱月的文艺评论的姿态，是在从与"世纪末"颓废倾向相结合的"新浪漫主义"与"有灵魂的自然主义"中，寻求日本自然主义今后的发展方向。不难想象，岛村抱月在三载欧洲留学期间，切身体验了世纪末的艺术动向，因此才产生了上述观点。就这样，岛村抱月以《早稻田文学》为中心，倾注精力，介绍从但丁·加百列·罗塞蒂到奥斯卡·王尔德的唯美主义，倡说"新美术"（art nouveau）、詹姆斯·惠勒斯与阿诺德·勃克林的世纪末美术"近代性"之意义。岛村抱月还翻译了戈哈特·豪普特曼与莫里斯·梅特林克的象征剧，并将其搬上了舞台。这一切意外地展示出"日本的世纪末"的一个断面，因而证明了如下事实："自然主义"

---

①瓦茨（1817—1904），英国画家、雕塑家，他认为艺术是表现道德思想的工具，用线条与色彩去影响人的心灵。代表作有大型雕塑《自然力》等。——译者注

②阿诺德·勃克林（Arnold Böcklin，1827—1901），瑞士画家，艺术上属于德国浪漫主义，他的作品以希腊神话基督教义为题材，表现虚幻神秘的情调。代表作有《死之岛》《水妖与半人马怪搏斗》等。——译者注

③川副国基：《岛村抱月研究》，《明治文学全集》第43卷，筑摩书房，昭和42年(1967年)，第380页。

作为"日本的世纪末"之一份子，已经被组合到文艺之中；明治40年代"世纪末"的氛围，已经不只是局部现象；卓越的评论家岛村抱月，超越了流派的界线与艺术类型的界线，以自身体现"世纪末"的现实。

自然主义与颓废倾向的近缘关系，果真是明治时代日本文学中出现的"已经变化了的"现象吗？为了准确回答这个问题，这里应当参考一下自然主义"老家"的情况。

约利斯·卡尔·于斯曼的《逆流》，是作者摆脱了自然主义的祖师埃米尔·左拉之后，最早写出的"反自然主义"小说（这部小说的英文名是"Against Nature"，我们不难由此领会作者的意图），但《逆流》中描写的许多令人不快的花，都是自然界里的人工标本，是作为扭曲的自然象征物登场的。虽然如此，但归根结底，作品在告诉我们作者的颓废倾向如何与自然主义直接相连①。此外，约翰·里德认为，"由泰奥菲尔·戈蒂耶纯粹的浪漫主义与粗糙的报告组成的埃米尔·左拉的自然主义，居斯塔夫·福楼拜完成的理想主义，凡此种种与现实主义结合"之后，诞生了约利斯·卡尔·于斯曼的《逆流》。②约翰·里德的这一见解颇有说服力。如此见解的理论根据是"颓废倾向以自然主义为父亲，它是唯美主义的私生子"③。

关于颓废倾向与自然主义的亲缘关系，诗人、法国文学研究者平野威马雄（1900—1986）做如是解说：

> 颓废之徒的神经，之所以能不期然与埃米尔·左拉、奥克塔夫·米尔博的神经交缠在一起，是因为颓废倾向符合自然主义观点的逻辑性，自然主义观点认为，这个世界是丑恶的，自然主义既逆反世间流行的"否定诸恶条件"的本能意识，又力求从人世的现实欺骗性中逃脱出

---

① Suzanne Nalbantian, *Seeds of Decadence in the Late Nineteenth Century Novel*(London: Macmillan Press, 1983), pp.6-7.
② John R.Reed, *Decadent Style*(Athens: Ohio University Press, 1985), p.20.
③ Ibid., p.14.

来，似乎如此意志，使颓废倾向与自然主义这两个流派结合起来了①。

约翰·里德认为，自然主义表达人生的丑陋，颓废倾向与如此特色的自然主义相近，颓废倾向与象征主义之间便存在分歧。将平野威马雄与约翰·里德二人的见解结合起来思考，可以看出，颓废倾向与自然主义在相互结合点上，均存在野蛮与丑恶的细部。实际上，在诸如马克斯·诺尔道那样的批评家看来，约利斯·卡尔·于斯曼在《逆流》中表达"感伤的'颓废'"，他的创作特点在俗恶与卑猥方面，与"野蛮的'自然主义者'"别无二致②。

毋庸讳言，如此状态，并不仅仅局限于约利斯·卡尔·于斯曼一人。我们必须想到，世纪末时期的"颓废倾向"这一概念在当时包括的领域之宽泛，远超出我们今天的想象。譬如，亚瑟·西蒙斯将颓废倾向分为象征主义与印象主义；哈维洛克·霭理士在论述约利斯·卡尔·于斯曼的文章中，将颓废倾向认定为"古典"的相对概念（参见本书"绪论"中泰奥菲尔·戈蒂耶评论波德莱尔《恶之花》的观点注释）。笔者于本书"绪论"中述及，"世纪末"是当时的文化精英们共有的"世界观"。若据此事实进行思考，我们会觉得让·皮耶鲁的见解相当具有理论说服力。他说：颓废倾向与自然主义之间存在的亲近性，源自二者都对人生持悲观态度③。确实，二者或恐会在到达终点后出现分离，但至少可以这样说，二者的出发点是相同的。

这样看来，明治时代末期的自然主义与颓废倾向的结合，并非发生在"边境"地段的"特殊"事象，它作为"世纪末"普遍现象的构图，已经一目了然。极其嗜好将19世纪后期诞生的形形色色思潮相互剥离开来的思维倾向，今天仍根深蒂固地存在着，但笔者要强调的是，明治时代末期

---

① 平野威马雄：《法国象征诗研究》，思潮社，昭和54年（1979年），第89页。
② Max Nordau, *Degeneration* (London：W.Heinemann, 1895), p.302.
③ 让·皮耶鲁：《颓废倾向的想象力》，渡边义爱译，白水社，昭和62年（1987年），第15页。

的中心文学家群的视线,并非紧紧地盯着相异艺术思潮之间的高墙,而在高墙两侧的底部趋向于对接。颇为巧妙的是,"自然主义"作家田山花袋,曾说过如下一段话:

> 象征派并非相对于自然派的一种反动的艺术运动。从自然派恶战苦斗的怒涛之中,诞生了俨如珍珠一般的象征派①。

田山花袋发表了《棉被》的翌月,又在文艺杂志《文章世界》(1907年10月号)上发表了一篇短文,题为《作者的主观》(后收入文集《墨水瓶》时,题目改为《象征派》)。田山花袋于此文中提及约利斯·卡尔·于斯曼和莫里斯·巴雷斯,他这样论述道:

> 自然派作家一直进行了几十年的苦冈恶战,终于在此处发现了象征派的真正意义。窃以为,此乃意味深长的事②。

显而易见,田山花袋的这个见地极具启发性。仔细想来,在田山花袋、岛村抱月、岩野泡鸣、蒲原有明等人看来,自然主义、颓废倾向与象征主义三者是相互重叠的关系,他们似乎进而将其认定为同源流出的不同进化发展阶段。进入明治40年代以后,岛村抱月主要倡导"新浪漫主义"。田山花袋发表《棉被》(1907年)之后,逐渐为象征性的宗教倾向(具体说来,即指约利斯·卡尔·于斯曼的后期作品世界)所吸引。不难想象,如此现象的背景里,遍布着田山花袋对欧洲"世纪末"推移的认识(以《蒲原有明集》为分水岭,蒲原有明逐渐皈依佛教世界,其神秘的宗教诗风日趋浓郁。蒲原有明文学观的嬗变现象,与田山花袋相同)。

田山花袋在表述自己文学观递变的散文《心向门扉》(《泉》)开头,

---

① 田山花袋:《田山花袋全集》第15卷,文泉堂书店,昭和49年(1974年),第44页。
② 田山花袋:《田山花袋全集》第15卷,文泉堂书店,昭和49年(1974年),第44页。

述及自己读过居斯塔夫·福楼拜《圣·安东的诱惑》《情感教育》和约利斯·卡尔·于斯曼的《上路》，并以如下文字作为《心向门扉》的煞尾：

> 晡夕，我常走出僧房去散步。……此处是寺院的金堂。……我的心面对关闭的大门，一味地心潮起伏，像 Durtal 的心那样，又像由自然主义进入神秘主义的 J. K. Huysmans……①

此文中，田山花袋将自己与《上路》中的主人公杜尔塔尔（Durtal）重叠起来。文中出现的"僧房""金堂"印象，和约利斯·卡尔·于斯曼隐居的"寺院""圣堂"遥相对应，这大体上是不会错的。针对田山花袋思想的演变，小栗风叶的弟子、大正时代评论家中村武罗夫（1886—1949）这样评析：

> 我认为，田山花袋由初期的感伤主义走向自然主义，他对自然主义追根溯源后，又大力鼓吹"平面描写"。田山花袋似乎进而超越自然主义，为象征主义所吸引。在《心向门扉》等文章中，可一清二楚地窥见如此信息②。

比岛村抱月与田山花袋更加积极地指出"新自然主义"特质的作家之一是岩野泡鸣。"自然主义在直线发展过程中，总是带有一种神秘感。这并非什么一时的莫名其妙。自然与本能的深处，潜藏着永久不变的、智力无法达到神秘性"。（岩野泡鸣著《神秘的半兽主义》）恰如这一段文字所述，岩野泡鸣将与神秘性、象征性相结合的自然主义，作为理想的文学境界。

---

① 田山花袋：《田山花袋全集》第 15 卷，文泉堂书店，昭和 49 年（1974 年），第 306 页。"J.K.Huysmans"即"约利斯·卡尔·于斯曼"。
② 中村武罗夫：《解说》，载《田山花袋全集》第 15 卷，文泉堂书店，昭和 49 年（1974 年），第 714 页。

于是，这里，我有必要对我所提倡的"新自然主义"略做说明。针对这个"主义"，若仅从文学方面说，"新自然主义"特点是针对欧洲的自然主义与表象主义（前者偏于物质性，后者更多的是非物质性），着重于从其共同根基处进行洞察。"新自然主义"打破了欧洲自然主义的平面，摧毁了欧洲表象主义的唯心性。可以断言，"新自然主义"应该以破坏性的主观，直接描写事物[①]。（岩野泡鸣：《文学的新倾向》，1908年）

一言以蔽之，为了给已经走入死胡同的自然主义开辟一条活路，岩野泡鸣选择的道路就是自然主义与象征主义相互调和的所谓"折中主义"道路。岩野泡鸣的文艺观，在《自然主义化的表象诗论》（载《帝国文学》1907年7月号）与《法国的表象诗派》（载《新小说》1907年7月号）中，得到了更进一步的深化。岩野泡鸣或者将田山花袋与岛村抱月倡导的"新自然主义"称作"自然主义化的表象主义"，或者称作"神秘的半兽主义"，但由始至终在基础上支撑岩野泡鸣文艺观的都是颓废倾向的美学。（1907年12月至1908年3月号的《新思潮》上，连载了岩野泡鸣总结明治时代近代诗之推展的《新体诗史》。其中，岩野泡鸣坦率地认为，自己和保尔·魏尔兰、莫里斯·巴雷斯、约利斯·卡尔·于斯曼一样，全都处于颓废之中。）

不言而喻，以自然主义作为文学的根基从事文学活动且推展"世纪末"文艺观的文学家们，并不仅仅止于前面列举的那些人。与岛村抱月同时属于《早稻田文学》中心论客的片上天弦[②]和相马御风，也是同类评论家。片上天弦的题为"饥渴之极"（载《早稻田文学》1910年11月号）的评论，浓烈地反映了近代人"世纪末倾向"的指向，而如此"世纪末倾向"，就

[①] 岩野泡鸣：《岩野泡鸣全集》第18卷，国民图书出版社，大正11年（1922年），第23页。
[②] 片上天弦（1884—1928），本名片上伸，毕业于早稻田大学，俄罗斯文学研究家，自然主义文学理论家，后又关注唯美主义和人道主义，最终成为无产阶级文学理论家。——译者注。

植根于"近代人自己发现的悲哀与绝望的心情之中"。片上天弦追求的"世纪末倾向",具体地意味着"神秘的颓废派",但在同一篇文章里,片上天弦又说:"自己既不能追求世纪末倾向,又缺乏提倡新生活的实力。"片上天弦宣称:应该从含有神秘主义的颓废倾向美学之中,摸索今后自然主义的新方向。片上天弦倾倒于奥斯卡·王尔德与亚瑟·西蒙斯。

第四节 "世纪末"与浑融的美学

以上,主要以自然主义者们的文艺观为中心,管窥了日本自然主义文学中的"世纪末"真相。他们将自己规定为自然主义者群体中的一员,却又强烈提出:应尊重自然主义排斥的主客观融合,应尊重主观。将今后自然主义追求的方向——颓废倾向乃至象征主义(Symbolisme)置于心中。若从这个意义上说,中村光夫的如下观点,即"不消说,日本的自然主义,具有浪漫主义的一面,并发挥了完善浪漫主义的作用"[①],可谓完全正确。(在评价日本近代文学转换期里自然派作家发挥的作用及其地位时,中村光夫的这个分析并没有贬低自然派作家的价值。)如此看来,相马御风提出的"世纪末自然主义",并非好事家的造语。实际上,这个概念令人觉得如实界定了明治40年代自然主义的特质。

文艺杂志《早稻田文学》作为自然主义大本营君临文坛后,又竭尽全力地向日本引介拉斐尔前派和"新美术"(art nouveau)等世纪末美术。《早稻田文学》在传播移植"世纪末"方面发挥了巨大的作用。这一点充分说明了该时代文艺史的性质。森口多里[②]谈及《早稻田文学》的这一特点时,有如下回忆:为这本杂志服务的文人们,"反倒是对非自然主义绘画分外感兴趣","作为非自然主义前锋人物的他们(指高村光太郎、斋藤万里

---

① 中村光夫:《日本的近代小说》,岩波新书,昭和29年(1954年),第116页。
② 森口多里(1892—1984),毕业于早稻田大学英文科,1923—1928年留学法国巴黎大学,专攻中世纪美术,美术评论家。——译者注

等），留学归国后，最早结交的文坛对象，是堪称自然主义'老家'的《早稻田文学》，以及这本杂志的同仁们"①。不消说，对这种一看好似"奇妙"的文坛近亲关系表示关注的人，并不局限于森口多里一人。

北原白秋②发起了唯美主义文学运动，他恣意实践激进的颓废倾向美学，由明治时代末至大正时代初期，他作为"世纪末的宠儿"，非常引人注目。明治40年（1907年）8月，北原白秋与"东京新诗社"的同仁们赴"九州"③旅游，作小曲如下：

> 夜已深沉，鸣声回荡，
> 是日莲宗念法华经的声音吗？
> 不，不，那是自然派的鼓声响。
> 君可知晓"早稻田大鼓"？
> 鼓声是"嘚咔旦，嘚咔旦"④。

在北原白秋这种代表"反自然主义"一方的"颓废诗人"看来，就连自然派的"早稻田大鼓"（即指杂志《早稻田文学》）的鼓声，听起来都好像是"嘚咔旦"（デカダン，意即"颓废"）。由此我们可以确认，"颓废倾向"不为流派所限，是针对该时代使用的口号。其后，北原白秋回顾这个时代之际：

> 这两个思想（指象征主义与自然主义），在日本近代诗坛上奇异

---

① 森口多里：《美术五十年史》，鳟书房，昭和18年（1943年）。中村义一：《近代日本美术的侧面——明治西洋画与英国美术》，造形社，昭和51年（1976年），第158页。
② 北原白秋（1885—1942），诗人与歌人，创建了"潘神会"，发起了唯美主义文学运动。他的诗歌风格带有象征性，洋溢着异国情调。代表作有诗集《邪宗门》、歌集《桐花》等。——译者注
③ 位于日本列岛西南端，亦称"西海道"，大宝元年（701年）至和铜6年（713年），设筑前、筑后、丰前、丰后、肥前、肥后、日向、萨摩、大隅九国，故名。今设福冈、宫崎、鹿儿岛等八县。——译者注
④ 北原白秋：《五双鞋（六）雨日》，《东京二六新闻》明治40年（1907年）8月12日，载《北原白秋全集》第19卷，岩波书店，昭和60年（1985年），第350页。

地合流之后，闪耀出奥斯卡·王尔德等人流露的骄奢轻薄之美，挥发着艺术至上的芬芳，而且又化作"恶"的趣味旋风①。

明治41年（1908年），北原白秋发表了诗集《邪宗门》②，以故，北原白秋在由上田敏至蒲原有明形成的一条"唯美的谱系"上位居顶点。围绕《邪宗门》，北原白秋做出自我评价："炫目的法兰西颓唐派或印象派的色彩令人困惑。人因肉体的灼热而苦恼，故而陶醉于魔幻的麻醉风景，追求灵魂困惑紊乱之美，从诗歌中寻觅官能的解放。"③北原白秋的这段话证明：《邪宗门》这本诗集将颓废倾向、象征主义、自然主义、印象主义等明治时代末期所有的艺术流派汇聚为一体，是世纪末特有的"浑融的美学"之结晶。

概观明治40年（1907年）前后的日本文学界，人们习惯于认为好似明显分为"自然主义"与"反自然主义"两大流派，并且二者尖锐对立。实际上，由于夹杂"颓废倾向"观念，两派在对立的同时，还存在相向靠拢的一个侧面。不消说，"颓废倾向"观念的深层，潜藏着"对革新的期待"（可参照弗兰克·克默德的观点，见本书绪论第七节）。20世纪初叶日本文学过渡期里，以文学的"近代化"作为各派的共同理想，而以"颓废倾向"观念作为轴心的"世纪末美学"，是这一时期有益于新艺术实验的颇有魅力的手段，是一种带有特权色彩的思考方式。

---

①北原白秋：《北原白秋全集》第21卷，岩波书店，昭和61年，（1986年），第152页。
②北原白秋的第一本诗集《邪宗门》的准确出版时间是明治42年（1909年）3月，易风社刊行，收入作者1906—1908年的119首诗，歌颂了世纪末唯美派诗人的心情，《邪宗门》的三大艺术特色是：第一，通过官能的梦幻与神经痛一般的旋律，歌颂青春过激的悲哀感；第二，以东京生活中产生的幻觉与炽热的心理意象为诗集主基调；第三，象征性地表达了近代人的情念。——译者注。
③北原白秋：《北原白秋全集》第21卷，岩波书店，昭和61年（1986年），第156页。

第二章　夏目漱石文学作品中的"世纪末"

第一节　"世纪末"与夏目漱石

战后，夏目漱石研究的浩荡潮流之一，就是探究夏目漱石文学作品中隐秘的"暗部"。"人活在世间，心中必存在着原罪性的不安"（伊藤整语）、"阴暗的实感"（胜本清一郎语）、"阴暗的夏目漱石"（平野谦语）、"阴暗的部分"（荒正人语），这些发出庄严声响的语句都被动员起来了，用于探寻夏目漱石文学作品中的深层矿脉。然而，日本当代一流的评论家们，在从事重新构建"阴暗的夏目漱石形象"的过程中，却不想对构成夏目漱石文学作品"暗部"的源泉——"世纪末"因素予以关注。关于这一事实，无论做如何思考，都令人觉得实在不可思议。评论家江藤淳（1932—1999）的论文《夏目漱石与英国世纪末》（载《国文学》1968年2月号）首先针对夏目漱石与世纪末的关系，进行了郑重其事的探究。但笔者不得不认为，今天的研究者们，依旧没能完全摆脱"对夏目漱石文学作品中的'世纪末'倾向毫不关注"这一藩篱。

将"夏目漱石"与"世纪末"并列起来时，倘若有人感到这是不均衡不协调的组合，那么，笔者认为，这一定是由于该人对这两个对象抱有先入为主之观。首先是因为对夏目漱石的误解。夏目漱石是"国民作家"，是"低徊趣味"的文人，是"则天去私"的思想家，是通晓古今东西文明的文明批评家。这些不同层面的夏目漱石形象，为构筑"夏目漱石神话"

发挥了作用。夏目漱石的如此姿态，在喜爱他的文学作品的读者眼中，确实是情深意长的肖像，但若仅此，就认定完成了对夏目漱石整体形象的探究，那么，研究者的头脑就显得过于简单了。

另外，"世纪末"这个概念，似乎面临着来自基于反面立场的偏见之责难。如果有人认为"世纪末"的意义表现为病态的、堕落的价值观，对"世纪末"的负面内涵反应敏感，那么，这样的人面对将"世纪末"与"国民作家"并列起来的事，或许会甚有抵触感。如此说来，难道"夏目漱石文学作品中的'世纪末'"仅仅是所谓"好事者"的论题吗？

倘若尝试着重新排列组合的顺序，可否变成这样——"（明治文学）世纪末中的夏目漱石"？如果可以，那么即使没读过本书第一章的读者，或恐也会有人对这一论题稍感兴趣吧？以下，本书将针对这一论题展开阐述。

自俳句杂志《杜鹃》连载夏目漱石的长篇小说《我是猫》开始，"余裕派"与"低徊趣味"就成为被人们用来频繁表达夏目漱石作品倾向的两个重要概念。其实，与此相异的另一侧面也已经引人关注，这里先窥其一端如下：

> 而尤具梦幻派特质的、世间所谓带有浪漫派色彩之词语，最适合用于解答疑难。该词语的内涵特色是重视空想与情意。其超现实的所观所想，能够刺激读者的兴趣，让其在梦幻世界纵情飞翔，有的地方却又能深彻触及现实，莫名其妙地传达沉痛的信息，凡此种种，是梦幻派的本领。泉镜花、夏目漱石都是具备这种不可思议的诗魂与才笔之人[①]。

此文作者小山鼎浦（1879—1919），将泉镜花与夏目漱石定位于"梦幻派"。这里使用的"梦幻派"之含义，未必十分明确。原文是"ロマン

[①] 小山鼎浦：《神秘派、梦幻派与空灵派》（上），《帝国文学》明治39年（1906年）第2期。

チック"（romantic），令人似乎觉得"梦幻派"即"浪漫派"的异称。然而，针对上述评论，人们容易产生如下猜疑：当时接近这一现象的人之中，是否真的有泉镜花？关于这一点没人知道。至于针对《我是猫》的作者夏目漱石，"空想""超现实的""不可思议"之类的评语，究竟又能精准到何种程度？平心而论，出现如此猜疑，可谓是必然的反应。作者小山鼎浦是否考虑到这一点？他承接前论，还列举出夏目漱石的《伦敦塔》或《薤露行》等早期短篇作品，并做如下阐述：

> 杂志《杜鹃》的读者们，早已知晓夏目漱石的诗歌才华，至于文坛开始尊敬夏目漱石，却是最近一年有半的事。《伦敦塔》《幻影之盾》《一夜》《薤露行》《趣味的遗传》，这些作品行文虽有长短巧拙之别，但总体上闪耀着相同的艺术色彩。夏目漱石的作品情调，不像泉镜花的作品那样浓艳，那样丰丽。莫如说，夏目漱石的作品带有简约质素的色调，含有闲寂清雅韵致，自然流露着俳谐趣味。夏目漱石独特的幽默感，或许因为他那本来就具备的俳谐趣味而得到了滋润。一言以蔽之，尽管泉镜花与夏目漱石并非完全相同，但在或者追求空想，或者遵循直感，于现实中观察奇异，于梦幻中观察真实等方面，二人堪称同类作家。

小山鼎浦终于在这里指出了夏目漱石与泉镜花文学风格的相异之处。与前一段"大胆"的论调相比，此处的结论略有折中，然而纵观整体，也确实有其道理：夏目漱石与泉镜花"在才气方面，虽有高下之差，不过均系有着优秀诗魂"的作家。

当时，泉镜花被评价为天赋颇高的浪漫主义作家。众所周知，面对如此泉镜花，夏目漱石暗中对他怀有竞争对手的意识。即便在当时的文坛，无论夏目漱石本人喜欢还是讨厌，人们好像有一种共同的审美倾向，习惯于将夏目漱石与泉镜花划归同类作家来看待。如下引文可为一例。

夏目漱石的作品可分成三种：第一，向读者展现人的本质的作品；第二，向读者展现人的神秘力量的作品；第三，向读者展现某种意象倾向的作品。《我是猫》与《哥儿》属于第一种；《幻影之盾》与《旅宿》属于第二种；《台风》与《虞美人草》则属于第三种。……第二种作品与泉镜花的传奇作品大同，只是文辞相异。在传奇性这一点上，总括看来，可以说二人作品风格是相同的，这类作品的主观性彰明较著。（瑞穗之屋：《小说界的时代创始者》，《文章世界》1908年6月号）

瑞穗之屋的此文与前述小山鼎浦的粗略概论不同，显示出条分缕析的扎实功底。将夏目漱石作品归纳划分为如上三个倾向，这一灼见，纵然在今天也毫不过时。尤其需要指出的是，将《幻影之盾》与《旅宿》都归类于"向读者展现人的神秘力量的作品"，换言之，即将其均列入"幻想性系列的作品"，然后以这两篇作品与泉镜花的"传奇性作品"进行比较，如此思路可谓卓尔不群。

针对夏目漱石初期作品明显表现出的浪漫主义倾向之探究，并未仅仅止于将其与泉镜花作品进行比较与论述。拉甫卡迪沃·赫恩[①]与比利时象征派作家莫里斯·梅特林克[②]，都是以神秘性和幻想性作品风格而遐迩闻名的作家，还有人将夏目漱石界定为与这两位作家属于同一谱系的。

关于所谓非现实倾向的文学作品，这里举出一两个实例。遥远的例子，有西方比利时的莫里斯·梅特林克的作品，以及加入日本国籍

---

① 拉甫卡迪沃·赫恩（Lafcadio Hearn，1850—1904），英国文学家，1890年8月30日只身来到日本岛根县松江，任中学英文教师。不久，和武士的女儿小泉节子合卺，改名小泉八云。之后，他又相继在东京大学和早稻田大学任教，讲授英文和西方文学，深得文豪坪内逍遥和哲学家西田几多郎崇拜。他不断向欧美介绍日本文化，在促使日本文化走向西方方面起到了重要的历史性作用。——译者注

② 莫里斯·梅特林克（Maurice Maeterlinck，1862—1949），比利时法语诗人，剧作家，思想家，有"欧洲文坛上的一颗明星"之誉。他的初期象征剧神秘氛围浓烈，代表作有《智慧与命运》《青鸟》等。明治时代梅特林克东渐日本，对白桦派文学主张的确立产生了不可忽视的作用。——译者注

的拉甫卡迪沃·赫恩（即小泉八云）的作品；近在眼前的例子，有夏目漱石先生的一部作品，以及小川未明先生的作品。它们都应归属于非现实倾向的文学体系。……小川未明理应想到，如此神秘性与梦幻性，尽管存在于非现实倾向之中，但它仍旧带有近世性的文学色彩。（片上天弦：《近世性的神秘梦幻》，《秀才文坛》1908年4月号）

片上天弦的评论指出，夏目漱石的"一部作品"（恐怕片上天弦脑子里装的是夏目漱石的《漾虚集》）流露出"神秘性与梦幻性"，在非现实倾向中非常具有"近世性"（即近代性）。人们认为，在反自然主义系列作家中，夏目漱石占据一席之地，以杂志《早稻田文学》为自然主义的根据地、气势不凡的论客们，将夏目漱石视为走在时代最前头的"前卫作家"之一，这不能不说是饶有趣味的事实。自然主义是文学进入理想主义境地之前的一段过程，片上天弦正是明示这种特色的自然主义立场之一人，他十分重视自然主义文学中存在的主观性要素，换言之，即重视"浪漫精神"[①]。后来，片上天弦对亚瑟·西蒙斯或威廉·勃特勒·叶芝的象征主义，展示出为之倾倒的姿态。如此片上天弦，关注夏目漱石文学作品中的"浪漫"领域，超越文坛流派之间文学主张差异的界线，对夏目漱石的作品世界表示赞同，这或许可谓理所当然。

《漾虚集》与《旅宿》大大地突出了夏目漱石的浪漫性特质。其后，夏目漱石继而发表了《梦十夜》与《永日小品》。这时他作为前卫作家的形象，变得愈发鲜明起来，其特点是"以人世间的实验为素材，然后对如此素材添加艺术形象，进而描写人世间可能发生的出人意料的事件"[②]。

此外，夏目漱石的长篇小说《其后》于《东京朝日新闻》连载结束之际，人们认为，夏目漱石作为"唯美派作家"的形象——"漱石形象"明

[①] 片上天弦：《自然主义的主观要素》，载《明治文学全集》第43卷，筑摩书房，昭和42年（1967年），第242—247页。
[②] 德田秋江：《是作家还是发明家》，《读卖新闻》明治42年（1909）3月14日。

显浮现出来了。关于这一点，从德田秋江①的以下短评中，可窥其一斑。

> 永井荷风先生的《冷笑》流露出的唯美色彩，是现实中的人营造不出的唯美色彩。夏目漱石先生的《其后》中的主人公长井代助的唯美色彩，有稍施技巧力求刺激美感之处。夏目漱石先生也好，永井荷风先生也罢，其作品中都闪烁着最新的英国唯美派的辉芒，趣味盎然。（德田秋江：《文坛废话》，《读卖新闻》1910年1月16日）

德田秋江指出，夏目漱石与唯美派代表作家永井荷风（1879—1959），均具备类似"英国唯美派"的风格。然而，德田秋江并没明确提及所谓"英国唯美派"具体指的是英国哪一位作家。一般认为，或恐指的是指奥斯卡·王尔德与亚瑟·西蒙斯等作家吧。明治42年（1909年）至翌年，相当于日本自然主义的全盛期。也就在这个时期，与之抗衡的日本唯美派作家们，各自打下了一己的文学阵地。明治42年（1909年）12月开始，游学法国归来的永井荷风，于刚刚连载完《其后》的《东京朝日新闻》上，继而连载作品《冷笑》。另外，上田敏连载于《国民新闻》上的思想小说《漩涡》，带有瓦尔特·霍雷肖·佩特②的文学风格，讴歌兴趣主义（dilettantism）与艺术至上主义。上述引文作者德田秋江，毫不犹豫地将夏目漱石归类于"唯美"系列。

综上所述，笔者回溯历史，对该时代人们眼中的夏目漱石的文学姿态进行了考察，他是一位"浪漫作家"、"前卫作家"与"唯美派作家"。人们认为，至少在从《漾虚集》到《其后》问世的这一期间，夏目漱石的想象力有着"浪漫"的"诗魂"特色，他是一位有着"现代式"文学风格的作家。由此观之，日本战后学术界在探索夏目漱石文学创作活动的"暗

---

① 德田秋江（1976—1944），即近松秋江，冈山县和气郡藤野村人，自然主义"破灭型私小说"作家，代表作有《致分手妻子的信》（1910年）等。——译者注
② 瓦尔特·霍雷肖·佩特（Walter Horatio Pater, 1839—1894），英国作家、评论家，1873年出版《文艺复兴史研究》，提出了"为艺术而艺术"的美学主张。他是19世纪末主张"为艺术而艺术"的美学运动的代表性理论家。——译者注

部"之过程中,之所以取得了成果,从某种意义上说,是得益于某种人为的作用与漫长时间的堆积,因而可以对被埋藏的"实体"进行发掘,并再度廓清"实体"的神髓。这样界定战后学者研究夏目漱石之意义,或许是平允确当的。

明治时代末期的文学评论界,用于说明夏目漱石文学作品特质的"浪漫""梦幻""唯美""诗魂"等"定语",强烈暗示出的要义是:夏目漱石的文学想象力与世纪末美学在根底上是互通的。有鉴于此,以下,笔者将围绕这方面的第一个论题——夏目漱石文学创作中的"世纪末",逐步推展一己的思考。

第二节　时代认识

本书第一章已经概括论及,在日本文坛,夏目漱石这位作家创造性地最早将"fin de siècle"(世纪末)当作形容词来使用①。夏目漱石于明治41年(1908年)发表的长篇小说《三四郎》②之中使用了"世纪末"这个新词。作品里登场的小川三四郎和佐佐木与次郎这两个大学生,在对谈中涉及了"世纪末"这个词。如今我们使用的"世纪末"这个语词,早在明治41年(1908年)就已经固定下来了(参照本书第一章)。夏目漱石让对时代新动向有着敏感反应的大学生说出这个"刚刚诞生"的时髦新

---

① 夏目漱石使用的比这还早的"世纪末"的例子,可提示如下。第一,"Beers 的所谓忧郁派谱系,经过 Young,经过 Collins,经过 Gray,到达世纪末,化作 Ossian 的跌宕孤峭,最后转变成 Byron 的郁迂慷慨。"(夏目漱石:《文学论》,载《夏目漱石全集》第9卷,第467页。)第二,"然而,普通意义上的'超自然',与世纪末的浪漫派的勃兴同时萌生,亚历山大·蒲柏在这一方面毫无贡献。"(夏目漱石:《文学评论》,收入《夏目漱石全集》第10卷,第395页。)
不过,上述的这些"世纪末"的例子,在使用的含义上,皆指"18世纪末"。是故,不能将其列入本书考虑的对象。
②《三四郎》是夏目漱石"恋爱三部曲"的第一部。通过小川三四郎、佐佐木野次郎、里见美祢子、广田先生、野野宫宗八、野野宫良子等登场人物,描写日俄战争后的日本社会,旨在反映人生青春的困惑。——译者注

词，可以说实在是恰如其分的艺术设定。

那么，作为《三四郎》作者的夏目漱石，究竟是在哪一层意思上，使用了这个崭新的词语？围绕这个问题，以下试做探讨。

> 如此问答，重复了两三次，不知不觉，半个月左右过去了。三四郎的双耳终于不像是借来的了。于是，这一次与次郎先开口，对三四郎说道："真是一张莫名其妙的脸啊，一张对生活感到疲顿至极的脸。是一张<u>世纪末的脸</u>。"与次郎做出这样的评价。
>
> "也不是那么一回事……"面对与次郎的如此评价，三四郎依然重复着这样的话。三四郎还未接触过人为的气氛，因而听到"世纪末"之类的词儿感到欣喜。他不谙熟某种社会实况，因而可以将"世纪末"这个词当作有趣的玩具来使用。只是"对生活感到疲顿"这句话让三四郎稍感不如意。确实，他开始疲顿起来。（底线为引用者所加。夏目漱石：《三四郎》第四章）

佐佐木与次郎是小川三四郎的大学同学。佐佐木与次郎评价小川三四郎的脸是"一张世纪末的脸"，对此，小川三四郎做何反应呢？他仅仅重复一句话："也不是那么一回事……"面对佐佐木与次郎的评价，小川三四郎重复着这样的话。据此而论，佐佐木与次郎使用了"世纪末"这个词语，小川三四郎在总体上对这个词似乎并不反对。"三四郎还未接触过人为的气氛，因而听到'世纪末'之类的词儿感到欣喜"，从相反角度思考，这句话也意味着像佐佐木与次郎那样好似接触过"人为的气氛"的人，听到"世纪末"这个词语，也感到欣喜。如此说来，佐佐木与次郎是非常得意地说出了"世纪末"这个词语的。

这样看来，我们可以领会到，上述引文中的"世纪末"这个词语，有两层意思，即"人为的"与"疲顿"①。若针对这一点进行深度思考，还可以做出这样的理解：接触近代都市东京充满的"人为气氛"，令还不习惯都市气氛的农村人小川三四郎感到精神"疲顿"。

那么，夏目漱石究竟从何处学来了"世纪末"的用法？从执笔创作时期看，毋庸讳言，夏目漱石极可能看到了当时杂志《帝国文学》或《早稻田文学》的评论中频繁出现的"世纪末"这个新词。不过夏目漱石的"世纪末"用法，给人的明显感觉是，与本书第一章介绍的评论界出现的多种多样的用例稍显不同。夏目漱石博览群书，我们考察一下他的读书范围，可以觅得如下有力的线索：

> 而且还应指出的是，一些人以最有害的形式，患上了"现代主义病"。他们出于自由的见地，认可粗野的人为的东西、世纪末的疲劳、物质主义与快乐主义、极度的为所欲为行为。他们不仅认可这些现象，而且还耽溺其中，痴迷不悟。更为严重的是，当被称作"颓废者"时，他们却认为这一评价是赞赏之词，乐于接受②。（底线为引用者所加）

这一段引文，是夏目漱石阅读 R. A. 詹姆斯·司各特著《现代主义与浪漫倾向》第32—33页时，在文字旁画上了底线的部分。笔者引用这一段文字的理由是，可以认定，这一段论述内容与前述《三四郎》中出现的关于"世纪末"的论述意思基本相同。具体说来，夏目漱石于《三四郎》中作为"世纪末"的概念提示的"人为的""疲顿"等特点，与 R. A. 詹姆斯·司各特上述引文中"人为的东西、世纪末的疲劳"这一表述展示出一致性。此外，《三四郎》中的"还未接触过人为的气氛，因而听到'世纪末'之类的词儿感到欣喜"这一表述，与 R. A. 詹姆斯·司各特著《现代主义与浪漫倾向》中的"当被称作'颓废者'时，他们却认为这一评价

---

①夏目漱石的明治42年（1909年）3月6日的日记中，出现如下表达："为世纪末的人为苦难所囚禁……"《夏目漱石全集》第13卷，第355页。

② R.A.Scott-James, *Modernism and Romance* (London：John Lane, 1908), pp.32—33.

是赞赏之词，乐于接受"这一阐述，在神髓上可以视为属于同一脉络。

夏目漱石好像对这一阐述投注了特殊的关心，除了连续画线部分之外，还在"Decadents"一语旁画了线。从《现代主义与浪漫倾向》的刊行时间（1908年）来看，在《三四郎》执笔（1908年9—12月）之前，夏目漱石很可能拿到了这本书，并认真阅读过。可以认为，他对《现代主义与浪漫倾向》中相关部分的关注，无论有意识地还是无意识地，转而渗透于自己的作品《三四郎》之中。

此外，可以推测，夏目漱石掌握"世纪末"这一术语的途径是两部作品，即奥斯卡·王尔德的唯一小说《道林·格雷的肖像》①与马克斯·诺尔道的《堕落论》。在这两者当中，笔者倾向于认为夏目漱石更重视后者，因为《堕落论》的特点是，立足于文明批评立场，论述19世纪末欧洲"世纪末特色"的现象。《堕落论》第一卷的标题，一清二楚地标明了"世纪末"（"Fin-de-siècle"）。其他更引人注目的地方，如下所示。

> "世纪末"是法语，其缘由是，可称作"世纪末"的精神状态是在法国最先被意识到的。这个概念从地球的此半球飞向了彼半球，被收入了一切文明语言之中②。

这一段文字是《堕落论》开头的论述部分。夏目漱石在标题"Fin-de-siècle"（世纪末）下面画上了底线（马克斯·诺尔道的《堕落论》整本

---

①夏目漱石手中有三本奥斯卡·王尔德的作品，《道林·格雷的画像》（*The Picture of Dorian Gray*, Leipzig: B. Tauchnitz, 1908）是其一（其他两本是《来自深渊》与独幕剧《莎乐美》）。在《道林·格雷的画像》第十五章里，小说的中心人物、享乐主义者亨利的台词当中出现了"fin de siècle"（世纪末）：

"世纪末。"亨利嘟囔道。

"世间已到了末期。"女主人公回答。

"所谓人生，就是一个巨大的失望。"（西村孝次译）

② Max Nordau, *Degeneration* (London: William Heinemann, 1895), p.1.

"Fin de siècle is French, for it was in France that the mental state so entitled was first consciously realized. The Word has flown from one hemisphere to the other, and found its way into all civilized languages."

书里,密密麻麻布满了夏目漱石画的底线与写的眉批。如此大量的眉批,目前已被录入《夏目漱石全集》第 16 卷内的,却只占整体的极少部分)。此外,以下引文,也是夏目漱石画底线的部分:

> 如此这般,一切具有"世纪末特色"的事例的共同特色是,蔑视与习惯及道德相关的传统看法。
>
> 这种共同特色渗透于"世纪末"这个语词。换言之,"世纪末"这个语词意味着实践性的解放,以摆脱在理论上尚未失效的传统秩序的束缚①。

夏目漱石在这段文字旁作了这样的眉批:"共有特性"。我们可以认为,夏目漱石通过以上这些相关论述,解悟了"世纪末"这一语词的来历及其内涵。总而言之,当时具有代表性的大作家夏目漱石,在报纸上发表连载小说时,自然而然地使用了"世纪末"这个时髦的语词。由此可见,至少在当时的知识分子阶层,"世纪末"已经成为一个流行语。

针对"世纪末",换言之,亦即针对 19 世纪末 20 世纪初这个时代,夏目漱石持有的否定态度之强烈,远远超出了我们的想象。有如下文字为证:

> 潜在于这个剧本深层的主旨,很好地表达了 19 世纪末人心的不安、绝望与希望,一边厌腻开化,一边又不能废止开化。如果是一个充满了隆盛的希望、热烈的情操与青春的蓬勃朝气的世间,不会出现如此色调的剧本。
>
> 这是一个暗示出可悲征兆的剧本②。

---

① Nordau, op. cit., p.5.
② 夏目漱石:《夏目漱石全集》第 16 卷,第 104 页。

这是夏目漱石撰述的一篇短评，写在英国剧作家亨利·亚瑟·琼斯（Henry Arthur Jones，1851—1929）的剧本《从事改革运动的人们》①的版权页上。亨利·亚瑟·琼斯与亚瑟·永·皮奈罗②（Arthur Wing Pinero，1855—1934）作为剧作家，同时为英国近代现实主义戏剧的确立发挥了主要作用。夏目漱石的藏书目录中收入了亨利·亚瑟·琼斯的三部戏剧集。其戏剧中贯穿着揭发社会矛盾与堕落的艺术精神。以故，从世纪末至第一次世界大战爆发期间，亨利·亚瑟·琼斯无论在英国还是在美国，都是广泛博得大众人气的一位剧作家。他的戏剧作品主旋律旨在嘲笑假装高雅的那种伪善，讽刺以自杀风气蔓延为特点的社会精神之贫困，或者以哀怜格调的笔法，严肃认真地探究关于移情别恋通奸的道德问题。《从事改革运动的人们》是充满讽刺性的喜剧，旨在讽刺"伦敦改革联盟"。此联盟要将伦敦建成美丽的、健康的、悠闲自适的、自由的街市。然而，正如亨利·亚瑟·琼斯的戏剧所表述的那样，《从事改革运动的人们》情节的发展，与其说是在表达伦敦的改革，不如说是以二人构成的性的失态丑闻为中心，步步推进。按照夏目漱石的观点，《从事改革运动的人们》暗示出"世纪末"的悲剧状况。夏目漱石观察的19世纪末这个时代，与"充满了隆盛的希望、热烈的情操与青春的蓬勃朝气的世间"相距甚远，夏目漱石认为，19世纪末是被迫卷入了近代化的时代，是令人惴惴不安、绝望、百无聊赖与无希望的时代。此外，在亨利·亚瑟·琼斯的另一部剧本《詹涅的妙计》③的衬页上，夏目漱石这样写道：

纵观全篇，没有名副其实的滑稽，看不见一线光明。没感觉到有半点的自然。可将此称作都市文学，称作"浇季"之世的文学，称

---

① Henry Arthur Jones, *The Crusaders* (New York: Macmillan & Co., 1893). 三幕喜剧，1891年初演配有副标题：Avenue Theatre. "an original comedy of modern London life"。
② 初从事法律，后转攻戏剧，创作剧本40余部，代表作是《谭格瑞的续弦夫人》（1893年）、《威尔斯剧院的女明星》（1898年）等，作品主要描写资产阶级家庭生活中的感情纠葛。——译者注
③ Henry Arthur Jones, *The Manoeuvres of Jane* (London: Macmillan & Co., 1904). 四幕喜剧，1904年初演于Haymarket Theatre。

作轻薄文学。从这部作品中,不难窥见20世纪初期伦敦的通常风尚。

　　日本人动辄口头禅似的,"英国,英国"地说着,好像英国人一生下来就很高尚。殊不知,他们也是由蠢货、奸货与俗货构成的国民。在这个世界上,洋洋得意地学习英国的俗货、奸货与蠢货的人,仅有日本人①。

夏目漱石认为,《詹涅的妙计》这篇作品反映了20世纪初期英国闭塞的社会状况。也就是说,《詹涅的妙计》可称作出现在"'浇季'之世"(此乃上田敏创造的译词,他将"fin de siècle"译作'浇季'之世")的作品。夏目漱石认定,自己生活过的20世纪初期的伦敦,堪称"'浇季'之世"。因而我们可以说,如此见地反映了夏目漱石对包括世纪末在内的这一时代的认识。

显而易见,在这里,面对英国,夏目漱石一味流露出激烈的嘲笑怒骂之词,针对追随英国轻薄风气的日本堕落形象,夏目漱石示以痛彻激烈的批判。这一点与《其后》中的主人公长井代助流露的悲观厌世的时代意识非常相似。凝视日本追随西洋这一倾向之内幕,长井代助看到了"遭受西洋压迫"的近代日本疲惫不堪的精神:

　　你可以观察一下,其影响波及我们每一个人。日本国民遭受着来自西洋的这种压迫,头脑哪还有余裕,无法干好工作。整体上欠缺充分的教育,而且残酷地令国民干工作累得天旋地转,导致全体国民患上了神经衰弱症。你说说看,国民几乎都是愚蠢的,除了自己的事、自己今天的事和迫在眉睫的事以外,其他什么也不思考。这是因为疲顿得再无余力用于思考,此乃无可奈何的事。还有不幸的是,精神的困惫与肉体的衰弱相伴而来。不仅如此,道德之败坏也随踵而至。整个日本国,无论眺望何处,看不到一寸见方的光明地方,一片天昏地

---

①夏目漱石:《夏目漱石全集》第16卷,第104页。

暗。(夏目漱石:《其后》第六章)

"精神的困惫""肉体的衰弱""道德之败坏",这是夏目漱石诊断时代病理归纳出来的具体症状。《其后》的作者夏目漱石,在品议上述亨利·亚瑟·琼斯的剧本的短评中,笔及19世纪末或20世纪初英国社会出现的"可悲征兆",而这种征兆在20世纪初期的日本社会则表现为现实。正像世纪转换期的英国是"不见一线光明"的"'浇季'之世"一样,夏目漱石令长井代助宣告日本是"一片天昏地暗"。映在夏目漱石眼中的明治时代末期的日本,肯定是不折不扣的"'浇季'之世"。

针对由"颓废"时代状况产生的病理现象,长井代助除了列举出三大要素,还附加了一点——将"神经衰弱症"作为现代颓废倾向最显著的征兆。如此认识,还可以从如下"断片"中找到依据。

第一,Self-consciousness[①]的结果,产生了神经衰弱症。神经衰弱是20世纪的通病。

人的存在,促使人智、学问、百般事物出现了进步,但与此同时,人本身也一步一步走向颓废与衰弱。……

第二,全世界最早患上神经衰弱的国民,必然生活在历史最悠久、人文最进步之国家。尽管这样国家的国民自认为是最上等的国民,而实际上,却是逐步沉沦下去[②]。……

这段文字出自夏目漱石创作小说《我是猫》时写下的创作笔记。实际上,《我是猫》第十一章(《夏目漱石全集》第1卷,自第508页开始)里有与此基本相同的内容。(这里,关于自杀问题,夏目漱石结合亨利·亚瑟·琼斯的剧本展开描述,耐人寻味。)人们认为,上述引文中的所谓"人

---

① 英文,意即"自我意识"。——译者注
② 夏目漱石:《夏目漱石全集》第13卷,第164页。

文最进步之国家",恐怕指的就是迅速完成了近代文明建设的英国。按照夏目漱石的观点,人文进步的诸国,正因为带来了进步,才摊上了步入衰退的命运。如实说来,以进化论为理论根据的这种观点在19世纪末的欧洲十分普及(详细内容参见本书绪论第四节"进步与颓废之间")。一般认为,夏目漱石通过马克斯·诺尔道的著作等也可以接触到上述观点。

夏目漱石凝视着近代化带来的精神荒废,凝视着如此近代化的矛盾与深层实质,但他没有像具有马克斯·诺尔道特色的保守的知识分子那样,心中担忧"国家的黄昏",穿刺时代的病灶(例如颓废派、神秘派与象征派的文人),或者射出带有敌意的赤裸裸攻击之箭,或者开出药方,以期把人们从精神颓废状态中拯救出来。对待这一切,夏目漱石一直漠不关心。毋宁说,夏目漱石玩味着深深的绝望,主动选择了通往神经衰弱的道路。他在《文学论》序言中这样说道:

> 英国人看我,说我是神经衰弱症患者。某一个日本人致函本国,说夏目漱石已经成为癫狂者……
>
> 留学归国后,人们依然看我是一个神经衰弱症患者兼癫狂之人。……也正因为神经衰弱而且是癫狂之人,我写出了《我是猫》,撰述了《漾虚集》,公开出版了《鹑笼》。想到这里,<u>我相信,我应当对这种神经衰弱与癫狂之气深表感谢。</u>(底线为引用者所加。《夏目漱石全集》第9卷,第16页)

夏目漱石被诊断为患有世纪末现象的神经衰弱症,有癫狂之气,他没有不悦,反倒深表谢意,他的如上表态意味着什么呢?马克斯·诺尔道在前述的书中,给现代艺术家们打上了"癫狂之人"与"神经衰弱症患者"之类的精神病理学特色的烙印,企图将他们与社会隔离开来。然而,夏目漱石却乐于接受被打上的这个"烙印",在此基础之上,他还积极主动地选择了一条"被社会孤立出来"的道路。所谓"近代的自我",是以体验社会与个人强烈的分裂为前提的。夏目漱石以如此"分裂"带来的极度神经衰弱为代价，开拓出一条当作家的道路。夏目漱石特立独行，舍弃了东京帝国大学讲师这个颇有声誉的职位，转身去当了一个职业作家，这一点与《其后》中的长井代助的作为在本质上可谓如出一辙。长井代助以身实践，逆反社会，坚守一己"懒惰的权利"。在夏目漱石看来，所谓作家，就是被贴上了"癫狂之人"或"神经衰弱患者"标签、苦恼不已却很诚实的"高等游民"。

第三节　形形色色的"颓废倾向"

针对展现于同一时代文艺中的"世纪末倾向"，夏目漱石做出了何种反应？围绕这一问题试做探讨，是一个意味深长的论题。思考这一论题时，最先呈现在笔者脑中的，是森田草平的小说《烟尘》（连载于1909年3月6日—5月16日《东京朝日新闻》）。这部小说作为所谓的"颓废倾向"文学作品，轰动了世间。夏目漱石对《烟尘》有何反应呢？他认为：

> 这个男子与这个女子，为"世纪末"人为的苦难所囚禁，对此却感到满意。我认为这是"自然"①的极端表现。因此，令人感到可怜。（夏目漱石1909年3月6日的日记，载《夏目漱石全集》第13卷，第355页）

这里，夏目漱石将《烟尘》评价为"为'世纪末'人为的苦难所囚禁"的作品。仅就这一段意思而言，可以认为，夏目漱石对文学的"世纪末"倾向怀有抵触感。他读了奥斯卡·王尔德的《道林·格雷的肖像》，这样

---

①此处的"自然"，不是意味着山川草木的"自然"。冈山大学教授赤羽学博士认为："这里的'自然'与自然主义的'自然'有异，是指生命根源的'自然'。"作为夏目漱石文艺思想真髓的"自然"，是心性领域里的概念，即肯定自我感情的真实，驯顺地与之同调。这时的"自然"与自由、生命、个性是同义语，它与压抑、歪曲人性的法律、计划、世俗、意志相对立而存在。——译者注

评价道:

> 近代的男主人公当中,不可理解者,有《死的胜利》的主人公,有道林·格雷,有《烟尘》的主人公要吉。一言以蔽之,他们是当时的"癫狂之人"。(《夏目漱石全集》第16卷,第109页)

夏目漱石将道林·格雷那样的世纪末特色的男主人公,评价为"癫狂之人",据此,我们可以理解为,他将森田草平的《烟尘》的主人公纳入了与道林·格雷等人相同的谱系。

但是,夏目漱石果真全面否定了"颓废倾向"吗?如果有所否定,他否定的是"颓废倾向"的哪个具体方面呢?针对这一点,笔者认为,有必要以夏目漱石本人的发言为中心,仔细解析咀嚼了夏目漱石的发言之后,再下判断为宜。

> 山彦的评论已经收到,对比一一都表示赞成。然而,倘若任何文学作品中都不含有颓废派的特性,最终会导致文学不成样子。夏尔·皮埃尔·波德莱尔之辈的作品,终究令人感到带有病态。铃木三重吉的作品相当高级,你的作品带有"颓废性",这也挺好的。颓废派是一个为了真而牺牲美与道德的流派。这一点也是可以的。(夏目漱石致森田草平书简,1906年12月8日。《夏目漱石全集》第14卷,第519页)

这是夏目漱石致森田草平的书简内容,从中我们可以窥见,对文学表现中的"颓废倾向",夏目漱石摆出的是肯定的姿态。如此说来,夏目漱石是否对"世纪末"或者"颓废倾向"采取了双重标准?人们心生如此怀疑,却也是极为自然的反应。不过,如果我们仔细阅读前述书简内容,不难发现,夏目漱石反对的是《烟尘》中出现的"'世纪末'人为的苦难",而"'世纪末'人为的苦难"是否与"颓废倾向"直接相关?尚不宜轻率断言。因此，我们应该关注的是，夏目漱石在致森田草平书简中，一方面将夏尔·皮埃尔·波德莱尔的颓废倾向界定为"病态的"，另一方面又摆出认可的姿态，即"这一点也是可以的"。不过，夏目漱石认为波德莱尔等人的"颓废派"是"一个为了真而牺牲美与道德的流派"，这一认识未必正确。我们可以推测，夏目漱石之所以将颓废派的宗旨界定为"真"，大概是因为亚瑟·西蒙斯在《文学中的颓废运动》（1893年）中写道，颓废倾向的本质，就是追究"真正的真实"（la vérité vraie）。可能这个观点发挥作用，影响了夏目漱石的观点。亚瑟·西蒙斯的"颓废倾向观"，其后在不断地发生变化。在他刊行《散文与韵文的研究》的1897年，从其风格特异的文体中即可窥见变化了的颓废倾向。换言之，亚瑟·西蒙斯的颓废倾向这一概念的流变也影响到夏目漱石。由此观之，我们可以做出这样的推论，即夏目漱石感到有抵触感的并非"颓废倾向"本身。

加布里耶尔·邓南遮[①]（Gabriele D'Annunzio，1863—1938）的作品构成了森田草平的小说《烟尘》的基础。以下，通过夏目漱石对邓南遮作品的反应，进一步深入探究夏目漱石的"颓废倾向"观。《烟尘》的连载告一段落后，夏目漱石写出了长篇小说《其后》。众所周知，在《其后》第六章里，夏目漱石对《烟尘》道出了否定的言辞。由此推论，理所当然，此见与否定邓南遮的文学作品相关。实际上，《烟尘》连载期间，夏目漱石好像读了邓南遮的《死的胜利》英译本（*The Triumph of Death*，London：W. Heinemann，1898）。英译本上写着夏目漱石辛辣的评论："主人公是一个为了什么而活的人呢？""主人公是一个可怜的人，是一个不能为他人为自己提供满足的'egoist'[②]。"（《夏目漱石全集》第16卷，第150页）

不过，仅仅以这个评论为线索，就断言夏目漱石全盘否定了邓南遮的文学作品，难免匆遽草率。譬如，上面举出的夏目漱石写在《死的胜利》

[①]意大利诗人、小说家、剧作家，世纪末唯美派的代表。代表作《死的胜利》（1894年）描写一对出生于资产阶级家庭的恋人无法在恋爱中觅得解脱，最后双双跳崖，于失望中找到了归宿。——译者注
[②]英语，意即"自我中心主义者"。——译者注

英译本上的眉批中还有这样的内容:"邓南遮是一个对美的东西神经非常敏感的人。"在相同时期的日记中,夏目漱石这样写道:"'邓南遮'是一个反复写美的事物的人,而且他令人有一种好似进入暖室内,脸上发烧,面红耳赤的感觉。"(《夏目漱石日记》1909年3月17日,载《夏目漱石全集》第13卷,第358页)可见,夏目漱石对邓南遮的审美倾向怀有强烈的关心。从这个角度讲,《其后》中的主人公长井代助作为唯美主义者,不亚于邓南遮《死的胜利》中的主人公乔尔玖与《快乐儿童》中的主人公安德烈亚·斯佩雷里。上智大学教授剑持武彦(1928—2005)很早就明确指出,《其后》中的长井代助与邓南遮笔下的唯美主义者的主人公,在许多方面存在类似点①。比较文学研究者佐佐木英昭(1954——)于《夏目漱石事典》中"邓南遮"这个条目里,通过夏目漱石画线的部分,论证道:《其后》中的长井代助在种着很多白百合花的场景中与恋人菅沼三千代会面;邓南遮《欢乐》中的主人公安德烈亚·斯佩雷里迎进已成为有夫之妇的叶雷娜时,预备了无数玫瑰花;后者的艺术设定,对前者产生了影响,反映在前者的相应场面里②。

在《其后》之中,夏目漱石反对的邓南遮的颓废倾向美学,确实明显存在。《其后》创作笔记中的下述一节,就是一个证明。

(1)搬家。d'Annunzio③的房间色调。
(2)梦,钟表的声响变成虫声。梦的试验,James发疯的症候。
(《夏目漱石全集》第13卷,第433页)

我们可以认为,这个构想笔记的内容,原样不动,就是高超的世纪末要素。前已述及,夏目漱石将《烟尘》中的主人公要吉与《道林·格雷的

---

① 剑持武彦:《夏目漱石的〈其后〉与邓南遮的〈死的胜利〉》,载《比较文学研究·夏目漱石》,朝日出版社,昭和53年(1978年),第460—478页。
② 三好行雄编《夏目漱石事典》,另册国文学,学灯社,平成2年(1990年),第254页。
③ 意即"邓南遮"。——译者注

肖像》中的道林·格雷这两个人均评价为"癫狂之人"。作为夏目漱石的分身的长井代助，身上带着"变成癫狂的症候"，是具有世纪末特色的"高等游民"。夏目漱石珍藏的邓南遮作品英文译本中，有一本是 The Child of Pleasure[①]，此书的衬页上写着如下文字。

> 只是一段情事而已。唯有爱能让空气中弥漫着浓烈的颓废文明的人为芳香。（《夏目漱石全集》第16卷，第151页）

夏目漱石的这一段话，令人想起沃尔特·佩特评论威廉·莫里斯的诗《格尼维尔的拥护》时说的一段话。夏目漱石强调的是，《其后》的主人公长井代助活在恋爱的世界里，这个世界里充满了由颓废倾向构成的人为芳香。如此说来，长井代助是因为自己的恋爱违背了常理而烦闷，"他一边望着百合花，将自己全部抛入充满房间的强烈的芳香中"（《其后》第十四章）。这样的长井代助，难道不近似于邓南遮作品中的主人公吗？难道不是秘藏着颓废感觉的具有世纪末特色的男主人公吗？

一般认为，夏目漱石通过阅读马克斯·诺尔道或者亚瑟·西蒙斯的作品，接触到了"颓废倾向"或"颓废"等概念。马克斯·诺尔道的《堕落论》堪称是一部"世纪末入门书"。关于"颓废倾向"这个概念，《堕落论》中有详细说明。

> "décadent"这个语词，是19世纪50年代法国评论家们为了界定泰奥菲尔·戈蒂耶的创作风格，特别是为了界定夏尔·皮埃尔·波德莱尔的独特类型特征，从罗马帝国末期历史中借用来的[②]。

对这一段文字，夏目漱石作眉批云："'Décadent'之出典。"马克斯·诺

[①] 意即《快乐儿童》。——译者注
[②] Nordau, op.cit., p.299.

尔道的《堕落论》这本书，在阐述文艺方面的"颓废"本质时，主要以约利斯·卡尔·于斯曼的《逆流》中的主人公德艾散特为评判的对象①。对这一段文字，夏目漱石作眉批云："Huysmans（于斯曼）的 a Rebours 的〇〇（此二字看不清）的'decadent'。"这些迹象证明，夏目漱石对世纪末文学的颓废派，曾示以非比寻常的关心②。

但是，尽管如此，我们不能认为，对待马克斯·诺尔道的"颓废"论调，夏目漱石完全是囫囵吞枣式的全盘接受。如果夏目漱石也像马克斯·诺尔道那样，将"颓废"理解为极其愚昧的、贫瘠的、不道德的趣味倾向，那么，他不会如上述内容所示的那样，对"颓废"示以宽容的姿态。在阅读马克斯·诺尔道的《堕落论》过程中，夏目漱石旗帜鲜明地反对的大目标，是论述美与道德之关系的那一部分。在《堕落论》第三章"颓废派与唯美主义"中，马克斯·诺尔道主要将约利斯·卡尔·于斯曼视为颓废的代表，将奥斯卡·王尔德视为唯美派的代表，他谴责的矛头，指向二人文学作品中存在道德缺失这一内容。夏目漱石作为一个读者，对《堕落论》作者的美与道德的认识提出了疑问。譬如，针对"诚然，仅仅靠道德性，是不能为艺术作品添美的。然而，实际上不可能存在无道德性的美"③这一段文字，夏目漱石就打了一个"？"，提出了异议。《夏目漱石资料——文学论笔记》中，记述了他提出的异议之具体内容：

《堕落论》第 327 页写道："Beauty without morality is impossible"

---

① Nordau, op.cit., pp.302—303.

② 此外，夏目漱石还读过 C. 龙勃罗梭教授的《天才论》，而马克斯·诺尔道受过这本《天才论》的影响。在《夏目漱石资料——文学论笔记》（村冈勇主编，岩波书店，1976 年）中，夏目漱石这样标注道："关于 décadent poetry 的 association, Lombroso, 231—232, Le maître 之说"（第 43 页）。此外，还有如下标注："décadent poetry Lombroso 230"（第 245 页）。
这段文字是夏目漱石归纳别人的话。他读过的 Cesare Lombroso, *The Man of Genius*（London: Walter Scott Publishing, 1905），230—239 页是 C. 龙勃罗梭教授论述马拉美与魏尔兰等颓废派诗人的内容。夏目漱石归纳其中一部分，标注出来。叙述的内容条分缕析，足见他的热心程度。由此可以窥见，夏目漱石对颓废派的主张不受先入为主观念的左右，努力追求客观地接受颓废派的主张。

③ Nordau, op.cit., p.327.

（不可能存在无道德性的美）。——然而参考前页，我认为，道德之美是衍生出来的（derivative）。无德与反道德之中的美，才是本原的（primary）[①]。

一般认为，夏目漱石反驳之论的要旨是：道德性的美是衍生出来的，而反道德中存在的美才是本源性的，所以，对文学作品做价值判断时，道德性不可优先于美。换言之，夏目漱石旨在通过"让美优先于道德性"这一反驳之论，进而偏袒被置于批判的案板上的唯美派或颓废性。

这样看来，夏尔·皮埃尔·波德莱尔的颓废倾向是"病态"的；铃木三重吉或森田草平的颓废倾向是"高级"的、"可以的"。夏目漱石的如此观点所流露出的颓废观与《堕落论》有若干相异。人们判断，夏目漱石的如此颓废观，其依据并非马克斯·诺尔道风格的认识（即"以道德性为中心"），而是来自于其他侧面。关于这个问题，笔者欲做进一步的考察。

> 问：乔治·梅瑞狄斯是一个偏于讲大道理的作家吧？
>
> 答：一方面，他确实有讲大道理的特点，另一方面，他写的作品又极其带有诗情。纵然写同一个美的地方，乔治·梅瑞狄斯的特色与加布里埃尔·邓南遮描写的那种戏剧背景之美也大异其趣。乔治·梅瑞狄斯描写的自然中，有一种感情俨如春季晴日原野上的阳气，不断蒸腾挥发着。（《夏目漱石全集》第16卷，第667页）

这是夏目漱石听到英国小说家、诗人乔治·梅瑞狄斯[②]（George Meredith，1828—1909）辞世的噩耗后，发表的谈话之一部分。夏目漱石像喜欢英国女作家简·奥斯丁（Jane Austen，1775—1817）的作品一样喜

[①] 村冈勇主编《夏目漱石资料——文学论笔记》，岩波书店，昭和51年（1976年），第71页。
[②] 生于英国南部海港朴茨茅斯的一个裁缝家庭，他的作品主要描写英国上层社会，揭露其丑恶本质。梅瑞狄斯的作品不看重故事情节，着眼于人物心理描写，长于用嘲讽来表现人物的思想与行为，代表作有《比钦的一生》（1876年）、《利己主义者》（1879年）等。——译者注

欢乔治·梅瑞狄斯的作品。乔治·梅瑞狄斯的作品,连英国人都觉得费解。然而,据说他的作品中夏目漱石只有两部没读过①。

然而,夏目漱石的上述言论之中,也存在令人怀有疑问的地方:他将自己尊敬的作家之一的乔治·梅瑞狄斯,与似乎不太搭边的加布里耶尔·邓南遮进行比较,而不是将乔治·梅瑞狄斯与罗伯特·路易斯·斯蒂文森(Robert Louis Stevenson,1850—1894)、乔纳森·斯威夫特(Jonathan Swift,1667—1745)进行比较。在维多利亚时代的文坛上,乔治·梅瑞狄斯是一位最理智的作家,堪称英国的"国宝"(夏目漱石语)。而邓南遮是一个具有"原始兽性"的人,博得"颓废派文学运动中最值得大书特书的人物"②这一称号。将乔治·梅瑞狄斯与邓南遮进行比较,乍看起来,失衡之感确实不容否认。仅从文脉方面进行推测,可以比较之根据似乎在于这两个作家都是善于"写美的地方"这一点上。此外,他俩虽然都被视为作家,但皆是充分发挥了诗人气质的作家,将如此二人进行比较,大概与这一点也有关联。总之,夏目漱石将这两个人选为比较对象,恐怕是出于上述缘由。以此为基础,夏目漱石又对二人加以区别分辨。其结论是,他将邓南遮追求的"美"比喻为"戏剧背景之美",这一点说中了邓南遮显眼的"感觉性的美"的世界的本质。既然如此,我们就可以充分推测并知晓,夏目漱石以乔治·梅瑞狄斯的"理智性的美"(intellectual beauty,亚瑟·西蒙斯语)来与邓南遮的"感觉性的美"相对照。

在上面引用的对谈中,夏目漱石围绕乔治·梅瑞狄斯与邓南遮二人进行了比较考察。笔者还出于其他理由,对这一场对话分外予以关注。笔者认为,这个关注的理由可以成为有力的判断依据,有益于窥见夏目漱石关于"颓废"的认识。从结论上说,夏目漱石选此二人作为比较对象,是因为他考虑到"美"或者"诗化"的要素。还有,在夏目漱石眼中,乔治·梅瑞狄斯与邓南遮二人均有"颓废"倾向。虽然人们对夏目漱石的"邓南遮

---

① 松浦嘉一:《英国的诗人与小说家》,载《英语青年》的《夏目漱石特集》,昭和41年(1966年)。
② 马利欧·珀拉茨:《肉体与死与恶魔》,仓智恒夫等译,国书刊行会,昭和61年(1986年),第541页。

观"是否赞同尚不明了,但或许有人对夏目漱石认为乔治·梅瑞狄斯有"颓废"倾向这一观点表示首肯。笔者想由此展开论述。

夏目漱石读过亚瑟·西蒙斯的《散文与韵文的研究》(*Studies in Prose and Verse*, London: J. M. Dent & Sons, 1904),该书第143—151页是论述乔治·梅瑞狄斯的章节,其中这样写道:

> 乔治·梅瑞狄斯……与托马斯·卡莱尔一样,不,在纯粹而且广义上,他比托马斯·卡莱尔更多地带有"颓废性"。英法两国关于"颓废"一词的用法,只局限于现代作家群中的某一特殊流派,"颓废"是该派的标签。但是,由于语言内蕴的转化错讹,在追求某种新的表达与美的过程中,出现了人为的变调,文学中颓废倾向的真正意义与文体,不再成为完全一致的体系。乔治·梅瑞狄斯的文体与斯特凡·马拉美的风格相同,都表现为自我意识强烈①。

夏目漱石的藏书中,"a decadent"下面画有横线。亚瑟·西蒙斯认为,乔治·梅瑞狄斯非体系性的独特创作风格表现在广义上也相当于颓废倾向。我们可以发现,夏目漱石关注过这一观点。(上述亚瑟·西蒙斯的《散文与韵文的研究》在论述乔治·梅瑞狄斯部分的前一章中论述过邓南遮)

亚瑟·西蒙斯之所以认定,乔治·梅瑞狄斯的文学风格样式与斯特凡·马拉美相同,都表现为具有"self-conscious"②,是因为他想搞清楚乔治·梅瑞狄斯的"颓废"属性。在亚瑟·西蒙斯看来,"饱满的自我意识(self-consciousness)"是构成颓废文学核心性特征的要素。这里,如果我们能浮想起夏目漱石于前述《断片》所表达的观点——"self-consciousness"诞生了近代社会的"通病"即神经衰弱症,那么,自然而然显露出来的是:当我们观察"世纪末"时,会觉得上述二人的认识何其

---

① A.Symons, *Studies in Prose and Verse* (London: J.M.Dent & Sons, 1904), p.149.
② 意即"自我意识强烈"。——译者注

相通。由此看来，夏目漱石在亚瑟·西蒙斯论述乔治·梅瑞狄斯的文中的"a decadent"下面画上横线，这就表明，针对亚瑟·西蒙斯主张的广义颓废倾向这一概念，夏目漱石不仅予以关注，并且赞同其见解。

夏目漱石的前述谈话中，围绕乔治·梅瑞狄斯的文学作品特征，接连出现不可模仿的"独特性""大道理""哲学""诗趣"之类的词语。可以说，如同以奥斯卡·王尔德为首的英国青年作家们对乔治·梅瑞狄斯"唤醒了内心想象力"的独特创作风格寄予支持一样，夏目漱石也从乔治·梅瑞狄斯的那种浪漫"诗趣"与创作风格之"独特性"中，发现了更"高级"的表达——"颓废倾向"。前述"夏目漱石致森田草平书简"中，夏目漱石比照"病态的"颓废倾向，举出了"高级"的颓废倾向。如此观点以亚瑟·西蒙斯的学说为基础，夏目漱石通过亚瑟·西蒙斯理解了"颓废倾向"的概念，才发出了如上一番言论。

夏目漱石将乔治·梅瑞狄斯和但丁·加百列·罗塞蒂视为"高级"颓废，将夏尔·皮埃尔·波德莱尔视为"病态的"颓废。从某种意义上说，这或许可谓理所当然。一般认为，从波德莱尔到约利斯·卡尔·于斯曼、邓南遮，皆可进入夏目漱石思考的"病态的"颓废范围。然而，除了邓南遮，夏目漱石几乎没有直接接触过波德莱尔与于斯曼的作品，所以，他对法国颓废派的理解未必很充分。夏目漱石通过马克斯·诺尔道等人接触法国颓废派，在认识上存在局限性（不过，夏目漱石收藏了一本亚瑟·西蒙斯翻译的《波德莱尔散文集》）夏目漱石讨厌法国自然主义文学的确立者埃米尔·左拉，令人觉得他似乎将左拉、波德莱尔等作家作品中出现的丑恶的细节、露骨的描写、沉溺于过剩感觉等，统统理解成旨在追求轰动世间的、带有强刺激性的自然主义文学货色。

夏目漱石提出了"颓废倾向肯定论"，他认为"颓废"的描写与"颓废性"（带有负面性质）的描写，二者含义并非完全一致，就如同"神经症患者"夏目漱石的创作风格未必与神经质特色的创作风格相同。夏目漱石读了森田草平的小说后，批判其"为'世纪末'人为的苦难所囚禁"。这是因为，他对以"颓废性"的描写为依据进而探究"世纪末"或"颓废倾向"的意义这一做法，表示反对。

夏目漱石短篇小说《薤露行》的雅语体独特风格，以及贯穿于中篇小说《旅宿》等初期作品中的诗情趣味，与乔治·梅瑞狄斯的风格多有相通之处。是故，夏目漱石生前就博得了"日本的梅瑞狄斯"[①]这一称号。进一步说来，至于夏目漱石发挥"做梦之人"的禀赋创作的《梦十夜》《永日小品》等作品，其中的"颓废"要素远远超过乔治·梅瑞狄斯的作品。夏目漱石力求远离世纪末颓废派"人为的"审美感觉，然而，《其后》中的长井代助，或者将自己关闭在充满鲜花芳香的密室里，或者因为"苍碧的水底之梦"而疲惫不堪，他追求人生的避难所，是一个充分带有世纪末风格的主人公。作家夏目漱石也像长井代助那样，陶醉于邓南遮的芳香之中。亚瑟·西蒙斯或莫里斯·梅特林克的水底幻想式甘美的世纪末特色想象力的诱惑，令夏目漱石无法离去。夏目漱石阅读邓南遮的小说后写出了这样的读后感："此人是一个对美的东西神经非常敏感的人。"若让笔者说，将这一评价反过来用于评价夏目漱石的审美意识，也是非常恰切的。

第四节 "世纪末"的背景

夏目漱石文学作品中的"世纪末"，可以直接从他的读书环境中觅得根源。流传至今的《夏目漱石藏书目录》可以令我们知晓，藏书者是一个博览群书的读书家。而且，在夏目漱石的藏书中大放异彩的，是许多关于近代心理学的书籍。

> 如实说来，八九年前，我躺在床上读安德鲁·朗格写的《梦与幽灵》时，望着眼前的灯光，一时感到浑身发冷。大约一年前，我为《灵妙的心力》这一标题所吸引，特意从外国购来弗拉马利翁的书籍，近

[①] 佚名：《读〈行人〉》，载《时事新报》大正3年（1914年）3月9日。

来，又读了奥利弗·洛奇《死后的人生》。(《回忆诸事》，载《夏目漱石全集》第8卷，第318页)

通过这一段引文，我们可以知晓，夏目漱石在长时期内认真阅读过心灵现象与心理学方面的书籍。他对这一领域的关心始于大学时代。那时，夏目漱石喜欢阅读英国散文家、文学批评家托马斯·德·昆西（Thomas De Quincey，1785—1859）的《一个英国鸦片服用者的自白》[①]。但他真正聚精会神埋头阅读这方面的书籍，应该说是在伦敦留学时期。夏目漱石致终生好友菅虎雄（1964—1943）的书简就是一个证明："最近我没读文学书籍，在随心所欲地胡乱阅读心理学和进化论方面的书。"（《夏目漱石全集》第14卷，第196页）关于他的读书体验所具有的意义，冈三郎这样评议道：

> "将一切文学书压在箱底里"，夏目漱石读起威廉·詹姆斯（William James）、里博（Ribot）、斯奎里普查（Scriputure）、龙勃罗梭（Lombroso）、摩根（Morgan）、马歇尔（Marshall）等人写作的心理学与美学方面的书。夏目漱石本人也有意识地成为"the twilight realms of consciousness"（意识领域的黎明），在以内心深处的方式进行深度思考之际，他觉得此前精读之时记在心底的托马斯·德·昆西的幻想式叙述，现在反刍起来，那实际的水平远远高于自己此前的理解，如此幻想式叙述，具有新的意义[②]。

明治时代末期至大正时代初期，厨川白村从宽广的批评角度，对世纪末文学艺术展开了精确的论述。厨川白村在《近代文学十讲》（1912年）中指出，最近"哲学科学"的特征是"神秘的直感倾向"：

[①] 作者于1804年因为治病而服用鸦片成瘾，这部作品以他的亲身经历为素材，添加想象，描述主人公的心理活动与潜意识，预兆20世纪现代派文学的题材与写作方法的出现。——译者注
[②] 冈三郎：《夏目漱石研究·意识与材源》第1卷，国文社，昭和56年（1981年），第330页。

最近的欧洲科学社会出现的一个显著现象，就是所谓"Psychical research"①的流行。"Psychical research"旨在研究人的神秘不可思议的精神现象。……不仅止于理智与现实的世界，还要探入更深奥之处，以期达至神秘的未知境界。"探索存在于我们之中的以及存在于我们周围的秘密，力求理解人生"，这种热切的期望，即所谓的现代精神②。

夏目漱石正是处于如此时代精神思潮的中心位置。不，他是一个积极地走在思潮最前列的人。夏目漱石阅读龙勃罗梭、里博、摩根、斯奎里普查、马歇尔、奥利弗·洛奇、弗拉马利翁等人的著作，当时一流的研究者几乎都被夏目漱石拢入自己的阅读范围之内，并融入创作之中。于是，《我是猫》中出现了一连串诸如"潜意识下的幽暝界""感应""不可思议"等词语。夏目漱石还令作为自己分身的登场人物、美学家迷亭先生大谈威廉·詹姆斯的哲学观。夏目漱石在晚年阅读了威廉·詹姆斯所尊敬的法国哲学家亨利·柏格森（Henri Bergson，1859—1941）的著作。纵观夏目漱石的作家生涯，他对威廉·詹姆斯与亨利·柏格森这两位"反理智派"（夏目漱石语）哲学家的精神世界产生了全面的共鸣。这一点不外乎告诉我们：究竟是什么人的思想意外地构成了夏目漱石文学思想的基础。乔治·理德在《颓废倾向的样式》的结论中这样写道："颓废倾向的样式，作为一种手段，涉及的对象是19世纪末强旺涌出的非合理的思潮。"《颓废倾向的样式》着重指出，亨利·柏格森与奥地利神经科医生、精神分析学创始者西格蒙德·弗洛伊德（Sigmund Freud，1856—1939）二人在哲学与心理学方面的探究，是围绕人的内心世界意识而进行的，进而影响到世纪末艺术的表现样式③。如此说来，从但丁·加百列·罗塞蒂到威廉·勃特勒·叶

---

① 意即"心灵现象研究"。——译者注
② 厨川白村：《厨川白村集》第1卷，福永书店，大正13年（1924年），第403—404页。
③ John R. Reed, *Decadent Style* (Athene: Ohio University Press, 1985), p.240.

芝,许多颓废者都为灵魂交融的神秘世界所吸引,阴郁的英国现实主义作家们,无不对心理学颇感兴趣。

确实,对超自然的东西甚感兴趣,如此倾向也出现在夏目漱石的创作活动中。如此色彩浓烈的作品,是夏目漱石初期短篇小说集《漾虚集》。其中的系列作品,或描写神秘的爱的感应(如《趣味的遗传》),或通过研究幽灵的心理学家这个登场人物谈论灵的感应问题(如《琴的空音》)。此外,夏目漱石后期四篇短篇小说构成了作品集《行人》(1912—1913年),其中《尘劳》的第十一节中这样写道:"哥哥"这个登场人物,"认真研究'心灵感应,以心传心'的学问"。夏目漱石被贴上了"神经症患者"这一标签,他必须在现实与艺术形成的峡谷之间,甘心接受"精神兴奋"这一现实。夏目漱石的一生,探究的眼光一直凝视着意识尚未完全知晓的领域。

夏目漱石在自己第一部长篇小说《我是猫》(1905—1906年)中,或谈论"灵的交换",或谈论"梦幻比现实更确切"等。夏目漱石在自己一生最后的文章《点头录》(1916年)中,达到了如下意识境界:"我的一生过得虚浮不稳,不及梦幻。"(《夏目漱石全集》第11卷,第468页)可以说,这个人生总结式的感叹,与比利哀·德·利拉丹特色的世纪末颓废派主观唯心论[①]一脉相通。而比利哀·德·利拉丹的观点之思想基础,是亚瑟·叔本华传授下来的厌世主义(pessimism),这个主义否定外界的实在性。夏目漱石的这种主观唯心论,表现在他最早的短篇小说《伦敦塔》之中。从否定直觉与幻觉二者的境界、否定客观现实与幻想二者的境界中,我们可以理解到《我是猫》的作者夏目漱石主观唯心论的用意所在。在美的观念中,亚瑟·叔本华发现了被人们认可了的唯一幸福,"唯美派生活方式笼闭于贤者的断念与艺术作品的世界里,亚瑟·叔本华将人们引入如此生活方式中"[②]。"人生的目的不是活动,而是观照",沃尔

[①] 让·皮耶鲁:《颓废倾向的想象力》,渡边义爱译,白水社,昭和62年(1987年),第94—116页。
[②] 让·皮耶鲁:《颓废倾向的想象力》,渡边义爱译,白水社,昭和62年(1987年),第85页。

特·佩特以这一观点表述了自己的唯美的颓废倾向的观念①。夏目漱石相信直观力，他那透明的视线，一直投注于现实观照的姿态之内核。如此夏目漱石，是怀疑性的唯心论占据统治地位的"世纪末"这一时代的"时代之子"。

夏目漱石置身于"世纪末"艺术潮流的中心，这一点可以从他精读过亚瑟·西蒙斯的《象征主义文学运动》（1899年）与马克斯·诺尔道的《堕落论》（1895年）看出。这两部代表性著作自成体系，富于理论性地论述了19世纪末文学的颓废倾向特质。夏目漱石这样说道：

> 近来法国的象征主义者公开宣布，可以写带有上述倾向的诗。换言之，他们要求的是，诗句必须从意义中独立出来，单靠音调来引起期望的感兴。（参照亚瑟·西蒙斯的 *Symbolist Movement in France* 与马克斯·诺尔道的 *Degeneration*②。《夏目漱石全集》第16卷，第350页）

这是夏目漱石在东京帝国大学文科大学的部分授课内容，时间在明治36年（1903年）3月至6月。夏目漱石指出，从象征主义中，可以觅得仅仅靠音调来激发诗兴的实例，并恰如其分地将亚瑟·西蒙斯与马克斯·诺尔道的著作列为"参考文献"。这一点作为实例，表示夏目漱石依据上述两部关于世纪末的理论力著，把握了文学动向，而《文学笔记》则着重记录了许多来自马克斯·诺尔道著作《堕落论》的重点内容。前已述及，在夏目漱石看来，马克斯·诺尔道的著作发挥了"世纪末入门书"或者"世纪末资料馆"的作用。此见不局限于夏目漱石，同时代的其他文学家亦如此认为，譬如，蒲原有明这样说道：

---

① Reed, op.cit., p.233.
② "*Symbolist Movement in France*"即《法国象征主义文学运动》；"*Degeneration*"即《堕落论》。——译者注

马克斯·诺尔道《堕落论》（デジエネレエシオン）的学说，出其不意地东传入日本。至于"东传"的明确时间，我不敢断言，我认为大约是在明治 36 年（1903 年）前后。我尚未达到能对象征派抱有上述疑问的水平，那时对于理解象征派一事，我尚处于暗中摸索的阶段。当时对马克斯·诺尔道的《堕落论》的评价，有的非常低，尽量压低其价值，但按我个人的经验判断，不能同意这种程度的评价。<u>我读《堕落论》这本书的时候，记得自己宛如去医院看望病人，窥视挂在病床枕头边的患者姓名卡片，带着好奇心，并感到恐怖。</u>像但丁·加百列·罗塞蒂这样的人，在近代艺术家当中，作为变质者的带头人，最先被带出来接受诊断。……当时我还没见过保尔·魏尔兰的肖像，以故，<u>我根据马克斯·诺尔道不可思议的记述，想象着保尔·魏尔兰这位象征派明星的形象</u>[①]。（底线为引用者所加）

这是蒲原有明关于自己当时与岩野泡鸣轮流阅读学术专著的一段回忆。所谓"デジエネレエシオン"，即《堕落论》的日文音译。蒲原有明的上述一段话，对了解《堕落论》在日本曾被如何阅读，具有颇高的提示价值。马克斯·诺尔道撰写《堕落论》，本来旨在向"世纪末病"蔓延的世间发出警告，期冀尽可能将"颓废病"患者们与社会隔离开来。然而，现实滑稽的是，蒲原有明却将《堕落论》视为自己接近"病灶"的路标。也就是说，《堕落论》的初衷是，将拉斐尔前派或法国象征派、"高蹈派"（Parnassiens）、"恶魔派"、颓废派、唯美派等，统统置于案板之上，作为解析与严厉批判的对象，然而出乎意料的现象是，明治 30 年代中期，在围绕"象征派"进行暗中摸索的日本诗人与作家们看来，马克斯·诺尔道的《堕落论》反倒成为把握欧洲"世纪末"乃至现代文学动向的最佳参考书。

[①] 蒲原有明：《关于象征主义的引进》，载《飞云抄》，书物展望社，昭和 13 年（1938 年），第 131—132 页。

蒲原有明与岩野泡鸣是这样看待《堕落论》的价值的。与此相比，或许夏目漱石是站在与前述二人不同的文人立场上阅读《堕落论》的。尽管如此，这本书堪称是日本文士们接近"世纪末"的窗口，根据夏目漱石藏书中留下的眉批等资料证明，这也是不容置疑的事实。我们通过阅读夏目漱石在《堕落论》上做的批注，可以窥见其"世纪末"观之一端，其批注如下："'fin de siècle' 的 mood[①]"（第 3 页）、"称此为 'mysticism'[②]"（第 57 页）、"encyclopaedists[③] →德国浪漫→ PreR"（第 71 页）、"何谓 'symbolism'[④]"（第 115 页）、"以前的 'mystic' 与现今的 'mystic' 之差异"（第 84 页）、"symbol 的意思"（第 119 页）、"未来文艺"（第 543 页）。

但是，夏目漱石并非单靠这一条间接路径接近"世纪末"的。他的读书范围十分宽广，接触到的世纪末作家和诗人，占据了马克斯·诺尔道《堕落论》中涉及的世纪末作家和诗人的一多半。

"您知道我想要的书籍，都是哪些种类吧？"他这样说道。

"我喜欢的，是如下这些文人：居斯塔夫·福楼拜、罗伯特·斯蒂文森、夏尔·皮埃尔·波德莱尔、莫里斯·梅特林克、亚历山大·大仲马、约翰·济慈、克里斯托弗·马洛、托马斯·查特顿、塞缪尔·泰勒·柯尔律治、阿纳托尔·法朗士、泰奥菲尔·戈蒂耶、但丁、歌德。"

这是夏目漱石的藏书 Stuart Mason, Oscar Wilde, *A Study from the Franch of André Gide*（Oxford：Hollywell Press，1905，p.71）中的部分内容，是法国作家安德烈·纪德（André Gide，1869—1951）介绍自己倾听奥斯卡·王尔德讲话的一段内容。笔者引用这一段文字的用意是，夏目漱

---

① 意即"世纪末的氛围"。——译者注
② 意即"神秘主义"。——译者注
③ 意即"百科全书派"。——译者注
④ 意即"象征主义"。——译者注

石在这一段文字下面画了底线，以示很感兴趣。与这个事实本身相比，笔者更关注的是，奥斯卡·王尔德举出的上述文士与夏目漱石喜欢的文士基本一致。（夏目漱石的藏书目录中，收入了奥斯卡·王尔德举出的上述全体文士的作品）。

奥斯卡·王尔德的读书情趣与夏目漱石的情趣一致，对此我们应做何解释呢？针对此事，恐怕不可仅仅局限于二人的问题，应该从"世纪末"这个时代大背景的角度，深化理解。譬如，列入夏目漱石藏书目录中的阿尔弗雷德·丁尼生、约翰·济慈、托马斯·德·昆西、爱伦·坡、但丁·加百列·罗塞蒂、佩特、霍夫曼、戈蒂耶、波德莱尔、福楼拜等人的作品，与世纪末年轻的颓废派文士们如痴如醉阅读的颓废派入门书目完全一致。加之，夏目漱石收藏着斯温伯恩、亚瑟·西蒙斯、王尔德、叶芝、龚古尔兄弟、于斯曼、保罗·布热尔、梅特林克、豪普特曼、施尼茨勒等人的作品，若再包括同时代作家的作品，那么，从夏目漱石读书范围中，我们可以清楚地看到他汲纳"世纪末"文学作品的实况①。

夏目漱石的如此读书体验，雄辩地证明，他处于"'fin de siècle'的mood"之漩涡中。而且夏目漱石对世纪末文学做出的反应，与马克斯·诺尔道的那种拒绝姿态不同。倒不如说，夏目漱石长久爱读被马克斯·诺尔道打上了"精神衰弱者"烙印的罗塞蒂、斯温伯恩、莫里斯等拉斐尔前派文人的作品，夏目漱石对梅特林克的神秘主义兴趣盎然，对泰奥菲尔·戈蒂耶与威廉·勃特勒·叶芝赞叹不已。

  第一，泰奥菲尔·戈蒂耶写了奇妙的内容，这个作家的创作方法，带有 nervous② 倾向。英国人的创作方法显得迟钝。
  第二，富于奇思妙想。
  是美好的奇思妙想。近似于约翰·济慈的雷米耶尼。有幽远之趣，

---

①这一部分阐述与《夏目漱石事典》（另册国文学），学灯社，平成 2 年（1990 年）"世纪末美学"条目有重复的地方，在此注明。
②意即"神经质式的"。——译者注

而且主题鲜明。

平凡的东西有的不美。以故,须求奇。求奇不止,易陷入怪异之中。陷入怪异之中,必然失去美。诗人知晓这一道理。

泉镜花不晓畅这一道理。(《夏目漱石全集》第16卷,第124页)

这一段引文是泰奥菲尔·戈蒂耶的短篇小说集 Théophile Gautier(tr. G. B. Ives, New York:G. P. Putnams Sons,1903)中的一篇作品"The Dead Leman"里,夏目漱石做的批注之节抄。根据如此最高级别的赞词,我们不难明晓,泰奥菲尔·戈蒂耶(1811—1872)是夏目漱石最喜欢的作家之一[①]。

泰奥菲尔·戈蒂耶否定艺术的功用性,提倡将"为艺术而艺术"(l'art pour l'art)作为理想。阿尔加侬·查尔斯·斯温伯恩[②](Algernon Charles Swinburne,1837—1909)与奥斯卡·王尔德等狂热的艺术至上信奉者,将泰奥菲尔·戈蒂耶与波德莱尔尊崇为世纪末颓废倾向文学的鼻祖。不言而喻,夏目漱石是知道这一事实的。马克斯·诺尔道的《堕落论》中,泰奥菲尔·戈蒂耶与波德莱尔是最先被冠以"颓废者"称号的文学家。前已述及,在《堕落论》中阐述这一段内容的地方,夏目漱石做出的标注是"'Décadent'的出处"。泰奥菲尔·戈蒂耶为1868年卡尔曼·列维版《恶之华》写了序言。对这篇序言的精彩部分,夏目漱石标注"Gautier 之'Décadent'评论"[③]。

[①] 夏目漱石的藏书,除上述内容外,还收入拉甫卡迪沃·赫恩翻译的两篇作品,即 Stories by Théophile Gautier(1908年)与 Captain Fracasse(1910年)。
[②] 英国诗人、文学批评家,他的作品带有唯美主义倾向,代表作有著名诗剧《阿塔兰忒在卡吕冬》(1965年)与长诗《日出前的歌》(1971年)等。——译者注
[③] Nordau, op.cit., p.299.

立足于厌世主义基点上[①]，憧憬梦幻的世界，嗜好绘画式表现，在这些方面[②]，夏目漱石与戈蒂耶具有共通的禀赋。若从这一特点看，夏目漱石对戈蒂耶萌发共鸣，应该说是水到渠成的事。戈蒂耶作品中，夏目漱石分外给予很高评价的是短篇小说。上面引文中夏目漱石写的"美好的奇思妙想""幽远之趣"等评语，与他称戈蒂耶为"诗人"一事相关。"现代日本小说家，大致说来，都是短篇小说作家。虽然如此，却无一人能达到戈蒂耶的水平。"（《夏目漱石全集》第16卷，第124页）"泉镜花不晓畅这一道理"这一句话，侧重暗示出夏目漱石对"nervous"（神经质的）、"美好的"文学表达怀有强烈的兴趣。实际上，夏目漱石鉴赏短篇"Arria Marcella"时，认为其"结构、思想、措辞都很好。戈蒂耶追求这样的作品，终于不知不觉之间就创作出来了。"（《夏目漱石全集》第16卷，第124页）这一段话雄辩地证明，夏目漱石对戈蒂耶十分赞赏。在这个意义上讲，可以说，夏目漱石暗中想成为戈蒂耶那样的"诗人"。《漾虚集》收入的幻想型短篇小说，就是他的这一愿望的显露。

　　除了戈蒂耶，吸引夏目漱石的法国作家，还有居斯塔夫·福楼拜。他

[①] 斯普朗克将戈蒂耶视为悲观主义的先驱者。他有如下阐述："人们看到自爱、信仰、希望相继崩溃下去，便开始萌发过激的情念：毁灭自身，摧毁自己作为个人的思想，将全身沉入无梦的睡眠之中。于是，戈蒂耶开始憧憬涅槃。这种境界远远早于叔本华的思想，也远远早于佛教思想进入法国的时间。人所能感知的能力全部失去后，连感知痛苦的能力也完全丧失了。人们憧憬这种绝对无感觉。"（让·皮耶鲁：《颓废倾向的想象力》，第65页）

戈蒂耶身上的这种佛教特色虚无主义，与叔本华的悲观主义哲学相连。夏目漱石文学创作的重要命题——"孩子未出生之前"，与之也有一定的关联。

[②] 据E.斯塔基的观点，戈蒂耶与艺术至上主义诗人们追求的文学目标，接近于造型艺术，尤其是戈蒂耶，他将诗与雕刻视为姊妹艺术，并反复强调，诗人要学习造型艺术家的创作方法。〔Enid Starkie, *From Gautier to Eliot*：*The Influence of France on English Literature 1851—1939* (London：Hutchinson & Co., 1960), pp.28—29.〕

另外，夏目漱石对戈蒂耶与美术的密切关系也分外关注。亚瑟·西蒙斯的《散文与韵文研究》(*Studies in Prose and Verse*) 中，论述"泰奥菲尔·戈蒂耶"的一章这样写道："戈蒂耶像高度评价了西班牙画家埃尔·格列柯（1541—1614）一样，高度评价了法国画家安格尔（1780—1867）。戈蒂耶依次对每个画家都做了恰当评价，仔细观看了卢佛尔博物馆的各个展室。"（《散文与韵文研究》第45页）这一段话被夏目漱石画上了底线。亚瑟·西蒙斯在此书中又写道："当画家不是在搞创作，而是在搞临摹时，他执笔描绘，是最好的临摹高手。"（《散文与韵文研究》第43页）在这一段话中，亚瑟·西蒙斯指出，戈蒂耶在文学表现中流露出绘画特点。

读完《三故事》中的短篇小说《希罗底》，写出读后感："瑰丽奇异，光彩陆离，华艳夺目。"（《夏目漱石全集》第16卷，第126页）读完《萨朗波》，又写出如下感想：

> 是"Monumental Work"①。……
> 海伦有这样的"Poetry"②，但没有如此雄伟的构想。……
> 针对这种题材，英国作家中，没有人能写出超过《萨朗波》的作品。（《夏目漱石全集》第16卷，第126—127页）

与评价戈蒂耶作品一样，针对居斯塔夫·福楼拜，夏目漱石也使用了如此顶级的赞词。针对宏大的历史小说《萨朗波》（*Salammbô*），夏目漱石使用的"Poetry""雄伟"等评语非常得当。

这里，我们应当分外关注的是如下事实：第一，读完戈蒂耶的短篇小说后，夏目漱石将他称为"诗人"；第二，对于居斯塔夫·福楼拜的小说，夏目漱石使用了"Poetry"这个评语。

戈蒂耶与福楼拜这两个作家在各自作品中展示出的是一个非现实的、幻想的世界。夏目漱石将这个世界理解为"诗"的领域。如此说来，通过《漾虚集》《幻影之盾》等中世小说，或者类似《一夜》那样的"俳句小说"来看，夏目漱石也是一个极其接近"Poetry"境界之人。与此相关联展开思索，还有一件能引起我们兴趣的事，如前所述，夏目漱石读了戈蒂耶的作品，以泉镜花作为比较对象，读福楼拜的作品，则以拉甫卡迪沃·赫恩作为比较对象。这意味着夏目漱石带着竞争对手意识，让泉镜花与拉甫卡迪沃·赫恩一同置身于戈蒂耶与福楼拜那样"世纪末"作家的同样位置。反过来说，夏目漱石之所以经常将泉镜花与拉甫卡迪沃·赫恩视为自己的竞争对手，是因为这两个作家抢先置身于夏目漱石憧憬的文学世界。

---

①意即"纪念碑一样的作品"。——译者注
②意即"诗情"。——译者注

夏目漱石在日记中这样写道：对福楼拜"我深表敬服"①。可见他对福楼拜极其偏爱。如此偏爱福楼拜，不可想象其心情仅仅停留在"喜欢"这一层次。那么，究竟福楼拜的哪些方面能令夏目漱石由衷表示"敬服"之情呢？夏目漱石的这种反应，令人想到正好20年前奥斯卡·王尔德致威廉·亨利书简中写的内容，奥斯卡·王尔德明确告白："福楼拜是我的'恩师'。"（戈蒂耶曾尝试着动笔翻译福楼拜的《圣·安东的诱惑》，但未能善始善终。）福楼拜的代表作《圣·安东的诱惑》与戈蒂耶的《模斑小姐》，同时被认定为"颓废倾向小说"的滥觞。评论界还有这样的见解："戈蒂耶小说中美的官能与洁癖，福楼拜小说中的喜好深究主题与文体，二者各具特色。约利斯·卡尔·于斯曼的《逆流》，是博采二者之长的作品。"② 此见合理，福楼拜的小说，占据了《逆流》主人公德艾散特的书架③之主要一角：

> 伟大艺术家的资性，全都在《圣·安东的诱惑》与《萨朗波》那无与伦比的页面上闪闪发光。在这些作品中，作者从我们寒酸的生活中唤起的，是古代亚洲遥远的灿烂耀目的辉煌；是那种强烈的放射与神秘的衰灭；是不务正业、百无聊赖的怠惰引起的胡乱行为；或者是很早而彻底的奢华与祈祷生活中溢出的深重的倦怠，乃至由倦怠引发的迫不得已的凶暴④。（由涩泽龙彦译成日文）

德艾散特说的这一段话暗示出世纪末文学家们从福楼拜那里学到了什么。据让·皮耶鲁的观点，日常生活的倦怠令人产生逃避现实的强烈欲望，

---

① 夏目漱石说："对列夫·托尔斯泰与居斯塔夫·福楼拜，我深表敬服。"见夏目漱石明治42年（1909年）3月15日日记，载《夏目漱石全集》第13卷，第358页。
② Reed, op.cit., p.30.
③《逆流》第十四章写主人公德艾散特面对作品怀有的颓废情趣。涉及作品的作者如下：爱伦·坡、福楼拜、龚古尔兄弟、埃米尔·左拉、波德莱尔、魏尔兰、科比耶尔、安诺恩、比利哀·德·利拉丹、斯凡特·马拉美。
④ 涩泽龙彦：《涩泽龙彦集成》第Ⅳ卷，桃园社，昭和45年（1970年），第138页。

幻想着逃入遥远的古昔时代的乐园；面对偶像女性，既心怀惴惴不安又被强烈吸引着的那种心情，对洗练的欢乐与被严禁的喜悦萌生的好奇心；性施虐狂（sadism）的残酷与眩晕等，凡此种种，是世纪末精神从福楼拜那里接受的要素①。

戈蒂耶与福楼拜是世纪末作家共同的"恩师"，夏目漱石读了两位作家的小说，殊甚感动。与此相反的是，夏目漱石说："至于埃米尔·左拉和居伊·德·莫泊桑，其作品几乎与侦探小说相同，令我觉得低俗。"（夏目漱石：《文艺的哲学基础》，收入《夏目漱石全集》第11卷，第77页）由此可见，夏目漱石与所谓埃米尔·左拉之流的自然主义小说明确划清了界限。约利斯·卡尔·于斯曼《逆流》的主人公德艾散特说道："就福楼拜的作品而论，与《情感教育》相比，我更喜欢《圣·安东的诱惑》；就龚古尔兄弟作品而论，与《翟米尼·拉赛特》（1865年）相比，我更喜欢《拉·福丝丹》。"（于斯曼著《逆流》第十四章）据此可见，夏目漱石的藏书目录，显得与德艾散特的好尚何其相似。（关于龚古尔兄弟作品，夏目漱石只读了《拉·福丝丹》的英译本。）

关于从福楼拜历史小说《萨朗波》中获得的感动，夏目漱石有如下自述：

> 《萨朗波》已读讫。这部小说是瑰丽无比的作品，写得十分精彩。福楼拜是一位"双刀客"，着实厉害。（夏目漱石致小宫丰隆书简，1908年5月18日，收入《夏目漱石全集》第14卷，第696页）

此处提及的"双刀客"这个概念，意味着什么呢？要探究其真意，其实并不那么困难。人们通常认为，福楼拜是现实主义文学的体验者，其实，从本质上辨析，福楼拜是一位有着无与伦比的浪漫想象力的大文豪，是满身带有颓废特色感受性的作家。不消说，关于这一特点，夏目漱石了然于

---

① 让·皮耶鲁：《颓废倾向的想象力》，渡边义爱译，白水社，昭和62年（1987年），第59—60页。

胸。夏目漱石认为，福楼拜作为一个作家，融现实主义者与唯美诗人的气质于一身。夏目漱石一定是心怀如此见地，才做了上述表态的。这一点不期然令夏目漱石想起了亚瑟·西蒙斯《象征主义文学运动》中关于"居斯塔夫·福楼拜"一章的内容。亚瑟·西蒙斯这样写道：

  居斯塔夫·福楼拜的内心有一位抒情诗人，这位抒情诗人写出了《圣·安东的诱惑》；他内心还有一位分析家，这位分析家写出了《情感教育》[①]。

  这里，亚瑟·西蒙斯十分明确地指出了福楼拜的双重禀赋。

  根据上述夏目漱石致小宫丰隆书简的内容不难看出，夏目漱石对福楼拜的偏爱，使福楼拜作家禀赋中的两面性得到了进一步扩大。也就是说，《包法利夫人》与《情感教育》是现实主义小说的样板，如此小说的作者福楼拜，又能创作出富于"梦想癖"的《圣·安东的诱惑》。这个事实与夏目漱石的创作风格相似。身为"余裕派"作家的夏目漱石，写出了小说《我是猫》与《哥儿》，同时又写出了《漾虚集》与《梦十夜》那样的富于幻想色彩的作品。两类作品交叉创作，与福楼拜的创作倾向形成了不容置疑的相似构图。夏目漱石对福楼拜产生共鸣，不外乎源于他本身具备了与福楼拜不分轩轾的"双刀客"素质。

  不言而喻，夏目漱石的那种作品，是作者内在的"世纪末"想象力发挥作用的结晶；同时，还肯定是抒情性丰润的"诗人"夏目漱石内质的具体展现。批判充满了非人性的矛盾的工业文明的文明批评家与唯美主义者（唯美主义者竭力寻求避难所，这个避难所存在于唯美主义者憧憬的鲜花芳香与水底世界中，那里是一个唯美的理想世界）并列发挥作用，是认真地生活在明治这个时代里的夏目漱石不得不肩负的宿命。这个宿命的特质就是：现实与浪漫的想象力，二者分裂，令人烦恼。夏目漱石文学生涯后

---

① 亚瑟·西蒙斯：《象征主义文学运动》，樋口觉译，国文社，昭和53年（1978年），第222页。

期问世的心理小说流露着禁欲式的散文逻辑，这种逻辑与作者与生俱来的罗曼蒂克特色的诗人气质相互融合，形成了一股张力。如此张力中，产生了丰富的文学创作能源。夏目漱石文学作品的魅力不正来源于此，而且存在于此吗？

第三章 "世纪末"艺术与美的体验

第一节 英国留学与美的体验

明治33年（1900年）10月至明治35年（1902年）12月，夏目漱石作为日本文部省国费公派留学生，奔赴英国伦敦，以英语研究为目的，度过了大约两载的留学生活。最初，夏目漱石打算入剑桥大学（University of Cambridge），然而，他明确知晓，如果自己进入大学的社交社会，成为一名"绅士"（gentleman），自己有限的留学经费将捉襟见肘。于是，对进剑桥大学读书一事，夏目漱石只好断念了。他转而听伦敦大学（University of London）教授威廉·帕通·科尔（William Paton Ker，1855—1923）担任的课程。此外，夏目漱石又师从研究莎士比亚的学者威廉·詹姆斯·克莱格（William James Craig，1843—1906），接受其个人指导约一年。然而，夏目漱石在留学时期，"节衣缩食买书"（夏目漱石致藤代祯辅书简，1900年12月27日，载《夏目漱石全集》第14卷，第159页），将自己笼闭于廉价宿舍内，高强度学习，他的留学成果主要是这样获取的。《文学论》就是留学英国期间高强度学习的产物。但是，留学中途，他告诉妻子镜子自己患上了神经衰弱症，此事被添枝加叶，最后被说成"夏目漱石疯了"。伦敦留学的两年，给夏目漱石的一生留下了阴影。

从这般大略的传记事实中，我们可以窥见，针对夏目漱石的英国留学，我们必须从"英语学者夏目金之助"与"作家夏目漱石"这两方面探究其意义。事实上不言而喻，大多数研究者强烈关心的对象，是"作家夏目漱石"。笔者认为，在这种情况下，比"神经衰弱症"更受人重视的问题是：在欧洲"世纪末"文化中心地之一的英国伦敦，夏目漱石究竟接触了何种艺术氛围。

伦敦的艺术环境包围着夏目漱石，而这种艺术环境究竟呈现何种状态？通过夏目漱石写下的日记、书信之类私人记录，以及公开发表的文章，可以掌握其整体轮廓。不过，为了获得客观的理解效果，将同时逗留于世纪转换期的伦敦的第三者记录也纳入参考资料库，并非毫无意义。因此，姊崎嘲风（即姊崎正治①）发表于杂志《帝国文学》（1902年8月号）上的《英国京师通信》，可谓是一份意味深长的资料。明治35年（1902年）3月下旬至9月，姊崎嘲风留学伦敦，他由德国柏林奔赴瑞士的苏黎世，在该处短暂逗留之后，前往伦敦。当时他下榻客舍的近邻处，住着诗人土井晚翠（1871—1952）。姊崎嘲风以致亲密朋友高山樗牛书简的形式写道：

> 明治35年（1902年）5月4日
> 今天阳光明丽清爽，我的居室窗户明亮。再次执笔给君写信。……黄昏时分在皇家剧院欣赏了瓦格纳的《尼伯龙根的指环》中的英雄人物齐格弗里德后，回到了客舍。

姊崎嘲风留学德国时，看了威廉·理查德·瓦格纳（1813—1883）的四联歌剧《尼伯龙根的指环》（*Der Ring des Nibelungen*）后，被深深感动了。来到英国伦敦后，他如何倾倒于瓦格纳，由这一段引文中可窥一斑。早在就读东京帝国大学时期，姊崎嘲风在拉斐尔·科贝尔②的指导下，如痴如醉地阅读过亚瑟·叔本华的著作。来到德国后，姊崎嘲风接受了与尼采是

---

①姊崎嘲风（1873—1949），评论家、宗教学者，毕业于东京帝国大学哲学科，东京帝国大学教授。他是日本宗教学的创立者，并活跃于日本文艺评论界。代表作有《佛教圣典史论》等。——译者注
②拉斐尔·冯·科贝尔（Raphael von Koeber, 1848—1923），德国哲学家与音乐家，生于俄罗斯。1893年应聘来到日本东京帝国大学任教21载，讲授哲学与美学，对日本哲学界产生很大影响。并在东京音乐学校教授钢琴。后病殁于横滨。代表作有《哈特曼的哲学体系》。——译者注

同学的伊迪希教授的指导。可以说，正因为如此，他心醉于瓦格纳，充分展示了亲身接触到"世纪末"精神的知识分子之艺术审美取向。这里，我们再阅读姊崎嘲风的文章。

  昨天是23日，趁着午后大晴天，我来到威斯敏斯特（Westminster）一带，看见了用于观看即位典礼的观礼台。在泰特画廊①（Tate Gallery）欣赏了画家但丁·加百列·罗塞蒂与乔治·弗雷德里克·瓦茨的作品。关于罗塞蒂，我记得大塚君的浪漫主义论中有所论及。罗塞蒂描绘亡妻伊丽莎白·西德尔遗容的名画《贝娅特丽丝》的背景里展现的是但丁追恋贝娅特丽丝的情景。作品的情调色彩超绝，若有好的复制品，我一定赠君一幅。不知有多少日本人知道乔治·弗雷德里克·瓦茨，能像此人一般空想奔放不能自控的，毕竟不多。与此同时，瓦茨运笔刚劲大胆，色彩奇绝，令人惊骇。我的笔力无法尽述其美。

在看瓦格纳歌剧的前一天，姊崎嘲风参观了泰特画廊，这里集中展示着拉斐尔前派作品与英国现代美术的精粹，姊崎嘲风言及自己看了罗塞蒂与瓦茨的绘画，给他留下强烈印象的事。换言之，姊崎嘲风的上述文章证明，在他逗留英国期间，伦敦充满了世纪末艺术氛围，自己酣畅地受到了熏陶。

夏目漱石逗留英国期间，还有另一位明治时代的文学家也在英国。这里我们考察一下这位文学家的情况。此人即东京专门学校的海外留学生岛村抱月。他于明治35年（1903年）5月来到伦敦。10月移居牛津之前，岛村抱月在伦敦逗留了五个月左右。（夏目漱石于同年12月，踏上归国之途。）

  6月13日是Friday。午前托使者将行李送到C.P. & C.。然后，

---

① 即建于伦敦的国家美术馆。——译者注

> 我去 Belglave Rd 拜访藤井宣正先生。井上先生也回来了。我们一起去泰特画廊欣赏绘画。夜里，在兰心剧场（Lyceum Theatre）看了亨利·艾文①主演的《浮士德》②。（岛村抱月著《逗留英国日记》）

这是岛村抱月到达英国后一个月内的一篇日记。他在泰特画廊欣赏绘画，归途在兰心剧场（Lyceum Theatre）看了亨利·艾文演出的戏剧。十分有趣的是，不言而喻，岛村抱月的游踪与姊崎嘲风的游踪十分相似，与夏目漱石的艺术考察活动的足迹也几乎一样。夏目漱石在《英国现今戏剧实况》（载《夏目漱石全集》第16卷，第438页）这篇谈话中说道："现今'英吉利的团十郎'③——亨利·艾文，仍在演出，伦敦的兰心剧场是他活跃的舞台。"

与夏目漱石相同，明治时代的文化精英姊崎嘲风（夏目漱石赴英之年的1900年，姊崎嘲风始任东京帝国大学副教授）与岛村抱月逗留英国的文字记录，出现于夏目漱石留学英国的一年多之后，如此文字记录，对了解夏目漱石所处的艺术环境的整体轮廓，是非常重要的判断资料。而最重要的是，姊崎嘲风与岛村抱月二人的文字记录都简洁涉及了西洋艺术。在这两个日本留学生看来，这种程度的西洋艺术证明，20世纪初的伦敦是具有强烈艺术吸引力的大都市。与这两个人站在同一立场上的夏目漱石对伦敦的感触也不例外。在充分考虑了上述背景后，以下，针对夏目漱石在西洋艺术发生地英国从事的与艺术相关的活动足迹进行考察。

> 10月13日（星期三），去看了 Tower Bridge（塔桥）、London Bridge（伦敦桥）、Tower（塔）、Monument（纪念碑）。夜里，与美野（当是"美浓"）先生去 Haymarket Theatre（干草市场剧院）看戏，

---

①亨利·艾文（Henry Irving, 1838—1905），英国著名戏剧演员，1856年初登舞台，在伦敦人气炽旺，饰演《哈姆雷特》《罗密欧与朱丽叶》等戏剧的主角。——译者注
②《明治文学全集》第43卷，筑摩书房，昭和42年（1967年），第95页。
③即"市川团十郎"，日本歌舞伎演员世家，源于江户时代元禄年间（1688—1704年），延续至今。

看的是 Sheridan① 的 The School for Scandal②。(《夏目漱石全集》第 13 卷，第 18 页)

明治 33 年（1900 年）10 月 28 日，夏目漱石抵达伦敦。第三天，他出门进行市内观光，在返回途中钻进了剧场。由此可见，夏目漱石抵达伦敦伊始，就在伦敦接触了当时繁荣至极的戏剧。他似乎像频繁参观美术馆一样，经常去剧场。根据他的留英日记来搜寻他的看剧记录，可以总结如下。

明治 34 年（1901 年）1 月 11 日　Kennington Theatre③（*Pantomime*）
明治 34 年（1901 年）2 月 8 日　Metropole Theatre（*Wrong Mr. Wright*）
明治 34 年（1901 年）2 月 16 日　Kennington Theatre（*Christian*）
明治 34 年（1901 年）2 月 23 日　Her（His）Majesty Theatre（*Twelfth Night*）
明治 34 年（1901 年）2 月 26 日　Kennington Theatre（*The Sign of the Cross*）
明治 34 年（1901 年）3 月 7 日　Drury Lane Theatre（*Sleeping Beauty*）
明治 34 年（1901 年）3 月 23 日　Metropole Theatre（*The Royal Family*）

这是留存下来的夏目漱石一段时期内的看剧记录，由此可以推测，夏目漱石的实际看剧次数多过记录的次数。实际上，夏目漱石虽然没留下记

---

①即生于爱尔兰的英国剧作家谢里丹（1751—1816），代表作有喜剧《情敌》（1775 年）、《造谣学校》（1777 年）等。——译者注
②即谢里丹的最佳喜剧《造谣学校》。其内容是，以擅长造谣的上流社会为大背景，描写哥俩面对恋爱不同表现，一个道貌岸然，十分虚伪，另一个非常真诚，放诞不羁。——译者注
③肯宁顿剧院，以下剧院依次是：大都会剧院、肯宁顿剧院、陛下剧院、肯宁顿剧院、特鲁里街皇家剧院、大都会剧院。——译者注

录,但是他确实看过明治35年(1902年)上演的斯蒂芬·菲利普斯的诗剧《保罗与弗兰彻思卡》①。

"在Her Majesty Theatre(陛下剧院)看了 Twelfth Night(《第十二夜》)。演员Tree饰演的Malvolio,舞台装饰与服装的美丽,丽人的两泓秋水,足以令观众炫目。"(《夏目漱石日记》1901年2月23日,收入《夏目漱石全集》第13卷,第43页)夏目漱石这简短的剧评体现出的明显特征是,反复强调舞台装饰的华美与演员服装之华美。归根结底,在夏目漱石看来,自己接触西洋戏剧,是从令自己双目一新的视觉体验开始的。如此体验在《永日小品》中的《暖梦》里,得到了鲜明的形象化。

留学期间,夏目漱石似乎患上了神经衰弱症,在由此导致的"不愉快"的留学生活中,参观美术馆、进剧场看戏,是谋求精神安定的诸多手段之一。他作过这样一首俳句:

美术馆在何处?
仔细询问烤栗人。(《夏目漱石日记》1901年2月1日)

这首俳句既有明白晓畅的表述,又有丰富的含蓄韵味,其意思是,伦敦到处点缀着美术馆,夏目漱石便也到处参观美术馆,沉浸在绘画的世界里,直到郁闷的心情变得明朗起来,才能感到心满意足,才能从被烟雾灰尘包围的伦敦的聒噪中逃离出来,觅得短暂的安宁小憩。夏目漱石并不只紧盯着美术馆或博物馆等固定常设的作品陈列机构,还时常去参加展览会。譬如,去参观皇家学院举办的1902年第33届冬季展览会("曩时巨匠展览会")时,他在拿到的样品目录②中,写满了自己随心所欲的短评。这些标注给他人留下的强烈印象是,夏目漱石"不以人名论画",他已养成

---

① 江藤淳:《夏目漱石与亚瑟王的传说——关于〈薤露行〉的比较文学研究》,东京大学出版会,昭和50年(1975年),第222页。
② Royal Academy of Arts.*Exhibition of Works by the Old Masters including a Special Collection of Paintings and Drawings by Claude, a Catalogue, Winter Exhibition*, London: W.Clowes & Sons, 1902.

了以自由的眼光欣赏绘画的审美态度①。1900年巴黎万国博览会上，夏目漱石接触了正宗的西洋绘画。其后，不知不觉之间，他开始拥有鉴赏绘画的眼光。不言而喻，夏目漱石从"迷恋'南画'的少年时代"②开始，逐渐养成了"痴迷绘画之心"。他还接触到明治时代草创期的日本油画，这些体验与整体艺术修养汇融一体，构成基础，使夏目漱石有了鉴赏绘画的眼光。

众所周知，不断参观美术馆得到的视觉体验，为夏目漱石带来了强烈的艺术感化。夏目漱石邂逅拉斐尔前派的过程，在他的作品中留下了影子。考察夏目漱石邂逅拉斐尔前派的这一过程，我们可以发现，参观泰特画廊的体验，为夏目漱石的"拉斐尔前派热"点燃了导火索，与此同时，也成为其作品开始带有显著绘画想象力的原点。夏目漱石还多次参观同一个美术馆，他的藏书目录中收入了参观同一个美术馆的资料目录（A catalogue of the National Gallery of British Art），就是一个确实的证明。但是，他何时去的，去了多少次，此事目前尚难以准确断言。如前所述，姊崎嘲风与岛村抱月这两个日本留学生都是在抵达英国一个月左右后开始参观泰特画廊的。据此推断，我们可以充分想象到，"痴迷绘画之心"比别人旺盛一倍的夏目漱石，抵达英国之后，应当会比姊崎嘲风与岛村抱月更早地走进泰特画廊这座英国近代美术宝库。

更深彻地说来，还可以做出这样的推测：这一时期夏目漱石心中留下的强烈印象，促动他围绕拉斐尔前派进行了各种艺术行动。他抵达英国半年过后的明治34年（1901年）4月7日，去南伦敦美术馆欣赏了约翰·罗斯金（John Ruskin，1819—1900）与但丁·加百列·罗塞蒂的绘画之后，

---

①对夏目漱石写在这份样品目录中的短评进行详细分析的资料，有芳贺彻《绘画的领域——近代日本比较文化史研究》，朝日新闻社，1984年；还有福田真人与太田昭之《夏目漱石与西洋美术》，载《比较文学研究》第42号，1982年11月。以上资料，可供参考。
②关于夏目漱石少年时代的绘画体验，可参见芳贺彻著《绘画的领域——近代日本比较文化史研究》，朝日新闻社，昭和59年（1984年），第355—359页。

将一己感想写进了日记："很有意思。"① 此为肇端，同年 7 月 9 日，夏目漱石买下了斯温伯恩与威廉·莫里斯的诗集②，还参观了但丁·加百列·罗塞蒂的故居③。继之，夏目漱石购入 1902 年发行的但丁·加百列·罗塞蒂画集。（H. M. Madox Rossetti, *Dante Gabriel Rossetti*, London: H.Virtue & Co. 1902,〔The Easter Art Annual〕）据此，我们可以明晓，夏目漱石在整个留英期间，一直对拉斐尔前派的艺术投注了非比寻常的关心。

夏目漱石在泰特画廊欣赏过但丁·加百列·罗塞蒂、约翰·艾佛雷特·米莱（John Everett Millais，1829—1896）、让·弗朗索瓦·米勒、伯恩·琼斯、约翰·威廉·沃特豪斯、斯托拉多维克等人的油画。当然，这些人并非全都是拉斐尔前派的画家。夏目漱石还欣赏了约瑟夫·马洛德·威廉·泰纳的非常丰富的收藏作品，以及威廉·布莱克、乔舒亚·雷诺兹、约翰·康斯特布尔、弗雷德里克·雷顿、约翰·辛格·萨金特、乔治·弗雷德里克·瓦茨的名品。

除了泰特画廊，留学时期的夏目漱石参观过的美术馆中有明确记载的还可以列举如下：

```
National Gallery ④（1900 年 11 月 5 日）
Victoria and Albert Museum（1900 年 11 月 12 日）
Water Colour Exhibition(National Gallery？1901 年 1 月 29 日）
National Portrait Gallery（1901 年 1 月 29 日）
Dulwich Picture Gallery（1901 年 2 月 1 日）
```

---

① "归途，至 South L.Art Gallery。欣赏了 Ruskin（罗斯金）与罗塞蒂（Rossetti）的遗墨，很有意思。"见《夏目漱石全集》第 13 卷，第 55 页。
② "在 Holborn，买了 Swinburne（斯温伯恩）与莫里斯（Morris）的书。"见《夏目漱石全集》第 13 卷，第 71 页。
③ "至 Cheyne Walk，参观了 Eliot（艾略特）与 D.G.Rossetti（但丁·加百列·罗塞蒂）的故居，房前庭院喷水井旁，有 D.G.Rossetti（但丁·加百列·罗塞蒂）的雕像。"见《夏目漱石全集》第 13 卷，第 76 页。
④ 八个地点依次是：伦敦国家美术馆、维多利亚与艾伯特博物馆、水墨画展、国家肖像美术馆、多维茨画廊、大英博物馆、南伦敦美术馆、肯辛顿博物馆。——译者注

British Museum（1901年3月27日）
South London Fine Art Gallery（1901年4月7日）
Kensington Museum（1901年10月13日）

除此之外，据夏目漱石的藏书目录，可以推测他还去过华莱士收藏馆（Wallace Collection）与皇家艺术学院（Royal Academy of Arts）[①]。

笔者分外关注夏目漱石"伦敦时代"的绘画体验，是因为这些绘画体验大多以形形色色的形式反映在夏目漱石其后的文学创作之中。譬如，夏目漱石在泰特画廊欣赏了约翰·艾佛雷特·米莱的《莪菲利亚》与布利通·里维埃阿的《加达拉的猪的奇迹》（参照本书第七章）之后，分别将其反映在《旅宿》与《梦十夜》的第十夜里；夏目漱石在华莱士收藏馆欣赏了让·巴蒂斯特·格勒兹的绘画之后，将其反映在《三四郎》之中；在皇家艺术学院参观了"曩时巨匠展览会"，欣赏了《蒙娜丽莎》的临摹画之后，便将此画作为重要主题，活用于《永日小品》之中。

夏目漱石逗留伦敦期间，有了看戏剧和进行美术鉴赏的良机，这样的体验对他其后的读书趣味倾向产生了不小的影响。夏目漱石的藏书目录中，除了小说、诗集和理论书籍，还混有许多戏剧集。他尽管没有笔涉戏剧，但他进入作家生活后，依然是一个爱读戏剧集的读者。显然，这是夏目漱石在伦敦看剧的体验留下的影响，这一点与夏目漱石和美术的关系相同。

> 明治34年（1901年）10月16日　星期三
> 铃木君寄来杂志《太阳》，开始读Bosanquet。
> 收到Studio。（《夏目漱石全集》第13卷，第82页）

> 明治34年（1901年）10月21日　星期一
> 收到Hundred Pictures。（《夏目漱石全集》第13卷，第82页）

[①] 芳贺彻：《绘画的领域——近代日本比较文化史研究》，朝日新闻社，昭和59年（1984年），第420—421页。

上述内容引自夏目漱石留英日记的最后部分（岩波书店出版的《夏目漱石全集》中，留英日记只收录至1901年11月13日）。所谓"Studio"，即夏目漱石抵达英国不久订阅的、关于"世纪末"综合美术的定期杂志。至于"Hundred Pictures"，一般认为，大概指的是同年伦敦查尔斯·列茨出版社出版的、面向普通大众的大开本豪华版画集 The Hundred Best Pictures, Arranged and edited by C. H. Letts.（London：Charles Letts & Co., 1901）。继之，夏目漱石还购入了次年刊行的该画集第二辑[1]。两册构成的这部丛书里，网罗了如下世纪末美术的代表画家：但丁·加百列·罗塞蒂、伯恩·琼斯、劳伦斯·阿尔玛·塔德玛、约翰·威廉·沃特豪斯、乔治·弗雷德里克·瓦茨、弗雷德里克·雷顿、艾伯特·约瑟夫·摩尔、阿诺德·勃克林。

总之，前述夏目漱石日记中的记录，如实表现出他在英国还不到一年的时间里，特别在视觉艺术方面，已完全被"世纪末"的芳香所包容。我们不难想象，之所以存在这样的现实，是因为夏目漱石不断参观伦敦博物馆带来的新鲜感动使然。

夏目漱石留学英国期间，漫长的"维多利亚时代"告终，新时代即将开始。"黄色的90年代"（Yellow Nineties）是怪异的世纪末文化繁盛的时代，这个时代的主角们，没能够再次登上蓬勃华丽的舞台。奥布里·比亚兹莱（1872—1898）以季刊杂志《黄面志》（1894年4月创刊）与《萨沃伊》（The Savoy[2]，1896年1月创刊）为活跃的舞台。然而，比亚兹莱因酒精中毒，1898年于穷困潦倒中结束了短暂的一生。两年后的1900年，比亚兹莱的朋友奥斯卡·王尔德，客死巴黎。欧内斯特·道森（1867—1900）在吸毒与贫窭中撒手人寰，也是在1900年。1902年，莱欧涅尔·约翰逊因酒精中毒辞世。

---

[1] 可参照《漱石山房藏书目录》，载《夏目漱石全集》第16卷，第767页。
[2] 杂志名是根据当时刚诞生的宾馆"The Savoy"这一名字起的。——译者注

从文学史上看，1896年，欧内斯特·道森的诗集问世；1897年，亚瑟·西蒙斯的诗集（*London Nights*）刊行，以此为标志，英国"颓废主义"运动落下了帷幕。有一种观点认为，1899年亚瑟·西蒙斯的力作《象征主义文学运动》面世，标志着文学潮流由颓废主义进入了"象征主义"这一新的阶段①。然而，事实并非如此。世纪变了，时代却依然如故，还是"世纪末"的时代。文学方面，以威廉·勃特勒·叶芝为中心，神秘的象征性倾向得到强化；美术方面，印象主义势力日益壮大。文学与美术这两大领域，都处于法国19世纪末艺术的强烈影响之下。艺术家们议论马拉美的诗，热衷于莫里斯·梅特林克的戏剧，迷醉于居斯塔夫·莫罗与克劳德·莫奈的绘画，法国世纪末文化进入了繁荣的"美好时代"（Belle Époque），一直持续到第一次世界大战爆发。而英国迎来"世纪末"终结的具体时间是在1914年。

20世纪开始之际，夏目漱石在伦敦度过了两载有余的留学生活，此时的伦敦，到处飘荡着"世纪末"的余香。每年皇家艺术学院的展览会上，沃特豪斯、A.休斯、F.迪克西、M.斯特尔曼、B.雷顿、E.诺曼德、H.德累伊帕、F.C.寇帕等拉斐尔前派的后裔们犹然活跃，引人注目。乔治·弗雷德里克·瓦茨、阿尔玛·塔德玛、沃特·克兰等还健在。夏目漱石参观的美术馆或者画家们艺术创作的华丽舞台，被古代欧洲凯尔特人（Celtae）淡薄的情调与拜占庭艺术的微明笼罩着。此外，夏目漱石经常去的旧书店里，尚未褪色的陈旧杂志《黄面志》与《萨沃伊》必定堆积如山。夏目漱石纵然不翻开《黄面志》与《萨沃伊》，仅仅只是看一眼比亚兹莱设计的带神经质特色的充满色情格调的封面绘画（参见图3-1），他的脑子里也会刻下强烈的印象。

夏目漱石在整个留学时代，目睹了拉斐尔前派的梦，看到了"黄色的90年代"的唯美幻影之残影。在夏目漱石看来，奢华与悲惨均已登峰造

---

① Enid Starkie, *From Gautier to Eliot: The Influence of France on English Literature 1851–1939* (London: Hutchinson & Co., 1960)

图 3-1 奥布里·比亚兹莱创办的《黄面志》创刊号封面

极的大都市伦敦,堪称是自己学习"文明批判"的场地,与此同时,伦敦也给他提供了体验丰润的美的良机,伦敦可谓是夏目漱石的"艺术之都"。

第二节 邂逅"新艺术",对"日本艺术情趣"大开眼界

要论述夏目漱石接受"世纪末"艺术的洗礼,还有一个要素不容忽视,那就是他邂逅了"新艺术"(art nouveau)。夏目漱石的小说中屡屡出现与"新艺术"相关的首饰或建筑等内容的细部描写,就连夏目漱石作品的装帧设计都带有"新艺术"风格。凡此种种,充分说明了"世纪末样式"为夏目漱石带来了美的体验,并证明了这种美的重要性。

夏目漱石的"新艺术"体验,可以上溯至1900年。甚至可以说,他是第一个接触到"新美术"的日本人。他奔赴英国途中,逗留巴黎期间,

图 3-2 1900 年巴黎万国博览会会场彩灯

恰好赶上了万国博览会①。为纪念 19 世纪的最后一年,该届万国博览会的规模之大,可谓史无前例。

> 1900 年 10 月 22 日(星期一),十时左右,抵达日本公使馆,拜访安达先生,他偏巧不在。我拜访其寓所,又扑了个空。我去拜访浅井忠先生,他也不在家。迫不得已,我返回自己的客舍。午后二时,渡边先生给我当向导,去参观博览会。其规模宏大,两三天实难观尽,连一个角落都难以看完。我登上了"埃菲尔铁塔"(La Tour Eiffel)。归途中至渡边先生家,与其共进晚餐。其后,至 Grand(sic) Voulevard(sic),观看了其繁华模样。其壮观的景色,比夏夜的日本银座景色要好上 50 倍。(《夏目漱石全集》第 13 卷,第 17 页)

在抵达巴黎的翌日,由日本文部省书记官渡边董之助担任向导,夏目漱石来到了博览会的会场。其规模之宏大,令他惊诧。电光彩灯

---

①这是 19 世纪在巴黎举办的第五次博览会,举办时间是 1900 年 4 月 14 日至 11 月 3 日,入场人数是 4800 万。

（illumination）照射的巴黎，辉煌夜景之美，令夏目漱石常常看得出神入迷（参见图3-2）。根据文艺评论家荒正人（1913—1979）的考察，夏目漱石在巴黎逗留了一周，至少去看了三次博览会①。10月25日，夏目漱石参观了各处美术馆，27日参观了工艺馆。他在25日的日记中写道：

> 访问渡边先生，然后去看博览会，参观了美术馆，其规模宏大，不能尽览。日本的类似设施，极其相形见绌。（《夏目漱石全集》第13卷，第18页）

夏目漱石这篇日记，写下了自己实际感想。参观了"大皇宫国家美术馆"（Grand Palais）之后，他觉得与欣赏过的西洋绘画相比，当时日本画家画的西洋画水平太低，相差悬殊。"大皇宫国家美术馆"二楼，集中展出法国和其他国家的绘画与雕塑，还有法国最近百年的美术回顾展。日本展室与美国展室合二而一，展出了日本画家黑田清辉（1866—1924）的作品《湖畔》《智·感·情》，以及以浅井忠（1856—1907）的作品《海岸》等②。法国满怀自豪地向大众公开展示了19世纪法国的无数绘画名品。看完了法国画，再看临近的日本展室里日本人作的西洋画，觉得其显得太幼稚，甚寒酸，这一点是夏目漱石不可回避的感觉。不过，日本参展的作品确实已经引起许多美术评论家的关注，譬如，著名美术史家里霞露特·缪瑟，带有好意地评论日本的参展作品："功夫非常熟练，绘画非常细致。"这个评价的意思是，"日升之国"（日本）与"西部荒野"（指美国）的画家们"是按照欧洲评委提出的标准来作画的"③。

在"大皇宫国家美术馆"，夏目漱石或许一边逐个展室欣赏，一边看遍了从印象派到象征派的近代绘画的精粹。一般认为，夏目漱石在10月25日和27日这两天里，不仅观赏了绘画与雕塑，还首次接触到了"新艺

---

① 荒正人：《夏目漱石研究年表》，集英社，昭和59年（1984年），第247—251页。
② 参展的其他日本画家，还有冈田三郎助和田英作、中川八郎、吉田博、渡部审也。
③ E. G. Holt, *The Expanding World of Art, 1874–1902*, Vol. I (New Haven: Yale University Press, 1988), p.117.

图 3-3 1900 年巴黎万国博览会会场正门入口（比奈门）

术"。如果说在参观 1900 年的巴黎万国博览会时，夏目漱石的艺术感受性受到了巨大冲击（impact），那么，恐怕这冲击就来自他接受了"新艺术"的洗礼。

1900 年的万国博览会，正如菲利普·居里安评价的那样，是一场庆祝"新艺术"胜利的盛大活动与节日，因为人们将"新艺术"称作"1900 年样式"。博览会引人注目的主要建筑"比奈门"（La Porte Binet），就颇有象征性地展现了"1900 年样式"（参见图 3-3）。1889 年的万国博览会，建起了埃菲尔铁塔。1900 年的博览会入口的壮丽建筑"比奈门"，是为了取代埃菲尔铁塔而建起的。如果说埃菲尔铁塔是象征着近代技术文明的纪念碑，那么，"比奈门"优雅曲线的张扬则以"极度世纪末"洗练美的样式为自豪。"比奈门"的顶端，耸立着身穿连衣裙的女子，名曰"La Parisienne"（巴黎女人）。其形象高傲地宣告了"美好时代"（Belle Époque）里巴黎美神的莅临。

夏目漱石钻过这座"比奈门"，进入"大皇宫国家美术馆"与"小皇宫国家美术馆"，观赏了雕塑与绘画。尔后，他大概进入了工艺馆，看见

图 3-4　1900 年西餐馆"蓝馆"

到处充满了"新艺术"情调的工艺品与家具。夏目漱石的小说《台风》（1907年）中这样写道："镶嵌着深红色七宝的'新艺术式'金质簪子，从紫影中露出了容颜。"（《夏目漱石全集》第 2 卷，第 758 页）夏目漱石的如此描写中，或许交杂着卢聂·拉里克等法国著名工艺美术家创制的豪华首饰的影子。（《夏目漱石全集》第 2 卷，第 758 页）此外，《台风》中的主人公中野辉一的房间里，还摆着"'新艺术式'书架"。（《夏目漱石全集》第 2 卷，第 665 页）

《三四郎》中出现这样的场面描写：作为登场人物的"画西洋漫画的男子"，用手指着大兴土木建起的新建筑，告诉他人："这是'新艺术式'的建筑。"（《三四郎》第三章）一般认为，来到巴黎，夏目漱石才初次看见了"新艺术"风格的建筑。正像文艺评论家荒正人推定的那样，1900年 10 月 22 日，渡边董之助当向导，倘若带领夏目漱石乘坐了当年刚开通不久的地铁，那么，夏目漱石看见赫克多·极玛德设计的"新艺术"款式的地铁入口之后，或许会感到稀奇。博览会的会场里，耸立着两座"新艺术"风格的建筑，其一是位于埃菲尔铁塔附近的西餐馆"蓝馆"（R.

117

Dulong & Serrurier-Bovy 设计，参见图 3-4）；其二是位于"'新艺术'馆"（萨姆耶尔·宾设计）旁边的、由年轻的建筑家亨利·骚瓦治（Henri Sauvage）设计的"洛伊·富勒剧场"①。特别是"洛伊·富勒剧场"很值得一提。从美国来到法国的舞蹈家洛伊·富勒（Loie Fuller），在五光十色的电气照明之下，跳着长裙舞或者面纱舞，以洋溢着幻想的舞姿，博得了非同凡响的人气。配合 1900 年博览会的开幕，日本颇有人气的女伶川上贞奴②，也来到"洛伊·富勒剧场"举办公演。有"日本的莎拉·伯恩哈特③"之称的川上贞奴，令以法国大画家亨利·德·图卢兹·罗特列克（1864—1901）为首的众多名人痴迷赞叹不已。夏目漱石来到"洛伊·富勒剧场"，在目不暇接地欣赏之际，随行之人也许会告诉他这座剧院与日本的缘分，进而引起他的注意。夏目漱石也许会在参观日本的五重塔时，发现五重塔旁建有一座风格独特的西洋建筑——"蓝馆"，于是便聚精会神地眺望着。如果浅井忠④在他身边，或者夏目漱石去公寓拜访浅井忠时，浅井忠或恐会告诉夏目漱石："这种建筑是'新艺术式'。"《三四郎》第三章里这样写道："三四郎这才首次解悟到，就连建筑领域里也有'新艺术式'。"我们并非不可以做这样的想象：《三四郎》中出现的如此表述，来源于留学生夏目金之助参观巴黎万国博览会时的具象体验。

逗留巴黎的浅井忠的客舍墙壁上，贴着当时流行的"新艺术"代表画家阿尔丰斯·慕夏（Alfons Mucha，1860—1939）画的 JOB 公司广告画《香烟》（1898 年）（参见图 3-5）。通过观看芳贺彻发表在杂志《方寸》

---

① F.Borsi & E. Godoli, *Paris 1900*, tr., C. L. Staples (Granada Publishing, 1978), p.27.
② 川上贞奴（1871—1946），日本女伶，有闭月羞花之貌，明治 31 年（1898 年）与夫君、艺术家川上音二郎（1864—1911）赴欧美发展。——译者注
③ 莎拉·伯恩哈特（Sarah Bernhardt，1844—1923），象征法国"美好时代"的著名女伶，死后享受了国葬。——译者注
④ 万国博览会举办之年的 1900 年 4 月，浅井忠来到巴黎。据夏目漱石日记，他抵达巴黎的次日（10 月 22 日），去公寓拜访浅井忠，未遇。10 月 22 日的日记中写道："早晨，访问了浅井忠先生。"这就证明，夏目漱石逗留巴黎期间至少有一次见到了浅井忠。浅井忠滞留巴黎期间，多次拜访了"新艺术"运动的中心人物萨姆耶尔·宾（Samuel Bing, 1838—1905）。参观了萨姆耶尔·宾的展示店或万国博览会的会场里的"新艺术馆"，对"新艺术"示以异常的关注。参见芳贺彻著《绘画的领域——近代日本比较文化史研究》，朝日新闻社，昭和 59 年（1984 年），第 308—351 页。

上的《浅井忠先生追悼号》一文中出现的照片，可以确认这一事实①。阿尔丰斯·慕夏创作了"大皇宫国家美术馆"维也纳展区装饰壁板与半身青铜像《自然》等作品，此外，他还参与了奥地利馆广告画的创作。有鉴于此，夏目漱石躬身前往公寓拜访浅井忠，纵然在他的房间里没能看见阿尔丰斯·慕夏画的JOB公司广告画《香烟》，也极有可能在博览会的会场或者在巴黎街头，看到了阿尔丰斯·慕夏创作的洋溢着甘美色情气息的广告画。

图3-5　JOB公司《香烟》广告画，阿尔丰斯·慕夏作

　　法国巴黎的一系列参观告一段落，夏目漱石来到英国伦敦后，之所以立即开始购读当时具有代表性的反映装饰艺术的杂志《工作室》（Studio），与他在巴黎接受过突出视觉体验的"新艺术"活动的洗礼不无关系。1893年创办的杂志《工作室》，撤销了纯粹艺术与应用艺术之间的明确界限，以广泛提供新的艺术动向信息为宗旨。《工作室》创办之后，立即成为欧洲最新艺术的先导性杂志。正因为如此，关于"新艺术"运动的信息，《工作室》比其他任何杂志都丰富而充实。奥布里·比亚兹莱在《工作室》创刊号上发表了六幅素描，象征性地昭示他已经登上了艺术的舞台。《工作室》的内容，从书籍报刊的插图、商业广告画等，到工艺建筑领域，无所不包，几乎呈现"新艺术"运动美术馆一般的洋洋大观。夏目漱石必定是一边认真仔细地欣赏每期

---

① 芳贺彻：《绘画的领域——近代日本比较文化史研究》，朝日新闻社，昭和59年（1984年），第332—334页。

《工作室》上登载的各种各样应征作品的"新艺术"图案,一边磨炼着自己的审美感觉,以至于他在后来的文学活动中,明显流露出那种带有装帧美的感觉①。

夏目漱石汲纳"新艺术"的艺术营养,进而形成了自己的审美感觉,这种感觉后来没有趋向衰落,而是一直渗透于他的后期作品之中。

> 桌面上放着日本制的意大利风格彩画陶制盘子,一支人造的玫瑰花插在"塞泽申"(Sezession)式小花瓶里,刺绣着白色大朵百合花的壁饰挂在旁边。
> "真挺时髦哟。"
> "挺时髦的。"
>
> (夏目漱石:《行人·尘劳》第十一章)

法语"art nouveau"(新艺术),德语曰"Jugendstil"。引文里出现的所谓"'塞泽申'式小花瓶",意即"新艺术"样式的小花瓶。所谓"塞泽申"(Sezession),即以奥地人约瑟夫·霍夫曼(1870—1956)、克劳曼·毛瑟(Koloman Moser,1868—1918)、古斯塔夫·克林姆(Gustav Klimt,1862—1918)等名人为核心,于1897年结成的著名的"维也纳分离派"②。特别是建筑学家约瑟夫·霍夫曼,他拥有"维也纳工作室",制造出了精致的"新艺术"样式的工艺品。围绕"新艺术"这个名称,夏目漱石除了用"ヌーボ式",还用"セゼッション"这一称呼来表达。由此,我们可

---

① 《工作室》是给日本明治时代的画坛带来了重大影响的杂志。譬如,画家黑田清辉有如下证言:《工作室》介绍的最新作品,给日本作家带来了甚多的刺激。"因此,现在若问我,是什么绘画给日本画坛带来了巨大影响?我必回答:那就是名曰《工作室》的英国美术杂志。那份杂志极力介绍清新的作品,对富有研究动力的人来说,是一份很好的资料。"见黑田清辉:《东京劝业博览会美术部概评》,《太阳》明治40年(1907年)5月号。另载于《绘画的将来》,中央公论美术出版社,昭和58年(1983年),第81页。

② 19世纪末兴起于奥地利的维也纳,在德国与奥地利各地广泛传播。其宗旨是极力追求艺术革新,从既往的机构与艺术样式中明确分离出来,主要表现在绘画、建筑与工艺美术等领域,对其他国家的影响很大。——译者注

以窥见夏目漱石在这一方面造诣之高深。

关于"新艺术",夏目漱石究竟有多高程度的学识?我们以他的藏书为线索进行探究,从瓦尔德·斯坦因(C. Waldstein)著《十九世纪美术》(*Art in the Nineteenth Century*,Cambridge University Press,1903)中可以觅得若干条可以回答上述疑问的线索。《十九世纪美术》第八章"装饰艺术"(Decorative Art),以解说"新艺术"运动为主旨。据此书作者瓦尔德·斯坦因的观点,19世纪这个时代,不仅对过去(中世纪)的装饰艺术形式很感兴趣,而且还对遥远的外国的可以应用的装饰艺术形式表示出十分旺盛而丰富的兴致。于是,从中诞生出了两个新流派,"首先必须举出的,是以威廉·莫里斯为首的一派,此派的作业,代表了装饰艺术新的核心。另一个动向,就是目前正处于全盛期的运动,叫作'新艺术'运动"[1]。夏目漱石珍藏的《十九世纪美术》一书中的"William Morris"(威廉·莫里斯)与"L'art nouveau"(新艺术)字样下面,被夏目漱石画了底线。《十九世纪美术》中,有对"新艺术"运动的明确阐述:

> 我认为,"新艺术"1875年诞生于美国。也就是说,那一年费城举办的博览会上,集中展出了来自世界各地多种多样的装饰艺术的样品,其中包括威廉·莫里斯一派的作品,尤其还集中展出了面向家庭的可应用于建筑或家具方面的"新艺术"。在此之外,还有远东的特别是已经为人们所熟悉的日本的装饰艺术。日本装饰艺术的业绩,当时已经被带到了美国产业美术家或室内装饰艺术家的身旁。……美国这个国家的家具匠人与室内装饰艺术家们,将日本艺术中采用的原理与由威廉·莫里斯代表的欧洲艺术原理组合到了一起[2]。

瓦尔德·斯坦因视美国为"新艺术"运动的发祥地,今天看来,这

---

[1] C.Waldstein, *Art in the Nineteenth* Century (Cambridge University Press, 1903), pp.85—86.
[2] Waldstein, op.cit., p.88.

个见地并不准确，但是他举出了实例，进而认为日本艺术与英国画家威廉·莫里斯发动的装饰艺术运动为"新艺术"样式之创造做出了贡献，这个观点确实甚有道理。不愧是夏目漱石，他似乎关注到这一点，他在上述引文原文"Japan"字样下面画了横线，并在旁边批注曰："origin of nouveau."① 另外，《十九世纪美术》举出了最令人刮目相看的是奥布里·比亚兹莱的作品，指出了远东（指日本）的艺术、威廉·莫里斯与拉斐尔前派的关系。夏目漱石在这一段原文中的"Aubrey Beardsley"②下面画了一道横线③。这样看来，关于日本艺术对"新艺术"的形成发挥的作用与做出的贡献，以及日本艺术与拉斐尔前派的深远关联，夏目漱石发表的见解大致上抓住了要点，基本上是允当的。

前面引用的夏目漱石著《行人》一节中，关于"新艺术"风格的室内装饰，出现了夹杂着"时髦"一词的会话。然而，夏目漱石小说中频繁出现的"新艺术"风格的小道具，并非仅仅源于"时髦"趣味，而是潜伏于夏目漱石内心世界的"艺术家"自然欲求的一种展露。夏目漱石内心世界里的这个"艺术家"，憧憬美好事物，反应也很敏感。

夏目漱石参观巴黎万国博览会，对日本画家创作的西洋油画的水平之"低劣"感到失望。不过，他并非仅仅咀嚼失望的滋味，离开了巴黎。

> 1900年10月27日（星期六），参观巴黎博览会。日本的陶器与"西阵织"④卓尔不凡，大放异彩。（《夏目漱石全集》第13卷，第18页）

---

① 即"'新艺术'的起源"。——译者注
② 即"奥布里·比亚兹莱"。——译者注
③ 尤其显得意味深长的是，夏目漱石认为瓦尔德·斯坦因的《十九世纪美术》对美术界汲取"新艺术"颇有裨益的那部分内容，被岛村抱月介绍给了日本。载于《新小说》明治39年（1906年）5月号，题为《新装饰美术》的这篇文章中，岛村抱月围绕"新艺术"的滥觞、日本美术对"新艺术"的影响等，详细介绍了《十九世纪美术》中的相关评论内容。（《岛村抱月全集》第3卷，日本图书中心，昭和54年（1979年），第235—236页。）
④ 日本京都西阵生产的绢织物的总称，有锦缎等。滥觞于平安时代（794—1192年），历史悠久，是遐迩闻名的高级绢织物，亦简称"西阵"。——译者注

这一段简短的日记，流露出夏目漱石对日本传统工艺之秀逸怀有的自豪感。前已述及，如果说1900年的巴黎万国博览会是庆贺"新艺术"运动胜利的一次空前盛会，那么，博览会也可谓是堪称"新艺术"的亲生父母——"艺术之国·日本"① 华丽登场的大舞台。在当地，夏目漱石用自己的眼睛确认了参观者对日本艺术表现出的狂热。从这个意义上说，夏目漱石在巴黎停留一周，时间虽然短暂，对"新艺术"却大开了眼界，并对"日本艺术情趣"有了新的领悟。以故，我们应当认为，这两方面对夏目漱石来说，是十分重要的审美体验。

夏目漱石在《战后文学界的趋势》（载《新小说》1905年8月号）这篇谈话中言及：不幸的是，日本"自古以来，没有面对外国值得夸耀的文学，但是，日本的绘画乃至装饰品方面的精品确实能获得西洋人的认可"（《夏目漱石全集》第16卷，第454页）。针对日本美术充满自信的如此评价，其事实根据是，在巴黎与伦敦，夏目漱石亲眼确认了"日本艺术情趣"的流行，对作为普遍的审美概念——"日本美"，有了新的认识与体验。

调查夏目漱石留下的美术方面的书籍，我们经常可以发现，夏目漱石的钢笔好像带有强烈的磁性，可以说钢笔带有规律性地停留在"Japan""Hokusai"②"Japanism"③之类的概念上。譬如，卡米勒·毛克莱尔在《法国印象派》（Camille Mauclair, *The Franch Impressionists*）中反复阐述道，克劳德·莫奈、埃德加·德加、皮耶尔·奥古斯特·雷诺阿、图卢兹·洛特雷克这些印象派巨匠，从日本的"浮世绘"④中接受了巨大恩惠。不言而喻，夏目漱石阅读这一段内容时，对书中感兴趣的地方，

---

① 1888年至1991年，萨姆耶尔·宾编辑出版了共36期的月刊美术杂志《艺术的日本》（*Le Japan Artistique*）。
② 日文的罗马字拼写法，意为"北斋"，即江户时代后期"浮世绘"画家葛饰北斋（1760—1849），其代表作有《富岳三十六景》《千绘之海》等。——译者注
③ 意即"日本风格""日本特质""日本审美情趣"等。——译者注
④ 描写江户时代风俗、青楼、优伶的绘画，以庶民阶层为主，代表画家有铃木春信（1725？—1770）、鸟居清长（1752—1815）、喜多川歌（1753—1806）、葛饰北斋等。进入明治时代，浮世绘式微。版画浮世绘对西洋近代绘画，特别是对法国印象派，影响甚巨。——译者注

画上横线且全神贯注地精读。在如此精读过程中,夏目漱石一定会萌发如下解悟:日本美术的原理,不仅作用于西洋的"新艺术",还影响到西洋美术领域里的印象主义绘画。

第三节 "书籍艺术"——世纪末的装帧艺术

夏目漱石所有作品的装帧设计,几乎都委托给了桥口五叶(1880—1921)。此事在日本近代书籍装帧历史上,应该当作值得纪念的史实记载下来。桥口五叶就读东京美术学校时,师从在"新艺术"风格插图创作方面是"日本第一人"的藤岛武二[①]。桥口五叶这个刚受过藤岛武二指导、现学现卖的年轻设计者,与留学欧洲接受了"新艺术"洗礼的夏目漱石携手,可以说对双方而言,都是非常幸运的邂逅。

连载于杂志上的夏目漱石著《我是猫》,后来刊行单行本之际,夏目漱石对出版社提出了如下要求:"纵然不能卖出高价也没关系,但装帧设计必须突出美感。"(《夏目漱石全集》第14卷,第315页)他将此事明确写在明治38年(1905年)8月11日致中川芳太郎的书简里。当时日本出版界的实际情况是,不太重视书籍装帧之美。在这种形势下,身为作家刚迈出第一步的夏目漱石,执着于"即使不能热销亦可,但必须设计成一本漂亮的书"。此事说明夏目漱石对美怀有恒久不变的憧憬,与此同时,还暗示出夏目漱石已经习惯于"漂亮的书"的价值被高度认可的这种艺术环境。换言之,夏目漱石的上述意见不由让人想起一部装帧非常"漂亮"但不畅销的著名作品——这就是《阿尔弗雷德·丁尼生诗集》(爱德华·毛克逊版,1857年)。它预兆着世纪转换期,并带有"新艺术"特色,这部诗集中的插图出自但丁·加百列·罗塞蒂、威廉·霍尔曼·亨特与约翰·艾

[①] 藤岛武二(1867—1943),生于鹿儿岛,日本油画画家,深得同乡黑田清辉的青睐。明治39年(1906年)留学巴黎,明治43年(1910年)归国,任东京美术学校教授,代表作有《从屋岛远望》等。藤岛武二对插图画家竹久梦二(1884—1934)的影响极大。——译者注

佛雷特·米莱的手笔。诗集出版后，与初衷热情正相反，完全在低调中销售。关于这个已经"文学史"化了的事实，偏爱阿尔弗雷德·丁尼生与拉斐尔前派的夏目漱石不可能一无所知。毕竟《阿尔弗雷德·丁尼生诗集》是夏目漱石写作《薤露行》的重要素材来源之一。《薤露行》被收入短篇集《漾虚集》之中，而《漾虚集》的装帧之美最接近夏目漱石怀有的"漂亮的书"这一审美理想，这并非纯粹出于偶然。

美术史家汉斯·H.霍夫斯特塔在《"新艺术"绘画史》中这样写道：

> "新艺术"的意志特质是，艺术创作于相互关联之中，并意欲将造型的一切可能性归纳于一部作品中。"新艺术"的意志，将书籍造型与建筑的室内造型等量齐观，都要展示出完美①。

汉斯·H.霍夫斯特塔关注19世纪后半期书籍造型中出现的"作为整体艺术作品的书籍"这一共通认识，他表态：这种书籍艺术是"新艺术"本质性的业绩，这一点毋庸置疑。汉斯·H.霍夫斯特塔还说，新的"书籍艺术"源于拉斐尔前派与威廉·莫里斯的关联之中，并逐步推展开去②。如此看来，可以说，夏目漱石处于直接接触"书籍艺术"的位置上。"即使不能热销亦可，但必须设计成一本漂亮的书"，可以说，唯有心灵被19世纪中期以后的文学与视觉艺术的美好浑融所强烈撼动了的人，才会发表如此境界的审美高见。

那么，夏目漱石这般重视书籍的装帧艺术设计，为何又将这项非比寻常的重任委托给几乎可谓是无名之辈的桥口五叶，而不委托给他的老师藤岛武二呢？藤岛武二这位画家集中得到了杂志《明星》与《昴星》的唯美派系列文学家的全面支持。退一步说，夏目漱石又为何不将这项重任委托给从事唯美风格插图创作的和田英作（1874—1959）呢？若从结论方面说，

---

①汉斯·H.霍夫斯特塔：《"新艺术"绘画史》，种村季宏等译，河出书房，平成2年（1990年），第30页。
②同上。

笔者只能觉得作为"艺术家"的夏目漱石委实有一双慧眼。从书籍装帧到杂志插图领域，藤岛武二均是"新艺术"设计的第一人，关于此人的活跃实况，夏目漱石自然是了然于胸。虽然如此，他还是不想将自己的书籍装帧设计委托给藤岛武二。追究缘由，其实并不困难。女歌人与谢野晶子的"和歌集"《乱发》的装帧设计就出自藤岛武二的手笔，他还画了杂志《明星》的插图，因此，藤岛武二一举博得了好评，在这个领域，他已经是一位"成熟老手"的画家了。在这一点上，藤岛武二完全步了阿尔丰斯·慕夏之后尘。如《明星》插图所展示的那样，藤岛武二的设计风格已经概念化，展示出来的是"无个性"的绘画风格。必定是出于这个缘故，纵然是崇拜"新艺术"的夏目漱石，也无意将自己书籍的装帧委托给藤岛武二了。夏目漱石寄予书籍装帧的美学理想，始终是一丝不苟的画风与朝气蓬勃之美。

夏目漱石留英归来后，仍然一边阅读自英国定期寄来的美术杂志《工作室》，一边暗自培养着自己趋向"新艺术"的志趣。他特意选用桥口五叶作为自己作品装帧设计的伙伴，倘若认真探究夏目漱石如此决策的背景，我们首先应当想到哪些事呢？若从以下夏目漱石致随笔家寺田寅彦（1878—1935）的书简中寻找答案，则不会徒劳无益。

> 桥口五叶创作的插图很有特点，他画的插图绝不随便登载于其他杂志上。人们一眼就能明确看出，此画千真万确出自桥口五叶之手，而非出自其他人之手。对此，我非常佩服。桥口五叶作的画，比我写的文章更精彩。所以，希望你能在报纸等媒体上，针对桥口五叶的画，给予正面评价[1]。

夏目漱石认定，艺术唯其富于"独创性"，才具备最高价值。上面引用的这封书简的写作时间，正值夏目漱石在著名俳句杂志《杜鹃》（1897

---

[1] 夏目漱石明治38年（1905年）2月13日书简，载《夏目漱石全集》第14卷，第283页。

年创刊）上连载长篇小说《我是猫》，桥口五叶为之画插图之际。这一封书简昭示，从此时起，夏目漱石就认准了桥口五叶绘画艺术方面的独创性。

桥口五叶除了师从藤岛武二，还靠自学，进行了"新艺术"方面的相当程度的训练。在此基础上，桥口五叶进入西洋画科之前，还学习了"狩野派"[①]绘画，又曾拜入画家桥本雅邦（1835—1908）门内。桥口五叶的这种经历本身也化作一种魅力，映在夏目漱石的心中。夏目漱石谂知，日本传统艺术的审美原理已经被融入"新艺术"的样式概念之中。桥口五叶这位年轻有为的美术设计者，将自己具备的日本画的感性与"新艺术"的技法融会贯通，夏目漱石从桥口五叶的如此艺术特色中，觉得富有独创性的更高的艺术理想。还有一个很好的原因，那就是桥口五叶作为画家，尚未形成自己固定的类型。反过来说，桥口五叶俨然是一块什么水都能吸收的海绵，具备柔软的朝气蓬勃的青春感受性。

社会小说作家、评论家内田鲁庵（1868—1929）在自己主编的杂志《学灯》上，发表了关于夏目漱石的《我是猫》的书评。

> ……例如，看《我是猫》的内封与起绒的厚纸套封的装饰，虽然可以推测出画家的设计艺术本领，但倘无著者夏目漱石以高雅的审美情趣加以指导，不可能达到如此水平。此书的内容也罢，外观也罢，虽是两个方面，却堪称是近来一部无可挑剔的佳著[②]。

这也就是说，内田鲁庵揣度，这本书如此漂亮的装帧，是作者夏目漱石发挥了艺术主导性作用的结晶。人们认为，即便以今天的眼光看，此论也很精辟。夏目漱石最终将无名无声的桥口五叶确定为"能够实现自己书

[①] 日本画的一个流派，日本绘画史上最大的汉画谱系画派，滥觞于室町时代（1336—1573年）后期的画家狩野正信（1434—1530年）。——译者注
[②] 芳贺彻：《绘画的领域——近代日本比较文化史研究》，朝日新闻社，昭和59年（1984年），第497页。

籍设计之梦的最佳人选"（芳贺彻语），这种决断非常吻合夏目漱石的审美性格。

明治39年（1906年）5月，大仓书店与服部书店齐心协力，出版了夏目漱石第一本短篇小说集《漾虚集》①。《漾虚集》的装帧之美，达到了令作者夏目漱石最为称心如意的水平，实现了他的"书籍设计之梦"。但是，对作品里中村不折②画的插图，夏目漱石未必全都感到"满意"（关于这一点，留待后述）。与此相比，桥口五叶创作的才气洋溢的封面画、书中的装饰图案、插图、书皮边缘的装饰等，有的创意来自欧洲式的最新设计思路，同时又突出了悠闲宁帖的东洋日本式的审美感觉，展示出"日欧浑融"的、不可思议的审美境界③。我们可以毫不夸张地说，接受过"新艺术"之美洗礼的夏目漱石与桥口五叶联袂作业的艺术结晶——《漾虚集》，堪称体现了名副其实的"书籍艺术"的作品集，是真正意义上的明治时代日本唯美想象力的最佳结晶。

第四节　观赏都市的眼睛——印象主义

如本章开头所述，关于夏目漱石与世纪末艺术的关系，学者们通常以"拉斐尔前派"与"新艺术"为主轴展开论述。实际上，在西洋美术中，恐怕没有哪个流派能像拉斐尔前派那样，令夏目漱石表示出强烈的关心。在保存至今的"夏目漱石藏书"的画集类图书中，拉斐尔前派的画集占有

---

① 书名源自夏目漱石的书斋"漾虚碧堂"。——译者注
② 中村不折（1866—1943），油画家，师从浅井忠等画家。明治34年（1901年）留学法国，明治38年（1905年）归国后，成为"太平洋画会"的会员。——译者注
③ 要了解桥口五叶的《漾虚集》装帧艺术特色，还可参考以下两本书：芳贺彻著《绘画的领域——近代日本比较文化史研究》，朝日新闻社，昭和59年（1984年），第419—518页；海野弘著《日本的"新艺术"》，青土社，昭和53年（1978年），第20—45页。

最大比例^①。

然而，论述夏目漱石与世纪末艺术的关系时，倘若仅将拉斐尔前派与"新艺术"作为考察对象，显然未必恰当。不消说，以英国为源头的这两个流派不能全面代表今天我们所说的"世纪末艺术"，这是不言自明的事实。譬如，将考察对象仅仅限定在"英国的世纪末艺术"，依然会留下相同的问题。因为这正如同詹姆斯·惠斯勒所见，世纪末转换期内的英国美术界，不仅有拉斐尔前派那样的象征主义，还存在类似印象派那样的大陆思潮与日本美术情趣对西欧美术的影响，二者融会后产生的美的样式才逐渐形成主流。夏目漱石曾谈及诸如皮埃尔·皮维·德·夏凡纳（1824—1898）与居斯塔夫·莫罗（1826—1898）那样的象征派画家，可见他对印象派也甚感兴趣^②。

如此说来，恐怕有人会对将印象派纳入世纪末艺术范畴提出异议。要想解决这个问题，关键要看我们将判断的基准置于何处。换言之，如今我们要做的是，上溯至夏目漱石时代，再度缜密考察当时的印象派所处的位置及其美术史意义。

明治 39 年（1906 年）11 月号俳句杂志《杜鹃》上发表的《文章

---

①夏目漱石藏书中，与拉斐尔前派相关的美术书籍如下：

Newnes' Art Library (London: George Newnes)

 Sir Edward Burne-Jones.

 Dante Gabriel Rossetti.

 G. F. Watts.

W. Bayliss, *Five Great Painters of the Victorian Era.*

C. H. Letts, ed., *The Hundred Best Pictures* Ⅰ，Ⅱ．

National Gallery, *A Catalogue of the National Gallery of British Art* (Tate Gallery).

W. Morris, *Lectures on Art.*

W. Morris, *Art and Its Producers, and the Arts and Crafts of Today.*

H. M. M. Rossetti, *Dante Gabriel Rossetti* (The Easter Art Annual).

J. Ruskin, *Modern Painters*, 6 vols.

不过，若认为夏目漱石读过的拉斐尔前派的书籍仅有上述部分，那是错误的，因为夏目漱石生前与死后散失的书籍，没能收入"漱石山房藏书目录"及东北大学附属图书馆收藏的"漱石文库目录"之中。据笔者调查，画集类亦然。

②夏目漱石关于印象派发表的言论还见于如下文章之中：《文章一句话》，《杜鹃》明治 39 年（1906 年）11 月号；《作家的态度》，《杜鹃》明治 41 年（1908 年）4 月号；《文学论》等。

一句话》，是夏目漱石的一篇文体论，他结合印象派绘画论，进而论述小说行文应具备的风格：

> 有人仅抽取技巧观之，有人仅抽取实质观之。从前者与后者的区别之中，诞生了两个流派：其一，重点置于"form"（形式），名曰"技巧派"；其二，以"matter"（实质）为主，名曰"实质派"。而前者与现今画坛的印象派属于同一倾向。
>
> 所谓"Art for art"①，即以"技巧派"观点解析文章或绘画，仅看技巧。越是这样我们的头脑就越发达之时，"Art for art"这种现象才必然会勃兴。"技巧派"是必然诞生的一派。（《夏目漱石全集》第16卷，第536页）

夏目漱石将文章的倾向划成两派：其一是重视"matter"的"实质派"，其二是重视"form"的技巧派。这里，我们应该关注的是，夏目漱石将"技巧派"视为印象派，他阐述的见解是，文章与绘画趋于技巧化，则必然与"Art for art（'s sake）"相连，亦即与艺术至上主义相连。

如此这般，将印象主义理论应用于文学方面，或者站在文学立场上拥护印象主义，如此思路有的地方很近似于亚瑟·西蒙斯的观点。亚瑟·西蒙斯的随笔《文学中的颓废运动》，明示出自己作为批评家的立场，此文开头就将印象主义、象征主义与颓废倾向相结合，推展论述。据亚瑟·西蒙斯的观点，印象主义与象征主义是颓废运动的两大支流，二者具备的共同要素远远超出人们想象的范围。印象主义与象征主义追求的，不单是普通的真实，而是"真正的真实"（la verité vraie）。也就是说，印象主义通过表现展示于感官方面的东西，摸索"真正的真实"；象征主义通过透视事物表象，能达至内在意味的核心，摸索"真正的真实"。亚瑟·西蒙斯拥护"印象主义式记述"，他在《象征主义文学运动》序言中，借助龚

---

①意即"为艺术而艺术"。——译者注

古尔兄弟的创作特色，明示了这一观点①。亚瑟·西蒙斯还这样写道："若利斯·卡尔·于斯曼的整个头脑，是由眼睛构成的。……他用语言创作出的绘画艺术，宛似用画笔进行创作的克劳德·莫奈的艺术。"② 这一观点极早地强调了位居"世纪末颓废倾向之教祖"地位的若利斯·卡尔·于斯曼作品中的印象主义要素。

关于印象主义中的唯美主义要素，这方面的议论已被传入当时的日本论坛。譬如，岛村抱月就这样品议道："此派（指印象派）主义之一，即'为绘画的绘画'。此乃应用了'为艺术而艺术'（Art for art's sake）这一思想。……"③（岛村抱月：《论欧洲近代绘画》，《早稻田文学》1909年1月号）这样看来，令人觉得前述《文章一句话》中，夏目漱石的印象主义文章论，以及夏目漱石的与艺术至上主义相关联的印象主义观，与他读过的亚瑟·西蒙斯《象征主义文学运动》中的某些见解存在深度关联。

夏目漱石作品中，令人感到有受到印象主义影响痕迹的具体文字表达，多出现在短篇小说之中。

> 这里有一个很大的洞穴。我靠在栏杆旁，伸着短脖子窥视洞内。于是，发现远远的下面，埋着好似画在画上的身材矮小的人。数量虽多，却能看得很清楚。所谓人海，即指如此状态。白、黑、黄、蓝、紫、红，所有明亮的颜色，俨然茫茫大海上起伏的波纹，成簇相聚，在遥远的洞穴底部，五色鳞片并列，渺小而漂亮地蠕动着。（《暖梦》，收入《夏目漱石全集》第8卷，第94—95页）

> 大街上，若干辆马车走过去了。车棚顶上都载着人。马车的颜色有红的，有黄的，有浅蓝的、深蓝的或褐色的，接连不断，从我身边走过，奔向前方。向远方望去，五色混杂，绵延无边，回头看去，像

---

① 亚瑟·西蒙斯：《象征主义文学运动》，樋口觉译，国文社，昭和53年（1978年），第16页。
② 亚瑟·西蒙斯：《象征主义文学运动》，樋口觉译，国文社，昭和53年（1978年），第144页。
③ 岛村抱月：《岛村抱月全集》第3卷，日本图书中心，昭和54年（1979年），第206页。

五色云团一样，涌动而来。（《印象》，载《夏目漱石全集》第8卷，第96页）

上面两篇引文，皆来自属于《永日小品》里所谓"伦敦主题"的作品。前者《暖梦》描写伦敦某剧场内的场面，后者《印象》描写都市的拥挤聒噪。此类作品中描写的伦敦，均与都市的非日常视觉相结合。在深刻思索的都市观察者看来，有时都市是偶然性很高、不可思议的视觉体验之场。主人公眼睛捕捉到的都市风景被还原成五光十色的点与线，成为绘画特色的视野。

夏目漱石的印象主义式的描写，滥觞于他的短篇集《漾虚集》。文中有如下一段描写：

像用针鼻儿过滤后的细糠一样的东西，融化了满城的红尘与烟尘，蒙蒙地锁住了天地。从这里面，突然仰望，看到的是地狱影子一般的伦敦塔。（《夏目漱石全集》第2卷，第25页）

无论是开头从塔桥眺望伦敦塔时，"深棕色的水分在饱和的空气中朦朦胧胧升腾着"这一场面也好，还是仰望被这种深棕色烟雾包容着的伦敦塔的场面也好，作者夏目漱石的视线，俨然具备了追赶飘荡在大气中的粒子的功能。如此特色的作品，令人不由得想起印象派巨匠克劳德·莫奈，想起他描绘的不可思议的风景之作《滑铁卢桥——阴天》（参见图3-6）与《国会大厦》①。关于印象派画家群，夏目漱石最熟悉的恐怕就是克劳德·莫奈。夏目漱石在《文学论》②中写道：

---

① 1904年6月号（No.136）《工作室》中，与《滑铁卢桥》（*Waterloo Bridge*）、《国会大厦》（*The Houses of Parliament*）等图版相配，介绍了克劳德·莫奈的画业。一般认为，夏目漱石借助这本杂志，领略了克劳德·莫奈画出的浓雾中的伦敦风景。
② 明治36年（1903年）9月至明治38年（1905）年6月，夏目漱石在东京帝国大学讲授《英国文学概说》，此间讲义经过整理，成为专著。明治41年（1907年）5月，大仓书店初版发行。——译者注

图 3-6 《滑铁卢桥——阴天》（1903 年），克劳德·莫奈作

此时，克劳德·莫奈（Claude Monet）发表的作品描绘的是日落的景色，题曰《印象》（Impression）。观者如堵，集中于"Salon des Refusés"，大肆嘲笑。"印象"（Impression）一名，由此而生。（《夏目漱石全集》第 9 卷，第 498 页）

印象派这一名称，滥觞于克劳德·莫奈的《印象——日出》，夏目漱石《文学论》中的文字是对此事的解说。夏目漱石的解说，援引了卡米勒·毛克莱尔的《法国印象派》艺术中的记述[①]。加之，夏目漱石订阅的杂志《工作室》中有许多描绘伦敦的文章，并时常介绍克劳德·莫奈的

[①] 夏目漱石从丸山书店买来 Camille Mauclair, *The French Impressionists (1860–1900)*, tr. by P. G. Konody, London: Duckworth & Co.(Popular Library of Art). 第一章"印象主义的前兆——运动的发祥与名称的由来"中，有如下一段：

…which was called the Salon de refusée.The public crowed there to have a good laugh, One of the pictures which caused most derision was a sunset by Claude Monet, entitled Impressions.From this moment the painters who adopted more or less the same manner were called Impressionists.(p.20, 底线为夏目漱石所加）

夏目漱石关于印象派名称的论述明显根据此书此段。此书还登载了印象派主要画家的许多佳作。

作品①。

另外,夏目漱石的《卡莱尔博物馆》中出现的伦敦景观描写,也富有异趣:

> 我用樱木手杖支着嘴巴,朝正前方望去,爬动于河对岸大路上的雾影,逐渐浓了起来。雾影从清一色五层楼鳞次栉比的街市地面,渐渐摇曳升腾,淡化开去。最后,宛如将遥远的未来世界拽到眼前似的,变成了捕捉不到的褐色的影子,留在幽深暗郁的天空中。这时,钝光俨然滴滴答答的水滴,开始从褐色影子深处显露出来。三楼、四楼、五楼都点亮了瓦斯灯。(《夏目漱石全集》第2卷,第33—34页)

夏目漱石眼中的泰晤士河对岸黄昏的伦敦街市,融入了两岸升腾的雾气之中,融入了渗透而来的黑暗之中,逐渐酿造出一种难以形容的梦幻氛围。法国的日本近代文学研究者让·杰克·欧里噶斯(1937—2003)指出,欣赏夏目漱石的这一段描写,不禁令人想到克劳德·莫奈的作品《印象——日出》(1872年),以故,让·杰克·欧里噶斯将《卡莱尔博物馆》中的这一段描写命名为《印象——黄昏》②。

确实,让·杰克·欧里噶斯认定,这一段描写充分具备了印象派特质,这一见解说到了要点,饶有趣味。然而,仅就笔者看来,夏目漱石描写的这般"夜景"和克劳德·莫奈描绘的风景世界的风格不太吻合。与此相比,笔者觉得,夏目漱石笔下的"夜景"描写会令人想起美国画家詹姆斯·惠斯勒(1834—1903)。詹姆斯·惠斯勒创作的许多伦敦夜景画(参见图3-7)中,都有瓦斯灯明暗闪烁着。詹姆斯·惠斯勒这个画家,擅长描绘日落之后的景色,还擅长画阴沉沉天气里的浓雾情景。克劳德·莫奈追求从日出

---

①譬如,1903年6月号(No.124)的《工作室》中有"Impressionist Painting:Its Genesis and Development"。此外,1908年3月号(No.169)《工作室》中有"Arsène Alexandre 'Claude Monet, His career and work'"等。

②让·杰克·欧里噶斯:《四通八达的街市》,《季刊艺术》24号,昭和58年(1983年)1月号。

图3-7 《蓝色与银色的夜曲——科勒芒的灯火》(1872年),詹姆斯·惠斯勒作

到日落之间光的千变万化形成的惊异印象,从这个意义上讲,詹姆斯·惠斯勒与克劳德·莫奈可以珠联璧合地构成一对。詹姆斯·惠斯勒也是以革新的手法,追求日落后不可思议的微妙阴影营造出的视觉体验,他可谓是一位"异端"画家。

詹姆斯·惠斯勒出生于美国马萨诸塞州,前往法国学习绘画,以19世纪后半期英国画坛为中心,大展宏图。詹姆斯·惠斯勒是一个世界主义者(cosmopolitan),同时,他还是一个符合世纪末这个时代的"异端儿"。詹姆斯·惠斯勒断言:"自然总是有很大的不幸。"他通过极端地异化自然,创作出了全新的形态,挑战既存的艺术。世界转换期的颓废文士们,全都对詹姆斯·惠斯勒的艺术回示出狂热的共鸣。针对这一现象,人们表示充分理解。詹姆斯·惠斯勒以《夜曲》《和声》《编曲》等为题目,生动描绘出的"雾伦敦"的夜景,深刻揭露了工业文明带来的形形色色的矛盾。工业文明反复膨胀,伦敦成了非人性化的首都。詹姆斯·惠斯勒将一种神秘感投注于这个国都,使之呈现迷宫之状,从而唤醒了世纪末时代里年轻艺术家们的审美意识。"约翰·罗斯金、威廉·莫里斯、托马斯·卡莱尔等社会改良主义者们,以惊骇与恐怖的双眼,观察着维多利亚时代都市残酷的膨胀。然而,在许多文学家与画家看来,都市乃兼有某种传奇性的氛围、神秘感与魅力的场所。"① 这个见地,不期然竟向人们提示了詹姆斯·惠斯勒在世纪末艺术中所占据的位置。实际上,奥斯卡·王尔德、亨利、亚瑟·西蒙斯等世纪末诗人,好像眼前摆着詹姆斯·惠斯勒的画布,一味且忠实地临摹都市,创作诗歌,讴歌世纪末都市映在他们眼中的形象。《维多利亚时代的人与思想》的作者阿尔提克,在其专著中这样阐述道:

> 90年代的印象派诗人们与散文家们,在画家詹姆斯·惠斯勒那特有的观察力的引导下,从都市风景中发现了新鲜的美。从街道、小酒馆、音乐厅乃至雾气笼罩的大桥上,发现了出人意表的艺术魅力②。

这一见解,恰如其分地说明了上述事实。对詹姆斯·惠斯勒的艺术神髓,夏目漱石是否有所理解?他在《战后文学界的趋势》(载《新小说》1905年8月号)这篇谈话中,举出了詹姆斯·惠斯勒的名字,并论及他的艺术与日本的具体关联。据此思考,我们可以推测,夏目漱石对詹姆斯·惠斯勒确实有某种程度的了解。据笔者调查,夏目漱石仅此一回言及詹姆斯·惠斯勒。然而,将诸般事情通盘考虑,夏目漱石对詹姆斯·惠斯勒的理解程度绝不低浅。其原因有以下两点。第一,如本书第二章所论述的那样,针对欧洲的"日本艺术情趣",夏目漱石殊甚关注。这样一来,对理解"日本艺术情趣"的美国大画家詹姆斯·惠斯勒,夏目漱石不可能漠不关心。1900年举办了巴黎万国博览会,在与此相配合举办的"国际展览会"上,詹姆斯·惠斯勒的力作获得了铜版画部门的最高奖。夏目漱石很可能

---

① Christopher Wood, *Victorian Panorama*:*Paintings of Victorian Life* (London:Faber and Faber, 1976), p.143.
② R.D.Altick, *Victorian People and Ideas* (New York: W. W. Norton & Co., 1973), P.77.

直接看见了他的艺术作品①。第二，夏目漱石纵然没有直接言及詹姆斯·惠斯勒的具体绘画或著作，不过我们也可以做出判断，他可以通过间接的形式，尽情窥视詹姆斯·惠斯勒的艺术世界。夏目漱石辞别伦敦约半年后的1903年7月17日，詹姆斯·惠斯勒于伦敦撒手人寰。未久，杂志《工作室》上每期都登载追悼詹姆斯·惠斯勒的文章，配以他的绘画。因此，夏目漱石极可能追寻过这位与日本缘分颇深的伟大画家之足迹②。此外，夏目漱石撰写《文学论》时，亚瑟·西蒙斯的《象征主义文学运动》是主要参考文献，此书中写道，詹姆斯·惠斯勒的艺术"描绘微妙的风景，描绘被唤醒了的氛围的影子"，亚瑟·西蒙斯还将如此绘画艺术与保尔·魏尔兰的文学作品进行了比较论述③。因是，可以推测，对詹姆斯·惠斯勒的象征主义艺术特质，夏目漱石具有相应的理解。

前面引用的夏目漱石作品《卡莱尔博物馆》中的段落，紧接下来写的是："那个混入溟濛雾气之中的地方，是昔年这个村夫子居住过的切尔西。"④（《夏目漱石全集》第2卷，第34页）所谓"村夫子"，即指英国思想家、历史学家托马斯·卡莱尔。阅读这一段记述可以知晓，夏目漱石将视线投向了"切尔西"。他的如此表达，殊甚有趣。因为自1862年开始，詹姆斯·惠斯勒就一直居住在切尔西，在切尔西一带搬了三次家。以但丁·加百列·罗塞蒂为首的大量艺术家们，也移居于切尔西。詹姆斯·惠斯勒分外挚爱这个泰晤士河畔浓雾笼罩的街市，喜欢画切尔西的风景。是故，夏

---

①夏目漱石藏书中的 Elizabeth A.Sharp, *Progress of Art in the Century* (Toronto: The Linscott, 1906)中，涉及了印象派的中心人物詹姆斯·惠斯勒。书中的"在不久前的巴黎，召开大展览会时，我听过有人轻蔑地品议詹姆斯·惠斯勒画的异常漂亮的钢笔画小品，画面是一个火车站。"（第350页）在这一记述的原文相关文字下面，夏目漱石画了一道横线。这里所说的"大展览会"，即指1900年与巴黎万国博览会相配合举办的"国际展览会"。夏目漱石在上述藏书中画横线，或许是因为他参观"大皇宫国家美术馆"的绘画馆时欣赏过詹姆斯·惠斯勒的绘画，结合这个记忆体验，画下了横线。
②詹姆斯·惠斯勒殂谢后，杂志《工作室》登载的与詹姆斯·惠斯勒相关的文章，自1903年9月号至12月号，连载四期，并配有他的绘画。
③亚瑟·西蒙斯：《象征主义文学运动》，樋口觉译，国文社，昭和53年（1978年），第86—87页、247页。
④切尔西（Chelsea）是位于伦敦西南、泰晤士河北岸的一个区，乃文人聚居之地。1834年，托马斯·卡莱尔（1795—1881）迁居此地，荣膺"切尔西的哲人"称号。——译者注

目漱石一边眺望河对岸的切尔西，一边描写出前述那样非常带有詹姆斯·惠斯勒风格的风景，并非仅仅出于偶然吧。

日本的外光派巨匠黑田清辉，在明治40年（1907年）发表的《东亚劝业博览会美术部概评》（载《太阳》1907年5月号）一文中这样说道："从风景方面说，印象主义（impressionisme）形成了最大的流派。"此言证明，印象主义绘画统治了明治40年的日本画坛。夏目漱石创作的那种带印象主义风格的文学作品，反映了印象主义画家们新的视觉领域。这个领域包括由克劳德·莫奈创作的融汇于朦胧色彩中的光的世界，以及詹姆斯·惠斯勒创作的暧昧模糊的微明的世界。夏目漱石文学创作中的所谓"伦敦主题"，记述了不可思议的迷宫都市之视觉。而夏目漱石从印象派绘画中获取的视觉体验，化作了他的"都市视觉"的食粮。他不仅对拉斐尔前派的"文学性"绘画情有独钟，还对类似印象派那样的流派的实验性造型表现投注了关心，并将其积极应用于自己的语言表现方面。可以说，夏目漱石是一位具备这种"实验精神"的人。

第五节　弗兰克·布朗温的绘画情趣

以上，笔者的论述重点是，通过夏目漱石异常关注的拉斐尔前派、"新艺术"运动与印象主义，探究了夏目漱石与世纪末艺术的关系。夏目漱石这种对艺术流派的兴致与共鸣，影响到他对绘画的嗜好倾向，此乃水到渠成的事。这一倾向的典型表现就是夏目漱石的作品与英国画家弗兰克·布朗温（Frank Brangwyn，1867—1956[1]）的关系：

---

[1] 弗兰克·布朗温出生于比利时的布鲁日，1877年举家乔迁伦敦，就读于伦敦的南肯辛顿美术学校。尔后，在威廉·莫里斯的工作室深化了美术造诣。1887年，弗兰克·布朗温赴东亚、西班牙、意大利、非洲旅行，从东方艺术中受到了艺术感化。1891年至1895年，弗兰克·布朗温在巴黎的朱利安美术学院学习的同时，与莫里斯·丹尼斯等"纳比派"（Les Nabis）画家们进行了具体交流。特别是在平面图形美术（graphic art）领域里的铜版画与石版画方面，弗兰克·布朗温是一位占据重要地位的画家。

此刻，他盼待三千代的到来，如此心理已经打破了他心中的平适。以故，长井代助几乎无心思考问题，手也无意碰触书本了。最后，他从书架上抽出一本大画集，置于膝盖上打开，开始翻阅。但是，他仅仅是用指尖逐页翻过去而已。每幅画的韵致，他连一半内涵都没品味到。不大一会儿，翻到了弗兰克·布朗温的画作。长井代助平素对这位装饰画家甚感兴趣。他的双目一如既往，闪闪发光，顿时目光全都落在画面上。这是一幅描绘某个港口的画，作为背景的船、桅杆与帆都画得很大，其余部分突出描绘的是绚烂的空中云朵、天空与苍黑的水的颜色。水前面画着未穿上衣的四五个工人，工人们的躯体鼓胀起充满男性特色的俨然小山一样的肌肉，从肩头到后背，遍布肌肉块，肌肉块与肌肉块之间，形成漩涡状凹陷。长井代助欣赏如此肌体的模样，一时从中感受到了肌肉之力的快感。俄顷，长井代助眼睛离开了翻开的画集，视线扬起，竖起了耳朵。（夏目漱石著《其后》第十章）

作者夏目漱石言及了当时日本读者还不熟悉的名字——装饰画家"弗兰克·布朗温"，甚至还针对画集中的作品详加解释。乍看《其后》中出现这幅弗兰克·布朗温的绘画，会觉得这幅画未必与《其后》这部作品有必然关系，好像仅是附加的一个插曲。然而实际上，这段描写并非作者在写作过程中偶然想及的内容。关于这一点，可以确认的事实根据是，夏目漱石在《其后》创作笔记中这样写道："三、好似酣眠之际来了人那样一种心情，心绪不宁。弗兰克·布朗温。"（《夏目漱石全集》第3卷，第435页）笔记明确记述了弗兰克·布朗温的大名。换言之，夏目漱石从《其后》这部小说的构思阶段开始，脑海中就漂浮着弗兰克·布朗温这幅画的印象。于是，我们应当这样理解：这幅画被夏目漱石当作了包含某种信息的小道具。那么，在这个小道具中，究竟潜藏着何种用意？

在准备回答这个问题之前，有一个必须解决的问题，那就是，确认长井代助欣赏的"弗兰克·布朗温的绘画"究竟是哪一幅画？这是一个先决

图 3-8 "Modern Commerce"（《现代贸易》），伦敦皇家交易所内装饰壁板画，油画素描，弗兰克·布朗温作

课题，不仅关系到夏目漱石赋予小道具的意图，而且关系到作者夏目漱石对绘画的偏好。然而，迄今为止，谁也没有探讨过这两个问题。

关于绘画的确认问题，笔者已经找到了与之相关的线索。笔者认为，这幅画就是伦敦皇家交易所（Royal Exchange）里的装饰壁板画 *Modern Commerce*（《现代贸易》，参见图 3-8）。做如此推定，基于如下两个根据：第一，前述引文《其后》中的具体描写，与图 3-8 的画面完全一致；第二，夏目漱石藏书中有此画的复制品。这里，笔者再做进一步的详细探讨。首先，将《其后》与弗兰克·布朗温的画作进行对照鉴定。引文中出现"船、桅杆与帆""描绘某个港口的画"等字样，而图 3-8 的画面，也是以蓝海为背景的，描绘了停泊的船上的桅杆。此外，与船上凸起的烟囱相融，大面积的积云几乎遮住了蓝天，这一点与"绚烂的空中云朵"这一描写吻合。画面的中间仅仅能看见极小面积的海，正如《其后》所述，画的是"苍黑的水"。(但是,《其后》的文字中出现的所谓"帆",在图3-8的画面上却没有看见。可以说,仅此一点,是画面与《其后》的相关描写相异之处。)

《其后》中写道"画着未穿上衣的四五个工人",弗兰克·布朗温的绘画上,画着约五个码头搬运工人,肩扛着货物,来来往往,其中三个人上半身赤裸,露出强健的肌肉块。夏目漱石分外卖力描写的,就是这些强健的男人们肌肉力量鼓胀的肉体美。确实,男人们的躯体,十分吻合体力劳动者的特点,筋肉坚硬紧实。虽然如此,却也未达到像《其后》所描写的那样,"鼓胀起充满男性特色俨然小山一样的肌肉","从肩头到后背,遍布肌肉块,肌肉块与肌肉块之间,形成漩涡状凹陷"。总而言之,如此描写是夏目漱石有意识的夸张。(关于这一点,留待此后详论。)

第二个问题是,夏目漱石通过何种途径,见到了弗兰克·布朗温的这幅 *Modern Commerce*?实际上,解析这个问题的线索,就隐藏于《其后》的字里行间。也就是说,这幅画就出自长井代助从书架上取出的"画集"之中。这是确定无疑的事实。如果断言"长井代助的书架"就等于"漱石山房"里的书架,大概不会有人提出反驳意见。于是,笔者这样思索,夏目漱石订阅杂志《工作室》,他肯定是从《工作室》1904年10月号(*The Studio*, vol.33, No.139)的"Studio-talk"这个栏目中,看到了登载的彩色版 *Modern Commerce*。在该栏目中的"Study for a Decorative Panel"(装饰板的研究)题目下,登载了鲜艳的大尺寸的彩色复制 *Modern Commerce*。《其后》中写道:"不大一会儿,翻到了弗兰克·布朗温的画作。"如此描写的事实依据,很可能是夏目漱石从自己书架上抽出几年前的一本杂志《工作室》,置于膝盖上打开,开始逐页翻阅,翻至第73页,看到了弗兰克·布朗温的作品。根据《其后》中描写的准确度来推断,夏目漱石或许像长井代助那样,打开了"画集"(杂志《工作室》),一边盯着弗兰克·布朗温的画,一边走笔创作《其后》。

有一份贵重资料可以证明夏目漱石看过前述图3-8的绘画。这份资料不是别的,就是夏目漱石自己创作的"绘画"。众所周知,夏目漱石嗜好在明信片上作水彩画或者东洋画等。他在致田口俊一的一张彩色明信片(1905

年 1 月 15 日）上，就画着图 3-9 那样的水彩画，并简短注明云：

> 画了一幅莫名其妙的画，依据的原版是"弗兰克·布朗温"的画[①]。

这就说明，这幅画是临摹弗兰克·布朗温的作品。无论是谁，只要一瞥此画，必然就会认出，这是一幅临摹图 3-8 的画。若说二者有差异，那就是与弗兰克·布朗温的画相比，夏目漱石的运笔显得粗疏。色彩方面，夏目漱石的画以褐色为主调，显得较有朴质美感。登载了图 3-8 的 1904 年 10 月号杂志《工作室》，与夏目漱石致田口俊一的明信片，在时间上仅仅相差三个月多一点，根据这一点来加以推导，夏目漱石大概是从刚收到的杂志上看到了图 3-8，立刻尝试着进行了临摹。

结合夏目漱石的绘画明信片，且依据前述明信片上的简短文字，我们也可以知晓，这是一枚重在突出"绘画"的明信片，换言之，夏目漱石欣赏弗兰克·布朗温的图 3-8 的绘画后，受到了强烈的刺激，激情涌来，按捺不住，必须立即临摹。

从上述的探究结果来看，前述的装饰壁板画 *Modern Commerce*，就是《其后》中记述的"弗兰克·布朗温的画作"。笔者认为，这一点不容置疑[②]。

夏目漱石看到了图 3-8 五年之后，创作了长篇小说《其后》。究竟是何种契机，令夏目漱石创作《其后》时联想到了图 3-8？果真如作品中所

[①] 夏目漱石：《夏目漱石全集》第 16 卷，第 927 页。
[②] 在确认弗兰克·布朗温的画作之前，笔者参加了芳贺彻教授主持的讨论会，发表了拙见，集思广益，收获匪浅。当笔者结合图 3-10 发表有关拙见时，在座的西村佐和子手中有弗兰克·布朗温的画集 Herbert Furst, *The Decorative Art of Frank Brangwyn*（London：John Lane The Bodley Head，1925）。此画集中，以"First Sketch for the Royal Exchange Panel"为题目，登载了图 3-8 的照相版黑白图片。芳贺彻教授授课时，指出了此画与夏目漱石的临摹画的关系。笔者再度调查杂志《工作室》，之所以找到了夏目漱石临摹的原版彩色图 3-8，多亏了图 3-8 的照相版黑白图片。在此，对芳贺彻教授和学友西村佐和子表示感谢。1991 年笔者逗留伦敦期间，在伦敦旧市区考察了皇家交易所，那里今已变成伦敦国际金融期货交易所（The London International Financial Futures Exchange）。在此处一楼走廊，确认图 3-8 的装饰壁板画原件挂在回廊壁上。遗憾的是，绘画前面有一个临时警务室，几乎挡住了整个视野，原件鉴赏未能顺心遂意。

图 3-9 夏目漱石画的明信片（夏目漱石致田口俊一，1905 年）

图 3-10 *Modern Commerce* (《现代贸易》，创作时间不详)，油画素描，弗兰克·布朗温作

写的那样，随便地从书架上拿出一本"画集"，然后偶然从中发现了自己熟识的弗兰克·布朗温的这幅画吗？

然而，事情好像另有原因。从结论方面来说，笔者认为，《其后》中弗兰克·布朗温的绘画之意象与弗兰克·布朗温的许多其他画作相关。这是因为夏目漱石在前述图3-8之外，还在《工作室》上看到了弗兰克·布朗温的另一幅画，即1909年1月号《工作室》（The Studio, Vol.45, No.190）上登载的皇家交易所的装饰壁板画 Modern Commerce 的油画素描（参见图3-10）。这幅画是皇家交易所的众多装饰壁板画之一。这里应当注意的是，夏目漱石于三四个月后收到1909年1月号《工作室》时，恰好时值长篇小说《其后》开始连载之前。

这样一来，夏目漱石在苦心构思《其后》之际，看见了刚寄至的《工作室》上登载的图3-10之画后，在创作笔记中写下了"心绪不宁。弗兰克·布朗温"这样的话。笔者认为，做如此推断，是很自然而且是很合理的。围绕图3-10的绘画，附有如下一段简短解说：

> 这里，作为附录登载的弗兰克·布朗温先生的油画素描彩色复制品，是在皇家交易所可以看到的装饰壁板画初期阶段的作品。其最终决定版，与这枚装饰壁板画相关的各种素描一道，都登载于本杂志上，并附以介绍①。

依据这个说明，我们可以知晓，图3-10之画的完成远远早于图3-8，是弗兰克·布朗温早期的油画素描作品。夏目漱石读了这一段解说之后，大概在作致田口俊一的明信片油画时，想起了弗兰克·布朗温创作的相同的其他素描，遂翻阅旧杂志《工作室》，重睹五年前牵动了自己审美情趣的弗兰克·布朗温的画。

毋庸置疑，我们可以这样理解，前述《其后》引文里，"长井代助平

---

① *The Studio*, No.190(Jan.1909), p.310.

素对这位装饰画家甚感兴趣"这一记述中出现的长井代助,原样不动,就等于是夏目漱石本人。长井代助既然对弗兰克·布朗温这个还不太为众人所知的画家"甚感兴趣",那么,他必须在某种程度上接触过画家的作品世界。夏目漱石留学伦敦期间,果真直接欣赏过弗兰克·布朗温的绘画吗?至少,夏目漱石不可能见过弗兰克·布朗温最拿手的壁画与装饰壁板画。这是因为,1906年完成的前述皇家交易所的装饰壁板画 Modern Commerce,是作者第一件长时间置于伦敦公共建筑物内的墙壁装饰画①。

尽管如此,夏目漱石并非毫无亲近弗兰克·布朗温作品世界的条件。弗兰克·布朗温是世纪转换期备受关注的走红的装饰画画家,风华正茂。杂志《工作室》频繁介绍他的绘画业绩(一般认为,1898年12月号上所载 J. Stanley, Frank Brangwyn and His Art② 是第一篇介绍弗兰克·布朗温的文章)。仅从1904年以后到夏目漱石的《其后》开始连载于东京与大阪两地的《朝日新闻》的1909年期间,杂志《工作室》至少有10次登载了弗兰克·布朗温的彩色或黑白画作,而且每一幅画作都附有解说。对一个刚刚出名的中坚画家来说,不消说,这是受到了"破格"级别的待遇。如此看来,有充分理由可以这样认为,夏目漱石是通过每月寄来的杂志《工作室》,对弗兰克·布朗温"甚感兴趣"的。

那么,这幅画究竟内藏何种信息呢?探究这个问题时最为重要的一点,就是前述的创作笔记中"心绪不宁。弗兰克·布朗温"这句话的真意。《其后》中"如此心理已经打破了他心中的平适。以故,长井代助几乎无心思考问题,手也无意碰触书本了"这一段,大概是"心绪不宁"的反应吧?如果说,思索与读书是合理的理性发挥作用后形成的"逻辑"世界,那么,欣赏绘画是作用于感性的情绪行为,换言之,后者意味着倾向于逻辑涉及不到的"无逻辑"世界。

在《其后》连载半个月左右后的明治42年(1909年)6月14日③的"日

---

① Furst, op.cit., p.61.
② 即《弗兰克·布朗温与他的艺术》。——译者注
③ 当为"7月14日",《其后》于明治42年(1909年)6月27日开始连载。——译者注

记"中，夏目漱石写道：

> 相扑力士筋肉的光泽，因肌肉用力的大小而发生变化，身沐光线的力士，其姿势的变化，使筋肉的光泽闪闪发光，美甚。油画家中村不折无论如何也画不出这种色泽来。（《夏目漱石全集》第13卷，第393页）

夏目漱石与俳人、小说家高滨虚子一同在国技馆看完相扑比赛后，写下了这篇印象记。相扑比赛场上，夏目漱石好奇的视线投向力士的筋肉，观赏其变化之美。这令人觉得，他如此好奇的视线不久便与作品中的弗兰克·布朗温的绘画相连接。换言之，夏目漱石在国技馆观看相扑比赛，觉得力士的筋肉"美甚"，他将如此审美意识活用于描述弗兰克·布朗温的绘画中码头工人筋骨强健之美，进而形成了重叠的形象。

夏目漱石对弗兰克·布朗温的绘画与相扑世界进行重叠描写，进而反映出他对弗兰克·布朗温有着深刻理解。弗兰克·布朗温的艺术独创性就表现在对"粗犷美"与"强健美"的刻意追求。在丰富的色彩与强健的线条的滑动中，表现海港或矿山工人粗犷的生命气息，这种手法构成弗兰克·布朗温的独特艺术性。

长井代助好像是个虚弱的知识分子，"是一个在逻辑方面非常强势，但在心脏作用方面又非常虚弱的男人"，"他不得不接受超寻常的情绪的支配"（《其后》第十章）。所以，对这样的长井代助来说，绘画世界作用于情绪与感觉方面，是一个能给人带来心神安宁的心灵故乡。长井代助"心怦怦直跳着"，等待着三千代的到来。不知不觉之间，长井代助感到自己需要的不是"逻辑"与"理智"，而是自然的生命气息（"他极其敏感地感受着生命。"）。如此看来，我们完全可以认为，长井代助之所以打开了画集，归根结底是因为他旨在寻求刺激，感受"生命"。这里，弗兰克·布朗温的绘画已经完整具备登场条件。也就是说，绘画令长井代助感受到某种高扬的生命气息。

长井代助爱着三千代,却又受到社会伦理道德的制约,他被夹在二者中间,殊甚烦闷。长井代助憧憬的,是"自然"的粗犷健旺的生命力。针对这一点,夏目漱石连续使用"未穿上衣""肌肉""肌肉块"这些词语,以超过绘画的表达,有意识地夸张工人们充满力量的结实的肉体魅力。至此,我们终于可以知晓夏目漱石如此描写的用意了。

　　夏目漱石对弗兰克·布朗温的绘画怀有非比寻常的兴趣,证明他在造型艺术方面明显的审美倾向。思考这个问题时,我们应注意夏目漱石将弗兰克·布朗温称作"装饰画家",这是一个关键词。在世纪末美术研究领域闻名遐迩的汉斯·H.霍夫斯特塔这样品议弗兰克·布朗温的绘画特点:"画面整体结构紧密,以色斑为食粮","画面色彩的强烈律动,承担着生命与行动"[①]。华丽的强烈色彩构成的装饰画面,能唤起某种幻想式的感化。如果说如此装饰画面继承了拉斐尔前派的传统[②],那么,流动的轮廓线给整体画面以强烈的生动感,就足以给人们留下这样鲜明的印象——弗兰克·布朗温是一个能够娴熟驾驭"新艺术"造型理论的画家。弗兰克·布朗温在威廉·莫里斯手下学习了三载,然后他奔赴法国,结识了莫里斯·丹尼斯。1895年至1896年这段时间,他在巴黎的美术商萨姆耶尔·宾的画店里工作,从事"新艺术"家具设计和织物图案设计,因而驰名世界。弗兰克·布朗温的素描《马赛克壁板画》(见图3-11),是由单纯化的版式与莫里斯·丹尼斯风格的平面样式相结合、进而构成的华丽的"新艺术"造型。此画登载于1907年10月号杂志《工作室》上,是彩色图版,色彩鲜艳。显然,夏目漱石看过这幅画。

　　弗兰克·布朗温的绘画艺术中,除了含有后期拉斐尔前派与"新艺术"的要素,还内藏着印象主义要素。赫尔布鲁克·杰克逊将弗兰克·布朗温视为世纪末英国的印象主义中心人物,认为他的绘画呈现的是印象主义与

---

① 汉斯·H.霍夫斯特塔:《"新艺术"绘画史》,种村季宏等译,河出书房,平成2年(1990年),第152页。
② S.T.马德森将弗兰克·布朗温与乔治·弗雷德里克·瓦茨都视为后期拉斐尔前派的成员。见高阶秀尔、千足伸行译著:《新艺术》,平凡社,昭和45年(1970年),第261页。

图 3-11 《马赛克壁板画》（1907年），弗兰克·布朗温作

浪漫主义相结合的艺术①。确实，弗兰克·布朗温的艺术手法是，活用油彩特色，令人视觉一新，色调鲜艳，颜色、光与影的调配十分大胆，令人明显感到作者接受过印象主义的洗礼。

这样看来，19世纪末至20世纪初的英国画坛上，弗兰克·布朗温是一个手法活跃而且很够格的画家，他广泛汲取了拉斐尔前派主义、"新艺术"运动与欧洲大陆传来的印象主义这三大流派的要素，构筑起自己独创的造型世界。夏目漱石的审美倾向也基本与此类似，他之所以对弗兰克·布朗温的艺术怀抱着"浓烈的兴趣"，缘由就在这里。

夏目漱石对"世纪末艺术"持有何种认识？现在思考这个问题时，我们拥有意味深长的资料。漱石藏书中有 The Easter Art Annual（复活节艺术年鉴）丛书，而所谓"意味深长的资料"，即指这套丛书中的画集《但

---

① H. Jackson, *The Eighteen Nineties* (London: Grant Richards, 1923), pp.277—278.

丁·加百列·罗塞蒂》。其中有解说如下:"拉斐尔前派、印象主义、'日本审美情趣',这是君临前世纪(19世纪)后半期的三大势力。"① 夏目漱石在这一段话下面画了横线。由此可见,他认认真真读了这一段文字。

在英国的世纪转换期,拉斐尔前派、印象主义与日本审美情趣这三大潮流密切互融,难以明确区分。即便到了今天,美术史家瓦伊理·萨伊伐也认为当时的这种想法十分允当。瓦伊理·萨伊伐认为:在诸如19世纪末的詹姆斯·惠斯勒、伯恩·琼斯、乔治·弗雷德里克·瓦茨等画家们的作品之中,"迟到的拉斐尔前派主义、安藤广重②、印象主义,朦胧地构成了他们作品的源泉。"③ 拉斐尔前派与印象派,尽管其目的与方法论有异,但都是"新艺术"运动的先驱④。这三者的区别极其模糊,所以,瓦伊理·萨伊伐为了将二者与"新艺术"运动关联起来,使用了"泛印象主义"(Pan-impressionism)这个概念。美国的日本文学研究者厄尔·迈纳(1926—2004)在《英美文学中的日本文学传统》(1958年)中创造了"泛印象主义"一语,瓦伊理·萨伊伐将其借用过来了⑤。

今天我们所说的"世纪末艺术",在夏目漱石的那个时代却是最新的"现代艺术"。在詹姆斯·惠斯勒一人身上,就集中体现了拉斐尔前派主义、印象主义与"日本审美情趣"。他引领了世纪末的画坛。从拉斐尔前派到印象主义、象征主义,都是亚瑟·西蒙斯的研究涉及的艺术氛围,他之所以能在世纪末批评界占据独一无二的地位,就因为他在这一领域的研究深邃缜密,反映出了其中的神髓。

毋庸讳言,考察夏目漱石与艺术的关系时,采取这种统括性的观点为

---

① H.M.M. Rossetti, *Dante Gabriel Rossetti*, p.7.
② 安藤广重(1797—1858),又名歌川广重,江户时代后期的浮世绘画家,雅号"一幽斋",代表作有《东海道五十三次》《近江八景》《江户百景》等。——译者注
③ 瓦伊理·萨伊伐:《从洛可可到立体派》,河村锭一郎译,河出书房新社,昭和43年(1968年),第257—258页。
④ 瓦伊理·萨伊伐:《从洛可可到立体派》,河村锭一郎译,河出书房新社,昭和43年(1968年),第248页。
⑤ 瓦伊理·萨伊伐:《从洛可可到立体派》,河村锭一郎译,河出书房新社,昭和43年(1968年),第258页。

宜。在这种情况下，夏目漱石的《漾虚集》可以成为恰当的考察对象。这本短篇小说集在主题与文体方面，融入了拉斐尔前派主义、"新艺术"、"日本审美情趣"、印象主义这些世纪末的中心艺术倾向，具体地展示了吻合世纪转换期这个时代的浑融美学。譬如，《薤露行》《幻影之盾》这样的作品，就体现了拉斐尔前派"近似中世纪特色的唯美主义"（瓦伊理·萨伊伐语），并用日语来实践这种美。而且如前所述，夏目漱石的《伦敦塔》或《卡莱尔博物馆》中，围绕被淡淡的光与浓雾笼罩着的伦敦进行的那种梦幻式的风景描写中，渗入了印象派开拓出来的未知的视觉体验。此外，像他的《一夜》那样的"俳句小说"中饱含"日本美"特色的浪漫主义要素。

如此这般，《漾虚集》中存在多种多样的美的实验融合，这种美也体现在装帧艺术方面。例如，关于《薤露行》中的插图，夏目漱石这样抒发感想："古雅，而且多多少少带有俳谐趣味。"① 油画家中村不折透视这幅插图的创作意图时，认为其是在"追求外光派效果"。实际上，可以说，这幅画将拉斐尔前派的题材、日本画的线条、外光派的色彩巧妙地组合为一体了。通过两个人对一幅插图的评语，我们可以窥见的是，短篇小说集《漾虚集》中，拉斐尔前派的中世纪趣味、"日本特色美学"、印象派的要素组合交融为一体了。而且如本书第三章第三节所述，桥口五叶的"新艺术"风格书籍装帧设计也好，他的拉斐尔前派艺术风格的插图也罢，可以说，都必然地添加了水灵灵的日本特色的感性，展现了富有独创性的"书籍艺术"。

不言而喻，夏目漱石丰富多彩的审美体验，起源于他的留学时代。其间，他不断地参观美术馆，执着地进行了艺术考察。这样的体验，充分意味着夏目漱石受到了名副其实的世纪末艺术的洗礼。其意义不仅在于促进了作家夏目漱石的诞生，还构成了夏目漱石的作品世界唯美想象力的源头。

---

① 夏目漱石：《夏目漱石全集》第14卷，第382页。

第四章　拉斐尔前派的想象力——女主人公的图像学

第一节　画中的女人

关于文学作品中登场的女主人公（heroine）的姿容描写，从实质上说，多与作家本人的审美理想这一关键问题相系。明治40年（1907年）4月，夏目漱石在东京美术学校发表演讲时，齿及了文艺家的审美理想，他这样说道：

> 当意欲通过作品中的人物关系来实现作者本人的审美理想时，或者会出现嗜好咏叹美人的诗人，或者会出现擅长描绘美人的画家①。

实际上，夏目漱石本人就是一个"嗜好咏叹美人的诗人"。通常情况下，人们认为夏目漱石不太擅长描述"女性"，然而，笔者认为，当夏目漱石描写作品中的女主人公姿容时，前述的评断未必精准。若硬要举例来证明管见，笔者想这样说，夏目漱石善于将女性神秘的魅力深藏于内涵深沉的表情之内，拜访夏目漱石笔下的这种"美人"们是阅读他的作品的快乐之一。

通常情况下，阐述作品中的女性形象时，往往将品议人物的性格作为

---

① 夏目漱石：《文艺的哲学基础》，载《夏目漱石全集》第11卷，第56页。

重点。这时,容易出现的倾向是,动辄与作者传记特色的事实发生关系。但是,笔者本章论述的目标,是要通过考察小说中登场的女主人公的"形象",进而观察夏目漱石文学作品中女性美的表达特点。以故,像那种一时之间令文坛热闹非凡的"寻找美人"风潮式的传记档次的议论,不是本章关注的要点。譬如,夏目漱石作品中的女主人公,纵然存在现实原型(模特),若虑及创作活动中艺术过滤器的作用,那么可以说,作品中描绘的女主人公容貌特征,未必原封不动地反映了原型女子的容貌。归根结底,研究者的论述如果摆脱了作家的审美意识特质,则很容易妨碍对作品进行纯粹的鉴赏①。

夏目漱石留学英国的日记中有这样的记述:

> 晚上,我与池田君闲聊。二人皆认为,关于"理想的美人",有各种各样的"description"(描述),遂对此进行了详细的说明……②。(《夏目漱石日记》,1901年5月20日)。

从这一篇日记中,我们可以窥见夏目漱石喜好谈论美人的一个侧面。在伦敦公寓的某一个房间内,两个日本留学生津津有味地谈论着"理想的美人",并做出"详细的说明"。然而,至于他俩谈论的具体内容,我们现在根本无法窥知。研究英语文学的夏目金之助③,或恐活用自己擅长的英语文学知识,以自己喜欢的英国诗人、小说家之一乔治·梅瑞狄斯作品中"美人的'description'"等为话题。总而言之,夏目漱石早在进入作

---

①关于艺术家与作品中的主人公的原型问题,高桥裕子在论文《画家与作品主人公的原型——关于但丁·加百列·罗塞蒂的再度考察》(季刊《赫尔墨斯》第10号,1987年3月)中,进行了有趣的考察。罗塞蒂是拉斐尔前派画家,他的贤妻伊丽莎白·西德尔曾是他的模特,因轸念1862年殂谢的妻子,罗塞蒂作了名画《贝亚塔·比特里克斯》。此画有其他模特的影子。高桥裕子着眼此事,指出了所谓"恋人模特说"的盲点。与此同时,高桥裕子又提出了新的见解:"罗塞蒂尽管拘泥于现实的模特,但他不过是活用自己理想的艺术过滤器,或者说活用自己心中理想的女性形象,来欣赏自己的作品。"
②夏目漱石:《夏目漱石全集》第13卷,第64页。
③夏目漱石的异名。——译者注

家活动之前的阶段,就开始对"美人的'description'"投注了异乎寻常的关心,这个事实值得关注。

夏目漱石在自己的内心世界里制定了关于女性的审美理想标准,这个标准是诞生"漱石式女子"的"模型"。夏目漱石作品中登场的、给读者留下深刻印象的美女们都十分相像,她们不断暗示出某种近亲关系。这一点证明,美女们分别都是从作者夏目漱石观念上的理想形象中分化出来的存在。

关于夏目漱石作品中登场的女性形象特征,人们使用了多种多样的比喻,譬如"梦幻的女人""永恒的女人""新型女人""神秘的女人"等。笔者认为,这里应该再追加一个"画中的女人"为宜。试以《漾虚集》为例,其中的短篇小说《一夜》里描写了一个"好像从画中跑出来的"浮世绘风格的美人。《伦敦塔》里的悲剧主人公简·格雷,也是夏目漱石将铭刻于自己心中的法国历史画家保罗·德拉罗什(Paul Delaroche,1797—1859)画作中的美女再现出来,以表述自己作品中女主人公之美的例子。至于《薤露行》与《幻影之盾》中的女主人公,如江藤淳所指出的那样①,竟然好像是将拉斐尔前派绘画世界里的美女原样搬来了,她们是夏目漱石作品中传说一般的美女。

如此特征并非仅仅出现在夏目漱石的初期短篇小说集之中。夏目漱石塑造的三个代表性的"新女性",全都具备"画中的女人"这一属性:《旅宿》中的志保田那美、《三四郎》中的里见美祢子,在作品中直接扮演了画中的模特;《虞美人草》中的女主人公"紫女"甲野藤尾,也是"美画"中的美女。《其后》中的菅沼三千代,"肤色白皙,云发乌黑,长脸儿,眉毛清秀",这正是夏目漱石喜欢的美人。然而,作者又附加一句"似古版浮世绘上的女人",他不忘记将女主人公设计成"画中的女人"。仅仅考察至此,我们即可一清二楚地看到,夏目漱石塑造的女主人公们与画中美女何其亲密相关。

夏目漱石塑造的美女们,与其说是描绘得栩栩如生的女子,不如说俨

---

① 江藤淳:《夏目漱石与世纪末艺术》,载《夏目漱石》,新潮社,昭和49年(1974年)。

然是裹着某种面纱的、非现实的遥远的女子。我们可以认为，如此现象也理所当然地与绘画相关，美女们来自非现实的绘画中，她们都摇曳着绘画这种审美世界的影子。

夏目漱石在《文学论》第三编"文学性内容的特质"中，列举出英国女作家乔治·艾略特（George Eliot，1819—1880）与英国男作家乔治·梅瑞狄斯的女性描写的例子，并指出：作者"纵然从头顶到脚趾都毫无遗漏地写了出来"，但作为其描写目的之"表达美人的全部印象，也难免仍颇显暧昧"，这是一大通病①。换言之②，针对以"缜密详尽的科学分解"这一形式来描写女性所产生的效果，夏目漱石明确地持否定态度。

> 特别是例如描写妇人的容貌时，叙述得越长，也就越不完整。若求强行完整化，则难以产生理想的印象。以故，诗人阐释美人时，活用恰如其分的感觉材料，或以鲜花，或以明月，或以美丽的外物来比喻美人，此谓心理学上的"投入法"。……
>
> "There was a Woman, beautiful as morning."　——Shelley, Laon and Cythna……
>
> "Morning"也好，"Day"也好，皆是极其暧昧的文字，在"明了""精致""纤细"等特点上，都不及 Keats③ 的女性描写，与之相差甚远。然而，用一个词来形容美女的整体，在这一点上，Shelley 活用了宏大的投入法④。

夏目漱石从济慈和雪莱的诗中，觅得有关"女性描写"的"投入表达法"实例。这意味着夏目漱石的女性描写观，并不仅仅因为其喜好简洁含蓄的方法，还建立在对比喻学等修辞学方面有充分理解的基础之上。下面

---

① 夏目漱石：《夏目漱石全集》第 9 卷，第 226—232 页。
② 意即"有一种女人，美若清晨"。——译者注
③ 即英国诗人约翰·济慈（John Keats，1795—1821）。——译者注
④ 夏目漱石：《夏目漱石全集》第 9 卷，第 272—273 页。

的引文如实反映了夏目漱石这种描写观。

> 我与一个四十五六岁的夫人在卖票口前排队站立着。她的肤色白皙，发型时髦，个子挺高，是个美人。我是个不擅长形容美人的人，所以，我什么也表达不出来，只是觉得她完全是个美人，觉得她好像是用香水焐暖的水晶球，握在我的手心里。（夏目漱石著《哥儿》第七章）

这里，形容登场的时髦美人时，夏目漱石选择的"恰如其分的感觉材料"，是"水晶"与"香水"。这种纯粹的表现，其背景铺展的是作者宽广深厚的文学素养，这是不争的事实。如此看来，可以这样说，《三四郎》里登场的女主人公里见美祢子，她周围飘荡的香水（heliotrope）的香气，比任何言辞都更有说服力地巧妙表现了这位时髦才媛的美貌。另外，关于《旅宿》中志保田那美的姿容，有这样的描写："其美，好似春季夜空闪闪发光的星星，天色即将破晓之际，落在浓紫色的天空下面。"（《旅宿》第六章）笔者想补充说明的是，从这样的描写手法中，可以看出夏目漱石应用了前述引文中雪莱的描写技巧。

夏目漱石不喜好写实性的描写，"我是个不擅长形容美人的人"，《哥儿》里的男主人公"哥儿"的这句话，可以看作是代替作者说的。尽管夏目漱石是一个确立了现实主义文体的作家，但是对待女性容貌的描写，他大多采取非写实性的态度。实际上，夏目漱石的女性描写给人留下的印象是，与散文的逻辑相比，他更多地活用了诗的逻辑。如前所述，作品中的女主人公，被夏目漱石有意识地塑造成"画中的女人"。他的如此用意，可以说在某种意义上，与放弃了散文逻辑的动机相关。夏目漱石描写的被淡雾笼罩着的女子们，让人有一种暧昧模糊的印象，一般认为，如此印象来自作者的描写观。

然而，这里必须注意的是，夏目漱石力避对描写的对象进行直接叙述，而是通过各种各样的精心修辞，力求表现出女性的含蓄美。关于女性的眼睛与头发等特定描写，夏目漱石常常表示出近视眼一般的态度。其中围绕女性的"乱发"之描写,尤其大放异彩。夏目漱石对描写"乱发"表示出的异常关心程度,不断引起我们的兴趣。

第二节 乱发的"新艺术美人"

以光滑下垂的浓发为自豪,乌亮的大眼睛射出梦幻一般深沉的视线,瓜子形苍白的脸,这种美人是我们经常会在夏目漱石作品中看到的女主人公亲切的肖像之一。夏目漱石描写女性姿容时反复强调的这些特征,构成了其笔下的秘密肖像,进而即构成了所谓"漱石式女子"的肖像研究(iconographie)。其中作者煞费苦心再三强调的,是一头云发恰到好处地几乎包容了女子透明苍白的脸颊。额头处的发梢蓬蓬松松地乱着,其他处的头发垂过了肩头。如此长发流露出的丰润情调,可以突出妙龄女子的官能魅力,与此同时,又将妙龄女子笼罩在某种神秘氛围之中。

《漾虚集》是夏目漱石真正表现女性美的初次尝试。在这一点上,《漾虚集》中的女性美,是其后夏目漱石作品中出现的"漱石式女子"肖像的底样。一个读者如果读过充满美丽幻想的作品集《漾虚集》,那么,他理当会发现,这里登场的克拉拉、艾莲、夏洛杜,乃至《一夜》中的女主人公梦幻式的姿容,无一不是一头蓬松的云发,夏目漱石逐个强调她们的秀发之美。譬如《一夜》中的女主人公,展示的是如下形象。

"看来成为画中的美人,真是挺不容易的。"女子说道。她不想以自己的姿容令其他二人悦目,遂将放在膝盖上的右手突然伸向身后,身体倾斜后仰着。她那长长的柔顺的青丝,沐浴着灯光,闪闪发亮,甚至能听得见秀发磨蹭新榻榻米发出的沙沙声响。(《夏目漱石全集》第2卷,第136页)

由此可见,女主人公宛如已完全成为"画中的女人"一样。如此女子的举止，宛如"喜多川歌麿吕①画中的美人"一语所形容的那样，洋溢着"浮世绘美人"的氛围。而关于"身体倾斜后仰着"这一动作，与"新艺术（art nouveau）美人"特色的绘画中美女姿势十分相似，拉斐尔前派风格的女人以展示S形姿势而令人感到亲切，而"新艺术美人"就继承了这种风格（希望人们能想起拉斐尔前派的画作、奥布里·比亚兹莱的插图、阿尔丰斯·慕夏的广告画，这些画作中的美女们，全都骄傲地展示着浓密的长发）。在某种意义上，《一夜》中"身体倾斜后仰着"的女人，带有"画中的女人"的属性也好，那长发的传统美人姿态也好，都具备《旅宿》中的女主人公志保田那美的原型特点。如此说来，志保田那美歪斜的身子、流畅迷人的视线，使她可以跻身于"新艺术美人"苗裔的行列。

> 女子的身影完美地、很快地展示在我的面前。弥漫的温泉水蒸气，含容着柔和的光线。淡红色暖融融的深处，飘动的黑发俨如云彩在流荡，女子流畅地伸直了腰。当看见如此女子的身姿时，礼仪、举止、风纪等，悉数离开了我的脑际，我只是觉得自己看出了美丽话题的神髓。（夏目漱石著《旅宿》第七章）

所谓"飘动的黑发俨如云彩在流荡"这一描述，可谓只有夏目漱石才能使用的崭新的视觉表现②。此外，夏目漱石还冥思苦索，这样描写头发：

---

① 喜多川歌麿吕（1753—1806），江户时代中期"浮世绘"画师，其画的线条优美纤细，追求女性表情美的同时，还注重细腻表达女子内涵美，开拓出"女人画"的独自画境，被称为"作美人画的第一人"，代表作有《妇女人相十品》等。——译者注
② 夏目漱石关于头发的描写，引人注目的表达有"俨如云彩在流荡""乱如云涌"等。与此类似，他还将美人头发喻为汉语的"绿云""云鬓"。不过，可以认为，夏目漱石如此描写的背景是丰富的英语文学素养在发挥作用。譬如，夏目漱石阅读的威廉·勃特勒·叶芝诗集 The Wind among the Reeds (E. Mathews, 1900) 中"The cap and bell"第7段，有这样的表达："*She laid them upon her bosom, /Under a cloud of her hair, /And her red lips sang them a love song: ...*" (Italics mine)。夏目漱石在"a cloud of her hair"下面画了一道横线。综合看来，我们可以发现，他非常关注如此特色的表达。此外，诸如"cloudy hair""cloud of hair"等表达，在基本属于同时代的诗人古拉哈姆·R. 托姆逊（*Vespertilia*）与弗朗西斯·托姆逊（*She sees the Is beyond the Seems*）的作品中也有相应的例子。

"绿发①俨然划开水波的灵龟之尾,鼓起风来,绿发随之飘动。"(《旅宿》第七章)。《旅宿》第三章里,还插入日本独特的短诗"俳句":

春の夜の雲に濡らすや洗ひ髪
(宁静春夜里,
窈窕美女洗青丝,
似被云濡湿。)

这首俳句令人想及平安朝时代画卷展示的"妖艳"之美,而浴室中"雾气朦胧,令人怀疑秀发是黑色的"之类的描写,洋溢着西洋美人画的氛围。如此这般,夏目漱石描写的女子黑发,是东西方美感交融的女性美之象征。《旅宿》中家住东京的男主人公"我"是个30岁的画家,"我"依靠这种背景,追求自己的审美理想,特意将目光集中投注于《旅宿》的女主人公志保田那美的头发上。

夏目漱石在文学创作中对"头发意象"的执着,最早流露于《漾虚集》里的短篇小说《伦敦塔》之中。

> 僧人拖着毛绒里子外翻的法衣的长长下摆,俯首将女子的手拽到了高台的一侧。女子身穿雪白的衣裳,落在肩头的金发,不时宛如云彩一样飘动着。……俄顷,女子略微歪着头,问道:"我的丈夫吉尔福德·达德利已经去天国了吗?"垂过肩头的一绺金发,轻轻地泛起了波浪。(《夏目漱石全集》第2卷,第24—25页)

夏目漱石耽溺于无限的幻想,这是鲜明浮现在他的脑际的、命途多舛

---

① "绿"的中文意思之一是"乌亮,乌黑色"。南朝梁文学家吴均(469—520)《和萧洗马子显古意之三》书云:"绿鬓愁中减,红颜啼里灭。"李贺《贝宫夫人》诗云:"长眉凝绿几千年。"辽耶律乙辛著有描写女子体臭的《十香词》,其中写道:"青丝七尺长,挽作内家装;不知眠枕上,倍觉绿云香。""绿云"比喻女子浓密乌黑的头发。——译者注

图 4-1 《简·格雷小姐的死刑》（1833年），保罗·德拉罗什作

的公主简·格雷被斩首之前的场面。她被软禁于伦敦塔内，茫然伫立着。简·格雷的秀发遮掩着"雪白的脖颈"，蓬乱摇动着，闪耀着金光。瞄准简·格雷那细长脖颈而落下的斩首斧，闪烁着锋利的光芒。与此同时，"黄金森林"里迸射出来的鲜血令人情不自禁地毛骨悚然。在描写如此凄惨情景之际，夏目漱石的视线一直执拗地盯在这位不幸美女光芒四射的金发上，这一点，不能不引起人们注目。

关于这个场面的描写，夏目漱石借鉴了法国历史画家保罗·德拉罗什的名画《简·格雷小姐的死刑》（*The Execution of Lady Jane Grey*, 1833, 参见图 4-1）。他在后记中言明了此事。根据塚本利明的考察，实际上，夏目漱石在泰特画廊鉴赏过这幅名画[①]。画面上的简·格雷，穿一身雪白的衣裳，与真人等身大，哀惨的形象在述说着悲惨物语。夏目漱石被此画

[①] 根据塚本利明缜密的考证，国家美术馆馆长向下院提交的报告书（1903年2月19日）中，说明这幅画展示的场所是"The Gallery of British Art"。由此推断，当初泰特画廊展示过此画一事，可谓一清二楚了。参见塚本利明《夏目漱石与英国》，彩流社，昭和62年（1987年），第95—97页。

深深打动了，落在自己心地的"一束"泛红的金发，引导他走进了美的感伤世界。夏目漱石的幻想或许涉及如下情景：金发如同稻草，吸干流淌的鲜血，头颅被砍掉之后，那如同稻草的金发，沾染着由脖子中流淌出来的鲜血。

《漾虚集》里的另一篇小说《幻影之盾》中，"头发意象"随处可见。

> 挂在墙壁上的盾牌正中心，是温柔的克拉拉的图像。她笑容满面，与去年惜别时的神情，毫无差异，脸颊周围是打着卷的头发……好像刚刚洗过了似的，沙啦沙啦滑动着，好像不是头发，而是无数根蛇芯在不断地震动着，摇动着，绕成了直径五寸的圆圈。银地绢丝般的纤细火苗，时现时隐，时隐时现，翻卷着漩涡，滚动着波浪。（《夏目漱石全集》第2卷，第55页）

《幻影之盾》中有这样一个场面，威廉从怀中掏出了克拉拉的头发，凝视之间，他好像为头发的咒力所驱动，视线移向挂在壁上的盾牌，看着盾牌上夜叉的头发。这里，夏目漱石的笔尖，从相互纠缠飘动的一根根发丝中间，仔细穿过，以极其写实的笔致，写出这种阴森可怕怪诞的形状。如此风格，与夏目漱石迄今为止的雅文体相比，令人觉得略有异样。将恋人的"一束头发"视为恋人的分身带在身上。就此事本身而言，"头发意象"几乎堪称是"咒物崇拜"或"物恋"的对象。

《幻影之盾》中出现的美女，与美杜莎①的头发的"魔性意象"相结合，这样一来，就必然与马利欧·珀拉茨强调的19世纪浪漫主义文学的"美杜莎之美"这一主题相系②。继《幻影之盾》之后，夏目漱石的短篇小说《薤

---

① 美杜莎（Medusa），一译"墨杜萨"，希腊神话里的怪物，本是美女，因得罪了智慧女神雅典娜，头发变成了毒蛇，形象丑陋，谁望她一眼，立即就会变成化石，后被英雄珀尔修斯杀死。——译者注

② 马利欧·珀拉茨将"美杜莎之美"视为"被染上了痛苦、腐败与死亡的色调"的"浪漫派女神"。参见马利欧·珀拉茨《肉体与死的恶魔》，仓智恒夫等译，国书刊行会，昭和61年（1986年），第53—91页。

露行》问世。在这篇作品中,漩涡翻卷一般的头发,成为更直接的道具,旨在具体表现女性杜莎之美。《薤露行》第一节《梦》中有这样的比喻:"这种黄金蛇盘绕在我的头发上,蠕动着。"正像如此比喻所示,亚瑟王的王妃格尼维尔"漩涡翻卷一般的头发",与美杜莎的"头发"意象存在相互关联性,这一点可以令人窥见美杜莎的魔性本能。亚瑟王的王妃"格尼维尔,在石头地面上跺了三次脚。搭在肩头的头发,不时泛起的波浪,滚动至二尺有余的每一绺头发的末梢"。(《薤露行》第四节"罪")"头发意象"被如此描写,发挥了象征性作用,表现了美女格尼维尔的妒心甚烈,言谈举止随心所欲,其魅力带有危险性。

如此这般通过"头发意象"来表现"莎乐美式"本能的其他例子,还可举出夏目漱石的长篇小说《虞美人草》中的女主人公甲野藤尾。譬如,《虞美人草》中有这样的描写:"藤尾的黑色秀发搭在后背上,流畅地波动着","藤尾情不自禁地让黑发泛起了波浪"(《虞美人草》第十二章)。这一类表现,必然会令我们联想到《薤露行》中格尼维尔的姿态。而且"女子的肩头后仰着,长长的头发摇动得栩栩欲活"(《虞美人草》第十二章),这种描述,与格尼维尔的类型相同,明显与美杜莎的"头发意象"相互重叠。甲野藤尾擅长"玩弄男人",拥有一头"燃烧般的青丝",她是"爱的女王",是格尼维尔的名副其实的近亲。在《虞美人草》的结尾,甲野藤尾扮演了克娄巴特拉七世[①]的亲戚这一角色。

虽然如此,夏目漱石从何处找来了像甲野藤尾这样的崭新的女性形象?他好像预想到读者将会提出这个疑问,于是提供了可以引出答案的线索,这就是作品中出现的《但丁·加百列·罗塞蒂诗集》[②]。这本诗集好像是象征性的小道具,暗示夏目漱石作品中的女主人公往返于现实与英国

[①] 克娄巴特拉七世(Kleoopatra,前69—前30),古埃及托勒密王朝末代女王(前51—前30中在位),是美女的典型,父亡后,与弟弟共同统治埃及。罗马统帅恺撒进入埃及后,助其独居王位。克娄巴特拉七世成其情人。恺撒狙谢后,克娄巴特拉七世与部将安东尼合谋。安东尼死后,据说她让毒蛇咬死自己,随夫而去。后来成为莎士比亚等文豪作品的主人公。——译者注
[②] "俯视之际,不得已,转动眼珠看罗塞蒂诗集,看了落在诗集封面的两片红花。"见《夏目漱石全集》第3卷,第72页。

中世传说的世界之间。

甲野藤尾的周围，飘荡着斯温伯恩与但丁·加百列·罗塞蒂的诗歌世界般的气氛。从甲野藤尾的象征性举动中，人们可以看到的是，她宛如故意般将自己展示给他人观看。譬如，"藤尾将胳膊肘置于小桌上，任凭宛似燃烧着的黑发接受阳光的照射，一动不动"（《虞美人草》第十二章）。甲野藤尾的这种姿势，可以说，是以罗塞蒂神秘的肉感女性肖像画①（见图4-2）为原型的。夏目漱石理当看见过罗塞蒂的这幅女性肖像画，并将其铭刻于心，因此才描绘出了《虞美人草》中这一幅带有唯心观念色彩的"插图"。

图4-2 《白日梦》（1880年），但丁·加百列·罗塞蒂作

根据他与罗塞蒂绘画的亲密关系可以推导出，夏目漱石如上女性描写的特征明显与世纪末美学有密不可分的关系。19世纪后半期，到处充满了"对美怀有的异常激情"（奥斯卡·王尔德语），这一时期诞生的最显著的艺术主题就是"美女主题"，罗塞蒂发挥了先驱者的作用。

---

① 夏目漱石在泰特画廊看过的罗塞蒂的画，从其收藏时间看，可认为有三幅，即《天使报喜》《贝阿塔·比特里克斯》《罗莎·特里普克斯》（*The Tate Gallery Collections*, Eighth ed., Tate Gallery, 1984, pp. 92—93）。不过，据夏目漱石手头的两册画集看，他可以接触更多的"罗塞蒂式女人"。举其大端，有 *Lady Lilith*（《莉莉丝夫人》）、*Monna Rosa*（《蒙娜罗莎》）、*Proserpine*（《珀尔赛福涅》）、*Blessed Damozel*（《天上的处女》）、*Day Dream*（《白日梦》）、*Astarte Syriaca*（《阿施塔特女神》）等。

特别需要指出的是，罗塞蒂描绘女性时，在表现青丝方面，总是怀有"物神崇拜"一般的激情。这一点是非常有名的事实。对此，罗塞蒂的同仁亨特做证云："罗塞蒂在作女子面目素描时，有一癖习，就是将模特的容貌变为自己喜欢的理想类型。"特别是描绘头发时，罗塞蒂往往画得要比模特的实际头发更加夸张。譬如，罗塞蒂在致自己作品的主要女模特简·莫里斯的书简中这样解释道："画你的头发与脖颈实际上是对贝亚特里齐①（实际上是亡妻伊丽莎白·西德尔）的头发与脖颈进行了'润色'。"我们由此不难窥见罗塞蒂的艺术特色②。我们从照片上看到的简·莫里斯的真实头发，要比绘画上的头发短，而且毫不凌乱，收拾得干净利索。

我们应当注意的是，如此盲目崇拜女性头发的现象，其实并非仅仅出现在罗塞蒂一人身上，而是普及世纪末艺术整个领域的特征③。波德莱尔的诗歌《头发》，是乱发的"咒物崇拜"（fetishism）的滥觞。关于这一现象的背景，菲利普·居里安做出了如下分析："乱发之美如此流行，其原因是，在女子都绾起头发戴着帽子的时代，看到如此乱发，俨如见到心无隔阂亲密相约的恋人。"④若对如此现象做进一步的扩展分析，可以说，女子的云发具有这样的机能——"俨然是系好了纽扣的衣服里边匀称的、紧当当的紧身胸衣，一副淑女形象中，传达出不冒险的、青春蓬勃的性的信息。"⑤

罗伯特·戈德华特断言："在19世纪美术中，突出表现女性秀发，是最明显的审美时尚，具有普遍性特征。头发在象征主义绘画的图像

---

① 中世纪末期意大利诗人但丁在《新生》与《神曲》中描述的理想女性与神圣女性。贝亚特里齐是但丁艺术创作的源泉。日本白桦派桢干有岛武郎，在其长篇文艺思想随笔《爱是恣意夺取》第十七章中指出："但丁从贝亚特里齐那里获取的爱，饱满充盈至极，自己一人实在独占不了，于是，将之升华为艺术品《新生》和《神曲》，把衷情吐露于心宫之外。"——译者注
② J.D.Hunt, *The Pre-Raphaelite Imagination 1840—1900*(London: Routledge & Kegan Paul, 1968), pp.180—181, 209—210.
③ 关于世纪末艺术中的"乱发主题"，可参见尹相仁的《乱发的美学——被描绘的世纪末美人形象》，《太阳》昭和62年（1987年）9月号"特集新艺术之旅"。还可参见伊藤俊治：《魔幻的头发——头发的厄洛斯与世界》，PARCO出版社，昭和62年（1987年）。
④ 菲利普·居里安：《世纪末的梦——象征派艺术》，杉本秀太郎译，白水社，1982年，第124页。
⑤ Anne Hollaner, *Seeing Through Clouths* (New York: Avon, 1980), p.73.

图 4-3 《莉莉丝夫人》（1864—1868 年），
但丁·加百列·罗塞蒂作

学领域中早有好评，在'新艺术'的图案目录中，也是被广泛应用的项目。"① 浓密的头发恰到好处地包容着苍白美丽的脸庞，如此头发，伴随着浮现妖艳笑容的嘴角（vampire's mouth）与带有催眠意味呆然出神的视线（hypnotic eyes），在世纪末艺术中"宿命的女子"图像里得到了突出的表现，说头发是整体的重要细部，绝非过言。克涅斯·克拉克在解说居斯塔夫·库尔贝的名画《美丽的爱尔兰姑娘·乔》（*Jo, la belle Irlandaise*, 1866）时，这样阐述道：

> 在 19 世纪的美术领域，长长的头发，在一定程度上变成了人们盲目崇拜的对象。这个世纪里生活在宿命中的女人们，头上那蓬蓬松松美气洋溢的一绺绺云发，是本人的装饰，又俨然是武器②。

---

① Robert Goldwater, *Symbolism*(New York: Harper & Row, 1979), p.60.
② Kenneth Clark, *Feminine Beauty* (London: Weidenfeld & Nicolson, 1980), p.141.

这里，克涅斯·克拉克所说的"武器"，好像喻指它是一种危险的"诱惑性工具"，能将男人化作官能的俘虏。若借用勃拉姆·迪克斯特拉的观点来论述上述问题，即19世纪末的诗人与画家们，"察觉到女性的一绺绺头发，作为手段，最适合用来象征性地描写女性的威胁，这种威胁如同延伸盘缠的藤蔓一样，植根于女性的内心世界里"①。因头发秘藏的魔性而很早就备受人们关注的女性，就是亚当的第一个妻子莉莉丝。但丁·加百列·罗塞蒂创作了名画《莉莉丝夫人》（*Lady Lilith*，1864—1868年，参见图4-3），画面上的莉莉丝夫人以蓬松头发的光辉为自豪，画面表现的是，陷入冷静状态中的莉莉丝夫人自我陶醉，她的丰艳肉体挥发着危险性的魅力。针对《莉莉丝夫人》描绘的"感觉性的美"的世界，斯温伯恩以比喻的形式，做出了如下解说：莉莉丝夫人宛如用长发套住了雪莱诗歌中出场的男青年，使他成为自己永远的俘虏，这就是"头发咒法的束缚"②。约翰·威廉·沃特豪斯从济慈的诗歌里获得联想，创作了名画《无情的美女》（*La Belle Dame Sans Merci*，1893，参见图4-4）。画面上的美女，长发缠住了骑士的脖颈后，又用野性的目光诱惑着骑士。魔性女子将男子化为自己的俘虏，是这幅画的显著主题。

与这种"头发咒法的束缚"主题相关联，我们可以想到的是夏目漱石的长篇小说《心》中的主人公"先生"的话："你，可知道被长长青丝拴住了的心情？"（《心》上卷第十三章）这个比喻揭示了"爱的咒法束缚"

---

① Bram Dijkstra, *Idols of Perversity: Fantasies of Feminine Evil in Fin-de-Siècle Culture* (New York: Oxford University Press, 1986), p.229.

② Algernon C. Swinburne, "Rossetti's Pictures" in Clyde K.Hyder, ed., *Swinburne as Critic*(London: Routledge & Kegan Paul, 1972), pp.131-132. 另外，斯温伯恩引用的诗歌段落如下：

    She excels

 All women in the magic of her locks;

 And when she winds them round a young man's neck

 She will not, ever set him free again.

   (P.B.Shelly "Scenes from the Faust of Goethe'ii)

此外，罗塞蒂的《生命之家》第78首十四行诗用金发缠住了男青年心脏这一形象表现莉莉丝的魔力。

图 4-4 《无情的美女》(1893年),约翰·威廉·沃特豪斯作

的特质。在上一句话的前边,有这样一句话:"然而,必须注意。因为恋爱是罪恶。"阅读此言,自然就会明白前述比喻的真意。夏目漱石在《文学论》中部分引用了济慈的作品《无情的美女》①,可以认为,针对美女危险的"爱的咒法束缚"这一主题,夏目漱石有相应的理解。关于作为诱惑的象征的"头发意象",从《三四郎》中也不难觅得具体描写。

"你稍微看一下。"美祢子小声说道。三四郎跷脚弯腰,脸靠近了画集。美祢子头发上的香水,挥发着香气。

画面上画的是人鱼。……画中女子用木梳梳着长发,用手托着尚

---

①夏目漱石:《夏目漱石全集》第9卷,第248页。

未梳到的头发,脸朝向我这边。(《三四郎》第四章)

青年男女"头相距很近,磨蹭着",出神地看着画集上的人鱼画。对如此情景,我们仅仅联想一下,就不难感觉到那种场合飘荡的是脉脉含情带有色情的气氛。而且,男子被女子头发散发的香水气息包围着,里见美祢子平素爱用"香水草的花制成的香水"(heliotrope),她头上挥发的香味就来自于此。画面上的人鱼,姿态妖艳,在梳着又长又美的头发。我们不难想象,小川三四郎凝视着画中的人鱼,其长发促动他联想到刚才自己的脑袋被里见美祢子散开的秀发磨蹭着的微妙感觉。

里见美祢子之所以自然地将小川三四郎领进了绘画的世界,可能是因为画中姿态妖艳、"脸朝向我这边"的人鱼之动作在传达着信息。人鱼那又黑又长的"头发"意象,不消说,是里见美祢子那种难以抗拒的诱惑的隐喻。于是,《心》中出现的"你,可知道被长长青丝拴住了的心情?""然而,必须注意。因为恋爱是罪恶。"这两句"先生"说的话,都回荡在小川三四郎与里见美祢子的二人世界里。美女的窃窃私语,"香水草的花制成的香水"的香味,妖艳的人鱼绘画,作为诱惑的表征的女子长发,这些要素活用到两个青年男女爱的微妙之处,卓越地营造出了世纪末的氛围。难道还会有比这些要素更多的要素吗?

在罗塞蒂与米勒看来,女性的头发既有纯粹之美,又是危险灵魂的象征[①]。正因为如此,"头发意象"反映了世纪末女性形象具备的"两义性认识",而这种"两义性认识"的主要代表是莪菲利亚与莎乐美(甚至还包括蒙娜丽莎)。"同一个人,却表现出纯洁无垢与罪孽,唯有二者形成的如此紧张状态,才是世纪末的愿望与噩梦。"[②] 可以断言,汉斯·H.霍夫斯特塔的这个见解,精准言中了世纪末艺术中"头发崇拜"的审美背景。

罗塞蒂等拉斐尔前派画家们创作出了女性美的理想形象,其后不久,

---

① Goldwater, op.cit., p.60.
② 汉斯·H. 霍夫斯特塔:《象征主义与世纪末艺术》,种村季宏译,美术出版社,昭和45年(1970年),第252页。

这种理想形象就与文学、美术领域里若干个时代的"老调套话"（cliché）结合起来了。实际上，同时代的A.王尔德、A.西蒙斯、W.B.叶芝、F.汤姆逊、L.詹森等人的作品，都对罗塞蒂那特色独具的"理想美人"的造型艺术进行了广泛的模仿[①]。

如此看来，夏目漱石与这些人相同，他呼吸着世纪转换期的伦敦之艺术空气，对拉斐尔前派的绘画情有独钟，他喜欢读罗塞蒂、莫里斯、斯温伯恩、佩特的作品，尔后未久，写出了类似《漾虚集》那样的作品集，并让"拉斐尔前派类型"的女性在作品中登场，这一切都顺理成章，毫不值得诧愕。

关于夏目漱石与拉斐尔前派的关系，笔者已经做了各种各样的阐述，这里不再重复。仅有一点还须强调一下，即拉斐尔前派艺术的最大关心对象是"女人"，女人一直是他们唯美想象力的源泉，此乃事实。以故，如果说夏目漱石受到了拉斐尔前派艺术的感化，那么，应当说唯有永远像谜一样的"女性形象主题"，才在夏目漱石从拉斐尔前派艺术家那里学来的东西当中最重要。这一点不容置疑。

第三节 拉斐尔前派的想象力

夏目漱石的女性描写特征与拉斐尔前派的美学特色的关系，可谓源远流长。夏目漱石成为作家之前，写过英文诗，他的这种英文诗作为重要资料，能够更明确地展示出夏目漱石与拉斐尔前派的关系。

> I rested my head against her heaving bosom;
> I cooled my burning forehead on her snowy breast:
> She bathed my burning forehead with the amber light

[①] Hunt, op.cit., p.60.

Of her flowing hair, flowing like dreams forlorn:
She supported my feverish head on the downy pillow
Of her soft arms, soft alabaster of serenest hue. (Italics mine)

（《夏目漱石全集》第 12 卷，第 387 页）

我的头休息于她起伏的胸波间，
我燃烧的额头，在她雪白的乳房上凉了下来。
她使我的额头凉了下来，
用她那寂梦般流动下垂的头发琥珀色的光彩。
她捧起我发热的头，
用她那色调清美似雪花石膏与柔若绒毛枕头般的臂弯。

（参考附于此处的仓井俊介的日文译诗译出）

夏目漱石写了 11 篇英文诗。他写完了有名的以"I looked at her as she looked at me：…"为开头的英文诗后，过了两天（1903 年 11 月 29 日），又写出了这一首。诗中连续出现的"胸波""雪白的乳房""流动下垂的头发""柔若绒毛枕头般的臂弯"，这些都是成熟女人水灵灵肉体的"官能意象"。如此大胆表现的"官能意象"，令读者不由自主地心生怀疑，这首诗果真出自夏目漱石之手吗？

夏目漱石那富有异质特色的英文诗的源头在何处？从他的英文文学修养中寻觅，绝非毫无意义。譬如，夏目漱石熟读过的美国诗人爱伦·坡的诗歌《为了安妮》（*For Annie*）中就存在与他的上述英文诗非常近似的艺术表达：

Bathing in many
A dream of the truth
　And the beauty of Annie——
Drowned in a bath

Of the tresses of Annie.

She tenderly kissed me,
　She fondly caressed,
　And then I fell gently
　　To sleep on her breast——
Deeply to sleep
　From the heaven of her　breast.（Italics mine）

于是，我的灵魂幸福地
休憩着，
沉浸于安妮的真实与美的
无数的梦中——
<u>深深地沉浸于</u>
<u>安妮的头发中</u>。（底线为引用者所加）

她温柔地吻了我。
满怀真情爱抚了我。
俄顷，我在她的怀里
静静地走入了梦乡
从天国一般的她的怀里
进入酣眠。
（参考附于此处的伊泽康夫的日文译诗译出）

　　一眼就可以看出，这里描述的额头埋入女子的酥胸、在女子的苗条玉腕中进入甜美的梦乡的内容与夏目漱石的"I rested my head…"这首英文诗的内容基本相同。（只是夏目漱石的英文诗里，没有出现与"酣眠"相关的直接描述，然而，第一段里的"绒毛枕头般的臂弯"这个比喻显然可与"酣眠意象"相连。)此外,两首诗在沐浴光线这个意义上使用的"bath"这个词汇的一致,让人更加强烈地感觉到二者确有关联。

夏目漱石写的上述英文诗,总共20行,"头发意象"竟然出现了六次,由此可见其出现频次之高。换言之,"头发意象"构成了这首诗的中心意象。关于女子闪闪发光的头发,这首英文诗的第一段写道:"Of her flowing hair, flowing like dreams forlorn"(她那寂梦般流动下垂的头发);第三段写道:"The three stars…/And lit her dreamy hair"(三颗星……点亮她幻般的长发);第四段写道:"Her hair forever golden; forever flowing like dreams.——"(她的头发永远金灿灿耀眼,永远流动如梦幻。)如此这般,将梦的微光归拢起来,将光环(halo)似的女子置入某种神秘的氛围之中。如此艺术手法,也与爱伦·坡与罗塞蒂的手法大致近似。

爱伦·坡是夏目漱石持续关心的少数作家之一,夏目漱石在《爱伦·坡的想象》(《英语青年》1909年1月号)这篇谈话中说道:与爱伦·坡的小说相比,自己对爱伦·坡著名诗集《大乌鸦》(*The Raven*)描述的那种"幽玄深秘"的诗歌世界,尤其心生强烈共鸣[①]。因此,夏目漱石藏有爱伦·坡诗集[②]。他很可能阅读了包括其中的《为了安妮》在内的许多诗篇。已有人指出,夏目漱石的 Dawn of Creation(《开创黎明》)等英文诗中存在的"天上的恋爱主题",与爱伦·坡的《安娜贝尔·丽》相关[③]。在此基础之上,夏目漱石的"I rested my head…"这首英文诗中之所以出现如此大胆的描写,很大可能是受到了爱伦·坡的《为了安妮》和《雷诺亚》的影响。

这种活用"头发意象"类似的表现,也出现在罗塞蒂的诗歌中:

Sweet dimness of loosened hair's downfall

---

① 夏目漱石:《夏目漱石全集》第16卷,第651页。
② *Poems of Edgar Allan Poe*: With a Biographical Sketch by N. H. Dole, (London: G.Routledge & Sons, 1987).
③ 大冈升平:《小说家夏目漱石》,筑摩书房,昭和43年(1968年),第125页。

About thy face; her sweet hands round thy head
Ingracious fostering union garlanded: ...

女子蓬乱的头发，乱抚男子脸颊的那种轻微的美感，
她温柔地、带着爱意地搂着男子的头
女子美丽的双手交叉，俨然美丽的发饰一般……
（《甜美的恋爱》，参考附于此处的冈地岭的日文译诗译出）

这是罗塞蒂的十四行组诗集《生命之屋》中的第 21 首（1870 年版为第 13 首）《甜美的恋爱》（*Love-Sweetness*）的开头。男子的头被女子双手轻搂着，他的脸埋入了女子蓬乱的头发中，沉浸于甘美的幻想。如此内容与前述的夏目漱石、爱伦·坡的诗歌内容几乎相同。由此可见，罗塞蒂的诗篇《天上的处女》（*The Blessed Damozel*），是受到爱伦·坡《大乌鸦》影响之后，才创作出来的。

夏目漱石似乎熟悉罗塞蒂与爱伦·坡的关系，知晓二人塑造的女性形象类似。夏目漱石写《文学论笔记》时，参考了《19 世纪英国浪漫主义史》。这部著作中有如下记述。

罗塞蒂喜欢爱伦·坡，确实超过喜欢华兹华斯。凯恩做证云，罗塞蒂熟读过 *Ulalume* 和 *The Raven*，而且 *The Raven* 是罗塞蒂创作《天上的处女》（*The Blessed Damozel*）的契机。……据我看来，爱伦·坡为描写人间恋人之悲伤，尽了他最大的艺术表现才能。我将其境遇颠倒过来，以表达天上恋人的热切恋慕之情。〔Henry Beers, *A History of English Romanticism in the Nineteenth Century*（New York: Henry Holt & Co,1901），pp.300–301〕

也就是说，夏目漱石在引用凯恩的《罗塞蒂回忆录》中的相关记述之同时，澄清了一个背景，即罗塞蒂的《天上的处女》是受了爱伦·坡《大

乌鸦》的启发才写出来的。

如此这般，罗塞蒂与爱伦·坡的关系，随着凯恩的《罗塞蒂回忆录》的公开出版而广为人知。到了明治时代后期，罗塞蒂的日本"粉丝"们，对罗塞蒂与爱伦·坡的艺术影响关系也有了广泛的认识。例如，岩野泡鸣在关于自己的诗歌《时间是清泉》的解释中这样写道："第三段诗是受到罗塞蒂《天上的处女》的启发。而罗塞蒂《天上的处女》受到爱伦·坡歌颂人间之恋的《大乌鸦》的启发，夺胎换骨，改成了天上之恋。"① 岩野泡鸣的这一段话，证明他对罗塞蒂与爱伦·坡的关系有明确的认识。

关于女性形象，罗塞蒂与爱伦·坡之间存在共同认识，这是确凿无疑的事实。夏目漱石很早就认识到罗塞蒂的存在价值，对他的诗歌与绘画情有独钟②。夏目漱石在《文学论》中这样写道："但丁的极乐世界是天堂（Paradise）；罗塞蒂的极乐世界应当是'天上的处女'（Blessed Damozel）居住的地方。"③ 可见夏目漱石对罗塞蒂的女性形象有某种程度的理解。

夏目漱石的英文诗，大多是"表达了对灵魂充实的梦境的憧憬，又表达了人生现实的喟叹，失去了人生憧憬，所以喟叹"④。这一喟叹特色，与诗篇《天上的处女》所代表的罗塞蒂的文学创作世界，在根基上是相通的。前边引用的罗塞蒂的诗，乍一看好像官能色彩浓烈，而实质上诗人力求表达的是对精神之爱的渴慕，因为两个人灵魂的交流，比女人温柔的爱抚更甜美。这种由官能意象形成的"灵魂结合理念"，也适用于夏目漱石的英文诗"I rested my head…"或"Dawn of Creation"。因此，夏目漱石

---

① 岩野泡鸣：《新体诗史》，明治41年（1908年），收入《岩野泡鸣全集》第14卷，国民图书出版社，大正11年（1922年），第580页。
② 夏目漱石的藏书中，有罗塞蒂的胞弟 W. M. 罗塞蒂编辑的 *The Collected Works of Dante Gabriel Rossetti*, 2 vols. (London, 1897)。绘画方面，有 Newnes Art Library 丛书中的 *Dante Gabriel Rossetti* 与 H. M. 马德克斯·罗塞蒂主编的 *The Easter Art Annual: Dante Gabriel Rossetti* (London, 1902)。书中有40余幅插图，包含了"The Blessed Damozel"（制作年代不详）。
③ 夏目漱石：《夏目漱石全集》第9卷，第123页。
④ 龟井俊介：《阅读夏目漱石的英文诗》，收入三好行雄等编《讲座夏目漱石》第5卷《夏目漱石的理智空间》，有斐阁，昭和57年（1982年）。

的《行人》中，哥哥借用乔治·梅瑞狄斯的话说道：

> 我一看到对女人的容貌感到满意的人，就很羡慕。一看到对女人的肉体感到满意的人，也很羡慕。但无论如何，我若不能抓到女人的灵呀魂呀（即所谓"精神"），则无法满足。（《行人·哥哥》第二十节）

这一段话，可谓是夏目漱石的独白，因为他对罗塞蒂的"灵魂之美"（soul's beauty）这一美的理想，共鸣萦烈。夏目漱石的《我是猫》中出现的"所谓灵的交换，通常情况下是在相思之情炽烈之时发生的现象。乍一听俨然是梦幻，纵然说是梦幻，却是比现实更确凿的梦幻。"（《夏目漱石全集》第1卷，第230页）可以说，这一段话几乎原封不动，就可以与罗塞蒂《天上的处女》的世界对接。

罗塞蒂的代表作《天上的处女》（*The Blessed Damozel*），代表了世纪末"乱发"的象征主义作品，是这类作品中的一个类型，对此，我们必须予以关注。

> To one, it is ten years of years.
> ... Yet now, here in this place.
> Surely she leaned o'er me — her hair
> Fell all about my face...
> Nothing: the Autumn-fall of leaves.
> The whole year sets apace.
>
> 是的，那已有十年之漫长，
> ……然而，如今这个地方，
> 她确实靠着我，
> 秀发蓬松垂荡。

不，那只是秋天树叶的飘落，

一年就这样神速地流走。
（《天上的处女》，参考附于此处的松浦畅的日文译诗译出）

男子躺在树下，仰面朝天，缅怀着已经辞世的天上的恋人。同样，天上的少女思念着地上的恋人，她倚着天上宫殿的栏杆，一头成熟的、小麦穗颜色的柔润金发，长长地垂落下来，但实际上，男人觉得是恋人的一蓬金发，其实就是树上落下的叶片。这里出现的"垂落到地上的女子的头发"这一意象，是象征性的艺术审美工具，它将天上与人间相距遥远的二人连接起来。

图 4-5 《乱发》封面（1900 年），藤岛武二作

罗塞蒂的这种特有的"头发象征学"（滥觞于济慈与雪莱），正如"新艺术"样式中的"头发主题"之比重所标示的那样，已经被纳入世纪末艺术范畴里美的样式。"头发象征学"诞生出独特的美的表现，譬如，与英国相距遥远、大洋此岸的日本女歌人与谢野晶子，著有"和歌"集《乱发》（1900 年，见图 4-5），其中吟咏道：

星空下罗帐内，
恋人纵情窃窃私语，
鬓发蓬乱綦欢愉。

这首"和歌"（日本诗歌）的意境，就是受到了前述《天上的处女》的引用部分之启发[①]。《乱发》是"明治浪漫主义文学"的先驱之作，在这本和歌集里，许多地方都能看到早已被人们议论过的罗塞蒂的梦幻世界。与《乱发》这本充满世纪末诗情的和歌集珠联璧合的，是该书封面设计的图案。这幅图案非常吻合和歌集的标题，对女性"头发主题"的处理极其带有"新艺术"风格[②]。

在世纪末艺术家之中，"比利时象征派"的诗人与画家们深深接受了拉斐尔前派的影响，这是一个不容忽略的艺术群体。有"比利时的莎士比亚"之誉的莫里斯·梅特林克，是"比利时象征派"的代表之一，也是世纪末戏剧界的重要角色。莫里斯·梅特林克的象征主义戏剧代表作《普莱雅斯与梅丽桑德》[③]（*Pelléas et Mélisande*，1892）第三幕第二场的内容如下：

梅丽桑德：不行啊……如果再往前走……我会掉下去的……哎哟！我的头发飘到塔下去了。……

（梅丽桑德的头发突然纷乱地落了下去，她一动不动地俯视着。头发将普莱雅斯包裹得严严实实。）

普莱雅斯：哎呀，这是什么？……是你的头发。你的头发落到我的身上了。……你的头发都落到我的身上了。梅丽桑德……你的头发都从塔上飘落下来了……你可要护住头发呀！将头发拢到嘴唇前……用双臂搂住。你的头发缠住了我的脖子……我整个晚上手都张不开了……

梅丽桑德：你别那样总拽着我的头发，松开……我要掉下去了……

[①] 本间久雄：《明治文学作家论》，早稻田大学出版部，昭和33年（1958年），第322页。
[②] 参照尹相仁：《乱发的美学——被描绘的世纪末美人形象》，《太阳》，昭和62年（1987年）9月号"特集新艺术之旅"。
[③] 内容是国王高罗在森林里邂逅了迷路的少女梅丽桑德，将她娶作皇后。梅丽桑德却爱上高罗的弟弟普莱雅斯，酿成了一场悲剧，充满神秘的宿命论思想。此剧被法国作曲家阿希尔·克劳德·德彪西（1862—1918）于1902年改编成著名歌剧。——译者注

普莱雅斯：不行呀，我哪能松手……你的头发，像你那样的头发，我从未见过……梅丽桑德……你那样的头发，就这样从高处飘落下来，而且我的胸部往上，都被你的头发包住了。……温润润的，手感颇佳。你的头发俨然是从天上飘落下来的……你的头发对我的爱，超过你爱我一千倍……

这一段是关于普莱雅斯与梅丽桑德幽会的场面描写。梅丽桑德从城塔窗口伸出手来，头也探出来了，长长的头发纷乱地落在普莱雅斯的身上。梅丽桑德的头发，营造出了艳丽的情景，宛如凭依天宫栏杆的"天上的处女"飘落下来的纷乱金发。确实，莫里斯·梅特林克的象征剧《普莱雅斯与梅丽桑德》中，出现了"你的头发俨然是从天上飘落下来的"或"头发美丽的光泽"等关于头发的表述。很显然，这些表述是有意识地借用了罗塞蒂最拿手的表达工具。

这里，最能引起笔者兴趣的是夏目漱石阅读过《普莱雅斯与梅丽桑德》的法文版原文。日本东北大学"夏目漱石文库"中，有五本莫里斯·梅特林克的著作，其中非英文版的，就是莫里斯·梅特林克的戏剧集[①]。还应该关注的是，夏目漱石在"哎呀，这是什么？……是你的头发……我哪能松手"这段普莱雅斯的台词下面，画了一道横线。夏目漱石在《普莱雅斯与梅丽桑德》中画横线的频次并不太高，共计九次，其中就有关于头发的描述。由此，我们可以知道，夏目漱石对"头发意象"何其执着。

夏目漱石在普莱雅斯的台词下面画横线，说明这条横线与一个重要事实相关。也就是说，这条横线所指示的内容连接着夏目漱石所知晓的事。具体奥秘，他心里明白。这里笔者对此事加以说明。

亨利·比尔斯的《19世纪英国浪漫主义史》（Henry A. Beers, *A History of English Romanticism in the Nineteenth Century*）是夏目漱石撰写《文学论》

[①] M.Maeterlinck, *Théâtre* Ⅱ, Calmann Lévy, 1908. 这本书收入了四个剧本，即《普莱雅斯与梅丽桑德》《阿拉丁和帕洛密德》《室内》《丁达奇尔之死》。但是，除了《普莱雅斯与梅丽桑德》，夏目漱石没有在其他剧本中做过标注。

时的主要参考书之一。此书第七章"拉斐尔前派"中，有如下我们必须关注的记述："读威廉·莫里斯的《长发公主》或《黄金之翼》等诗篇，便会想到莫里斯·梅特林克的诗集《温室》或剧本《普莱雅斯与梅丽桑德》。另外，威廉·莫里斯与莫里斯·梅特林克都受到了罗塞蒂的影响，威廉·莫里斯从'我不关心的作家群'这一栏里删去了莫里斯·梅特林克，其动机不难理解。"（《19世纪英国浪漫主义史》第326页）继这一段文字之后，又有如下内容：

> 譬如，长发公主好像是莫里斯·梅特林克作品中出现的与魔法相关的公主之一。长发公主站在塔上，头发一直垂落到地面上。她的恋人宛如登某种黄金台阶似的，抓住垂落下来的头发，朝长发公主方向攀登而上。这个场面伴随的不是自然的意象，而是艺术意象，带有拉斐尔前派的独特风格，展开的是象征主义舞台。（《19世纪英国浪漫主义史》第326—327页）

这一系列的记述表明，罗塞蒂的诗篇《天上的处女》首先使用头发将天地悬隔的恋人们连接起来的这种"头发意象"象征主义式的用法，被莫里斯·梅特林克与威廉·莫里斯继承下来了。

夏目漱石很有可能读过亨利·比尔斯的《19世纪英国浪漫主义史》中的上述段落。他之所以在《普莱雅斯与梅丽桑德》中出现罗塞蒂风格的头发描写段落下画了一道横线，是因为他准确地理解到：相关段落的描写明显受到了罗塞蒂《天上的处女》的影响。

进一步说来，亨利·比尔斯的《19世纪英国浪漫主义史》中，还有如下记述：

> 与嘴唇或脖颈柔和的曲线相对照，慵懒的姿态、神秘沉思一般的两泓秋水，给人以强烈的印象。这双眼睛表达了罗塞蒂不变的特征感觉与精神的结合。（《19世纪英国浪漫主义史》第309页）

与威廉·莫里斯或斯温伯恩的初期诗歌里描述的头发相同，罗塞蒂的画作《潘多拉的盒子》与《珀尔赛福涅》中画的头发也都是卷发，带有波浪弯，左右纷披。如此表现，是被罗塞蒂进行了某种夸张的结晶。（《19世纪英国浪漫主义史》第309页）

夏目漱石恐怕通过如此一些记述，对发端于罗塞蒂的、对头发进行夸张的形象表现，有了更深一层的理解。与此同时，我们还可以认为，夏目漱石因此确认了拉斐尔前派关于女性描写方面的一些"惯用手法"的实质。

19世纪是比任何一个时代都分外关注女性头发的时代。之所以如此，拉斐尔前派发挥了举足轻重的作用。拉斐尔前派的成员们，为了表现崭新的女性形象，开创了别具特色的艺术意象。而后不久，"拉斐尔前派风格的头发"（Pre-Raphaelite hair）升华为世纪末艺术的一个"现象"。夏目漱石的女性描写中突出表现的"头发意象"，相当多的部分来源于拉斐尔前派艺术，由此，我们可以窥见夏目漱石心中培育出的想象力。更具体地说来，即从夏目漱石的想象力之中，我们可以从一个侧面窥见他那具有拉斐尔前派特色的想象力。

第四节　另一个"莪菲利亚幻想"

夏目漱石《梦十夜》中的"第一夜"，尽管是简短的小品，却包含着带有暗示性的信息，与夏目漱石创作的女性形象之本质密切相关。譬如，"第一夜"中有如下表述。

> 我做了这样一个梦。
> 我抱臂坐在枕头旁边，看见一个女子仰卧着，静静地对我说："我就要死了。"女子长长的头发平铺在枕头上，上面是轮廓柔和的一张

瓜子脸。雪白的脸颊下面，恰到好处地泛出温润的血色。不消说，嘴唇之色是红润的。(《夏目漱石全集》第 8 卷，第 32 页)

对这一篇作品，通常的评价似乎可以归纳为"浪漫的恋爱抒情诗"。诚然，百合花、珍珠贝、星星、坟墓等，都是异常浪漫的小道具。地上与天上，如此二元论特色的结构，悠长的时空感觉等，确实近似于英国诗人、版画家威廉·布莱克（William Blake，1757—1827）悠远的诗歌世界。然而，更显得有趣的是，某种西洋妖精故事（fairy tale）的情节结构，将《梦十夜》中的"第一夜"构筑成一方美丽的幻想（fantasy）世界。带着美丽姿相辞世百年后，女子转生为一朵百合花。如果说这个女子是现形于亦真亦幻世界里的妖精，那么，见到了女子临终形象、因翘盼重逢此女子而守墓百年的男子，几乎彻底成了"妖精物语"里的主人公。

这一对男女之间虽没有进行过特别和睦的会话，但仰卧的女子与坐在枕边的男子相看两不厌的构图已经能够酿造出浪漫情趣了。而且以这样"由上而下窥视"的角度观察女子，那女子的脸给人的感觉，自然与夏目漱石的其他女性描写有异。

一片黑发构成的"绒毯"上，凸现着雪白的"轮廓柔和的一张瓜子脸"，飘荡着难以接近的神秘感。白皙美女黑发平铺在枕头上，这个形象令人不由联想到《万叶集》[①] 第十七卷第 3962 首和歌的内容：

入夕床席拂，
反折衣袖宿。
盼到梦中会，
徒叹黑发敷。（赵乐甡译）

[①] 奈良时代的和歌集，共 20 卷，收入和歌 4516 首。一般认为由大伴家持归纳成集。《万叶集》广泛真实地反映了日本社会生活的方方面面，有"日本的《诗经》"之誉。——译者注

这首和歌与日本传统的审美感觉密切相关,此乃不容置疑的事实。关于这一点,芳贺彻评价道:"'第一夜'的梦,'长长的头发平铺在枕头上','仰卧'着的女子,不言而喻,如此描写是以芜村和与谢野晶子以来的恋爱幻想为基础的。在此基础之上,作者夏目漱石脑子里,难以消失的拉斐尔前派的 damozel 或 maiden(少女)们的形象,也从彼岸向夏目漱石飘来了诱惑。"[1] 芳贺彻指出,《梦十夜》中"第一夜"里的女性描写,除了洋溢着日本传统女性美的气息,拉斐尔前派特色的神秘少女们的形象也渗透其中。

如上所述,夏目漱石将东西方审美理想巧妙地融为一体,形成了他的独特美学,并将其融入了《梦十夜》里的"第一夜"关于女性的描写之中。以下引用部分是探索夏目漱石如此美学思想的珍贵线索。

> 艾莲的尸体在所有尸体之中显得最美丽。清澄的脸颊,埋在蓬乱如云的金发中,宛如嫣然含笑。……痛苦、忧愁、怨恨、愤怒——世间这些令人感到不快的感觉,毫无痕迹。艾莲不像是一个归土之人[2]。(夏目漱石著《薤露行》之五《小舟》)

《薤露行》之五《小舟》中,有这样一个场面:一叶小舟载着艾莲的尸体,划到了卡米洛特(Camelot)[3] 的水门,城里的男女们聚拢而来,俯望小舟。一般认为,夏目漱石是参考了英国诗人阿尔弗雷德·丁尼生(1809—1892)的诗《兰斯罗特与艾莲》[4],写出了这个场面。

In her right hand the lily, in her left

---

[1] 芳贺彻:《乱发的谱系——与谢芜村、与谢野晶子与"新艺术"》,载《乱发的谱系》,美术公论社,昭和56年(1981年),第32页。
[2] 夏目漱石:《夏目漱石全集》第2卷,第174页。
[3] 传说中的亚瑟王的宫殿所在地。——译者注
[4] 江藤淳:《亚瑟王的传说》,东京大学出版会,昭和50年(1975年),第222—254页。

The letter — all her bright hair streaming down —
And all the coverlid was cloth of gold
Drawn to her waist, and she herself in white
All but her face, and that clear-featured face
Was lovely, for she did not seem as dead,
But fast asleep, and lay as tho' she smiled.

她右手握着百合花,左手握着锦笺——金发如流水落下——
棺内罩单一片金黄,盖到少女的胸膛
少女身穿纯白的衣裳,
但是她的脸,那青春的面庞,
美得可爱,她似乎进入酣眠,
她不像已死,却像微笑浮于脸上。

（参考附于此处的江藤淳的日文译诗译出）

两篇作品对照一看,我们可以完全明白的是,夏目漱石描写这个场面时,参照了阿尔弗雷德·丁尼生的原作,并对原作进行了相当程度的加工。特别应该注目的是,原作中的"金发如流水落下"（all her bright hair streaming down）,在夏目漱石的《薤露行》之五《小舟》中,变成了"清澄的脸颊埋在蓬乱如云的金发中……"夏目漱石发挥自己的诗化想象力,营造出更加艳丽的情景。

顺便说来,《薤露行》之五《小舟》里的艾莲遗书中这样写道："黑发像春季原野阳气一般蒸腾,长长的蓬乱的黑发将变成泥土。"这一段话,绝非出自阿尔弗雷德·丁尼生的原作,而百分之百是夏目漱石的独创,从而如实表明了夏目漱石对"头发意象"的执着程度。夏目漱石与阿尔弗雷德·丁尼生的如此文学影响关系,令人油然想到罗塞蒂翻译意大利中世诗人普利耶基《献给登仙恋人的诗集》之际,添上了一句意大利原文中没有的诗句——"她那柔润下垂的头发"（the soft fall her hair）[①]。夏目漱石与罗塞蒂在感受性方面有着亲缘关系，这种要素已经渗透至夏目漱石文学作品细部表现的具体手法之中。如此看来，悲恋的少女艾莲与《梦十夜》里"第一夜"的女子之间，明显存在许多共同要素，这绝非偶然的暗合。其根据有以下两点。第一，《梦十夜》里"第一夜"中的女子仰卧着，男子由上而下俯视美女的姿容，这个视角的描写就是一个证明。第二，给恋人留下遗言（《蓢露行》之五《小舟》中的艾莲留的是遗书）后，撒手人寰，苍白的脸庞埋在长发的漩涡里，夏目漱石的这一设定与罗塞蒂完全一致。《梦十夜》里"第一夜"中的女子，从坟墓里伸出一朵百合花，"百合花意象"可谓是溘逝女子的化身。这一点又必然令人联想到阿尔弗雷德·丁尼生的诗歌《兰斯罗特与艾莲》的第1328—1334行。这一段的内容是，遵从亚瑟王的旨意，艾莲的坟墓上雕刻着百合花[②]（实际上，是塑起一座艾莲雕像，她的手里拿着百合花）。此外，《梦十夜》里"第一夜"中的"珍珠贝印象"，并非不可认定是阿尔弗雷德·丁尼生《兰斯罗特与艾莲》中"珍珠主题"[③]的变形。

凡此种种，综合考虑，恰如前已指出的那样，"第一夜"的内容与罗塞蒂的诗篇《天上的处女》相关。此外，还有一种极大的可能性是，夏目漱石通过英国散文作家托马斯·马洛礼[④]（1395—1471）与阿尔弗雷德·丁尼生，接触到亚瑟王传说中的"阿斯托拉脱的百合姑娘"（the lily maid

---

[①] Hunt, op.cit., p.182.
[②] 相关描述的原文如下：
  Then Arthur spake among them, Let her tomb
  Be costly, and her image thereupon,
  And let the shield of Lancelot at her feet
  Be carven, and her lily in her hand.
   (Tennyson, *Lancelot and Elaine*, 1328—1332.)（Italics mine）
[③] "红袖绣上珍珠"（"A red sleeve/Broider'd with peals"，《兰斯罗特与艾莲》）。关于《兰斯罗特与艾莲》中的"珍珠主题"详细内容，可参见江藤淳：《亚瑟王的传说》，东京大学出版会，昭和50年（1975年），第240、252—253页。
[④]《亚瑟王之死》的作者。托马斯·马洛礼的作品，为后代的文学创作提供了重要的素材源，斯宾塞的《仙后》与丁尼生的《国王叙事诗》均取材于《亚瑟王之死》。——译者注

of Astolat）——艾莲，进而将她活用于创作之中。

另外，罗塞蒂的爱妻，名曰"伊丽莎白·西德尔"。1862年爱妻溘然逝世后，罗塞蒂将自己珍贵的诗稿埋入亡妻金发中，然后才埋葬了她。罗塞蒂还能从"波浪般翻滚的黑发中，凸现出女子白净的脸庞"这样的画面中，发现无与伦比的美。与金发相比，罗塞蒂更喜欢将其画作中的女人头发画成红褐色。如此审美倾向，源自罗塞蒂的审美感受性。他认为"头发与苍白的脸颊，可以形成明显的色彩反差"[1]，以故，对红褐色情有独钟。

夏目漱石的《薤露行》或《梦十夜》中，具体展现的美女之死与"乱发"的图像解释学，并不仅仅局限于如上范围，还广泛渗透于其他方面。

> 不变的是黑发。将紫色带子扯下扔掉了。将所有的头发乱铺于枕头上。……乱发落在雪白的布单上，与带衣袖的棉睡衣领口天鹅绒相连。天鹅绒领口上，凸显着仰卧的面容。（夏目漱石著《虞美人草》第十九章）

这是关于《虞美人草》中的女主人公甲野藤尾遗体状态的描写。可以看出，如此描写在构图方面，与《梦十夜》里"第一夜"中的女子或《薤露行》之五《小舟》中的艾莲是相似相通的。读如下这一段引文，我们可以明白的是，夏目漱石通过强调落在雪白布单上的黑发，以突出辞世后躺在白布单上的甲野藤尾脸色之苍白。"一切都很美。在美的东西中，凸现的人脸也很美。傲慢的眼睛永远地闭上了。闭上了傲慢的眼睛的藤尾，眉毛、额头、黑发，像天女一样美丽。"（《虞美人草》第十九章）甲野藤尾被描写成像格尼维尔那样带有莎乐美性情的女人。面对甲野藤尾静静瞑目的遗体，作者夏目漱石不厌其烦地连续使用了一个形容词——"美"。

夏目漱石细致入微地描写雪白布单覆盖着的遗体，称其为"像天女一样美丽"。这时的作者脑子里，甲野藤尾的遗体与《薤露行》之五《小舟》

---

[1] Hunt, op.cit., p.182.

中的纯洁少女艾莲的遗体映像必定是重叠的。事实上，夏目漱石还预备了另一个这样的设计方案——借用了莪菲利亚①的"水葬主题"，让甲野藤尾遗体漂浮在水面上。根据海野弘的观点，甲野藤尾遗体背后倒立着酒井抱一②画的银屏风图，这是夏目漱石"煞费苦心"的艺术用意所在，以银屏风图表示水面，归根结底，甲野藤尾好似被屏风上的各种花包围着，漂浮在水面上。换言之，夏目漱石的如此设定，是对英国画家约翰·埃弗里特·米莱（John Everett Millais，1829—1896）的《莪菲利亚》进行借用与改造的结晶，是"改编的作品"。海野弘的这个观点③，富于暗示性与启发性。

莪菲利亚被恋人抛弃后选择了投水而死。无须再度强调，莪菲利亚与艾莲血缘相系，走的是同一条死路。如此这般，在作品结尾，夏目漱石令格尼维尔、莪菲利亚、艾莲三人的身影重合。这般构思反映了作者对女性持有的复杂认识。

夏目漱石将《虞美人草》中对甲野藤尾的处理方式又重复使用到《旅宿》中的女主人公志保田那美身上。志保田那美的"莎乐美式性情"之浓烈，绝不亚于甲野藤尾。志保田那美作为一个女人，那谜一样莫名其妙的表情里，密藏着蒙娜丽莎的"邪恶"。夏目漱石熟谙志保田那美的本性，却执拗地让她与"沦为牺牲品的少女"莪菲利亚的形象互相重叠，他心里一清二楚：如此安排是失衡的，志保田那美与莪菲利亚并不般配。

> 那样毕竟可以成为画作。漂浮在水面上，或者沉入水中，或者时沉时浮，以那种姿态自由流动的形象，必然是美的。（《旅宿》第七章）

泡在温泉里的男主人公、画家"我"，以画家约翰·埃弗里特·米莱

---

①莎士比亚《哈姆雷特》中的登场人物，御前大臣波乐纽斯的女儿，哈姆雷特的恋人。——译者注
②酒井抱一（1761—1828），江户时代后期画家，姬路城主酒井忠一的弟弟，推崇尾形光琳，画风纤细，富于抒情性，情系植物美学，代表作有推崇植物美学的《夏秋草图屏风》等。——译者注
③海野弘：《日本的"新艺术"备忘录》，载《都市风景的发现》，求龙堂，昭和57年（1982年），第214—216页。

的名画《莪菲利亚》为底本，以志保田那美为模特，展开了美的幻想。我们完全可以认为，莪菲利亚"以那种姿态自由流动的形象，必然是美的"，《旅宿》中的这种表述的文脉自有传承，这种表述与夏目漱石对流动于河面上的艾莲说"美"、对辞世的甲野藤尾说"美"的心理一脉相承。

约翰·埃弗里特·米莱的名画《莪菲利亚》（Ophelia，1852）在世纪末艺术中昭示的意义是：第一，此画以让人进入水中的这种甘美的诱惑，摇撼了世纪末颓废文士们具有水性特色的灵魂；第二，以被理想化了的自然为背景画出来的莪菲莉娅，姿态优美，带有神秘性，从如此姿态中，可以发现曾经刺激过男性的带施虐狂倾向（sadistic）的性欲。从这个意义上说，菲利普·居里安的如下观点可谓深中肯綮，即"如果说蒙娜丽莎是受虐狂（masochist）的梦，那么，'莪菲利亚们'就是施虐狂（sadist）的幻觉"①。

仰卧漂浮在水面上的莪菲利亚遗体之美②，表现在随水飘荡的长长头发中凸显一张苍白的脸颊。莪菲利亚的脸，表情暧昧，难以断定这位女子究竟是死人还是活人，因而必然会唤起观者的幻想。爱伦·坡这样说过："毫无疑问，美女之死是世界上最佳的诗歌题材。"（爱伦·坡著《诗歌的哲学》）此论为世纪末艺术中的"美女之死"与"美女安眠"的未来构想提供了端绪。爱伦·坡还这样写道："一切'美的东西'终究都会安眠！——看吧，那儿躺着爱琳，一切'美的东西'与她的命运同步！……我所爱的人，她已经安眠！啊，她在安眠，不会醒来了，只会睡得更深沉。"（爱伦·坡著《睡美人》）

美女之死与美女安眠，这一主题在维多利亚时代（1837—1901）的文艺中达到了顶峰。罗塞蒂怀念亡妻伊丽莎白·西德尔，创作了名画《贝阿

---

①菲利普·居里安：《世纪末的梦——象征派艺术》，杉本秀太郎译，白水社，昭和57年（1982年），第49页。
②莎士比亚的原作中，莪菲利亚衣服舒展于水面上，像人鱼一般漂浮着。有人指出，将这般形象再现于画面时，应当将莪菲利亚的身体翻转过来，仰面朝上为宜。这一点是约翰·埃弗里特·米莱的意义深远的创意。参见 David Masson, "Pre-Raphaelitism in Art and Literature", in James Sambrook ed., *Pre-Raphaelitism*(Chicago: University of Chicago Press, 1974), p.89。

图4-6 《贝阿塔·比特里克斯》(1864—1870年),但丁·加百列·罗塞蒂作

塔·比特里克斯》(*Beata Beatrix*,1864—1870,见图4-6),这幅画就是当时受到交口称誉的"尸体美女肖像"的典型代表。画面上,"死亡的使者"——红鸽,朝美女展翅飞来,嘴里叼着罂粟花(罂粟花被视为安眠的象征)。罗塞蒂通过罂粟花来暗示静静闭目沉浸于梦幻的美女已经进入了永眠。此外,约翰·埃弗里特·米莱的名画《莪菲利亚》、阿尔弗雷德·丁尼生的《夏洛特小姐》等,堪称是维多利亚时代诞生的、描绘俨然安眠似的美女尸体的神圣画像。

如此这般,对美女安眠产生的审美感应不久后便与维多利亚时代艺术中的"睡美人"(the Sleeping Beauty)主题发生了关联。伯恩·琼斯迷上了17世纪法国作家夏尔·佩罗[①](Charles Perrault,1628—1703)的散文

---

① 17世纪法国文坛上的革新派领袖,他的童话集《鹅妈妈的故事》(1697年)十分有名。其中收入了《灰姑娘》《小拇指》《小红帽》《蓝胡子》等作品。——译者注

图4-7 《睡美人》（1871—1873年，选自系列绘画《荆棘美人》），伯恩·琼斯作

童话《睡美人》，创作了系列绘画《荆棘美人》（1871—1873年），画家伯恩·琼斯成了"睡美人"的俘虏之一。他的系列创作中的第三幅画是《睡美人》（*The Sleeping Princess*，见图4-7）。画面以被幻想化了的繁茂荆棘林这一自然景观为背景，一身白装的美女进入了永眠。从这位酣眠的美女文静的姿态中，我们可以窥见当时男性社会唯美想象力之一斑。

当然，夏目漱石游学伦敦时，不仅通过文学作品或绘画，还借助其他各种形式，接触到维多利亚时代的"睡美人"们。

> 明治34年（1901年）3月7日，星期四
>
> 夜里，与田中先生联袂去特鲁里街皇家剧院（Drury Lane Theatre），看《睡美人》（*Sleeping Beauty*）。这是自去年圣诞节在演哑剧（pantomime）时开始流行的，颇为有名。其规模之大，装饰之美……服装之美，实在是用笔与纸难以尽述，诚可谓是"天上景象"或"极乐世界的模样"，或者说，比画的龙宫还要壮观十倍许。……令人觉得原样表现了济慈（Keats）与雪莱（Shelley）描写的诗境，实甚销魂之至。有生以来首次观看了如此华美的戏剧艺术。（《夏目

漱石全集》第13卷，第46页）

这是夏目漱石留学期间明治34年的日记内容。他观看了根据夏尔·佩罗原作演出的哑剧①，略带兴奋地记下了当时的感动。正如"天上""极乐世界""龙宫"之类的比喻所示，在夏目漱石看来，"睡美人"的世界与人们憧憬华美的桃源仙境的心理相连。前已述及，夏目漱石曾经说过："罗塞蒂（Rossetti）的极乐世界，应当是'天上的处女'（Blessed Damozel）居住的地方。"归根结底，坐落于夏目漱石唯美想象力领域内的"桃源仙境主题"，与"神秘的女性意象"紧密相系。

《旅宿》中的男主人公、画家"我""桃源仙境之旅"期间，于亦真亦幻的情境中，遇到了突然出现的谜一样的女子志保田那美。至于《旅宿》中的如下一段文字——"我又这样想到，美人美丽地酣眠着，无暇由酣眠中醒来，在幻觉中驾鹤西游之际，枕边看护病人的我们，是多么痛苦啊"（《旅宿》第六章），以及渗透入这一段文字中的审美感受性，显然近似于《梦十夜》里"第一夜"的世界与前述爱伦·坡《睡美人》的世界之风格。《旅宿》中的主人公画家"我"，仔细观察着女主人公志保田那美，画家"我"的眼睛时常伴随着与"睡美人"或莪菲利亚相关的幻想。

《旅宿》第十章结合如上特点，有的描写给人留下了深刻印象。主人公"我"正在面对映在"镜之池"水面的断崖、岩块与苍松，聚精会神地进行写生时，断崖之巅倏然出现了志保田那美的身姿。"'我'的视线俨如钉子似的，紧紧地盯着女子苍白的脸，不再旁观他物。女子最大限度地伸直柔韧的细腰，站在高高的断崖上，一动不动。这一刹那！……"脸色苍白的志保田那美，以妖艳的姿态站在断崖之巅，正如芳贺彻早已强调的那样，对这一个镜头的描写存在运用"维纳斯的山丘主题"的倾向，而"维纳斯的山丘主题"被频繁使用于世纪末艺术之中。夏目漱石在塑

---

① 夏目漱石观看的哑剧很有可能是法国剧作家 Eugène Scribe 创作的梦幻剧（féerie）《林中睡美人》（*La belle au bois dormant*, 全3卷）。《林中睡美人》是芭蕾哑剧（Ballet-pantomime），1829年4月27日于 Théâtre de l'Opéra 首演。

造《三四郎》中的女主人公里见美祢子时,使用了与描写志保田那美相同的构图①。

这里,夏目漱石巧妙地重叠使用了另一个设定,这就是站在水湄断崖上的志保田那美的身姿,必然会映在"镜之池"的水面上,这样一来,漂浮在水面上的影子就等于志保田那美本人漂在水面上。我们不难想象,夏目漱石如此设定的根据就是映入画家"我"的眼帘的一幅画像——《莪菲利亚》。于是,山丘(断崖)上的维纳斯形象似乎就是莪菲利亚,进而意味着一个非常奇妙的构图就在这样的场面中卓越地完成了。总而言之,这个场面明确地、象征性地表明:夏目漱石围绕女性展开的想象力与世纪末颓废派文士相同。换言之,夏目漱石的想象力在相反的两个女性形象("宿命的女性"形象,这是值得男人付出生命的女性形象;成为男人牺牲品的女性形象)之间摇来摆去。

视觉艺术在夏目漱石的女性形象"造型"方面占据了很大比重。夏目漱石对乔治·梅瑞狄斯那样写实性的具体描写之效用心怀疑问。邂逅拉斐尔前派绘画中的美女们,对他的女性描写艺术产生了非常积极的影响,这是铁定无疑的事实。夏目漱石在描写作品中女主人公们的时候,反复运用的独特象征与象征性美人的形象图像学十分吻合,我们不难从中窥见夏目漱石的精神内景,乃至其带有世纪末特色的想象力。

"无所畏惧的女人"与"有所畏惧的男人"这两个概念是夏目漱石思考"女人"意义之际的两个关键词。他的作品中登场的女主人公与作者之间好似存在着能产生一定的紧张感的距离。在这种紧张关系中,男人暗暗萌生出一种愿望:将女人设定为横卧着的"睡美人"般被动的存在。悦目慰心的"睡美人"们,刺激着男人主动的愿望,在"有所畏惧"的夏目漱石的无意识之中,"睡美人"们被升华为理想化的女性群体(femininity)。

毋庸置疑,夏目漱石的小说中存在着一种愿望——逃离"无所畏惧的

---

①芳贺彻:《绘画的领域——近代日本比较文化史研究》,朝日新闻社,昭和59年(1984年),第374—380页。

女人"①。尽管如此,他却总也无法远离女人。"非理性的体验——进步的资产阶级文明的某些侧面存在压抑人的生命之弊。女人是诗化的存在,他能将男人引入生命自由的领域。"② 笔者认为,这个观点也适用于解释夏目漱石小说中登场的男主人公们。夏目漱石对近代文明心怀厌嫌,在他看来,表情深厚的美女主人公们永远是充满谜团一样的存在。她们走出"绘画"这个美的理想世界,将人的存在引入诗的领域。这些斯芬克斯(Sphinx)③一般的姑娘们,在质问着人生本身具备的价值。

---

① 玉井敬之:《夏目漱石论》,樱枫社,昭和 51 年(1976 年),第 157 页。
② C. 邓肯:《男子气与男性优越地位》,载 N. 布尔德等:《美术与妇女解放论》,坂上桂子译,PARCO 出版社,昭和 63 年(1988 年),第 209 页。
③ 意思之一,是狮身人面像;意思之二,指希腊神话中带翅翼的狮身女怪。传说她经常令路人猜谜,猜不着,即杀之。后来,谜底被俄狄浦斯(Oidipūs)道破,斯芬克斯自杀了。现在多用于隐喻"谜"一样的人物。——译者注

第五章　世纪末的感受性——水底幻想

第一节　世纪末特色的"围绕水的想象力"

> 我发觉，稍有些艺术家精神的人，无论是谁，接触了大麻之后，都会觉得水具有惊人的魅力。流淌的水，喷水，不协调地跌落下来的瀑布，茫无际涯的大海之蓝色，在你的精神深处翻滚，安眠，歌唱。将处于这种精神状态的一个男子置于透明的水域之湄，或许不太好。因为或恐会像故事诗里的渔夫那样，被"水波之妖"拽入水中[①]。

这段引文出自夏尔·皮埃尔·波德莱尔的散文诗集《人为的天堂》，以比喻因吸毒而进入陶醉时，精神状态好似浸入了水中。可以说，浸入19世纪末颓废文士们心中的"围绕水的想象力"的源头就在这里。譬如，法国小说家若利斯·卡尔·于斯曼著《逆流》中的主人公德艾散特，将自己隐居的地方建造成一座巨大的水族馆，自己俨然住在海底，享受着海底一般的幻想之乐。像这样的水中世界的幻想，并不仅仅出现在于斯曼的作品中，而是当时的文学家与美术家面对的重要主题之一。SF小说的先驱儒勒·凡尔纳（Jules Verne，1828—1905）所著的科学幻想和冒险小说《海底两万里》（1870年），披露了海底这个未知的世界，可谓是强烈刺激

---

① 《波德莱尔全集》第5卷，阿部良雄译，筑摩书房，平成元年（1989年），第25页。

图 5-1 《莪菲利亚》(1851—1852 年),约翰·艾弗雷特·米莱作

人们对水中世界怀有好奇心的先驱性作品。继之,居斯塔夫·福楼拜的《圣·安东的诱惑》(1874 年)的结尾部分展现了一个分不清是动物还是植物的变形水中生物世界,立即成为当时的主要话题。另外,也还是在那个时代,爱伦·坡、阿尔弗雷德·丁尼生、斯温伯恩、莫里斯·梅特林克、罗登巴赫等人的诗歌世界里,开始频繁出现唯美的、幻想的空间——"水底主题"。

文艺中的"围绕水的想象力",与拉斐尔前派成员之一的约翰·艾佛雷特·米莱密切相关。他的名画《莪菲利亚》(1851—1852 年,见图 5-1)是其重要源头。他以理想化的自然为背景,以细腻的笔致,画出了落水而亡的莪菲利亚美丽的遗体。此画中出现了"水与女人",展示了"水与美丽的死"的图像学,将世纪末颓废文士们引进了水底的幻想世界。

> 莪菲利亚的头发漂在灰色水面上,
> 浓密乱发中,情思秘藏。

包住她的躯体浸入水中的蓬乱之物，

是曝晒的亚麻，还是莪菲利亚的秀发长长？

（罗登巴赫著《莪菲利亚》）

赞美莪菲利亚落水而亡的诗人，并非仅有"水乡诗人"罗登巴赫一人。同时代的阿瑟·兰波、保尔·魏尔兰、让·罗兰，也是憧憬与莪菲利亚一同溺水而亡的诗人。

世纪末艺术中出现的"水底主题"，纵然在世纪末艺术研究者中间，几乎也一直未能受到应有的重视，近年来终于开始受到关注。让·皮耶鲁在《颓废倾向的想象力》（1977年）中认为，破译法国世纪末文艺时，不可忽略的主题就是"水中世界的梦想"。让·皮耶鲁认为，世纪末颓废特色的想象力，在"水中世界的梦想"这个主题中达到了顶峰，于是，许多世纪末诗人与作家都喜好表现海底风景。针对如此文艺风潮的背景，让·皮耶鲁试做了说明。

水中世界里悉数具备构成世纪末文艺基本意象的四种自然物质——水、宝石、矿物、植物，因而酿造出了属于世纪末文艺强项的形形色色丰富多彩的"变形梦想"。水底生物界包容了藻类植物与贝类、游鱼等种类纷繁的动植物，尤其还是"奇异生物"聚集的地方。所谓"奇异生物"，即指"难以界定它究竟是动物还是植物"的那种生物。总而言之，水中世界充满了刺激世纪末想象力的各种要素。此外，水中世界令一切存在物沐浴着独特的光，这种光在照射一切存在物之同时，也使之变得朦胧起来。这也就是说，辉煌的水下世界发出的光，令水下世界里的一切存在物都呈现出带有梦想的状态。由这个观点展开思考，可以说，颓废意识看待的水中世界，是铺展于"梦幻"这个内心世界里的自然界[①]。

以上是让·皮耶鲁的理论梗概，但这样的说明或许尚不够充分。以故，这里，笔者对让·皮耶鲁的理论再做些补充，进行更进一步的探讨。

[①]让·皮耶鲁：《颓废倾向的想象力》，渡边义爱译，白水社，昭和62年（1887年），第342—343页。

"颓废倾向"这个概念堪称是世纪末文艺的"暗语","颓废倾向"的原本内涵意味着"下降"与"衰落"。无论是作为世纪末前期的浪漫主义,还是世纪末的颓废主义,在拒绝现实与逃避现实这一方面展示的基本姿态大致相同,但在艺术表现方面呈现出相反的情况,这令人感到饶有趣味。世纪末颓废文士们的视线,起初仰望浪漫主义者们居住的苍穹,转而又将视线投向地下(坟墓)或水底世界,此乃19世纪文艺发展史的自然推移。在这个意义上,波德莱尔在诗篇《人与海》中,对人的精神做出这样的比喻——"人的精神是不次于海洋的苦涩深渊",这一比喻具有象征性意义。

　　在此基础上,从19世纪中叶开始出现的重要现象是,对神话与传说的发掘与研究日趋活跃。其结果是,漫长岁月里沉睡于海底的宁芙①(Nymphē)、塞壬②(Seirēn)、涡堤孩③(Undine)和人鱼们,从酣眠中苏醒过来,以其妖冶的姿态,再度诱惑男人们,将男人们诱入海底之国。正如勃拉姆·迪克斯特拉所说的那样,"19世纪末的艺术家从事灵魂领域的研究,他们直面的非常急迫的课题,就是研究'塞壬'与人鱼(mermaid)"④。毋庸置疑,宁芙等女人们,堪称是整个世纪末文艺时期形象鲜明的"宿命女人"的原型,"宿命女人"时常现身于水涯,大致起源于这一时期。以下的论述,对了解世纪末与水和女人的关系具有很好的参考价值。

　　　　世纪末里出现的"死美人",与其说靠近莎士比亚的嗜好,不如

---

① 希腊神话中的女神,是水泽山林的精灵,能令庭院或牧场开花,变成清泉的主人,能为人治病。她年轻貌美,能歌善舞,与半人半兽神潘神(Pan)相恋。——译者注
② 希腊神话中的女妖,上半身为女人,下半身为鸟形,住在地中海的小岛上,常以美妙歌声诱惑航海者触礁沉没。希腊神话中的英雄奥德修斯(Odyssus)未受其歌声诱惑,塞壬化作了岩石。——译者注
③ 德国作家弗里德里希·富凯(1777—1843)童话《涡堤孩》(1811年)中的女水妖,住在湖水或泉水中,她与骑士恋爱,遭背叛后,杀死了骑士,形成悲剧。法国作家季洛杜(1882—1944)据此创作了剧本《昂丁娜》(1939年)。《涡堤孩》还被改编成芭蕾舞与歌剧。——译者注
④ Bram Dijkstra, *The Idols of Perversity: Fantasies of Feminine Evil in Fin-de-Siècle Culture* (New York: Oxford University Press, 1986), p.258.

说靠近爱伦·坡的嗜好。意大利文艺复兴时期画家波堤切利风格的溺水女子的头发与衣服随水漂荡，罗塞蒂用瘆人而甘美的阿拉伯装饰风格装饰丁尼生的《夏洛特夫人》插图，凡此种种，40年后，望《死都布鲁日》中的运河，可以发现相关的女子还留在水底下。透过水看见的女子，不是喀迈拉，而是塞壬。这种女人不仅出现在绘画里，还经常出现在文学领域。王尔德的《渔夫与灵魂》中，就有众所周知的实例[1]。

整个19世纪后半期里，世界上频繁举办万国博览会，其中的水族馆与各种潜水器具的展示与普及，令人们对水中世界怀有的好奇心更趋具体化和深化。

绘画领域的象征主义，拒绝现实"可视的世界"，力求进入深藏于"可视的世界"另一侧面的"神秘幻想的世界"。在象征派看来，写实派与印象派表达的司空见惯的自然已经陈腐不堪了[2]。印象派画家执着于表现炫目阳光映照的水面视觉印象。象征主义画家嘲笑印象派画家，他们将审美触角伸向水面之下，也就是向下伸向印象派的光够不着的黑暗世界。

英国文艺批评家瓦尔特·佩特（Walter Pater，1839—1904）在其《文艺复兴》（1873年）中谈及达·芬奇的《蒙娜丽莎》，其内容与世纪末的水底主题相关，值得倾听。蒙娜丽莎背后细流分叉流淌的景观看似水底永远的山谷，灵妙地照射女子面庞的光线酷似海底朦胧之光。因此，瓦尔特·佩特这样解释《蒙娜丽莎》：她是"深海的潜水鱼女"，换言之，她的真面目是住在水下的吸血鬼。这个解释令同时代的颓废派文士们热狂。

这个乍一看好像与事实完全相反的解释，如约翰·米尔纳所说的那样，

---

[1] 菲利普·居里安：《世纪末的梦——象征派艺术》，杉本秀太郎译，白水社，1982年，第49页。此外，关于世纪末文学中屡屡出现的塞壬、人鱼与涡堤孩，详细内容可参见Dijkstra op. cit., pp.258—271。

[2] 据说法国象征主义画家居斯塔夫·莫罗挡住自己画室窗口射进来的光线，靠烛光作画。他创作的展示水下梦想的作品有油画《加拉蒂亚》（Galatée，1880）。

源自"时代的审美情趣与理念"①，我们不应该忽略这一点。颓废派文士们拒绝眼睛看得见的资产阶级化的现实，他们洗练的感受性完全听从深层想象力的引导，行进在心旅历程上。可以说，颓废派文士们将唯美的幻想之锚抛入了水中世界。在他们看来，"水底幻想"是这个时代的"情趣"，也是这个时代的"理念"。

一般认为，与象征主义绘画相同，水也总是与"新艺术"的造型表现形影不离。"新艺术"喜好涉及睡莲、藻类等水生（或水中）植物，以及天鹅、鳗鱼等水栖（或水中）动物，以其为艺术主题。之所以如此，很难说仅仅出于偶然。积极关注"陆地植物主题"，是因为憧憬植物内藏的有机生命力。但进一步想来，支撑植物生长力的，不是别的东西，而是水。是故，在世纪末艺术家们的眼中，归根结底，植物生长力是水的生命活力的反映。另外，"新艺术"的主旋律是流动的曲线主题，不消说，这也是水流运动原理在发挥作用。

这样一来，我们就会明白，对世纪末艺术家而言，水是最可亲的物质②。这些艺术家还使用着与"颓废倾向"含义相同的另一个概念——"déliquescence"（溶解）。从这个语词中我们可以推测出，世纪末颓废倾向意识与"围绕水的想象力"的结合，是这个时代营造出的带有神秘性质的现象之一。

---

① 约翰·米尔纳：《象征派与颓废派美术》，吉田正彦译，PARCO出版社，昭和51年（1976年），第11页。
② 涩泽孝辅借用加斯东·巴什拉的一句话："与其他任何元素相比，水都是完整的诗的现实。"（《水与梦》）围绕法国象征派显著的"水的意象"，涩泽孝辅这样说道："有一种具有特别内密性的元素，在时间的推移中，存在的实体不断变化，它是人与事物的根本命运，而且以无上的纯粹性，提供了象征。可以说，这个元素就是'象征主义之力的基础'。事实上，波德莱尔与法国象征派诗人们的作品中，深深地渗入了水的各种样态。"（涩泽孝辅：《水与想象力——法国象征派的水》，is 第6号，1979年9月）

第二节　水与女人

关于夏目漱石作品中的"水的意象",大冈升平[①]、莲实重彦与芳贺彻均已做出了评价。莲实重彦的观点是:"满溢的水,为夏目漱石提供了与异性相遇的场所","也让男与女被外界孤立出来"[②]。芳贺彻指出:"总而言之,'池水'让男人们的心情变得遥远",但这池水又是舞台,它"是让男人与'池之女'或'人鱼'相遇的最佳舞台,换言之,也就是让男人与'宿命的女人'(femme fatale)相逢的最佳舞台"[③]。从以上评论中,我们不难知晓,水令"漱石式女人"得以诞生,将男与女引入了非现实的世界,水发挥的象征作用让人通往夏目漱石文学的秘密领域。事实上,在后述的夏目漱石许多作品中,我们将会看到水的具体象征作用。

不言而喻,水与"女人主题"的结合,并非只出现在世纪末这个时代。但是,世纪末的艺术家们好似相互商量过一般,巧妙地加上了"宿命的女人"这个概念,推展特有的水的象征学,以反映时代精神。

> 在1900年前后的民间传承中,海是被动的存在,女性是海的女儿。水易弯曲变形,变幻自由自在,最后将一切都能包容起来,它那彻底的渗透性中,令人感到藏有致死般的威胁力。所以,水是女性的象征[④]。

说出这段话的人,是制作出世纪末邪恶女人群体谱系的勃拉姆·迪克斯特拉。他又这样说道:"世纪末的文学作品,不亚于每年绘画展览会的墙壁,因为文学作品里聚居的'塞壬'们或人鱼们多得已不值得惊诧了。"

[①] 大冈升平:《威廉·〈盾〉·水》,《展望》昭和52年(1977年)8月号;《水·山茶花·莪菲利亚——论〈旅宿〉》,《群像》昭和55年(1980年)1月号。
[②] 莲实重彦:《夏目漱石论》,青土社,昭和53年(1978年),第203—204页。
[③] 芳贺彻:《绘画的领域——近代日本比较文化史研究》,朝日新闻社,昭和59年(1984年),第380页。
[④] Dijkstara, op.cit., p.265.

图 5-2 《落入深渊》（1900 年），查尔斯·达纳·吉普森作

勃拉姆·迪克斯特拉举出涉及水妖最多的代表诗人，他们是阿尔弗雷德·丁尼生、波德莱尔、但丁·加百列·罗塞蒂与斯温伯恩[①]。就这样，"水与女人"这个主题，呈现出可谓"集体无意识"的状态，华丽地装饰着这个时代的文学与绘画（见图 5-2—图 5-4）。

爱伦·坡、斯温伯恩、阿尔弗雷德·丁尼生等诗人的作品里，展现着"幻想的水中世界"。夏目漱石广博地涉猎了 19 世纪的英语文学，因此，他可以经常接触到前述三个诗人展现的"幻想的水中世界"。夏目漱石藏书目录中，收入了这三个诗人的作品集。20 世纪初的英国伦敦，还留存着浓厚的世纪末的妖冶余香。这个时候，夏目漱石恰好生活在伦敦，他一定还会通过绘画，见过若干个"水中女人"，譬如通过绘画《莪菲利亚》（米莱）、《人鱼》（约翰·威廉·沃特豪斯，见图 5-5）、《夏洛特小姐》（罗塞蒂、约翰·威廉·沃特豪斯等，见图 5-6）、《艾莲》（B.雷东、E.诺曼德等）等。尤其是绘画《夏洛特小姐》与《艾莲》，在世纪转换期的 20 年里，是人们重点关注的课题，皇家艺术学院每年都推出作品。此外，夏

---

① Dijkstara, op.cit., p.265.

图 5-3 《骑士福尔德·布朗特梦中所见》（Fr. de la Motte-Fouqué, Undine & Aslauga's Knight, London, 1901 插图，夏目漱石藏书），哈鲁尔德·涅尔逊作

图 5-4 《深海》（1887 年），伯恩·琼斯作

图 5-5 《人鱼》(1900 年),约翰·威廉·沃特豪斯作

图 5-6 《夏洛特小姐》(1858—1859 年),但丁·加百列·罗塞蒂作

目漱石还可能见过伯恩·琼斯创作的"宿命的女人"——妖冶的人鱼们①。总而言之,"维多利亚时代的绘画中,存在'水中风景'这样一个样式"②。

夏目漱石的如上体验,究竟对他的作品产生了何种程度的具体影响?下述一段引文就是一个很好的实例,它证明夏目漱石在塑造"漱石式女人"形象时,如何巧妙地活用了从绘画中获得的印象。

> 画是一幅人鱼图。裸体女人从腰部往下是鱼形,鱼尾缠绕着腰部,尾巴朝外伸出。……背景是辽阔的大海。

---

① 伯恩·琼斯的画作《深海》(*The Depths of the Sea, 1887*,见图 5-4),描写海中坟墓里男人成了人鱼的食饵,旨在表达此时男人的无可奈何。此类作品揭示了世纪末艺术家"受虐狂式幻想"的一个断面。
② 约翰·克里斯坦:《青木繁与拉斐尔前派》,垣原美枝译,载《青木繁——明治浪漫主义与英国》,东京新闻出版社,昭和 58 年(1983 年),第 32 页。

"人鱼。"

"人鱼。"

两个人的脑袋摩擦相碰着,低声细语,说出了同一件事。

(夏目漱石著《三四郎》第四章)

这是《三四郎》中描述里见美祢子与小川三四郎同时认真欣赏人鱼图的场面。前已提及,此处登场的绘画,指的是约翰·威廉·沃特豪斯的《人鱼》(Mermaid,1900年)[①]。这里最能引起读者兴趣的是夏目漱石将绘画中的人鱼与里见美祢子巧妙地进行了重叠描写。借此,他将世纪末艺术中的"水中女人"形象,很自然地投影于里见美祢子这个充满魅力的"新女性"身上。

然而,这里并不是说,找到了铭刻于夏目漱石脑子里的"水中女人"以及他对绘画的印象,就意味着我们对"漱石式女人"的本质有了深刻的理解。这是因为,夏目漱石的前期作品与中期作品中描写的美丽女主人公,有时比人鱼那样的水妖还要邪恶可怕,令人感觉这些女主人公好像永远是个"谜"。

这些女主人公出现在人们朦胧的对面,她们以妖艳的微笑,诱惑男人,嘲笑男人的软弱无力。那么她们的真面目究竟如何呢?另外,她们为什么好像千篇一律似的,都是被水包容着,展示着妖艳的风姿?

《永日小品》(1909年1月1日至3月12日,连载于《朝日新闻》)中,收入了一篇非常简短的小品文《蒙娜丽莎》。该文写的是,某个星期天,一个名曰"井深"的公务员,去闲逛旧家具店,花80分买下一幅镶在镜框中的、灰尘满框的绘画《蒙娜丽莎》,回家后给妻子看。然而,妻子却评价这是"一张可怕的脸","从这个女人的长相看,不知道她是干什么的"等,不让丈夫将这幅画挂在室内。井深不顾妻子的反对,将其挂

[①] 芳贺彻:《绘画的领域——近代日本比较文化史研究》,朝日新闻社,昭和59年(1984年),第383—384页。

在书斋里。当天晚上，井深在书斋里一边查资料一边"多次看着这幅画"，"总觉得妻子的评价是对的"。翌日，井深从机关回家后，发现这幅画"突然"从墙上掉了下来，摔得一塌糊涂。从破碎的相框里，井深发现了一张折叠两次的西洋纸，上面写着莫名其妙的话："蒙娜丽莎的嘴唇上有着女性之谜。"第二天，井深上班后，问同事："蒙娜丽莎是干什么的？达·芬奇是干什么的？"谁都回答说不知道。最后，井深将这幅"不吉利的画"以五分钱的低价，卖给了废品店。

以上是小品文《蒙娜丽莎》的内容梗概。故事虽然描写当时并不稀奇的粗劣的《蒙娜丽莎》复制画，但有的地方总令人感到阴森可怕。绘画《蒙娜丽莎》果真就像映入井深夫妇眼中的印象那样，是一幅"不吉利的画"吗？不可能是这样的。无论是井深的那个时代，还是当今时代，《蒙娜丽莎》都是不朽的名画，静静地向人们诉说着女性身上秘藏的神秘魅力。

那么，夏目漱石的这种与众不同的、十分怪异的"蒙娜丽莎观"，究竟源出何处呢？

第三节　蒙娜丽莎——"宿命的女人"之原型

夏目漱石留学英国归来后，将自己自明治36年（1903年）9月至明治38年（1905年）6月在东京帝国大学授课的讲义内容加以整理，归纳成一本学术专著，即《文学论》。夏目漱石在此著中特意引用如下一段颇有意味的文字。

>瓦尔特·佩特评论《蒙娜丽莎》时，这样说道：
>水边出现了如玫瑰般不可思议的身影，她是千年以来男人们一直渴求的对象。她的头上仿佛是世界末日即将来临，而她的眼睑却透露出一丝厌倦。……当然，蒙娜丽莎夫人或许作为古来幻想的化身，以

及现代思想而存在。——《文艺复兴》

瓦尔特·佩特如此带有解剖性的记述,即便在复杂的今天,也不易见到。如此综合性的记述,将一种归纳成形的情绪传达给我们,如此记述风格十分少见。(《夏目漱石全集》第9卷,第234—235页)

夏目漱石在论述描写艺术与文体的过程中,引用了瓦尔特·佩特《文艺复兴》中的一段英文原文,对提供了"一种归纳成形的情绪"的瓦尔特·佩特风格的记述方法,他表示强烈的共鸣。笔者之所以格外关注这段几乎被所有的"夏目漱石研究家"忽略了的话,是因为这里隐藏着一条探究"蒙娜丽莎"主题以及"漱石式女人"本质的线索。夏目漱石引用了瓦尔特·佩特原文中的如下一段文字。

水边,就这样出现了一个不可思议的身影。这个身影表明自己千年以来一直是男人们欲望的对象。她的脑袋是"所有生活于世纪末的人的脑袋",她的脸颊上略带倦容。……这个世间一切的思想与经验,能将外形变得更加优美,能将表情变得更丰润,能将希腊的肉欲、罗马的淫荡、灵的渴望,乃至有想象的爱伴随的中世神秘主义、异教世界的复归、博尔吉亚家族的罪孽,都雕刻于水中,成为一种象征。她们比自己周围的岩石还年老。俨如"吸血鬼"一般,多次死去,熟谙坟墓里的秘密。她们作为潜水渔女,潜入深海,沐浴着射入海中的阳光。……确实,蒙娜丽莎夫人或许正以一副古老幻想的形象,作为近代思想的象征,站立在那里[①]。(由富士川义之译成日文,部分参考了工藤好美的译文)

这是瓦尔特·佩特的带有另类特色的《蒙娜丽莎》解释,文中揭露了蒙娜丽莎的本性,将蒙娜丽莎界定为"吸血鬼"。这一观点非常有名,不

[①] 原文见《夏目漱石全集》第9卷,第234—235页。

图 5-7 《蒙娜丽莎》(1504—1505 年),列奥纳多·达·芬奇作

仅立刻令让·罗兰、约瑟夫·佩拉丹、奥斯卡·王尔德等颓废派文士热狂起来,也令 19 世纪末巴黎一带"拉客"的烟花女子中间,开始流行谜一样的嫣笑。

夏目漱石专心致志地阅读过瓦尔特·佩特的作品,他在论述瓦尔特·佩特的文体之际,引用了上述一段话。对此,我们应该分外注意(夏目漱石藏书目录中,收有两册瓦尔特·佩特的作品,其中一册是《文艺复兴》①)。人们认为,上述这一段话异常有名,被作为瓦尔特·佩特的代

---

① Walter Pater, *Appreciations with an Essay on Style* (London: Macmillan, 1901); Walter Pater, *Renaissance* (London: Macmillan, 1901).
不过,夏目漱石《文学论》中引用的部分,并非来自《文艺复兴》(*Renaissance*),很可能是来自他从丸山书店买来的菲利斯·格林斯莱特(Ferris Greenslet)的《瓦尔特·佩特》(*Walter Pater*, London: Heinemann, 1905)。因为日本东北大学图书馆"夏目漱石文库"收藏的《瓦尔特·佩特》第 55—58 页的内容,与夏目漱石的引用部分完全相同,夏目漱石在这一部分画了长长的横线。

表性言论广泛介绍。但事情的实质,并不仅仅这么简单。

夏目漱石正在伦敦留学的 1902 年,英国皇家艺术学院举办了"昔年艺术巨匠展",因此,夏目漱石有幸欣赏到了列奥纳多·达·芬奇(Leonardo da Vinci,1452—1519)的名画《蒙娜丽莎》(*Monna Lisa*[①],见图 5-7)。根据福田真人与大田昭子的论述考察[②],夏目漱石看到的并非真品,而是模仿之作。尽管如此,该画还是给夏目漱石留下了十分鲜明的印象,他在资料样本上的照片《蒙娜丽莎》旁,写下了谜一样的两个字——不惑。如果这时夏目漱石已经读过瓦尔特·佩特的上述文章,那么,我们可以这样理解,夏目漱石是在告诫自己:"且不可为隐藏于蒙娜丽莎微笑之中的美杜莎(Medusa)式魔性所迷惑。"

总而言之,夏目漱石的小品文《蒙娜丽莎》中,融入了他直接欣赏名画《蒙娜丽莎》的鲜活印象与瓦尔特·佩特关于名画《蒙娜丽莎》的奇妙解释。这一点毋庸置疑,只要我们通读作品,即可得到确认。

首先,我们回顾一下夏目漱石的小品文《蒙娜丽莎》中男主人公井深买名画的具体经过。他从旧家具店的角落里,发掘出"灰尘满框、<u>横立挂在墙上</u>"(底线为引用者所加)的一幅画——《蒙娜丽莎》。这样的描写给人的感觉是,《蒙娜丽莎》宛如深埋在土(尘)中,换言之,即深埋在坟墓中,终于被井深发掘出来。蒙娜丽莎是"多次死去,熟谙坟墓里的秘密"(瓦尔特·佩特语)的一个女人。

其次,井深认为,"西洋名画《蒙娜丽莎》与这家旧家具店,在审美观上显然失衡",却又觉得:"这幅画出现在旧家具店里,好像也是理所当然的。"井深的这种心理符合瓦尔特·佩特"时间风景"的表现风格。《蒙娜丽莎》是瓦尔特·佩特从几千年的岁月里奇迹般巧妙精选出来的"时间风景"。另外,夏目漱石文中的《蒙娜丽莎》,本来镶嵌在镜框里,不知什么原因,突然由墙壁上掉了下来,玻璃摔得粉碎。尽管如此,画却完

[①] 意大利语"Monna"(蒙娜),是已婚妇女的敬称。——译者注
[②] 福田真人、大田昭子:《夏目漱石与西洋美术——伦敦·明治 35 年前后》,《比较文学研究》第 42 号,昭和 57 年(1982 年)11 月。

好无损。如果结合瓦尔特·佩特的解释来思考夏目漱石的这个设定，我们会浮现出这样的形象：蒙娜丽莎多次死去，但依靠惊人的生命力，又死而复生，这样的女人，换言之，是能够超越时间与空间、有着"永远的生命"的女人。

最后，夏目漱石的小品文《蒙娜丽莎》的结尾段落颇显奇妙。

> 第二天，井深去机关上班后，问大家："蒙娜丽莎是干什么的？"然而，谁都不知道。于是，井深又问："达·芬奇是干什么的？"其结果，还是谁也不晓得。

现实中果真会有这样的事吗？恐怕这段话里秘藏着的意思，一般人根本无法知晓，只有井深自己知道，即只有作者夏目漱石知道。一言以蔽之，井深向单位同事们提出的问题，也就等于夏目漱石想通过读者来表达的某种意思。大概夏目漱石从《蒙娜丽莎》中发现的是，女性打乱了平板的日常生活，总琢磨着诱惑男人，是危险的存在，而且还给男人带来了经济损失（80分买画，5分卖掉），这就是女性的原生态形象。

英国诗人珀西·比希·雪莱（Percy Bysshe Shelley，1792—1822），在意大利的乌飞齐美术馆① 看到了达·芬奇的作品《美杜莎》，受到了强烈的震撼，从此迷上了"美杜莎的美"。笔者认为，与珀西·比希·雪莱相同，夏目漱石心中的蒙娜丽莎印象，成了其后"漱石式女人"造型的基础。"漱石式女人"总是展示着被水包容着的妖艳身姿，而其背后总是隐藏着水湄"潜水鱼女"（a diver in deep seas）蒙娜丽莎那模糊的影子。

---

①在意大利佛罗伦萨，始建于1550年，藏品多为文艺复兴时期（14—16世纪）意大利各派绘画，并藏有古希腊、罗马的雕塑作品，收藏美术作品10万件以上。——译者注

第四节　女性形象的两极

在夏目漱石的作品群中,《旅宿》（1906年）是一部遍布"水的意象"的作品。男主人公、画家"我"来到了那古井温泉,这里被作者描写成了"水国",不知从何处源源不断地涌出水来。不仅有从地下不停息地涌出温泉之水,还有情节推展的主要舞台"镜之池"那谜一样的水,以及那古井的自然涵容的看不见的水。这一切,作为最有效的装置,旨在为作品酿造出梦幻一般的艺术氛围。

《旅宿》的开头,"我"赴那古井温泉途中,被山中的雨浇成了落汤鸡。山雨被设定为"雨帘",人要前行,必须穿过这一道道"雨帘"。这里,水被设定为人进入幻想世界的入口。我们不可忽略的是,《旅宿》的这种幽远的情调,与有意识地围绕水的各种描写有深度关联。若结合"水的意象"展开思考,那么,与温泉场的地形相关的描写也值得我们关注。

> 高山尽头,是低丘;低丘尽头,是三"丁"[①]宽的平地;平地尽头,探入海底,绵延17日里[②],于海对面又隆起,变成周长6日里的摩耶岛。这就是温泉场的地势。（《旅宿》第四章）

主人公"我"在眺望那古井的地形,这种毫无废话的写实性叙述,反映了"我"的观察态度十分带有画家风格的分析性。"我"的视线,盯住了映入眼帘的自然,进而透视自然的内侧,从中发现了漫长岁月堆成的悠远的"时间风景"。"我"的如此深度观察的态度,令人感到远远超过画家的实际能力。因此,笔者关注的是《旅宿》开头很自然地出现的关于达·芬奇的绘画观这一段插曲。这一段并非"如实描写"（底线为原文所加）,而是以比喻性的手法,叙述了达·芬奇的艺术观（达·芬奇艺术观的特质,是强调作为艺术的"悠长观"之重要性）。我们可以认为,夏目漱石活用

[①]日本的长度单位,也写作"町"。1丁约合109米。——译者注
[②]1日里约合3.9公里。——译者注

的这一艺术表达手法，源自早已被瓦尔特·佩特破译了的达·芬奇的"解剖式的洞察力"。特别是"平地尽头，探入海底"等记述，令人想及瓦尔特·佩特的解释——《蒙娜丽莎》的背景是遥远曩昔时的水下。

"水的意象"如何附着于《旅宿》中的画家"我"的意识？关于这一点，可以举出这样一个例子——"我"在奔赴那古井途中，"与其说行进于路上，不如说<u>涉行于河水之底</u>，显得更恰当"（底线为引用者所加）。总而言之，映入"我"眼中的那古井，是一个"水国"。那古井的景观给读者的印象是，它不仅仅源源不断涌出水来，那古井的地势还存储着遥远古代的水的记忆。

在这样的"水国"里，理所当然地出现了"漱石式女人"。"我"栖身于旅馆，旅馆经营者有个女儿，名曰"志保田那美"。这个女子就是"漱石式女人"。如下引文，是了解这个女子性格的一条线索。

> 距离我三步远的对面，站着一个女子，身姿倾斜着，愉快地眄视着我的惊愕与狼狈相。从繁多的形容词中，若能觅得最能恰当形容此女的词，不知要用多少个来形容她。我有生以来，三十余年过去了，从未看见过女人的如此表情。（《旅宿》第三章）

志保田那美是"大高个儿"，身材苗条，"身姿倾斜着"，如此姿态，令人想到伯恩·琼斯等拉斐尔前派乃至青木繁[①]的绘画中经常登场的"S形"姿态的"宿命的女人"们。事实上，《旅宿》中的志保田那美，"愉快地眄视着我的惊愕与狼狈相"，她带有莎乐美的性情。

> 然而，看这个女人的表情，我感到迷惑，对她难以做出明确的判断。她的口唇平衡微闭着，眼睛看似半闭微动着。上窄下宽瓜子形脸

[①] 青木繁（1882—1911），油画家，生于福冈县久留米，推崇拉斐尔前派画风，毕业于东京美术学校，擅长画日本古代神话等浪漫主义作品，代表作有《海幸》《天平时代》《海底宫殿》等。——译者注

庞，显得丰润，神态裕绰从容。……若将她画成画儿，会很漂亮。(《旅宿》第三章)

针对这个女人的姿态表情，夏目漱石做出了如此细致的描写。这种描写在他的作品中显得非常珍稀。以拉斐尔前派为代表的象征主义绘画，确立了象征性的哑剧效果或"观相学"风格的象征主义（sybolisme）。与此相似[1]，夏目漱石或许冀图借用《旅宿》中画家的立场，尝试表达夏目漱石风格的象征性"观相学"。这样说来，志保田那美故意摆出的立姿，以及意味深长地、静静地凝视着"我"的神情都表明，她有意识地要把自己设计成"画中的女人"。而作为画家的"我"，之所以被志保田那美的形象强烈吸引着，也正是因为她作为"模特"的表情非常神妙。

围绕志保田那美的表情，以下描写更好地突出表现了她的性格。"她的气势若振奋起来，一百个男人也不在话下"。同时，"她又小心谨慎，处事能做出恰当的区分"，也就是说，志保田那美这个瓜子形脸庞的女人，"表情是多变的"。另外，这个女人显示出的"蔑视男人的微笑"，与《蒙娜丽莎》流露出的"美杜莎特色的微笑"十分相似。

与志保田那美有些相似的画像《蒙娜丽莎》，不仅描绘了蒙娜丽莎的表情，还表明住在水湄的蒙娜丽莎"比自己周围的岩石还年老"。与此相同，《旅宿》中温泉场的女人生存的岁月也被描写成与古老的"镜之池"一样时间漫长。

"在时间上，这个'镜之池'相当古老了。究竟从何时就有了'镜之池'？"

"从古昔就有了呀。"

"古昔？古昔到何种程度？"

---

[1] 汉斯·H. 霍夫斯特塔：《象征主义与世纪末艺术》，种村季宏译，美术出版社，昭和45年（1970年），第50—51页。

"从相当古昔的时候。"

"从相当古昔的时候吗?有道理。"

"从古昔志保田家的小姐投身'镜之池'那个时候就有了。"

"志保田?就是那个经营温泉的志保田家的小姐吗?"

"是的。"

"小姐投身'镜之池'?她不是如今还健在嘛。"

"不,不是这个小姐,是很早以前的那个小姐。"

"很早以前的小姐?那个小姐到底是什么时候?"

"是相当早的时候。……"

(《旅宿》第十章)

这是画家"我"与村民在"镜之池"边交谈的内容之一部分。这段对话里,引人注目的是"从何时""古昔到何种程度",这是城里人"我"的时间概念,而"相当古昔的时候"是村民大致模糊的时间概念,两个时间概念之间存在差异。

也就是说,"古昔"投身于"镜之池"的"志保田家的小姐",导致了"我"的理解之混乱,"我"觉得志保田家的小姐"不是如今还健在嘛"。此处的时间表达非常暧昧。而且更让人觉得混乱的是,"志保田家的小姐"频繁地向"我"暗示要投身"镜之池"自杀,她对"我"说:"我投身'镜之池'中,漂上来的状态……请您给我画一张漂亮的画吧。"对此,村民后来补充说明道:"那个志保田家,代代都出疯子。"因此,"我"知道了经营温泉的志保田家的女人多次投身"镜之池"自杀,志保田那美就是一个象征。是故,志保田家女人与"镜之池"的历史一样古老。

归根结底,"我"与村民的交谈,令读者觉得用文明的时间单位难以计算的悠远时间正流淌在《旅宿》这部作品中;同时又暗示出,有的女人一直在如此久远的时间之海中游泳。夏目漱石巧妙设定的是这种二重结构。

《旅宿》是"绘画小说",作品中融入了各种"绘画意象"与绘画论。"我"的眼前屡次浮现约翰·艾弗雷特·米莱的名画《莪菲利亚》。这幅画在《旅宿》的基本结构中留下了浓浓的影子。夏目漱石有意识地将投水而亡的莪菲利亚的幻影与志保田那美浑融起来,"镜之池"的艺术设定有模仿《莪菲利亚》的痕迹。夏目漱石对"镜之池"进行了浓密的幻想式描写。画家"我"以《莪菲利亚》为样板,活用那古井富于幻想色彩的自然与志保田那美这个充满魅惑力的模特,以期具体展示出一个美的理想。

然而,映入画家"我"的眼中的志保田那美与那古井的自然,又常常与名画《莪菲利亚》的人物与自然差别很大。志保田那美的魔性本能中,渗出一种凄艳之美,与可爱的纯真无垢的少女的端正之美形成鲜明对照。夏目漱石通过"深山茶花"来象征"镜之池"阴险的自然,这个自然与《莪菲利亚》中理想的自然美的世界也有相当大的差异。

这里,我们若思考《旅宿》是"绘画小说"这一事实,会很自然地产生这样的看法:《旅宿》在自然描写与人物造型方面,并不仅仅受到《莪菲利亚》的影响,还受到此外许多绘画意象的影响。那么,如果对志保田那美的性格描写产生过影响的,除了《莪菲利亚》还有其他绘画,该是哪些绘画呢?

要评论此事,还必须返回《旅宿》开头出现的关于"达·芬奇的绘画论"的这一插曲,返回瓦尔特·佩特的"蒙娜丽莎论"。因为"蒙娜丽莎论"在《旅宿》的景观描写和关于志保田那美的描写中,频繁地时隐时现。夏目漱石通过志保田那美的性格描写,明显流露出的是,一方面志保田那美具备莪菲利亚的某些性格,如内心涌出的"愿意与人贴近的神情"和"温和的情感";另一方面,志保田那美还具备由"蔑视男人的微笑"所代表的蒙娜丽莎的性格,而蒙娜丽莎身上有美杜莎的性格。这样一来,我们就可以做出这样的解释,志保田那美这个女人表情的不一致恼乱了"我"的心,这种表情的"不一致"起因于两幅画在志保田那美身上的重叠。

从19世纪后半期到19世纪末,在世纪末颓废艺术家中间,莪菲利亚与蒙娜丽莎一直备受人们关注,人气炽盛。"如果说蒙娜丽莎是受虐狂

（masochist）的梦，那么，'莪菲利亚们'就是施虐狂（sadist）的幻觉"①，从这句话里，我们可以明白，两个女性为世纪末的女性观提供了代表性的肖像。因为失恋，莪菲利亚投水而亡，如果将莪菲利亚作为纯真无垢的女性可爱的生命象征，那么，脸上蕴含神秘之光（作为潜入水下的证据）、微笑着的蒙娜丽莎，则代表了女性身上魔性的一面。

莪菲利亚与蒙娜丽莎，两个女人形成对照，令世纪末艺术家们疯狂。夏目漱石要想将这两个女人融入自己作品的女主人公之中，究竟出于何种背景？

《旅宿》中的画家"我"，最终没能画志保田那美。这个女人脸上引人注目的要点，与其说是"我"追求的"爱怜"，莫如说是"嫉妒"、"憎恶"和"愤怒"等魔性。譬如，纵然志保田那美具备了类似《莪菲利亚》那样的背景或模特要素，但重要的女人性格近似蒙娜丽莎，显得十分强势，"我"从她身上无法找到"爱怜"，最终没画她也在情理之中。恐怕夏目漱石已明确看出这两个女人都是世纪末艺术主旋律"水中女人"的原型，以故，他参照这两个女人来描写同是"水中女人"的志保田那美的两极性格。这一点与夏目漱石对女性怀有的两重意义的认识相关，进而给我们提供了一个重要启示。

迄今没太着重提及的一点是，"我"作画的过程很不顺畅，志保田那美好像在催"我"作画，如同《莪菲利亚》的画面，她直接摆出一个浮在水面上的姿势。这个场面十分有趣。"我"正在以映在"镜之池"水面上的高岩与松树为审美客体进行速写时，志保田那美的身影突然出现在高岩之上。她最大限度伸着腰，站在高岩上一动不动。她那落在"镜之池"水面上的身影，完全像她漂浮在水面上一样。"我想顺随我的兴趣，画一个风流的土左卫门"，"我"说这句话的背景，一定是以上述审美情趣为铺垫的。因为落在"镜之池"水面的身影，出现了"水下身影"；由于这个

---

①菲利普·居里安：《世纪末的梦——象征派艺术》，杉本秀太郎译，白水社，昭和57年（1982年），第49页。

身影，莪菲利亚美丽的遗体酿出了更加富于幻想的氛围。这是一个很好的例子，表达了夏目漱石围绕"水底主题"萌生的审美幻想之深。（顺便提及，夏目漱石的《幻影之盾》中有这样的描写，"太古之池"旁边的巨岩上，站立着一个女子，她唱道："究竟伫立岩石上的我是真实的，还是水下的影子是真实的？"）

夏目漱石"围绕水的想象力"的内涵丰富，如下描写就表现了这一特点：

> 我仰靠在浴槽宽沿上，用手支撑着头。让透明水中轻轻的身体尽量自然地漂浮起来。轻飘飘的，轻飘飘的，灵魂宛如海蜇一样浮动着。人生活在世间，如果也是如此心情，那就轻松快乐了。（《旅宿》第七章）

身体泡在温泉里，意识被温泉之水严密包容着，灵魂不知不觉地像海蜇一样游动于水底。在这种情况下，与其说水象征着复活与净化的愿望，不如说水作为物质，能够唤醒回归母胎的潜在意识。"我"憧憬"与温泉同化"，在"我"的如此意识之根底，存在着与羊水"同化"的胎儿时期的记忆。在这种记述中，水被视为最易亲和的物质，人们认为，其中存在着夏目漱石寻求精神安适的意识。

《旅宿》中有一支奇妙的小调，名曰《土左卫门赞》：

> 下雨人被浇湿，
> 下霜则感受寒气，
> 地下暗如黑漆。
> 漂就漂在水波上，
> 沉就沉到水底，
> 若是春水，则无苦凄。（《旅宿》第七章）

这支小调表达了对地上人生的怀疑，歌颂了向往水底世界的愿望。在夏目漱石看来，水的亲和力是"后退愿望"的具体表现。前一章笔者考察了世纪末艺术家们"后退意识"的表现，即执着于水中世界的梦想。将视线伸向水底，那里有一个灵魂漂动的"我"。这也就是说，夏目漱石具备的"水一般的灵魂"这一审美境界，绝不低于欧洲世纪末艺术家们。

第五节　厄洛斯的领域

夏目漱石塑造的类似志保田那美那样美丽的女主人公们，对献身于水一事无所畏惧。倒不如说，从她们的言行中，我们甚至能感受到她们的这样一种信念，即浸泡水中的那种感觉是一种非常甘美的诱惑。夏目漱石的长篇小说《行人》（1912—1913年）中，这样写道，由于路程为暴风雨所隔断，长野二郎与嫂子长野直迫不得已在和歌山客舍同居一室，度过一夜。二人进行了如下交谈。

"妈与我哥会怎么样呢？"

"我刚才一门心思想着这件事。海浪不会打进来吧？即使打进来，也只能将松树附近的茅屋冲走。如果真的发生海啸，将那一带全卷走的话，我觉得太可惜了。"

"为啥？"

"为啥？我想亲眼看着那种猛烈惊人可怕的场面。"

"瞎扯。"我想打断嫂子的话。于是，嫂子又认真回答：

"二郎君，我说的是真心话呀。我如果自杀而死，不愿意悬梁自尽或刀刺咽喉。我讨厌那种小家子气的自杀法。我喜欢的是被洪水卷走啦，遭雷击而亡啦，那种猛烈而爽快的死法。"

嫂子不太爱读小说，我第一次听到嫂子口中说出这么<u>罗曼蒂克</u>的话来。于是，我心中暗暗判断，嫂子的话肯定是来自神经兴奋。（夏目漱石著《行人·哥哥》第三十七章，底线为引用者所加。）

嫂子口中说出的"如果真的发生海啸""我想亲眼看着那种猛烈惊人可怖的场面"，喜欢"被洪水卷走"而死等话语，无论从哪个角度思考，都不寻常。听了嫂子讲的这些话，长野二郎觉得嫂子平常不太读小说，而说出的确实是"罗曼蒂克的话语"。可能是因为在倾盆大雨中，四面被洪水包围，如此气氛产生出这种意识，令嫂子陷入"罗曼蒂克"式的感情之中。此时此刻，她俩无意识之中跨在"死"与"爱"的边界线上。不言而喻，这是水的力量营造出了如此戏剧性的境遇。在这里，水的作用彰明较著。他俩周围流淌的大水，寓意（allegory）突出了浪漫主义文学的永久主题"死与厄洛斯"①。这个主题通过嫂子说出的如下一段大胆无忌的话，得到了进一步证明。这段话即"现在我俩就去和歌浦，海浪也好，海啸也罢，都没有关系，我与你一起跳进去，给你看看"。总而言之，突然袭来的"行程被谁隔断"，是夏目漱石使用的必要手段，将一对男女推进了世俗社会道德根本够不着的世界里。

《旅宿》中的志保田那美，一边频繁地暗示自己要投身于古老的"镜之池"，一边拨弄着男人的情感。夏目漱石作品中登场的、受水的诱惑摆布的危险女人之鼻祖，就是这个志保田那美。

"现在我还不能轻易投身于'镜之池'中。"

"最近，我也许投身于池中。"

作为女人，这个玩笑开得过于果敢大胆，我突然仰脸看着她。出乎我的意料，这个女人神情很自信。

"将我投身池中之后漂上来的形象画下来。——别画我漂上来痛苦难看的样子，请将我漂浮水面安详往生的样子，画成一幅美丽的画。"

---

①厄洛斯（Erōs），希腊神话中的爱神，罗马神话中称"丘比特"（Cupid）。在艺术作品中，厄洛斯以带有双翼的小孩形象出现，携带弓箭飞翔天空中，谁中了他的金箭就会产生爱情，中了他的铅箭则失去爱情。——译者注

"啊？"

"你吃惊，吃惊了，吃惊了吧？"　　（《旅宿》第九章）

前已述及，如此志保田那美，事实上曾摆出过纵身投入"镜之池"的架势。"斯温伯恩的某一首诗里，写出了女人于水底往生的欣慰感觉"（《旅宿》第七章），不言而喻，此女不是别人，就是指温泉场的女人志保田那美。女人投身水底而喜上心怀，这是对"水中女人"性格做出的最明确的解释。

"您也跳下去试试看。"里见美祢子说道。

"我？我跳进去呀？不过，池水太污浊呀。"野野宫良子说着，走了回来。　（夏目漱石著《三四郎》第六章）

这是里见美祢子与野野宫良子在小川三四郎面前的对话。里见美祢子让野野宫良子跳入池中，这样的话出自颇有教养的小姐之口，显得有点"唐突"。但是，里见美祢子的性格与《旅宿》中的志保田那美相同，是"池中女人"的后裔。想到这一点，对里见美祢子说的话也就不足为奇了。

不仅仅局限于《行人》中长野一郎之妻——嫂子长野直，夏目漱石塑造的"危险的"女主人公们，好像都嗜好将男人诱至水涘，然后威胁男人跳入水中。"危险的"女主人公们生活在"厄洛斯与死"的邻接之处，在她们看来，水是最容易接近的物质，无处不在。

夏目漱石的"水底幻想"，也明显流露于长篇小说《过了春分时节》（1912年）之中。坐在船上的须永市藏家一行，接过船夫递过来的镶着玻璃的椭圆形小桶，将脸似乎插入了小桶之中，轮流观看海底世界。

利用观察海底的水镜，挨个人轮流观看时，叔叔非常非常感动地说："这个玩意儿真新鲜，什么都能看见。"……我接过田口千代子递来的水镜，透过玻璃观察海底，看到的仅仅是极其平凡的世界，与此前想象的海底世界毫无差异。海底有一些小岩石，凹凸不平，连成一片。岩石之间蔓延着无边无际的水草。那些水草好似被暖风抚弄着似的，在波浪的蜿蜒起伏中，静静地，永久地，前后摇摆着细茎。

"市藏，我看见章鱼了。"

"我没看见。"

我抬起了头。田口千代子又将脸插入了小桶。她头戴着柔软的草帽，帽檐浸入了水中，每当与船夫操纵的船的动势相逆时，就泛起可爱的微波。我在她身后，望着她的黑发与白颈，觉得比她的脸庞更漂亮。……她的两只手按住小桶，探出船舷的上身，又转向高木，说道："怪不得看不见。"然后像戏水似的，两只手按住小桶，咕咚咕咚摇动起来。（《过了春分时节·须永的故事》第二十四章）

这一段引文中引起我们注目的是逼真的描写。若是一个不曾对海底情景有过亲自观察的人，无论如何也不可能进行这样生动的描写。恐怕夏目漱石本人有过亲自观察海底的体验。如果说上述引文的场面表达了须永市藏与田口千代子的"心理剧"中的某种信息，那么，这种信息指的是什么？这里，我们首先可以做如下理解：在夏目漱石塑造的女主人公看来，海洋、河流与水池，是厄洛斯的领域，是诱惑男人的场所。事实证明，海上的田口千代子的举止比谁都自由自在。这是一种对海彻底习惯了的态度。田口千代子的草帽檐浸入水中，她也满不在乎，窈窕身子"探出船舷"，细看蓝色水底。她身边的须永市藏"望着她的黑发与白颈，觉得比她的脸庞更漂亮"，这在某一方面说来，不正是一道"罗曼蒂克"的光景吗？！田口千代子虽然意识到须永市藏那有热度的视线正投注于自己脖颈上，却泰然自若地"依旧戏水"。这是在描写被迷住了的男人形象与戏弄男人的女人形象。不消说，是"水的力量"，将近似于实体的"厄洛斯"带进了男女之间。夏目漱石其他作品中常见的"水边诱惑"的构图，也卓越地再现于《过了春分时节》之中。

针对夏目漱石作品中出现的关于水的各种"现象"，莲实重彦认真地进行了分析，他认为"夏目漱石作品中出现的水，无论是池塘、河流，还是海洋，都不是既有纵深度又有广阔度的风景，而是垂直地吸引人的视线的环境"[①]。笔者完全赞同这一卓见。夏目漱石作品中，避开了与世俗交涉的、消极的登场人物们认为，水是某种特别事物的证明。与此同时，水还意味着夏目漱石作品表达的"水底幻想"，是以欧洲当时颓废派艺术家们的内在精神取向为基础的。

第六节　水的灵魂

前已述及，夏目漱石与当时的日本画坛中心画家们有过交流。对不曾有过直接交流的青木繁，夏目漱石也怀有相当程度的好感。

> 时隔日久，又看到了青木君的画。我认为，青木君这个人是个天才。站在那个室内，不由得觉得故人很可惜[②]。

明治45年（1912年）3月，夏目漱石观看了在东京举办的"已故青木繁君遗作展览会"，尔后，在致画家津田青枫[③]的书简中写了上述一段话。不言而喻，就夏目漱石而言，这是他做出的最高评价。其中固然有对故人的感情因素，但在青木繁健在的时代，夏目漱石就是对青木繁的艺术生发共鸣的少数几个人之一。因此，笔者认为，上述引文中包含着夏目漱石的特殊感怀。这一点从《其后》中的如下段落里可以得到充分证明。

> 如果可能的话，长井代助希望哪怕仅仅是自己的脑袋也可以，能

---

① 莲实重彦：《夏目漱石论》，青土社，昭和53年（1978年），第211页。
② 夏目漱石：《夏目漱石全集》第15卷，第118页。
③ 津田青枫（1880—1978），本名龟治郎，生于京都，师从浅井忠等，留学巴黎，与夏目漱石、河上肇等交往频繁。——译者注

够漂浮在绿海上安眠。在某一次展览会上，长井代助看到名曰青木繁的画家画的一个身材高高的女人站在海底。长井代助觉得在许多展览作品中，唯有这一幅，能令人心情舒畅。（《其后》第五章）

这一幅作品，或恐就是青木繁于明治45年（1912年）在东京府劝业展览会上展出的名画《绵津见的鳞宫》。在作品中举出画家的真名，这对夏目漱石来说是稀奇的事。他想要借长井代助之口表达什么呢？

实际上，青木繁的这幅《绵津见的鳞宫》（见图5-8）只获得三等奖，属于末等奖。在画家本人看来，这幅作品完全是受到了"不公正"的对待。此时恰好正值夏目漱石创作《其后》期间，青木繁因为自己的作品明显受到不当待遇而感到愤慨，他离开了中央画坛，放浪

图5-8 《绵津见的鳞宫》（1907年），青木繁作

于福冈县久留米市与佐贺县一带，过着失意的生活。青木繁是夏目漱石寄予期待的新锐画家，夏目漱石应该是知道青木繁令人心痛的遭遇始末的。于是，他通过"在许多展览作品中，<u>唯有这一幅，令人心情舒畅</u>"（底线为引用者所加）这一记述，含蓄地表达出自己对不当审查评选结果的强烈不满，这一点不容怀疑。

那么，夏目漱石为何对青木繁萌发出如此深的共鸣？明治38年（1905年）至明治40年（1907年），夏目漱石连续发表了《伦敦塔》《幻影之盾》《旅宿》等浪漫色彩浓烈的初期代表作。这一期间正值青木繁艺术创作的

鼎盛期。为了确立并巩固自己作为画家的地位,青木繁发表了《海幸》(1904年)、《享乐》(1904年)、《大穴牟知命》(1905年)、《日本武尊》(1906年)、《绵津见的鳞宫》(1907年)等代表作,内容都是神话主题,展示出带有幻想式与装饰特色的画风。青木繁很早就亲近于但丁·加百列·罗塞蒂、伯恩·琼斯、居斯塔夫·莫罗等画家的世纪末象征主义绘画,在那些作品的刺激下,青木繁创作的绘画艺术独具特色。

如此这般,将夏目漱石与青木繁的创作活动进行比较,二人的接触点自然而然就会浮现出来。在接受拉斐尔前派影响而出现的世纪末感性方面,夏目漱石与青木繁是相通的。事实证明,夏目漱石对青木繁的技法完成度几乎毫不关心,他只重视画面酿出的"情绪"。夏目漱石说:"某人甚至对我这样说道:'青木繁还没有能力完成一幅像样的画作。'尽管如此,<u>青木繁的作品充满一种完整的情绪,袭击着我</u>。"[①](夏目漱石著《文展与艺术》,底线为引用者所加)夏目漱石将青木繁绘画的整体氛围比作"灵妙的空气"。

夏目漱石执着地喜欢青木繁的代表作《绵津见的鳞宫》。与青木繁的《海幸》相比,当时人们对《绵津见的鳞宫》的评价要低得多。现在的艺术家们对《绵津见的鳞宫》的评价也基本延续旧评。恐怕仅有夏目漱石独具慧眼,对《绵津见的鳞宫》的神髓有如此深度理解。这样一来,我们只能认为,夏目漱石之所以对《绵津见的鳞宫》产生了强烈共鸣,是因为他个人化的审美情趣发挥了强烈作用。

青木繁很早就对海洋主题或水中世界主题(例如岩野泡鸣的诗集《夕潮》中的插图等)情有独钟。实际上,在创作《绵津见的鳞宫》之际,他多次潜入海底考察,然后描绘出了幻想的世界[②]。夏目漱石目睹水中风景之后,对"水一样的灵魂"产生了无与伦比的感动,并感到安适。这种心

---

① 夏目漱石:《夏目漱石全集》第11卷,第413页。
② 青木繁在解释自己的画作《绵津见的鳞宫》时明确写道,关于这幅作品的构想,自己逗留在布良这个地方时就已定型了。事实上,这时他潜入海底,观察过海底世界。"前年,海底状态就深刻地铭刻在我的头脑中。我去房州旅行避暑,并写生。某日,我戴着'防水眼镜',潜入怒涛之中,观察了海底景象。"(青木繁著《沧海中的鳞宫》)

理具体表现在《其后》中长井代助说的一句话上"希望哪怕仅仅是自己的脑袋也可以，能够漂浮在绿海上安眠。"

在夏目漱石看来，水底世界是朦胧的另一个世界，是精疲力竭的灵魂隐遁之处。夏目漱石让《其后》中的长井代助这样告白："我的脑袋受不了活跃泼辣的宇宙之刺激，如果可能的话，很希望沉入深蓝色的深水之中。"（《其后》第十章）莫里斯·梅特林克高唱过"我奔向有蓝色精灵的水中……"他与罗登巴赫等文士，是世纪末的"水国"居民。夏目漱石的审美意识，极其接近"水国"居民的世界。实际上，在青木繁遗作展览会上，夏目漱石再度看到《绵津见的鳞宫》时，"驻足青木繁先生描绘的女人与男人的下面"①（夏目漱石著《文展与艺术》），他在意识领域里肯定是已经完全成了水底居民。

夏目漱石于明治37年（1904年）2月8日致寺田寅彦②的明信片中，写了一首新体诗：

水底之感
　　　　　藤村操女子
水底，水底。若居住就住在水底。结下深缘，深深地沉下去。
君与我，永久住下吧，
黑发长又乱，藻屑舒缓漂动，纷杂。
生命是梦，又非梦？出现在非暗又暗处，
欣喜的水底，对清寂的我们不讥讽，不渗透郁悒，
朦胧的心在飘摇，依稀看见爱的影子③。

---

①夏目漱石：《夏目漱石全集》第11卷，第413页。
②寺田寅彦（1878—1935），毕业于东京帝国大学，物理学家、随笔家，夏目漱石的弟子，是日本近代文学史上具有代表性的随笔家，代表作有《病室之花》《冬彦集等》。——译者注
③夏目漱石：《夏目漱石全集》第11卷，第467页。

哲学青年藤村操①（1886—1903）自杀前，留下遗书《崖头之感》。众所周知，夏目漱石的这首诗是因藤村操投水自杀事件有感而作。然而，这首诗删除了一切自杀的背景，歌颂了在水底世界里，人死后对生的憧憬。不仅如此，夏目漱石还将投水自杀升华至一种美学层次。如诗中第三行"黑发长又乱"这种风格的表达，可谓是夏目漱石的"水底幻想"或"围绕水的想象力"的具体表现。无数藻类飘摇之中，长长的黑发舒缓地漂动着，这纷杂的形象，反映了"新艺术"擅长的阿拉伯风格装饰艺术的表象。

图5-9 短篇集《漾虚集》（1906年出版）书尾内封页

这里，再举出一个关于夏目漱石的"围绕水的想象力"与"新艺术"美术相结合的例子。在夏目漱石的众多作品中，明治39年（1906年）刊行的短篇集《漾虚集》是极度充满了敏锐的"新艺术"感觉的一部作品集。《漾虚集》书尾内封页描绘的边框（见图5-9）大放异彩。刀形鱼和类似魟鱼的鱼在游走着，下面是形态难以区别是动物还是植物的生物随着水流浮动，图案构成了深海风景。特别是下方自由奔放的细长曲线波纹，营造了流动感，展示出"新艺术"风格的精髓。

---

①明治36年（1903年）5月22日，藤村操在栃木县日光町瀑布"华严泷"（断崖高97米）跳崖自杀，史称"华严泷投身事件"，此事件引起强烈的社会震动。藤村操的遗书《崖头之感》书云："悠悠哉天地，辽辽哉古今。人欲以五尺之躯包孕如此大千世界……宇宙真相惟有一言可悉知，曰：'不可解。'我怀此恨而烦闷，决心自杀。立崖头，始知大悲观与大乐观，乃一致也。"《崖头之感》申言，自杀动机源于思索哲学引发的思想苦闷。此论代表了当时处于东西方思想碰撞时期日本青年知识分子苦闷的精神。——译者注

不言而喻，这个图案出自版画家桥口五叶之手，但人们认为，一如既往，这个图案也反映了夏目漱石浓厚的创意审美观。无论怎么说，归根结底，由夏目漱石与桥口五叶合力创作出的如此大胆的图案，创意来自何处？很可能是从欧洲最新作品中获得了启发。与此相比，笔者观赏这幅图案时，总是认为其与前面提及的《旅宿》第七章中的一段内容互相重叠。这样的水中世界，反映了《旅宿》中的画家"我"的内心风景，即反映了画家处于"靠在浴槽宽沿上，用手支撑着头。让透明的水中轻轻的身体尽量自然地漂浮起来。轻飘飘的，轻飘飘的，<u>灵魂宛如海蜇一样浮动着</u>"（底线为引用者所加）之时的内心景状。还有，《漾虚集》书尾内封页描绘的边框图案，还会令人联想到前述新体诗《水底之感》中的藻屑"舒缓漂动"之样态。

潜藏于"新艺术"样式概念底流的水性造型原理，与夏目漱石作品中水的普遍存在现象，归根结底，二者属于同根关系。就《漾虚集》而论，作品中出现人迹未到的太古水池、幻想的南国海洋，船上载着艾莲"美丽的遗体"缓慢前行，这些"水的意象"，与作品主题存在着深层关联（或许《漾虚集》书尾内封页上的图案描绘的是葬身"水国"的女子们遗骸的归宿）。

综上所述，夏目漱石文学作品中的"水底主题"，源自世纪末艺术的洗礼，或者说源于由这种洗礼培育出的具有夏目漱石特色的世纪末式感受性。夏目漱石一边凝视着明治资本主义的病灶，一边同世纪末颓废派艺术家一样，对时代怀有厌恶。如此，在夏目漱石看来，"水中世界"这个幻想的空间，是灵魂精疲力竭后的安息处，也是未得到完善之美的欲望的具体展示场所。这一点是夏目漱石文学创作的特点，只有首先考察这个特点，然后才有可能针对夏目漱石这位具备多种特质的作家的唯美素质进行论述。

第六章 浪漫灵魂的去向——从《薤露行》到《旅宿》

第一节 镜子之谜

亚瑟王（Arthur）是传说的英国古代历史人物，夏目漱石的《漾虚集》中，收入取材于"亚瑟王传说"的初期短篇小说《薤露行》[1]。《薤露行》中收入了与情节主旋律无关的第二章"镜子"，结果将《薤露行》这篇作品推进了被重重谜团包围着的神秘领域里。这在夏目漱石研究者中间，似乎形成了共同见解。关键的第二章"镜子"，讲的是"夏洛特小姐"的故事。这里有一条河，流向卡梅洛特城，河中岛高塔上黑暗房间里，住着夏洛特小姐。她非常孤独，昼夜面对着镜子，形成了一个"影子世界"。夏目漱石使用五彩缤纷的毛线，将"夏洛特小姐"织进了绒绣之中。

> 夏洛特小姐一个人住在高高的建筑物里，她不看实有的浮世，只看镜中的浮世。夏洛特小姐只能了解映入镜中的活的现世，她没有可以会面的朋友。（《薤露行》第二章"镜子"）

对于处于这样境地的夏洛特小姐来说，观看直接与外界相通的房间窗户是犯忌的事。如果犯忌，镜子就会出现裂痕，看镜子的人就必须觉悟到

---

[1] 最初发表于《中央公论》明治38年（1905年）11月号。——译者注

自己即将死亡。然而，夏洛特小姐每天周而复始地观看映在镜子里"活的现世"的人们，看他们的人生活动。在如此过程之中，她有时对被人世孤立出来的一己人生产生怀疑。此外，夏洛特小姐心中，有时闪过根本性的疑念：自己每天面对的"影子世界"，是否果真通往"真实"的世界？

> 因为只是影子，每次映入之后都会消失，每次消失之后又映入。永远停留在镜子里，这种事，就连天上的太阳也难以做到。夏洛特小姐常常怀疑：因为是"活的现世"的影子，才如此虚无呢，还是"活的现世"本身，就是影子呢？由于是可以一清二楚看得见的世间，所以，难以断定它究竟是影子还是真实的。因为是影子，只能在镜中见其虚幻姿形，这很正常；如果不是影子呢？——夏洛特小姐时常因为突然生起一念，跑到窗户旁思索，很想看一看镜子之外的世界。夏洛特小姐由窗口放眼外界之际，便是她遭诅咒之时，以故，夏洛特小姐只能行动小心，惶恐不安地活动在镜子的有限天地间。（《薤露行》第二章《镜子》）

这一段文字写出了夏洛特小姐的内心纠葛，她的命运是"只能行动小心，惶恐不安地活动在镜子的有限天地间"，她深深感到自己的人生无常，虚幻易逝，百无聊赖，饱受"镜子牢狱"之苦。在夏洛特小姐囚室前通过的"圆桌骑士"兰斯洛特，骑在马上，威风凛凛的形象映入了镜中。夏洛特小姐在镜中看到了圆桌骑士中的第一勇士兰斯洛特这般雄姿英发的形象，激动得热血沸腾。她终于打破禁忌，跑到窗口边，俯望跑过塔下的兰斯洛特的雄姿。就在这一瞬间，镜子裂为两块，镜片与铁片化为粉末，与"散开的、细碎的、松开的、纠结的"五色线同时飞起，纷乱一团（见见图6-1）并出现咒语："杀夏洛特小姐的人，是兰斯洛特；杀兰斯洛特的人，是夏洛特小姐。你背负着我的咒语，奔向北方吧！"于是，夏洛特小姐"俨然朽木遇到了台风一般"，"扑通"一声倒了下去。小说到此结束。

夏目漱石在《薤露行》的序言中，写明了创作《薤露行》的动机，

图6-1 《夏洛特小姐》（1858年，选自毛克逊版《国王牧歌》），威廉·霍尔曼·亨特作

笔及两部先行作品：其一是英国骑士、作家托马斯·马洛礼（1410？—1471）的《亚瑟王之死》[1]，其二是英国诗人阿尔弗雷德·丁尼生（1809—1892）的《国王牧歌》。然而，如同江藤淳或高宫利行的考察[2]所阐明的那样，《薤露行》的先行作品，除了《亚瑟王之死》与《国王牧歌》，还应追加上阿尔弗雷德·丁尼生的初期诗歌《夏洛特小姐》（1832年，改订版1842年）。如上三篇作品融合，构成了《薤露行》。这里的问题点是，阿尔弗雷德·丁尼生的诗歌《夏洛特小姐》（全四部）中第一部至第三部的内容，几乎原样不动地成为《薤露行》这个故事的骨骼，虽然如此，夏目漱石却只字未提《夏洛特小姐》。

---

[1]《亚瑟王之死》是"亚瑟王传说"的集大成之作，归纳并结束了中古流行的"亚瑟传说"。尔后，亚瑟王的故事为历代诗人所歌咏，英国诗人埃德蒙·斯宾塞（1552？—1599）的《仙后》即著名代表作。——译者注

[2] 江藤淳：《夏目漱石与亚瑟王传说——关于〈薤露行〉的比较文学研究》，东京大学出版会，昭和50年（1975年）。另见高宫利行：《〈薤露行〉的谱系》，《英语青年》昭和50年（1975年）2月号。

对此，应当做何解释呢？可以说，夏目漱石一开始就避开了某种内容。大胆说来，《薤露行》的文本中藏有复杂难解的"问题结构"，作者在向读者交代的极不充分的内容中，已经埋下了这个"问题结构"。难道是夏目漱石有意图地设定了一个暧昧结构？人们有如此怀疑也是正常的。若果真如此，那么，就会出现一个谜：夏目漱石秘藏的"意图"究竟是什么？江藤淳对此曾进行过大胆的论述，其观点中引人注目的要点是江藤淳认为《薤露行》中藏有一个"暗号"——夏目漱石与嫂子之间存在不伦之恋。

江藤淳的观点要旨是，《薤露行》是以"禁忌与死亡主题"为主旋律的、"结局悲惨"的物语，其中暗藏了夏目漱石与十几年前辞世的嫂子登世之间的不伦之恋[1]。

那么，夏目漱石果真在《薤露行》中有欲言之隐，却又不愿被人知晓真相吗？按照江藤淳的观点，夏目漱石为了不让他人看破自己的秘密，才使用了"亚瑟王的传说这个暗号"。如果这个观点可以成立，那么，读者应该如何对待夏目漱石围绕读者对《薤露行》的批判所做出的如下反应？"坂本四方太认为，夏目漱石的《伦敦塔》与《幻影之盾》很有趣，但读不懂《薤露行》的主旨。我不知道理由是什么。"这是夏目漱石致弟子野村传四的书简（1906年2月20日）中的部分内容。关于《薤露行》，坂本四方太[2]的反应是"读不懂"，我们通过夏目漱石上述书简内容可以窥见，夏目漱石对坂本四方太的反应相当不满。如同夏目漱石书简字面所表达的那样，对几乎与《薤露行》同时发表的《伦敦塔》与《幻影之盾》，坂本四方太评价说"很有趣"，据此看来，坂本四方太不可能因为《薤露行》是"西洋内容"而不喜欢。我们可以简单地做出判断，他说"读不懂"

---

[1] 江藤淳：《夏目漱石与亚瑟王传说——关于〈薤露行〉的比较文学研究》，东京大学出版会，昭和50年（1975年），第311—329页。
[2] 坂本四方太（1873—1917），正冈子规门下的俳人，生于鸟取县。毕业于东京帝国大学文科，任东京帝国大学文科副教授兼图书馆"司书"。关于坂本四方太的写生文集，夏目漱石著有书评《读〈如梦〉》（载《国民新闻》明治42年1月9日）等文章。坂本四方太与俳人、小说家高滨虚子（1874—1959）长期亲密交往。平成3年（1991年）《赫尔墨斯》第34号，登载了关于坂本四方太的文章，笔者因努力不足，未能阅读。尔后，笔者受到了大冈信难得的指教。

的原因如前所述，是因为"镜子"这一章内容令结构变得复杂起来。

　　这里，再返回江藤淳的观点。《薤露行》不是"艾莲的故事"，因为夏目漱石让夏洛特小姐在"镜子"一章里登场，就是一个暗号。据说这个暗号里，秘藏的夏目漱石创作主旨是，为已故的嫂子登世奏挽歌。按照江藤淳的说法，夏目漱石煞费苦心，不愿让《薤露行》（尤其是其中的"镜子"一章）的秘密（自己与嫂子登世的不伦之恋）被读者看破，将其写成一个暗号。如果真是这样，夏目漱石不可能在前述书简中做出那样的反应吧。倘若江藤淳的观点站得住，那么，当夏目漱石面对坂本四方太做出"读不懂"的反应时，他倒是应该流露出放心的微笑，这才显得自然。

　　关于夏目漱石面对坂本四方太表示不满的原因，笔者认为，应该作如下解释才显得妥当，即夏目漱石对不解《薤露行》结构深意的弟子表示出了责难。以故，笔者认为为了不让读者看破《薤露行》的寓意而采取设"暗号"的形式这个观点不妥。夏目漱石在继《薤露行》之后发表的《旅宿》中，再一次将我们拽进了已在《薤露行》中出现过的猜谜游戏中。

第二节　"镜子"的变形

　　这一节，笔者从《旅宿》中神秘的女主人公志保田那美的性格谈起。男主人公、画家"我"来到那古井的温泉场，邂逅了志保田那美。这个女性与夏洛特小姐相同，也被塑造成难以捉摸、不可理解的人物。夏目漱石为描写志保田那美的性格动用的细部素材，与描写夏洛特小姐时动用的细部素材有着惊人的相似。首先，"那美"这个名字就含有某种深意。对"那美"这个名字，人们很容易做出这样的猜测：恐怕是因为女子住在那古井，人名源于地名，可以理解为"那古井美丽的女人"。这里颇显重要依据的是，谜一样的女主人公"夏洛特小姐"这一名字，来源于她住在夏洛特岛①上，可见二者的命名规律可谓一脉相承。还有，小说《旅宿》中被当作"那美"的化身来看待的、传说的"长良少女"（The Lady of Nagara），这个名字也与地名相关。夏目漱石好似千叮万嘱地告诉人们，他在作品中贯彻了以地名命人名的这一做法。

志保田那美的居所——温泉场的旅馆，靠近山丘断崖，是一栋二楼建筑。如此景状确实好像"山岗上夏洛特小姐的居室"（《薤露行》）。这也就是说，两篇作品中女主人公的住所存在共同点，即都位于可以居高临下俯视周围景色的地方。

那么，至关重要的志保田那美的特质又如何？关于这一点，画家"我"与温泉场的女仆之间有如下内容的对话：

"年轻的夫人，每天都干什么呀？"
"每天做针线活儿……"
"然后呢？"
"弹'三味线'②。"
此事，令我感到意外。（《旅宿》第四章）

"我"极想知道谜一样的女人志保田那美的真实面目。这时，"我"从女仆口中听到的是，志保田那美的"日常"生活内容即做针线活儿与弹"三味线"。情节发展到这里，我们愈发不能不注意到作者夏目漱石的暗中示意。换言之，所谓"那古井的女人"的"针线活儿"，令人联想到《薤露行》中的夏洛特小姐每天用丝线织"画"。此外，"三味线"令人不能不联想到从夏洛特高塔的"窗口泄露出来的梭声"。

---

① 《薤露行》中没有明确指出"夏洛特"是岛名，只说明是位于河边的一个场所，阿尔弗雷德·丁尼生的诗歌中写的是一座岛。而那古井的温泉场，位于"摩耶岛"上。关于地理位置，二者可谓也有深层关联。

② 日本代表性拨奏弹鸣弦乐器，有三根弦，共鸣箱用红木或花梨木制成，蒙以猫皮或狗皮，琴杆较长，用紫檀制成，近似中国的"三弦"，是日本传统戏剧"净琉璃剧"和歌舞伎的伴奏乐器。"三味线音乐"作为日本音乐，最能代表民族特色。——译者注

面对画家"我",志保田那美频繁暗示出自己要投水池自杀,这个水池名曰"镜之池"。此名的来由是,志保田家很早以前的一位小姐,痴迷恋上了暂时逗留志保田家的"虚无僧"①,她追赶虚无僧到池畔,投身池中而亡,投池之际,她手里拿着"一面镜子",尔后,此池被命名"镜之池"。秘藏着这样一个传说的"镜之池",在《旅宿》中被赋予了特殊作用。具体说来,"镜之池"是一个象征性的道具,它将志保田那美设定为一个脱离现实的存在。或者说,"镜之池"将志保田那美设定为一个与时间无关的存在。村里的男人对"我"讲着很早以前那一位小姐投池自杀的传说之后,接着又这样说道:

"这件事可是发生在相当早的古时候啦。另外,这话我可只跟您说呀,老爷。"
"什么事?"
"那个志保田家,代代都出疯子。"
"哎?"
"完全是有鬼在作祟,现在志保田家的小姐,最近也略显反常,大家都这么说着。"
"哈哈,和鬼没关系吧。"(《旅宿》第十章)

我们应该重视村中男子讲的话。关于志保田那美家,因为"有鬼在作祟",代代出"疯子","古时的小姐"与"当今的小姐"(志保田那美)这两个女人之间感觉不到存在着时间隔绝。夏目漱石设定"镜之池"这个背景,令志保田那美在久远的时间之海里游泳,也就是将她设定为无时间感的一个存在。对于不得不选择灭亡之路的很自信的女人们而言,换言之,

---

①日本"普化宗"(日本禅宗的一派,中国宋代传入日本后以中国唐代普化和尚为始祖)不剃发的僧人,头戴形似深筐的斗笠,吹箫乞食,放浪四方,身背草席,随地野宿。又称"普化僧"、"菰僧"或"荐僧"。江户时代(1603—1867年)武士犯罪后,当虚无僧,可免于刑事处罚。明治4年(1871年),"普化宗"废宗。——译者注

即对于被鬼"作祟"（curse）的女人们或被"癫狂"命运纠缠着的女人们而言，"镜之池"是她们的精灵之寓所。也就是说，"镜之池"在男主人公"我"的幻想世界里，是女主人公"长良少女"（"我"隐隐约约能听见她在歌唱）与莪菲利亚的久远领地。实际上，在继承了她们的血脉（事实上，志保田那美也被描写成被鬼作祟的女人）的志保田那美看来，充满一池古老的水、久远静止的"镜之池"，作为特权场所，控制着她的生命，在这个特权场所里，"观照"与"癫狂"交杂在一起。

如果说夏洛特小姐的镜子是属于魔术界的物件，它能将现实世界变成空想的世界，那么，"镜之池"这面"水镜"则是由现实世界走向幻想世界的一条通道。夏洛特小姐的镜子映照外部世界，"镜之池"这面镜子则能照出"照镜子"的人。二者虽然存在如此差异，但从各自文本具备的意义方面看，可以发现二者之间确实存在连接点。在某种意义上说，同一个作者使用的这两面镜子属于相辅相成关系。

夏洛特小姐与志保田那美，这两个女主人公生活在超现实的"镜子世界"里。二人的命运也十分相似，这一点表现在"诅咒"（《薤露行》中的夏洛特小姐）与"有鬼作祟"（《旅宿》中的志保田那美）方面，进而构成她们生命中的阴影。

还有一点，考察《薤露行》与《旅宿》中的"近亲相奸"关系时，存在一个无论如何也无法忽略的地方。关于这一点，《旅宿》中有如下描写：

> 河面不甚宽广，河水很浅。水流悠慢舒缓。……
>
> 船在河面上静静地行进，情趣流漾。左右两岸上，生长着笔头菜①。河堤上有许多垂柳。……有时可看见有人放出了鸭子，鸭子"嘎——嘎——"地叫着，跑到河边。
>
> 垂柳与垂柳之间，银晃晃闪耀着的，好像是白桃。还能听见"咣

---

① 木贼科，多年生草本，生长于水涯或田头，早春萌出孢子茎，呈圆柱状，叶绿素欠缺，呈淡褐色，茎顶생以毛笔头，故名。笔头菜可食用。笔头菜发出营养枝后，称"问荆"，高10—30厘米许，日本称"杉菜"。——译者注

当、咣当"织布的声音。"咣当"与"咣当"之间，能听见女子的歌声"哈啊咿""咿哟咿哟"。究竟在唱些什么内容，一点也听不明白。（《旅宿》第十三章）

"日俄战争"爆发后，志保田那美的堂弟久一从军出征，志保田那美一行多人乘河船来到吉田停车场送别。上述引文描写的就是这一场面。然而，关于这一场面，很早就有人指出表述上出现的矛盾，这个矛盾问题如今犹存。久一从面临有明海的家乡那古井出发，送行的许多人却须乘舟顺河流而下，前往送别，这一表述违背了常识。夏目漱石的弟子森田草平，就此事问过夏目漱石，据说他没做出什么反应[①]。可以说，这是因为夏目漱石本人也不得不承认如此表达的非合理性。

如此这般，夏目漱石宁肯犯常识性错误，也设定了乘舟顺河流而下的场面。关于这个谜，前田爱的考察解释是"此乃桃源乡之行的归来"[②]。但是，仅就此处而论，人们只能觉得，《旅宿》文本早就排斥了以前解释的"整合性"或关于作品说服力如何的议论，因为凡是读过《薤露行》的读者，再阅读《旅宿》中乘舟顺河流而下的段落，都会大吃一惊地察觉到，二者呈现出极其相似的状况。

> 载着艾莲遗体的船，离开绿韵笼罩形成的荫翳，划到了中游。……两岸柳色翠绿。
>
> 船过夏洛特的时候，不知从何处传来了悲凉的歌音，从河右岸打破了古老河流的寂静，回荡在平稳的水波上。"活在无常空幻的现世……住在实有的今世……"歌声时断时续，时续时断，听着这凄悲歌声的，唯有死去的艾莲与坐在船尾的老翁船夫。（《薤露行》第五章"舟"）

[①] 关于此事的详细研究，参见佐佐木充：《〈旅宿〉——走向根源性记忆之旅》，载《一册讲座·夏目漱石》，有精堂，昭和57年（1982年）。
[②] 前田爱：《世纪末与桃源乡——以〈旅宿〉为中心》，《理想》昭和60年（1985年）3月号。

这一段是描写载着艾莲遗体的船，划向住着兰斯洛特（Lancelot）的卡梅洛特。而在被认为存在问题的《旅宿》中，乘舟顺河流而下的场面，是这样描写的——河堤上垂柳排列成行，从垂柳对岸的人家传来了织布的声响，女子的歌声随之飘来。我们不得不认为，如此描写与《薤露行》中的描写存在相互重叠的设定。《薤露行》中写道，夏洛特小姐住在河岸孤塔中，一边唱着歌一边织着织物。而且《旅宿》第十三章描写的跑到河边的"鸭子"意象，令人联想到《薤露行》中天鹅的存在，天鹅给载着艾莲的船当向导。这样比较看来，《薤露行》中使用的船、垂柳、悲凉歌声、织布机之类的意象，可以说几乎原封不动地被搬到了《旅宿》之中。

　　难道这纯粹是偶然的一致吗？若说纯属偶然，难免令人感到实在是过于巧合。如前田爱所云，《旅宿》中"乘舟顺河流而下"的场面，若有必要寻觅文本的内在关联，首先可以从《薤露行》的意象连环结构中寻觅，这种意象连环已融入《旅宿》的方方面面。具体说来，《旅宿》既然将《薤露行》中的隐喻构造作为一个作品的原理来采用，那么可以说，装点《旅宿》结尾的"乘舟顺河流而下"的场面无论如何都是很必要的程序。

　　以上，根据《旅宿》文本，进行了比较考察，发现《旅宿》几乎彻底引用了《薤露行》中的象征性道具。这里，我们必须准备一个答案来解决面临的一个难题，这个难题就是，假若夏目漱石有一种"内心欲求"，令他在作品中进行如此暗示，那么,这种所谓的"内心欲求"究竟指的是什么？

　　针对这一问题，作为探究的程序，首先，必须从读解设在《薤露行》中的暧昧结构开始。因此，在这一章里，笔者力避始终仅仅将焦点对准《旅宿》与《薤露行》的类似点，并力避仅仅将考察类似点得出的结论与作品主题相结合，进而归纳点明作品的意义。

第三节　作为寓意的《夏洛特小姐》

人们历来这样认为，夏洛特小姐与艾莲本来是同一个人物，夏目漱石却设定出不同性格的两个人物来，这是《薤露行》的最大特征。《亚瑟王传说事典》中，设有"Natsume Sōseki"①条目，责任编辑诺里斯·莱西这样评价道："《薤露行》是完整而高雅的抒情作品，它将日文与汉文的特性，巧妙地融入西洋素材（中世与维多利亚时代）之中。"②诺里斯·莱西在《亚瑟王传说事典》中的"阿斯通拉特的艾莲"这一条目中，再度提及《薤露行》：

> 阿尔弗雷德·丁尼生诗歌中登场的艾莲，被命令只能通过镜子来观看外面的世界。然而，她却作为"俯视了卡梅洛特"后当即死去的夏洛特小姐而广为人知。夏目漱石在《薤露行》中将两个登场人物合在一起了。夏目漱石以阿尔弗雷德·丁尼生的作品为主，大概还从托马斯·马洛礼的作品中选取素材，创作出日文版的作品《薤露行》。《薤露行》中登场的夏洛特小姐，在视线离开了镜子，直接看向兰斯洛特之际，便迎来了死亡。其后我们遇见了阿斯通拉特（Astolat）的艾莲。至于夏目漱石笔下艾莲的故事，例如她痴爱兰斯洛特，单恋之后死去，船载着艾莲的遗体前往卡梅洛特（Camelot）的宫殿等，与西洋传承下来的内容大体相似③。

从这一段引文中可以窥见，《亚瑟王传说事典》中的艾莲条目里，之所以特意笔及了《薤露行》，就是着眼于夏目漱石在登场人物设定方面的特异性，这是不言而喻的事。

"亚瑟王传说"的分枝，形成了意大利中世纪小说《斯卡洛特小姐》

---

① 意即"夏目漱石"。——译者注
② Norris J.Lacy ed., *The Arthurian Encyclopedia*(New York: Garland Pub.1986), p.516.
③ Ibid., p.149.

（*Donna di Scalotta*）。阿尔弗雷德·丁尼生的诗歌《夏洛特小姐》，就是直接以《斯卡洛特小姐》为素材写成的。此乃作者本人明确承认的事实。原本是"亚瑟王传说"的《阿斯通拉特的美丽少女》（*The Fair Maiden of Astolat*）这个故事，在"亚瑟王传说"的分枝过程中，经历过若干次变迁，变成了 *Donna di Scalotta*。此作又经由阿尔弗雷德·丁尼生，变成了 *The Lady of Shalott*。关于这种演变过程，前述的高宫利行与江藤淳已做过先行研究，进行过详细论证。

然而，两位学者提出的见解是，夏目漱石并未注意到艾莲与夏洛特小姐是同一个人物，夏目漱石是靠"诗的直观"（江藤淳观点）或"第六感"（高宫利行观点），在《薤露行》中尝试着将两个故事嫁接一起了。这个观点在当今研究者们中间已经得到承认。

笔者认为，夏目漱石具备广博的英语文学修养，他一定谙知艾莲与夏洛特小姐这两个女主人公是同源的存在。论证这一事实的论据，俯拾皆是。夏目漱石收藏着阿尔弗雷德·丁尼生的许多诗集，这些诗集的解说中，散布着关于艾莲与夏洛特小姐有亲缘关系的记述。

譬如，麦克米兰版《兰斯洛特与艾莲》收录的《国王牧歌》概说中这样写道："早在1832年，阿尔弗雷德·丁尼生就发表了《夏洛特小姐》。其后，这个故事构成了艾莲牧歌的骨骼。"[1] 此外，麦克米兰版的《阿尔弗雷德·丁尼生诗选》附有关于《夏洛特小姐》的解说，其中明确记述道：《夏洛特小姐》是从意大利中世浪漫故事《斯卡洛特小姐》中获得启示的；其次，阿尔弗雷德·丁尼生从《兰斯洛特与艾莲》中，接受了《夏洛特小姐》的另一个变形[2]。另外，夏目漱石于《文学论》第五编第六章"原则的应用（四）"中，引用了伊丽莎白·卡里撰写的研究丁尼生的著作，这部研究阿尔弗雷德·丁尼生的著作中也提出了相同观点[3]。凡此种种，可

---

[1] *Lancelot and Elaine.ed*, with Introduction and Notes by F. J. Rowe (London: Macmillan, 1895), p.xxxv.
[2] *Selections from Tennyson*, ed.with Introduction and Notes by F. J. Rowe & W.T.Webb (London: Macmillan, 1986), p.104.
[3] Elizabeth L. Cary, *Tennyson, His Homes, His Friends, and His Work* (New York: G. P. Putnam's Sons, 1898), p.181.

以看出，艾莲与夏洛特小姐，这两个人是同根的存在。此事在夏目漱石的那个时代已经成为定说，我们有理由推测，夏目漱石可能将这个事实纳入他的读书范围内。

　　笔者之所以执着于考察以上这些细枝末节的事实，是因为笔者认定，迄今为止，学者们围绕托马斯·马洛礼与阿尔弗雷德·丁尼生写的"亚瑟王传说"的文本已进行过研究，如果对此前的研究状况不进行详细思考，就不可能期望对《薤露行》会有正确理解。夏目漱石偏爱阿尔弗雷德·丁尼生，反复熟读过阿尔弗雷德·丁尼生的诗歌①。夏目漱石是一个英语文学的研究者，他在《文学论》等书中，以分析的眼光，考察过阿尔弗雷德·丁尼生的诗歌世界。

　　夏目漱石还在读大学的明治 25 年（1892 年）12 月，阿尔弗雷德·丁尼生溘然谢世。因此，是年夏目漱石翻译了题为《诗人阿尔弗雷德·丁尼生》（奥格斯塔斯·伍德著）的长文，分两次发表于《哲学杂志》上。《诗人阿尔弗雷德·丁尼生》中关于《国王牧歌》有如下记述。

　　　　这些诗篇（包括《国王牧歌》）都描写古代尚武风气，从考试情况、决斗景状到爱情风调，都叙述得极尽其妙。不仅如此，<u>其中还存在深度的寓意。作者要从《亚瑟王》中观察精神与肉体的搏斗</u>。（《夏目漱石全集》第 12 卷，第 331—332 页，底线为引用者所加）

　　人们指出，《国王牧歌》成了夏目漱石《薤露行》的素材。而这篇《国王牧歌》的主题，借助了"亚瑟王传说"的舞台装置，扎根于诗人阿尔弗雷德·丁尼生"精神与肉体的搏斗"的内心世界里。阿尔弗雷德·丁尼生为了表现《国王牧歌》的主题，使用了有"深度寓意"的手法。夏目漱石很可能早在写《薤露行》以前，就熟知了阿尔弗雷德·丁尼生与"亚瑟

---

①夏目漱石在明治 36 年（1903 年）6 月 17 日致井上微笑书简中作了一首俳句云："玫瑰已凋落，丁尼生篇篇诗歌，读得多又多。"

王传说"这个素材的关系，乃至"亚瑟王传说"具有的寓意特质。当然，我们不难想象，夏目漱石阅读《夏洛特小姐》之类的作品时，他关注的目标是秘藏作品中的"深度寓意"。

那么，夏目漱石从《夏洛特小姐》中读取了何种寓意的主题？高宫利行在前述的《〈薤露行〉的谱系》中指出：《薤露行》中的夏洛特小姐，被描写成非男非女的"中性人"。尽管高宫利行避开了更进一步的判断，但他通过介绍坪内逍遥（1859—1935）的如下论述，推定《薤露行》中的夏洛特小姐或许是诗人寓意化的象征。

> 所谓"夏洛特的妖姬"，是歌颂天地之美的诗人，诗篇中荒唐奇怪的所有事件，不外乎暗示或讽喻"出世间界"（即诗歌领域）与俗界（即世间）之间的关系，以及矛盾冲突引出的可悲结局[①]。

这段话的主旨是，夏洛特小姐是一个"歌颂天地之美的诗人"，她的诗以隐喻的手法描写"诗歌领域"与"世间"二者的紧张关系。坪内逍遥对夏洛特小姐的评价，纵然以今天的眼光看，也极其精准。可以说，坪内逍遥正确地抓住了诗的主题或特征。从当时的英语文学大家坪内逍遥对诗的正确解释中，我们领略了他那卓越的批评眼光，但较之更有意义的是，我们窥见了当时关于阿尔弗雷德·丁尼生的研究水平。如同此后将要论述的那样，对作为诗人象征的"夏洛特小姐"的评价，早在19世纪就已经确立下来了。

不知当时的夏目漱石是否通过坪内逍遥的著作读到过前述的关于夏洛特小姐的解释，但有宝贵资料证明，夏目漱石对坪内逍遥叙述的《夏洛特小姐》的寓意主题有着确当的理解。夏目漱石《文学论》的主要参考书目之一是亨利·比尔斯的名著《19世纪英国浪漫主义史》（1901年）。这部名著中有关于《夏洛特小姐》的解说：

[①] 坪内逍遥：《英诗文评释》，早稻田大学出版部，明治35年（1902年）。

......《夏洛特小姐》（1832年）在其主题方面，与尔后的《兰斯洛特与艾莲》的牧歌是一致的，不过在具体艺术处理方面，《夏洛特小姐》带有空想性，殊甚富有寓意性。所谓"夏洛特"，源出古典韵文浪漫作品 Morte Arthur（作者不是托马斯·马洛礼）中"Astolat"（阿斯特拉特）的异形"Ascalot"。夏洛特小姐这位美丽的织女，看着相继映入镜中的外面世界的各种光景，并将其织入魔法的织物之中。人们解释道，<u>这个美丽的女人反映了人生，是艺术的象征</u>。① （底线为引用者所加）

这一段引文指出，第一，夏洛特小姐是由阿斯特拉特的艾莲派生出来的；第二，夏洛特小姐是"艺术的象征"。夏目漱石一边认真阅读《19世纪英国浪漫主义史》，一边撰写《文学论》，因此，难以想象他会漏读了上述十分重要的解释。亨利·比尔斯的上述观点，出人意料地将《薤露行》中的两个谜——《兰斯洛特与艾莲》与《夏洛特小姐》嫁接到一起了，而且还提供了线索，破译了难以理解的夏洛特小姐的本来面目。

第四节　艺术想象力与"高塔神话"

阿尔弗雷德·丁尼生以"亚瑟王传说"为题材创作的作品中，最先面世的就是《夏洛特小姐》。其后，阿尔弗雷德·丁尼生针对这篇作品的主题这样说道："在一直被长期隔绝的广阔的世界里，夏洛特小姐对外物与人产生的爱，将她从影子的领域带进了现实的领域。"② 这个观点发表后，在当时立即就很有名。纵然在今天，这句话提示的《夏洛特小姐》主题，仍是解读此诗的前提。正如阿尔弗雷德·丁尼生所比喻的那样，构成《夏

---

① Henry A.Beers, *A History of English Romanticism in Nineteenth Century* (New York: Henry Holt, 1901), p.271.

② A.Dwight Culler, *The Poetry of Tennyson* (New Haven: Yale University Press, 1977), p.44.

图 6-2 《夏洛特小姐说"对影子已经十分厌腻了"》（1913年），S. H. 梅特亚德作

洛特小姐》主题的两种要素，分别是"空想与现实"和"因素与社会"，因而形成了"二项对立关系"①。这种关系在《夏洛特小姐》中被置换成"镜子""孤立的高塔""卡梅洛特城"这样的设置。阿尔弗雷德·丁尼生通过《夏洛特小姐》这首诗，将人生现实中遭受孤立的艺术家之"自己同一性"危机，界定为艺术家不可避免的命运。

脱离现实、蛰居于"艺术想象力"这座孤塔里的诗人，在创作过程中获取的艺术成就，必然会强迫别人产生"欲望未得实现"之憾。高塔黑暗房间里的镜子中，在映入已婚男女身影的瞬间，夏洛特小姐流露出"对影子世界已经感到腻腻歪歪百无聊赖"的情绪。她渴望离开"影子世界"，进入"现实世界"（见图6-2）。这也就等于说，虽然是一个创作"无限与不变"的艺术作品的艺术家，当艺术家已经认识到自己属于"变化着的

---

① Morse Peekham, *Beyond the Tragic Vision: The Quest for Identity in Nineteenth Century* (Cambridge: Cambridge University Press, 1962), p.196.

有限的现实世界"这个严肃事实时,艺术家才能在现实世界中,接受要求安定的"自己同一性"这一欲望的驱动。莱昂纳尔·斯蒂文森评论阿尔弗雷德·丁尼生的《夏洛特小姐》时,首次使用了瑞士心理学家卡尔·居斯塔夫·荣格(Carl Gustav Jung,1875—1961)的精神分析学术语"无意识的自我"。按照莱昂纳尔·斯蒂文森的说法,直面维多利亚时代汹涌澎湃的实用主义时代理念,"夏洛特小姐"是无用诗人"无意识"的一种拟人化象征[①]。

夏洛特小姐打破禁忌,由窗口俯视卡梅洛特,于是,诅咒在等待着她,她的命运就是必死无疑。船载着她的身体,奔向现实世界的卡梅洛特。人们望着夏洛特小姐的遗体,无人晓得她是何许人也。夏洛特小姐是"高塔中的人",她要去外界旅行,不是为了确认在镜子里看到的影子究竟是真是假,而是为了探索自己到底能否适应现代社会。不消说,对于翘盼摆脱"影子世界"的夏洛特小姐来说,她的隐居生活会导致她的灭亡。换言之,憧憬现实世界,必然招致艺术与艺术家的灭亡。

诗人阿尔弗雷德·丁尼生借助"亚瑟王传说"的舞台,写出了《夏洛特小姐》,借此将"美的精神不能适应的'日常生活的诸种条件'"[②]这一问题,作为同时代浪漫主义诗人持有的矛盾提出来了。然而,如同克里·马克斯维尼所云,并非仅仅阿尔弗雷德·丁尼生一人意识到这种矛盾,从约翰·济慈、斯温伯恩,到马修·阿诺德、奥斯卡·王尔德、威廉·勃特勒·叶芝、托马斯·曼,这些属于浪漫谱系的19世纪与20世纪的诗人、作家们都意识到了这一点,这是他们面对的共同课题[③]。

评论家小宫丰隆曾经指出,从夏目漱石初期作品世界里,我们就可以看出,作者是苦恼的,"他住在现实世界里,心中的美好世界动辄被击得粉碎,他喟叹如此心境"(小宫丰隆著《夏目漱石》)。小宫丰隆的这一

---

① Henry Kozichi, *Tennyson and Clio* (Johns Hopkins University Press, 1979), p.50.
② Jerome H.Buckley, Tennyson: *The Growth of a Poet* (Cambridge, Mass: Harvard University Press, 1960), p.49.
③ Kerry Mcsweeney, *Tennyson and Swinburne as Romantic Naturalists* (Toronto: University of Toronto Press, 1981), pp.42—43.

观点，确实触及夏目漱石文学世界的奥义。《漾虚集》和《旅宿》的作者夏目漱石，与同时代的浪漫谱系文学家一样，无法摆脱夏洛特小姐怀有的那种矛盾。换言之，在现实中，夏目漱石也好似一个难以逃离"美的精神不能适应现实"这个主题的人。从这个意义上看，他将阿尔弗雷德·丁尼生的《夏洛特小姐》的故事融入《薤露行》第二章"镜子"里，这一点分外能吸引我们的关注。

《夏洛特小姐》的主题是谈论"艺术"。如本书前一章所述，针对这一点，夏目漱石很早就有确当的认识。我们若仔细阅读"镜子"这一章，会更加理解其神髓。阿尔弗雷德·丁尼生发挥独创性，将《斯卡洛特小姐》中没有的要素——岛子背景、织物与歌声、镜子、魔法诅咒[①] 融入《夏洛特小姐》之中，进而将《斯卡洛特小姐》的故事创作成了富于诗情想象力的神话。夏目漱石的《薤露行》对既存文本进行了部分改造，而前述阿尔弗雷德·丁尼生对《夏洛特小姐》 新追加的细部要素，可以说几乎全部被夏目漱石承袭过来，组合到《薤露行》之中。不仅如此，人们还明显感到，夏目漱石的独创部分有益于推展和突出阿尔弗雷德·丁尼生追加的细部要素内涵。

本章开头引用了《薤露行》第二章"镜子"中有关镜子的记述，在这段记述的后面，跟着这样一句话："隔一重，隔两重，纵然将广阔的世界切成四角形，也不可稍微加快自灭的时期。"阿尔弗雷德·丁尼生的诗中找不到与此相应的文字，这是夏目漱石新添加的内容。这段重要文字的意义需要根据描述镜子的段落结束后出现的内容来做推断。

夏洛特小姐将映在镜中的"影子"织入花毯（tapestry）中。此事意味着夏洛特小姐亲手织出的"画"是影子的影子。因此，令我们油然想起古希腊哲学家柏拉图（Platon，前427—前347）的"洞窟的比喻"[②]，这

---

① B.Taylor & E.Brewer, *The Return of King Arthur* (Totowa, New Jersey: D.S.Brewer, 1983), p.70.
② 柏拉图《国家》第七卷中出现的有名的比喻。一个囚犯被绑在洞窟入口，背靠洞口，眼睛只能看一个方向，背后的火光将人或动物等的影子映在囚犯眼前洞窟壁上。他认为壁上影子是实在物。囚犯被释放后，他即便看到影子的实体，也还是认为影子才是真实的。——译者注

个比喻的特色就表现在"艺术作品是对现实复制品的复制"。换言之,镜子(艺术性的想象力)映照的现实世界,在被用丝线(语言)织成花毯(艺术作品)的过程中,要进行两次"移动"。前述文字"与外界隔一重,隔两重",是以比喻的手法表述由现实世界升华为艺术作品的过程。夏目漱石千叮万嘱,生怕读者不明白似地,将夏洛特小姐的房间比喻为"洞窟"(很显然,窗口射进炫目阳光之前,房间俨然是不知夏天到来的"洞窟")。柏拉图的"洞窟的比喻",对有浪漫想象力谱系的文学家而言,尤其是颇有分量的课题。当然,夏目漱石也不例外,他说:文学创作虽然仅是表达现实世界的影子之影子,却也须默默地将其写到"四角形"的稿纸上,这是作家肩负的命运。不言而喻,这是夏目漱石借《夏洛特小姐》来表述自己。

夏目漱石早就意识到了今天的阿尔弗雷德·丁尼生研究家们仍然热议的《夏洛特小姐》主题与"洞窟的比喻"的关系问题。他代替阿尔弗雷德·丁尼生向人们解释这一问题。这一事例让我们理解到,夏目漱石在创作《薤露行》时,已经对阿尔弗雷德·丁尼生的诗歌世界,烂熟于胸了。

夏目漱石《薤露行》中的"镜子"一章,并非完全因袭阿尔弗雷德·丁尼生的诗歌世界,字里行间不时会展示出无拘无束的超脱。这一特色表现得最显著之处,是故事结尾对原典的改造。

阿尔弗雷德·丁尼生《夏洛特小姐》第四部的结尾是,夏洛特小姐在濒临死亡的预感驱动下,乘坐"死亡之舟"出行,抵达卡梅洛特城。然而,夏目漱石的"镜子"一章中,《夏洛特小姐》第四部的内容被全部略去了,结尾是夏洛特小姐说出咒语后,当场"扑通"倒在地上。这究竟意味着什么?

阿尔弗雷德·丁尼生笔下的夏洛特小姐,从高塔中下来,终于踏进了现实世界。然而,映入夏洛特小姐双眼中的景色,与她在镜子中看到的景色大不一样,树木的叶片淡黄蔫萎了(见图6-3)。我们若转换观点审视之,映入夏洛特小姐眼中的秋景,意味着艺术的秋天。夏洛特小姐乘船而去时,一边唱着悲凉的辞世歌,一边奔向卡梅洛特城。她纵然是一具尸体,也是

图 6-3 《夏洛特小姐》（1888年），约翰·威廉·沃特豪斯作

阿尔弗雷德·丁尼生添加的爱与死的部分现实。

与此相比，夏目漱石《薤露行》中的"镜子"设定的结局，给人以难以抹掉的感觉是略显乏力而简单。然而，正因为夏目漱石做出了这种改造，我们必须由此来理解作者的意图。《薤露行》中的夏洛特小姐，于尾声中当场倒地而殂，如此寓意应当对照阿尔弗雷德·丁尼生原诗结尾来探究，才显得妥当。这里的问题是，《薤露行》中的夏洛特小姐，死在高塔中黑暗的房间里，她没能像阿尔弗雷德·丁尼生笔下的夏洛特小姐那样进入了现实世界，在《薤露行》中的夏洛特小姐面前，进入现实世界的通道被截断了。作者夏目漱石是否有意让夏洛特小姐作为"塔中之人"，葬身塔中？对此做进一步的思考，我们可以发现夏目漱石的内心倾向，即夏目漱石拒绝了阿尔弗雷德·丁尼生暗示的浪漫诗人的"艺术之秋"。

第五节 天鹅的去向

夏目漱石"镜子"一章的结尾,不能令人十分满意。对此,我们需要结合继"镜子"之后作者的巧妙设计来做通盘思考。所谓设计,即作为《薤露行》中两个故事连接的接触点,夏目漱石早已预备完毕。这个策划达到壮丽鼎盛的场面,出现在《薤露行》整篇的高潮(climax)之处。

> 放眼望去,比雪还白的天鹅,收住双翼,划破水波,如国王一般,悠然地静静划水前行。天鹅高高地伸着长长的脖子,姿势高傲,威风凛凛,却不显得是可怕的动物。它凝望着起伏的波浪,站在船头,引导行船。船一直在前行,沿着天鹅翅膀扇动劈开的水波尚未合拢的波谷前行。两岸垂柳鲜绿。(《薤露行》第五章"舟")

艾莲对兰斯洛特的爱遭到挫折后,她死了。船载着艾莲的遗体,行进于水面上。突然,不知从何处飞来一只天鹅。上述引文就是描写这个场面。天鹅似在前面引导船行,在水面上静静前行,这只"姿势高傲"的天鹅,在船奔往卡梅洛特城的途中,"沉入水波里",隐而不见了,成了一个不可思议的存在。

然而,在阿尔弗雷德·丁尼生的《兰斯洛特与艾莲》中,却找不到这只天鹅的意象,因而可以认定,天鹅是夏目漱石的独创。关于"天鹅意象",大冈升平就《薤露行》中的"天鹅先导构想"与德国作曲家威廉·理查德·瓦格纳的三幕传奇歌剧《罗恩格林》(Lohengrin[①])中出现的天鹅,进行了比较研究。大冈升平提出假说,认为《薤露行》中的天鹅很可能是死去的

[①]《罗恩格林》的剧情是,天上的圣杯王国里珍藏着一只耶稣被钉在十字架上时用来接圣血的杯子,由武士守护着。圣杯武士时常下凡,除暴安良。一次,圣杯武士罗恩格林来到安特卫普,击败欲篡位的阴谋家——伯爵泰拉蒙,解救了蒙冤公主爱尔莎,被妖法变成天鹅的爱尔莎的胞弟高特弗利,也恢复了人形。罗恩格林答应与爱尔莎结婚,条件是爱尔莎不可打听自己的姓名来历。爱尔莎后来受人挑唆,问了不该问的事,罗恩格林只好与她惜别,返回天国。——译者注

兰斯洛特的化身①。《薤露行》中天鹅的作用，乍一看好像近似于《罗恩格林》中天鹅的作用，实则不同。也就是说，前者的天鹅不像后者的天鹅那样直接拽船②，而是给船当向导，其作用显得暧昧。如果说天鹅是为了将艾莲的遗体引导至目的地而出现，那么，就会出现如下矛盾：受人之托具有与天鹅相同目的的船夫老翁的作用又是什么？

《薤露行》中天鹅的本体究竟是什么呢？高宫利行在前述论文《〈薤露行〉的谱系》中，致力于考察《薤露行》中的天鹅的出典，列举出阿尔弗雷德·丁尼生的《濒死的天鹅》与《国王牧歌》中的《亚瑟王之死》，以及1832年版的《夏洛特小姐》。确实，这些作品都沿袭了阿尔弗雷德·丁尼生偏爱的《濒死的天鹅》中"天鹅意象"的传统文学理念，当死亡逼近时，天鹅便发出美妙悦耳的鸣声。不过，要想探究《薤露行》中"天鹅意象"的独特用法与阿尔弗雷德·丁尼生作品的重点关联，最应当重视的是其1832年版《夏洛特小姐》。

1832年版的《夏洛特小姐》第四部（第139—140行），使用了一群天鹅鸣叫的艺术意象，这群天鹅的鸣声被风吹动着，传到河岸。但是，天鹅的如此鸣声，立即就与尔后出现的夏洛特小姐"悲凉的、余音绵长的、神圣的"（第143行）"临终歌"和鸣起来。若更深入说来，身靠小船、唱着"临终歌"死去的夏洛特小姐本人，彻底变成了一羽"濒死的天鹅"③。

这里，我们再将目光投向《薤露行》中"镜子"一章的结尾。夏洛特小姐引发咒语，随之倒在地上。其后她又如何？也许她就这样地咽气死去了，这样解读比较稳妥。不过，不能说作者夏目漱石完全没有在这个尾声中有意识地留有余地。若是一个读过阿尔弗雷德·丁尼生原诗的读者，他会知道，夏洛特小姐接受了咒语后乘舟出行这一段内容。这样的读者，读

---

①大冈升平：《小说家夏目漱石》，筑摩书房，昭和63年（1988年），第193—200页。
②爱尔莎与泰拉蒙决斗时，祈祷出现在梦中的"坐在天鹅拉的船上的骑士"来替她决斗，这个骑士即罗恩格林，他果真来了，打败了泰拉蒙。拉船的天鹅原本是高特弗利。罗恩格林让他又变成人。——译者注
③"夏洛特小姐'唱着临终歌'行进在河面上之时，已成为某种'濒死的天鹅'，实际上，《夏洛特小姐》的初版本中就使用了'濒死的天鹅'这个意象。"（Culler, op.cit., p.47.）

了夏目漱石"镜子"一章的结尾，肯定更会心有不爽。

还有含糊不清之处是，在《薤露行》的结尾，载着艾莲遗体的船抵达卡梅洛特城之际，却传来了理当已经死去的夏洛特小姐"悲凉"的歌声。

> 悲凉的歌声飘动在水面上，"……美丽的……恋爱、颜色等……都在变化，由盛而衰"。歌声似细丝摆动或微波泛起之际的感觉一般，传入人们的耳朵。（《薤露行》第五章"舟"）

另外，本来只有通过高塔旁的人，才能听得见夏洛特小姐悲凉的歌声，然而这歌声却能传到卡梅洛特城一带人们的耳中，这一点也显得很不自然。

归根结底，要使状态的成立显得很自然，必须具备以下条件，即夏洛特小姐健在，她与载着艾莲的船一道，来到卡梅洛特城。然而，这又是很不合理的设想。因此，我们可以设想出另一个方案，隐隐约约传入人们耳朵里的悲凉歌声的歌唱者，或许是到达卡梅洛特城水门时沉入水底无踪无影的天鹅。这也就是说，很可能是受到诅咒而死去的夏洛特小姐变成了天鹅，飞到故事结尾处，现出了姿形。

如前所述，阿尔弗雷德·丁尼生1832年版《夏洛特小姐》里的夏洛特小姐，带有"濒死的天鹅"的形象。既然如此，夏目漱石之所以在《薤露行》结尾进行大胆精心的改造，我们可以推测，夏目漱石对阿尔弗雷德·丁尼生的原点有着独自的"解读"。

推定天鹅是夏洛特小姐的化身，还有一个根据。《薤露行》中的夏洛特小姐是"诗人"的隐喻，前一章已对这一点做过考察。如果说天鹅是夏洛特小姐的化身这一论点可以成立，那么，天鹅就必然具备相应特点条件。实际上，《薤露行》中的天鹅完全可以满足这个条件。因为天鹅的歌声美妙，屡次三番被视为"诗神"，而且在寓言世界里，诗人的灵魂附着于天鹅身上①。

从以下出示的资料,我们可以看出夏目漱石在作品中活用"天鹅意象"的轨迹。在前述夏目漱石翻译的《诗人阿尔弗雷德·丁尼生》(奥格斯塔斯·伍德著)这篇长文中,有如下一段文字。

> 终于在最近,"阿尔弗雷德·丁尼生"以年近九十的高龄,静静地辞别了尘世,唱着<u>《天鹅之歌》</u>,朝向一望无涯的大洋飞翔而去,具体去向不明。(《夏目漱石全集》第12卷,第317页,底线为引用者所加)

这里将丁尼生的死比喻为"唱着《天鹅之歌》,朝向一望无涯的大洋飞翔而去,具体去向不明"。将这一段记述与《薤露行》中沉入波浪里消失踪影的"天鹅意象"重叠起来考虑,绝非牵强附会。

这样一来,我们会自然地看到,《薤露行》中的天鹅,是夏目漱石精选的最恰如其分的象征性小道具,用以悼念夏洛特小姐这位"诗人"的殂落(见图6-4)。最后场面中的悲歌,宛似天鹅的鸣声一般,断断续续地传了过来,"……美丽的……恋爱、颜色等……都在变化,由盛而衰"。这支歌是灵魂附于天鹅身上的夏洛特小姐的"临终歌"。

阿尔弗雷德·丁尼生《夏洛特小姐》第四部里,关于死亡与奔向卡梅洛特城的描写,在夏目漱石《薤露行》的"镜子"一章里被略掉了。取而代之的是在《薤露行》整体作品结尾处,借助"天鹅意象",夏洛特小姐再度登场,于是,阿尔弗雷德·丁尼生的《夏洛特小姐》与《薤露行》两个故事奇妙地融为一体。虽然如此,《薤露行》内部并存的两个故事却是互不相容的两个世界。装点"镜子"的内容是,圆桌骑士兰斯洛特与亚瑟王的王妃格尼维尔偷情,以及艾莲盲目激烈的爱的情念。如果《薤露行》中"镜子"以外四章的故事,皆可收入现实的"道德主题"之中,那么,

---

① James Hall, *Dictionary of Subjects and Symbols in Art*(London: John Murray, 1974), p.294.

图 6-4 《夏洛特小姐》（钢笔画，1854 年），约翰·艾弗雷特·米莱作

就可以说，被囚禁于超自然幻想世界之内的夏洛特小姐的故事，是以"精神性"或"美学性"主题为基础的。

将《薤露行》内部并存的两个故事连接为一体的唯一接点，是两个女主人公对同一个骑士兰斯洛特的"爱"，而"爱"的结局就是死。两个女主人公"爱"的对象是同一个男人，但"爱"的特点相异。如果说艾莲寄予兰斯洛特的"爱"属于现实的"厄洛斯"，那么，夏洛特小姐寄予兰斯洛特的"爱"，则是某种致命感情。夏洛特小姐认为自己对映入镜中威风凛凛的圆桌骑士兰斯洛特具有强烈的吸引力，这种"爱"是"辉煌的现实"。从二人的"死"中也可以明确看出艾莲与夏洛特小姐的"爱"的如此相异：艾莲的死带有意志性；与之相反，夏洛特小姐的死，是难以逃避的命运。

将这两个故事并列起来观察，对作者夏目漱石来说，究竟哪一侧是重要的课题，不言自明。若以"镜子"一章作为《薤露行》的中心点，那么，产生作品紧张度的对立结构特质，则会更加鲜明地凸现出来，这种特质就是生活现实与"自我"的尖锐对立。"杀夏洛特小姐的人，是兰斯洛特；

杀兰斯洛特的人，是夏洛特小姐。"能喊出这样的咒语，作者已经达到癫狂程度了。可以认为，如此咒语是夏目漱石内心发出的呐喊。恐怕这里展示了夏目漱石内心世界的景状，当夏目漱石的艺术想象力受到现实的威胁、濒临危机之际，他缭乱的意识就像夏洛特小姐的房间，丝线与镜子碎片交杂。在这种缭乱意识中，夏目漱石感到自己文学创作的失败，因而产生的强迫观念，迫使他不得不将阿尔弗雷德·丁尼生原诗中已经出现裂痕的夏洛特小姐的镜子摔得粉碎。处于文学创作初期的夏目漱石，在如此难以忍受的纠葛中，认真思考着想象力的死亡问题与文学中的"自杀"命题。

如果说阿尔弗雷德·丁尼生的《夏洛特小姐》第一部至第三部写的是被隔离的诗人的故事，那么，第四部第五部写的则是诗人逐渐进入现实世界的故事。这样一来，夏目漱石既然考虑到《夏洛特小姐》原诗结构，并让天鹅登场，将天鹅设计成夏洛特小姐的化身，那么，他期待夏洛特小姐在《薤露行》结尾发挥天鹅那样的作用，便是理所当然的事了。然而，卡梅洛特城的人们直到最后也没能看见天鹅的影子。在《薤露行》中的"镜子"一章里，夏目漱石拒绝借鉴阿尔弗雷德·丁尼生式的结尾，于是，如前所述，夏洛特小姐作为"高塔中的人"，选择了就地而亡的辞世道路。以故，夏洛特小姐的化身——天鹅，将自己的姿形隐藏起来，在《薤露行》的结尾不进入人们的视野。不言而喻，如此设定是作品原理使然，令天鹅不进入现实，或者拒绝与现实和解。一言以蔽之，在《薤露行》中，夏目漱石将"作者与外部对立"这一结构贯彻到底。

第六节　高塔中的作家

艺术与现实的对立结构，不单出现在《薤露行》中，而且是夏目漱石初期短篇集《漾虚集》的整体特质，《漾虚集》被界定为作者浪漫想象力的结晶。《漾虚集》中先于《薤露行》问世的作品《伦敦塔》或《卡莱尔博物馆》中，都融入了作为"作家的场所"的"高塔"意象，因此，对这两篇作品应当予以重点关注。特别是《伦敦塔》，它是夏目漱石内心世界浪漫灵魂的真实声音首次以公开形式表现出来（中村真一郎认为，这是"小说的实验"）。在如此表现过程中，《我是猫》（1905—1906年）的作者夏目漱石，将自己留学英国期间"参观'高塔'"的记忆，作为小说的实验材料，进而映照出作为幻视者或做梦人的自己的身影。

《伦敦塔》是短篇集《漾虚集》的骨骼。《伦敦塔》的历史与监狱的故事，不过是夏目漱石为了自己寄身于"20世纪的伦敦"（即远离现实世界、被幽禁的无时间意识的世界）而做出的一个必要设定。换言之，夏目漱石栖身的黑暗的牢狱囚室，是允许人沉降于梦与幻想之中的"另一个世界"。而且伦敦塔中的监狱囚室，与夏洛特小姐栖身的高塔里的房间相同，夏目漱石将伦敦塔监狱化作自闭的场所，以探究自己作品的意义。

> 究竟怎样做，才能生存下去？他们的心中时常萌生这样的疑问。一旦进入了伦敦塔的监狱囚室，此人必死无疑。……然而，自古及今，大真理告诫他们要活下去，活到最后。他们迫不得已地磨着自己的指甲，用尖锐的指甲在坚硬的墙壁上写出了"一"字。……墙壁上残留的纵横划痕，是求生者执着的灵魂。（《伦敦塔》）

夏目漱石在空想中浮现的这一段文字，其寓意如越智治雄尖锐指出的那样：活着的过程，就是"创作"的过程。归根结底，夏目漱石在"确认于密室中进行创作的意义"[①]。与夏洛特小姐栖身的高塔相同，伦敦塔是"作家夏目漱石对抗外界的场所"（越智治雄语）。但是，《伦敦塔》结尾出现的与客舍老板的对话，将夏目漱石从伦敦塔里带回的幻想轻而易举地"砸得粉碎"。在懊悔的心情中，夏目漱石表达了这样的心态——"从那以后，我决定再也不与他人齿及伦敦塔了"。如此一言，不外乎表明：夏目漱石那被"高塔"理想化了的审美世界受到了现实世界的威胁，他对

[①] 越智治雄：《〈漾虚集〉之一个方面》，《国文学》昭和45年（1970年）8月号。

此怀有强烈的危机感。

"高塔"是"作家存在的场所",这种"高塔"意象,还出现在继《伦敦塔》之后问世的作品《卡莱尔博物馆》中。夏目漱石于《卡莱尔博物馆》中这样形容英国思想家托马斯·卡莱尔(Thomas Carlyle,1795—1881①)的"四层楼四角形的家"——"宛如将大工厂的烟囱从底部截断,移至此处,遮以天棚,开了窗户"。关于生前的卡莱尔,夏目漱石这样描写道:他笼闭于"距天很近的一个房间里",面对"四个角四面墙度日"。夏目漱石驻足于"距天很近距人却很远"的房间里,浮想起卡莱尔笼闭此室潜心著书立说的形象,觉得这个狭窄的书斋,在自己"缥缈"的意识中,变成了一座"高塔"。夏目漱石认为,卡莱尔登上书斋之前,已经"将伦敦的尘埃与声音远远地抛在下界,心情好似独坐在五重塔的塔顶"(底线为引用者所加)。夏目漱石从卡莱尔的书斋里下来的时候,"他觉得下一层楼,距下界就近一层,他感到好似在一层一层剥掉冥想的外皮"。这段话表达了夏目漱石的理念,这个理念伴有遗憾与百无聊赖的心绪,因为夏目漱石觉得不能永远逗留在观照与冥想的"另一个世界"里。关于这一点,从另一个角度看,唯有孤立的"高塔",才是作家夏目漱石生存的场所,他考察卡莱尔博物馆,也就等于再度确认自己的生存场所。

文学创作刚刚起步的夏目漱石,随之发表了两篇游记形式的短篇作品《伦敦塔》与《卡莱尔博物馆》,此事很值得关注。这是因为,夏目漱石考察伦敦塔与卡莱尔博物馆,相当于探究艺术想象力的"高塔"与自己内心世界狭隘居室的行程。换言之,夏目漱石于《伦敦塔》与《卡莱尔博物馆》中考察高塔,有两种含义:第一,考察高塔的过程就是探索文学创作的过程;第二,他的浪漫主义灵魂很难与现实世界和解,他考察高塔,是围绕自己的浪漫主义灵魂原点进行的一次巡礼。这种考察"高塔"的旅行,

---

①托马斯·卡莱尔的著名代表作是《衣服哲学》(*Sartor Resartus*,1833—1834 年)。卡莱尔重视灵魂与意志的力量,从浪漫主义的角度,批判物质主义与功利主义,认为世间的制度、道德等都是暂时的东西,都是"存在"这个不变的本质随时穿的衣服。卡莱尔的学说走红于日本明治与大正时代,对新渡户稻造、内村鉴三、有岛武郎等人产生了很大影响。——译者注

还可以追溯到《薤露行》中与夏洛特小姐相关的"高塔神话"。

以上考察的《漾虚集》中的三篇作品,都借用了"高塔"这个场所,讲述人在生存现实中被迫面对着审美领域的精神危机。针对浪漫作品中出现的高塔,可以做这样的理解:人驻足这个场地,可以纵目眺望,同时,高塔也是一种舞台,从这里可以走向内心世界。在处于文学创作初级阶段的夏目漱石看来,高塔是自己文学理想主义之象征。

此外,夏目漱石借助这些作品,给自己留下了重要作业,这一点不容忽略。这是因为,三篇作品中力求保护高塔的立场与求之不得的现实形成对抗,这种激烈的对拉结构一直续至作品结束。夏目漱石以开放的结尾形式,追问文学创作的意义。

笔者认为,夏目漱石将《薤露行》的结构活用于《旅宿》之中,其理由恐怕就在这里。《旅宿》沿袭《薤露行》开放的结尾形式,再写下去,必须从葬身于高塔中的夏洛特小姐的故事开始。

"您看过长良少女的五重塔了吗?"

"哎,见过。"

秋来到,

芒上露珠消去;

想到,我也离人世[①]。

女子仅仅叙述了这首和歌,未带节拍,对"和歌"的意思未加说明,不知何故。(《旅宿》第四章)

所谓"长良少女的五重塔",指的是《旅宿》中的画家"我"赴那古

[①] 这是《万叶集》里第1564首和歌,作者是"日置长枝娘子"。"芒"即芒草,是日本植物美学中著名的"秋季七草"(胡枝子、芒草、葛蔓、抚子花、女郎花、藤袴、桔梗)之一。芒草穗上的露珠,喻指人世无常。这首万叶和歌引自赵乐甡译《万叶集》(译文出版社,2009年)。——译者注

井途中看见的路边"长良少女"的墓塔。"我"来到那古井之前,途中茶馆老妪对"我"讲了长良少女的故事。老妪说,长良少女烦闷地思索:"咳,依了那个男人吧,咳,依了那个男人吧。"尔后,吟咏了一首"秋来到"的"万叶和歌",紧接着就投水自杀了。"我"还听老妪说道,长良少女与志保田那美的"人生经历"相似。《旅宿》是处于《薤露行》延长线上的作品,从这个观点来看,葬于五重塔里的长良少女,继承了死于夏洛特塔中的夏洛特小姐的角色。长良少女夹在两个男人中间,不知爱哪个男人为佳,苦恼至极,最后自杀了①。这个故事等于将夏洛特小姐在艺术与现实的对抗中死去一事寓意性地表达出来了。

《旅宿》中的志保田那美,突然对"我"讲起了长良少女的故事,进而无端地哼唱起《长良少女之歌》。如此志保田那美,被夏目漱石塑造成"长良少女之后裔"。然而,从长良少女身上,又能窥见志保田那美力求摆脱"长良少女之幻影"的动向。譬如,志保田那美说道:"我要让爱长良少女的那两个男人都当'男妾'。"从寓意性的语言表达法的侧面看,可以认为,她的这种说法意味着艺术与现实的和解。志保田那美还说:"轻松舒畅,或者不轻松舒畅,世间的一切,因人的心情而异,各种各样。讨厌跳蚤国,迁移至蚊子国,那又能如何?"(《旅宿》第四章)志保田那美经过了漫长的苦闷,进入了彻悟之境。我们将她说的这些话当作夏目漱石的肺腑之言来看待时,可以解悟的是,夏目漱石在《漾虚集》中探索文学创作的意义,这种探索到达《旅宿》时,一个阶段结束了。

前田爱在前述论文《世纪末与桃源乡——以〈旅宿〉为中心》中,将《旅宿》界定为:"描写一个艺术家的危机,还描写如何逃离这种危机,

---

①这个故事与《万叶集》里"二男对一女型"的爱相同。两壮士爱上同一个女子,女子泣曰:亘古至今,未闻一女嫁二夫。为使两壮士免于相害,自己唯"作不良计",徘徊樱下,悬枝而殪。两壮士哀痛,血泪沾襟,各赋一歌,皆将少女比作魅人樱花。参见《万叶集》第 3786 首、第 3786 首和歌。此外,日本福井县的"越前水仙"传说也讲述这一类型的爱。平安时代末期,越廼村青年山本二郎太从狂涛中救出一位燕妒莺惭的女子,日后互恋。晚夏从战场归来的胞兄一郎太也爱上此女。姕姕娇娥,惹起风波,同室操戈。为避伯仲相残,女子举身赴海。翌春,海岸漂来一朵银花,人们认为此乃蹈海女子的化身,将其插种于山崖,开出水仙花,成为越前水仙的源头。——译者注

是一种教养小说。"以此为根据进一步思考，可以断言，摆脱了艺术危机的人，与其说是画家"我"，不如说是夏目漱石本人。画家"我"跋涉的旅程，反映了夏目漱石文学创作的路程，那古井这个桃源乡，象征着孤立的艺术宫殿，走在文学创作路程上的夏目漱石，从这个艺术宫殿走进了现实世界。这时，有两个人在夏目漱石离开孤立的艺术宫殿的过程中发挥了作用：一个是滞留在"唯我论"美学世界里的画家"我"；另一个就是志保田那美，她肯定了自己与他人（或外界）相融合的价值。

为了遮掩住《薤露行》开放的结尾（open ending），遵从艺术要求，《旅宿》结尾部分被设定为乘船顺河流而下这样的场面。船上的志保田那美对画家"我"发出恳求："请给我画一幅画。"这时的她，与夏洛特小姐形成对照，志保田那美活在现实的逻辑当中，却近似于奄然而逝的艾莲。当"终于将志保田那美拽到现实世界里"，从她的脸庞上发现了"可爱"的神色时，"我"终于想好了"画题"。就这样，夏目漱石走了一条与阿尔弗雷德·丁尼生相同的道路，以小说作为手段，迎来了走进现实社会的契机。

审视夏目漱石的创作过程，尽管这种初期作品中的审美主题，后来转变为"前三部曲"与"后三部曲"中的道德和文明批判主题，但并不意味着夏目漱石内心的浪漫灵魂随之立即消亡了。处于文学活动初期的夏目漱石，那样认真地分担过夏洛特小姐的矛盾心理，此事并非说明夏目漱石的浪漫想象力来源于观念领域，倒是间接证明：夏目漱石的浪漫想象力根深蒂固，植根于他的内心深处。夏目漱石也像夏洛特小姐那样，蛰居于想象力阴暗的内心世界房间里，这与人们常说"漱石的形象是阴暗"不无关系。《薤露行》中的天鹅是浪漫诗人灵魂的象征，它在卡梅洛特城附近的河上消失了，不言而喻，夏目漱石的散文世界里存在"诗"的成分，这一部分（这一部分可置换为所谓的"病态的想象力"或"世纪末的感受性"）也必须与这只天鹅的去向相提并论。

第七章　绘画与想象力——以《梦十夜》为中心

　　《梦十夜》中的"第十夜",写的是一个名曰"庄太郎"的男人受难的内容。这一系列的梦,从"第一夜"神秘的"罗曼蒂克梦"开始,以瘆人气氛中飘荡些许滑稽感并带有几分愚笨的"第十夜"的梦告终。"第十夜"采取由听过庄太郎受难故事的第三者来讲述的形式,在结构方面也近似于虚构。梦十夜是夏目漱石初次尝试性地以小品文形式描写系列的梦,"第十夜"作为装点结尾的最后一梦,写得没有收束之感,而且内容也十分令人费解。

　　庄太郎在水果店里见到一个素昧平生的女子,然后,他被这个女子领到了遥远的原野上。这时,庄太郎遭到了猪群的猛烈袭击。可以说,"第十夜"里的这一群猪,是引起噩梦感觉的要素。不间断地、总是潮涌而来的大规模的猪群意象,以及猪的可怕的繁殖,导致"第十夜"缺乏"梦"的色彩。"第十夜"中的这一特点,给读者留下的印象非常鲜明,展示出这种噩梦中常见的一个类型。

　　本章以猪的主题为中心,追溯这种与众不同的梦的实质。

第一节　关于猪的绘画

关于"第十夜"中猪群的描写，有学者结合《圣经》进行过论述①。《新约圣经》里的《马太福音》、《马可福音》与《路加福音》里，写有污鬼附着于猪群之事②。《马可福音》中有一个名曰"群"（Legion，原义为"军团"，寓意数量很多）的男子，他身上附着"不洁之灵"（the unclean spirits）③。耶稣创造奇迹，将附着于"群"身上的"不洁之灵"移至群猪，其事有如下记述：

> 在那里山坡上，有一大群猪吃食。鬼就央求耶稣说，求你打发我们往猪群里附着猪去。耶稣准了他们，污鬼就出来，进入猪里去。于是那群猪闯下山崖，投在海里④，淹死了。猪的数目约有两千。放猪的就逃跑了，去告诉城里和乡下的人。众人就来要看是什么事。（《马可福音》第五章第11—15节⑤）

无数的猪被恶灵附体，从山崖上掉下去，景状俨然雪崩一般。如此特异的设定，在《圣经》以外，尚未发现第二例。诚然，对照夏目漱石"第十夜"中的"猪群意象"来进行考察，说"第十夜"受到《圣经》的影响，确实有一定的道理。

但是，针对这一点，还有一个值得倾听的见解，这就是芳贺彻于《绘画的领域——近代日本比较文化史研究》（朝日新闻社，1984年）中，

---

① 很早就结合《圣经》论述《梦十夜》的论文，有柄谷行人：《〈梦十夜〉论》，《季刊艺术》昭和46年（1971年）夏季刊；柏原启：《〈梦十夜〉——十夜一夜的梦与现实》，《实存主义》第60号，昭和52年（1972年）6月等。
② 见《马太福音》第八章第28—34节；《路加福音》第八章第27—35节。——译者注
③ 中文《新约圣经》里将其译作"污鬼"。——译者注
④ 《路加福音》写的是猪群投在湖里淹死了。——译者注
⑤ 中文译文引自《新旧约全书》，台湾地区圣经基金会印行，1988年。——译者注

以寺田寅彦的"宝贵发言"为线索，向我们提供了一个可能性，他认为，"第十夜"的猪群描写，其直接创意源实际上是一幅画。

  忘了是参观泰特画廊还是参观国家美术馆，我看见过一幅画，画面是绝壁上一群野猪奔跑而来。我觉得夏目漱石先生《梦》中的一节描写，可能是受到这幅画的启发。（寺田寅彦致小宫丰隆书简，1910年6月5日，《寺田寅彦全集》第15卷，岩波书店1951年版，第116页）

寺田寅彦留学德国期间，为了给日英博览会帮忙，于明治43年（1910年）4月初至5月末，逗留伦敦。其间，他转悠考察了市内主要的美术馆。是故，寺田寅彦的上述证言，一直在刺激着我们的好奇心。寺田寅彦在夏目漱石的众弟子当中，"最解作画的情趣，最能理解绘画的奥韵，在此之上，他还通晓夏目漱石的创作手法特质"[①]。正因为是如此聪悟的寺田寅彦，他的观点才格外有分量。

这样看来，夏目漱石留学伦敦时期，很可能看过绘画《野猪群图》，于是，此画是刺激"第十夜"中出现"群猪意象"的直接因素之可能性很大。不消说，纵然一幅《野猪群图》不能够决定《梦十夜》中所有的梦，但其影响作用也不容忽视。芳贺彻于《绘画的领域——近代日本比较文化史研究》中，写有如下一段话：

[①] 芳贺彻：《绘画的领域——近代日本比较文化史研究》，朝日新闻社，昭和59年（1984年），第389页。
实际上，夏目漱石经常"约上寺田寅彦，出席书画美术展览会与音乐会"（江藤淳编《朝日小事典·夏目漱石》，朝日新闻社，1977年，第127页），寺田寅彦的美术评论观点得到了学术界的认可。寺田寅彦留学德国柏林期间，给夏目漱石写信，信中内容展示出他如人们所评价的那样，在美术方面具备相当高的修养，还可发现寺田寅彦常与夏目漱石评论绘画。
以下是明治42年（1909年）7月5日寺田寅彦致夏目漱石书简：
"先日，我去看了此地的绘画展览会，也有水平很低的展品。归根结底，以法国的眼光看，这里的绘画或恐略显土气，稍带颓废倾向。也有风格大胆的绘画，在日本看不惯的彩色粉笔画与铜版画都趣味盎然，令人垂涎三尺。"（载《寺田寅彦全集》第15卷，第53页。）

夏目漱石留学伦敦的某一天，在静悄悄的美术馆某一个展室里，看见了这样一幅画，画面是一大群野猪拥挤着朝向绝壁奔去。夏目漱石看了这幅画，不由得受到刺激，从而写出了《梦十夜》里那种受梦魇惊吓发生梦魇的事①。

　　如果这一段文字果真是夏目漱石创作《梦十夜》的背景，那么，这里关键的是，确认这幅画的存在，成为解释《梦十夜》的神髓至关重要的前提。然而，这幅画珍藏于何处？作者姓甚名谁？对这些事，寺田寅彦的记忆皆不清楚。由于存在这些难点，人们认为夏目漱石看过的这幅画，迄今尚未得到确认。

　　然而这一次，笔者见到了被认为是夏目漱石见过的这一幅画——《野猪群图》，此画是探讨《梦十夜》奥秘的关键。1900年，英国的国家美术馆发行的藏品样本 Edward J. Pointer, ed., *The National Gallery*, 3 vols., Cassell & Co., 1899—1900② 第3卷 British and Modern Schools 中，收入了《加大拉的猪群奇迹》（*The Miracle of Gadarene Swine*，1883年，见图7-1），这幅作品就是我们一直寻找的绘画。这幅画的作者，名曰布里顿·里维尔（Briton Rivière，1849—1920），生于伦敦，是动物画家。据样本上的解释，《加大拉的猪群奇迹》（41.5厘米×62.75厘米）1883年在皇家美术学院展出之后，1894年由泰特捐赠给了美术馆。

---

①芳贺彻：《绘画的领域——近代日本比较文化史研究》，朝日新闻社，昭和59年（1984年），第389页。

②位于特拉法尔加广场的 The National Gallery（国家美术馆）与1897年开馆的 The National Gallery of British Art（通称"泰特画廊"）收藏的作品皆收入同一个藏品样本，第1卷和第2卷（均系1899年出版）是外国绘画编，第3卷（1900年出版）是绘画编。

前述寺田寅彦于明治43年（1910年）6月5日致小宫丰隆书简中还这样写道："还有一幅画，画面是看守着暴风雪中的羊群，与横山大观的绘画《苏民》相同。看到了英国国家乔舒亚·雷诺兹、托马斯·庚斯博罗、罗塞蒂的艺术真品，心情舒畅。……"这些绘画作品全部收入同一藏品样本之中。此外，所谓与横山大观的《苏民》相同的绘画，一般认为，指的是佛克逊的《寂寥的冬日》（1883年）。

图 7-1 《加大拉的猪群奇迹》（1883 年），布里顿·里维尔作

　　《加大拉的猪群奇迹》（见图 7-1）现在收藏于泰特画廊的仓库里，想要亲眼确认十分困难。加之，也许由于时代的关系，当时没有发行彩色印刷的绘画明信片。因此，只能从泰特画廊出版部那里搞来了较大的黑白照片，以此来鉴赏《加大拉的猪群奇迹》①。

　　以广漠的天空为背景，山巅的天边豁然广阔，一边是令人头晕目眩的断崖。甚多的猪汇成一条长长的黑带，将画面横向截然分开。尽管猪的数量很多，但每一头猪都画得十分认真，画得异常富有力度，令人诧愕。猪群从遥远的对面原野以猛烈的气势奔跑着，掉下悬崖消失了。下面大概是湖泊。绝壁的悬崖边上，有一个人卧倒在地。还有人在慌忙遁逃。倒下的人千方百计要爬起来，但一大群猪凶猛袭来，似乎马上就要将倒下的人踏

---

①感谢泰特画廊的厚谊，笔者写完这篇论文（本章曾以论文形式公开发表过——译者注）并将其发表后的 1991 年，留学英国期间，去伦敦郊外该画廊的仓库，亲眼看见了保管在此处的《加大拉的猪群奇迹》。画面布满山野崖头，主调是一片淡褐色，猪群近似一条漆黑长带，与之基本平行的天空乌云也形成一条长带，构成鲜明的对照。云间虽然微弱地射出红色夕阳之光，但整体氛围阴森森的，给人以沉重的压抑感。

成肉泥。画面表现的就是这惊心动魄的瞬间,景状令人毛骨悚然。

人们若驻足《加大拉的猪群奇迹》这幅画前,首先印象深刻的一定是抢人眼球的猪群的存在。也许有的观画者不顾忌自己所处的环境,情不自禁地喏嚅道:"此画实在怪诞可怕。"以荒凉的秃山为背景展开的这一幅异样景状,足以强烈吸引人们的双眼。

这里,将《加大拉的猪群奇迹》与"第十夜"的描写对照起来看,前者的画面上是,山巅天边,铺展着广阔的草原,绝壁旁是望不见底的深谷,崖巅有规模甚大的猪群,男人手里拿着树枝样的东西("第十夜"中,与这一表现相对称的是,庄太郎手中拿着一根槟榔木的洋式手杖),凡此种种,不难发现,从背景到小道具,二者相似点颇多。所以,寺田寅彦来到泰特画廊的某一展室,伫立欣赏这幅画的瞬间,即刻想起夏目漱石先生《梦十夜》中的一个场面,可谓在情理之中。

明治 35 年(1902 年)12 月,夏目漱石告别伦敦,踏上归国之途。他在归国之前的日子里,至少去过一次泰特画廊,那时,他理当见过《加大拉的猪群奇迹》这幅画。从此画被收入前述 1900 年版藏品样本中这一点看,可以确认夏目漱石抵达伦敦的明治 33 年(1900 年)10 月时,此画已经展示过,或至少在寺田寅彦访问伦敦的明治 43 年(1910 年)之前,此画已经展示过,这是很明显的事情。但是,日本东北大学夏目漱石文库收藏的英国国家美术馆发行的 A Catalogue of the National Gallery of British Art 中却没有收录《加大拉的猪群奇迹》。夏目漱石持有的这份藏品样本只收录了泰特画廊收藏的主要作品(譬如,约翰·威廉·沃特豪斯的《夏洛特小姐》,以及乔治·弗雷德里克·瓦茨的《爱神与死神》等),是一份仅有 48 页的缩编样本。

从以上探索的结果看,夏目漱石看了布里顿·里维尔的《加大拉的猪群奇迹》七八年后,极有可能将所受到的影响融入《梦十夜》的"第十夜"里登场的"猪群意象"背景之中。尽管如此,"第十夜"受《圣经》影响的可能性并不会因此而消失。我们可以充分考虑到,在观看《加大拉的猪群奇迹》之前(或者之后),夏目漱石知道了《圣经》中的"加大拉的猪"

这个记载。不过,将《加大拉的猪群奇迹》《圣经》与"第十夜"的相关内容进行比较研究时,我们发现,"第十夜"来自《圣经》的影响显得相对较少。《加大拉的猪群奇迹》中出现的山巅荒野这个背景,男子在气势汹汹的猪群前面跌倒在地,而且手里拿着树枝等描写,是《圣经》未涉及的内容,这部分内容却与"第十夜"相同。此前,人们通常认为夏目漱石创作"第十夜"之际是以《圣经》中的相关内容作为直接材料的。如今有了《加大拉的猪群奇迹》这个事实,人们需要重新审视此前的旧论。

夏目漱石藏书目录中与美术相关的所有资料里,没有一幅与《加大拉的猪群奇迹》相似的作品。此事说明,夏目漱石描写这一部分内容时,仅仅依靠记忆中的画像。人们认为,"乌云如生足,以踏开青草一般的气势……"(《梦十夜》)的描写艺术是受《圣经》影响之后,夏目漱石采取了"夺胎换骨的手法"[①]使然。其实,如此特色的描写出自早在七八年前就铭刻于夏目漱石头脑中的一幅画,他以如此描写还原了此画的残影。

多年之后,夏目漱石想起了《加大拉的猪群奇迹》这幅画,此事自有原因,不能简单概括为纯属偶然。这是因为夏目漱石有许多机会接触布里顿·里维尔的其他绘画解说资料,观赏布里顿·里维尔的其他绘画。其中一册夏目漱石的珍藏本,是 Elizabeth A. Sharp, *Progress of Art in the Century*, Toronto: The Linscott, 1906。此书叙述了19世纪美术的发展过程,从约翰·康斯特布尔、威廉·泰纳、拉斐尔前派,到法国印象派,都被收入这本很厚的书内。此书第七章"Subject Painters"(主题作家),介绍从事动物画创作的大家爱德温·亨利·兰塞尔(Edwin Henry Landseer, 1802—1873),以及他的后继者布里顿·里维尔。在这一章里,夏目漱石画满了横线,因此可以断定,他是认认真真地读了这本书。阐述布里顿·里维尔的部分长达四页,夏目漱石一定读过这部分内容。

[①] "于如此夺胎换骨的手法之中,我们似乎可以发现夏目漱石非凡的想象力。特别是一大群猪,'乌云如生足,以踏开青草一般的气势,无休止地喷着鼻鸣',此句中'乌云如生足'这一奇妙的形容,除了夏目漱石,别人是表述不出来的,令我感触颇深。"参见笹渊友一《夏目漱石——〈梦十夜〉论及其他》,明治书院,昭和61年(1986年),第184页。

还有一个值得考察的资料,这就是夏目漱石通过大版本的豪华版画集《名画一百选》(1901—1902年[①]),发现了收入第二辑里的布里顿·里维尔代表作《喀尔刻》(Circe[②])。这部画集里收入了让·巴蒂斯特·格勒兹、伯恩·琼斯、约翰·威廉·沃特豪斯、约翰·艾弗雷特·米莱等画集的代表作。布里顿·里维尔的这本动物画集,现在已经鲜为人知,但当年却博得了赫赫声名。

如此看来,嗜好绘画、谙熟当代美术动向的夏目漱石,对在动物画领域占有稳固地位的布里顿·里维尔的存在已经有了某种程度的认识,这并非不可思议。夏目漱石自英国留学归来之后,或许一边翻阅上述书籍,一边找到了布里顿·里维尔的大名及其画作,从而使其在伦敦考察泰特画廊的朦胧记忆清楚地苏醒过来了。

第二节 隐蔽的主题——"喀尔刻"

如题目所示,《加大拉的猪群奇迹》的题材来源于《圣经》。不过需要指出的是,表现的内容未必完全忠实于《圣经》。与《圣经》相比,倒是画家的艺术解释表现分外引人注目。首先,《圣经》里的"加大拉的猪"这个故事的中心人物是耶稣,而《加大拉的猪群奇迹》中表现的却是"群"这个男人,还有两个放猪人与一条狗登场。从两个男人的服装看,以及观察其中倒下的男人手持的树枝(不言而喻,这个树枝是小道具,它表示此人的身份是放猪人),基本可以确认的是:附着于"群"这个男人身上的恶灵们移附于猪身上了,两个男人放养的就是这样一群猪。狗的作用则是看守猪群。《圣经》中的故事是,根据耶稣的命令,不洁的灵魂附在群猪

[①] *The Hundred Best Pictures*, arranged and ed.by C.H.Letts, London: C. Letts & Co., 1901; *The Hundred Best Pictures,* arranged and ed.by C.H.Letts, 2nd ser. London: C.Letts & Co., 1902.
[②] 喀尔刻(Kircē,英文写作"Circe"),希腊神话中的女怪,太阳神的女儿,精通巫术,善于玩弄魔药,住在地中海的小岛上,旅人若受了她的蛊惑,就会变成牲畜。——译者注

图 7-2 《美女与野兽》（木版画，1874 年），瓦尔特·克兰作

身上，猪则突然变得狂暴起来，跑下了断崖。原本这样一个故事，被画家布里顿·里维尔做了改动，他从放猪人的视角出发，并结合自己的审美观来进行重新组合。于是，宗教性质部分被淡化，画家独自的主题意识则浓烈地流露出来了。

在基督教文化中，猪（Swine）被视为不洁动物的代表，养猪人也遭到厌恶。如此观念反映在《路加福音》（第十五章第十五节[①]）中出现的放荡公子身上[②]。纵然在西洋艺术传统之中，家猪或野猪都被视为具有"沉沦堕落非道德性的冲动"（也就是说肉欲的污秽欲望）的象征（见图 7-2、

[①]《路加福音》第十五章第十一节至第十五节这样写道："耶稣又说，一个人有两个儿子。小儿子对父亲说，父亲，请你把我应得的家业分给我。他父亲就把产业分给他们。过了不多几日，小儿子就把他一切所有的，都收拾起来，往远方去了。在那里任意放荡，浪费赀财，既耗尽了一切所有的，又遇着那地方大遭饥荒，就穷苦起来，于是，去投靠那地方的一个人。那人打发他到田里去放猪。"（《新旧约全书》，台湾圣经基金会印行，1988 年）——译者注
[②] 马场嘉市编《新圣经大事典》，基督教新闻社，昭和 46 年（1971 年），第 1183 页。

图 7-3^①）。因此，在无数头猪的前面跌倒险些被踩踏的男人，可以被看作象征着沦为难以压抑的性欲奴隶之人。这里，我们有必要关注的是，画家的素材与猪相关，其画风是善于通过动物的眼睛，观察人的本来面目，把握人的真实形态。

夏目漱石考察泰特画廊时，同一个画家（指布里顿·里维尔）的作品（全部是动物画）共展出六幅。若说贯彻这些作品里的共同特征，那就是活用了拟人化的手法。比喻说来，其主旋律在于表达以动物的视角观察

图 7-3 《色情画》（1896 年），费西安·罗普斯作

人。在画家笔下，动物是人的伙伴，兽心通人心，动物也会冷静地观察人。举例如下，有一幅绘画名曰《站在人迹的对面》，画面以日落为背景，一头北极熊站在巨大的冰块上，眺望着辽阔广大的冰雪之原。正如该画的题目所示，我们可以窥见的是，画家通过北极熊的眼睛，从社会文明的角度对近代产业社会非人的状态示以批判态度。

结合以上背景，笔者将深入夏目漱石作品的深层，对比展开论述。

　　　　庄太郎是街里第一好的男人，善良至极，非常正直。他仅有一个

---

① 可参见 J. 赫尔编《美术主题·象征事典》等。威廉·莎士比亚的戏剧《辛白林》（*Cymbeline*）第二幕第四章里笔及一个好色汉坦然自若地与有夫之妇私通时，引用了《圣经》中"吃了一肚子橡实的野猪"这句话，以比喻好色汉。

爱好，那就是头戴一顶巴拿马帽子，夕阳西下时分，坐在水果店门前，眺望大街上南来北往的女人脸庞，心中颇生感动。除此之外，庄太郎再没有什么明显的特色了。

每当街上很少有女人通过时，庄太郎就不看门前街道了，转而观看水果。水果也是多种多样，有水蜜桃、苹果、枇杷、香蕉，都装在果篮子里，很漂亮，摆成两行，顾客买下后，可以原样提着果篮，当作礼品送人。庄太郎一看果篮就说："真漂亮呀。"庄太郎说，要是自己做买卖，就只经营水果店。然而，他却戴着一顶巴拿马帽子，悠闲自在地游逛着。

庄太郎还品评说："夏蜜柑（酸橙）的颜色很好。"但是，他不曾掏钱买过水果，也没白吃过水果。他只是赞赏水果的颜色。

某日薄暮，一个女子突然站在水果店前，看上去是个有身份的人，着装非常入时好看。女子服装的色调，异常吻合庄太郎的审美标准。而且，庄太郎的心，也为女子的脸庞所深深打动了。于是，他摘下了至关重要的巴拿马帽子，恭恭敬敬地向女子打招呼。女子指着一个最大的果篮说道："请给我来这一篮。"庄太郎立即提起那个果篮，递给了女子。女子接过果篮，掂量了一下，说道："好沉啊！"

庄太郎本来就是一个闲人，而且还是个性格明朗爽快之人，他说道："那么，我将果篮送到贵府吧。"庄太郎与女子一起走出水果店后，就再也没有回来。（《夏目漱石全集》第8卷，第59—60页）

庄太郎唯一的业余爱好，就是在水果店前看街上南来北往的女人。没有女人通过时，他就代之以观赏店里的水果。庄太郎看着来来往往的女人脸颊"心中颇生感动"，他觉得女子的脸颊如同装着水蜜桃或苹果的果篮一样"真漂亮"。如此看来，庄太郎既喜欢水果，也喜欢女子，在他看来，女子与水果是化二为一的审美对象。进一步说来，正是水果的存在为庄太郎邂逅女子提供了契机。也就是说，故事起始于庄太郎将女子指定的果篮"递给了女子"。庄太郎虽然总是夸赞水果的颜色，却从未吃过。不言而喻，庄太郎遵从女子的要求，亲手提起果篮，此事对他来说是第一次。

不必拿出《圣经·创世纪》中的一节，即便按照文学的通常理念，水果也是"俗界欲望的象征"，此乃不必再次强调的事。这样一来，应该说，《梦十夜》中"第十夜"里的女子诱惑男人的手段是水果，夏目漱石围绕这一点推展开去，是非常带有暗示性的。

庄太郎被女子领到山顶悬崖绝壁边，这里是考验和处罚被诱惑上钩的男子的场所。女子命令庄太郎从崖巅纵身跳下去，这个命令证明，女子看透了庄太郎因欲望冲动而动摇了的内心世界。

听到命令后，庄太郎摘下了巴拿马帽子。他一直保持着绅士气质，他的抵抗手段就是挥动手中的槟榔木手杖（这根手杖可视为有道德教养的人之象征）敲打着袭来的猪之鼻梁。按照弗洛伊德风格的释梦观点，手杖的形象被直接视为性的象征。笔者在这里避开如此解读。自古以来，手杖在西洋是表示矫正或自由的象征物[1]。如此想来，笔者认为，这里的猪与手杖的关系明确意味着，庄太郎不断挥舞手杖反击蜂拥而至的无数的猪。

如前述，猪是人的污秽欲望的象征。因此，庄太郎眼前涌现的数不胜数的猪非常有可能象征着人的欲望。于是，七昼六夜里，他因敲打猪鼻梁而筋疲力尽，这一行为象征着不断矫正或驱逐涌来的欲望，更通俗易懂地说来，这一行为隐喻着人与官能行动的凄绝格斗。力尽筋疲的庄太郎被猪舌舔着，绵软无力地倒在了地上。这一描写暗示着人遭受污秽的欲望之凌辱的惨状。在这个意义上，《梦十夜》中"第十夜"结尾出现的"庄太郎难以得救了"这句话未必只意味着"死亡"，还有"难以被从罪孽中解救出来"这一层意思。

健君把庄太郎的故事讲到了这里。由此看来，过度观瞧女子，并非好事。健君本人也认为此论精辟。但是，健君说："我希望能得到庄太郎的那顶巴拿马帽子。"

---

[1] 阿特·德·弗里斯：《意象与象征事典》，大修馆书店，昭和59年（1984年），第530页。

庄太郎难以得救了,那顶巴拿马帽子,大概归健君所有了。(《夏目漱石全集》第8卷,第62页)

　　"第十夜"的内容寓意性质鲜明,从构成了如此结构的基础中,人们可以感受到通常意义上的近似于《圣经》的价值观。

　　夏目漱石纵然并不谙熟《圣经》领域的知识,但依据他渊博的修养范围来看,他仅仅从绘画《加大拉的猪群奇迹》的题目也一定会感受到《圣经》的世界。尤其重要的因素是,夏目漱石逗留伦敦两载有余,这一期间在他的生涯中是"最认真地面对基督教的时代"①。一方面,夏目漱石对强迫人接受的教义心怀不和谐感,强烈反对基督教,此乃事实。另一方面,夏目漱石又愿意诚实接受超越宗教层次的关于人普遍存在的人性问题。这一点也是有迹可循的事实。

　　按照加纳孝代的考察,夏目漱石留学伦敦时,读过《仿效基督》(De Imitatione Christi)一书,并在书中做了许多标注,在记述欲望和女人的地方画了横线,并叙述感想。由此可见夏目漱石对此类问题做出的敏感反应②。特别是结合"第十夜"的主题讲来,《仿效基督》中关于力戒沉溺于官能欲望的一章里,有如下一段文字:"心弱、易被官能所左右的人,难以摆脱人世间形形色色的欲望,但是,他屡屡为拒绝欲望而苦斗着。"(由加纳孝代译成日文)夏目漱石在这段文字下面画了横线。这一段戒语也正适用于庄太郎的境遇。而且夏目漱石画了横线以示关注的还有这样一段话:"切勿将壮健的体格当作身体美的骄傲,壮健的体格会因为一点小病而变丑、扭曲,以至于灭亡。"用这一段话来检验"街里第一好的男人"庄太郎悲惨的末路,会引起人们的兴趣。

　　然而,夏目漱石并不想在"第十夜"里宣传基督教价值观。超越宗教

---

①加纳孝代:《夏目漱石的基督教观》,载平川祐弘编《作家的世界·夏目漱石》,番町书房,昭和59年(1984年),第530页。
②加纳孝代:《夏目漱石的基督教观》,载平川祐弘编《作家的世界·夏目漱石》,番町书房,昭和59年(1984年),第208—209页。

的框架，直抉与人的本源相系的肉欲问题，才是与"第十夜"主题密切相连的关键。从这个意义上看，或许做如下判断才显妥当，即"第十夜"里梦的故事与描写人的虚荣和欲望的日本"说话"①世界相通。

确实，人们认为，"第十夜"里掺杂着神话与民间故事的要素。譬如，只要执手杖敲打猪鼻梁，"猪就乱了次序，干净利索地掉落于绝壁之下"，这种状况几乎近似不可思议的世界。如芳贺彻所指出的那样，尽管魔力的内容有所差异，但秘藏着如此魔力的手杖与希腊神话中出现的魔女喀尔刻相关。喀尔刻让希腊神话中的英雄奥德修斯（Odysseus）麾下的士兵们饮下魔酒后，执手杖敲打之，于是，士兵们都变成了猪②。"第十夜"与这个故事类似。这样说来，突然出现的女子，诱惑了庄太郎后，态度陡变，变得蛮横，她在严惩变成自己俘虏的男子。这个女人与"宿命的女人"——将男人引入消亡的喀尔刻，极其近似。是故，这里有必要确认喀尔刻的特质（见图7-4）。

在美学论著《拉奥孔》（*Laokoōn*，莱辛作）的英译本中，夏目漱石标注："与描绘喀尔刻（Circe）将人变成猪的绘画相比，还是未变成猪之前的人好吧？"③他还在《文学论》中举出一个描写丑秽的例子，即济慈的长诗《恩底弥翁》④（第三卷）中登场的喀尔刻⑤，因此，毋庸置疑，夏目漱石具备了关于喀尔刻的预备知识⑥。济慈的崇拜者夏目漱石，想必

---

①口传的故事，后用文字记录下来。内容富于叙事性、传奇性、教训性、宗教性，大致分为"佛教说话"（代表作有《日本灵异记》等）与"世俗说话"（代表作有《宇治拾遗物语》《古今著闻集》等）。——译者注
②关于"执手杖敲打猪鼻梁"这一主题与喀尔刻的关系，可参见芳贺彻著《绘画的领域——近代日本比较文化史研究》，朝日新闻社，昭和59年（1984年），第387—388页。
③夏目漱石：《夏目漱石全集》第16卷，第240页。
④写的是凡人恩底弥翁与月亮女神恋爱的故事，此诗尽管显得松散拖沓，却已显露出他对美的境界的敏感与独特的语言表达能力。——译者注
⑤夏目漱石：《夏目漱石全集》第9卷，第150页。
⑥勃拉姆·迪克斯特拉认为，"世纪末的画家们，频繁对永恒的女性示出一个告诫的标本，这就是'喀尔刻主题'。归根结底，世纪末画家们作品中出现的带有荷马风格的魔女们将男人变成了猪。魔女特质证明了男人的意思，即男人希望与野兽一样的女人保持一定的距离。"（Bram Dijkstra, *The Idols of Perversity: Fantasies of Feminine Evil in Fin-de-Siècle Culture*, New York：Oxford University Press, 1986, p.321）

图 7-4 《喀尔刻》（1893 年），阿瑟·哈克作

熟知喀尔刻这个魔女借助马利欧·珀拉茨的力量，置身于风靡 19 世纪末文艺领域的"宿命的女人"谱系之中，并熟知喀尔刻与济慈的《无情妖女》(*La Belle Dame sans Merci*, 1819 年) 属于同样类型。《无情妖女》中有如下一段内容。

> 脸色苍白的国王们与王子们，
> 还有骑士们，脸色都像死人般苍白。
> 众人高喊着：
> "无情妖女会让你成为俘虏。"

如此看来，"无情妖女"身上带有喀尔刻的属性。而《梦十夜》的"第十夜"里，将"街里第一好的男人"变成俘虏的那个女人，可以被视为"无情妖女"类型的现代版①。

如同本章第一节结尾所阐述的那样，可以推定夏目漱石通过大版本的豪华版画集《名画一百选》，发现了布里顿·里维尔的《喀尔刻》复制品。喀尔刻妖艳的身姿略微后仰地坐着，长发拂地。她的右后方放置一根魔杖，约20头猪围绕似地趴在喀尔刻周围，令人感到毛骨悚然。有的猪在难以压抑的欲望驱动下，高抬着头。这种绘画常见的表达是，以过剩的细部来浓化幻想的氛围；布里顿·里维尔的《喀尔刻》却不是这样，总体上描绘得诚实而沉着。这幅画的解说这样写道："（画家）没有任何过度强调故事幻想性的意图，因而为这幅作品提供了很强的表现力与说服力。"②

这里，关键问题浮现出来了，那就是夏目漱石很可能看过同一画家创作的以猪为主题的两幅作品，即夏目漱石在泰特画廊看到了布里顿·里维尔创作的《加大拉的猪群奇迹》，又看到《名画一百选》中收录的《喀尔刻》的复制品。夏目漱石在鉴赏《名画一百选》里的《喀尔刻》复制品的过程中，也许在不知不觉之间，他当年留学伦敦时有过的怪异视觉体验苏醒了，他又走上了此类记忆的思路。总而言之，夏目漱石的"第十夜"中，女子将庄太郎变成了俘虏，这个女子可怕的魔性与"猪群意象"的结合并非纯属巧合，魔性女子与"猪群意象"的结合也并非那么离奇反常。而且，当时夏目漱石的周围有的作家正在创作此类主题的作品，成为很好的样板，这个人就是暗中对夏目漱石怀有竞争意识的泉镜花（1873—1939）。

"第十夜"里的女子，让庄太郎坐上了电气列车，然后将他领到了"生长着一片青草"的辽阔原野，这里是异常的空间。这一段描写令人联想到泉镜花的浪漫主义短篇小说《高野圣僧》（1900年）中的一段内容。这篇小说里妖艳的女主人公将男人领进了自己久远的领地（即死后的世界）。《高野圣僧》中的魔女，将在深山里迷路的男人们诱至山溪边之后，毫不

---

① 夏目漱石通过伯恩·琼斯的绘画也能接触到喀尔刻的故事。也就是说，夏目漱石藏有 *Newnes Art Library* 丛书（全15卷）中的一卷《伯恩·琼斯》，此卷里收入《喀尔刻的酒》（*The Wine of Circe*）的复制文。

② *The Hundred Best Pictures*(2nd ser.), p.80.

客气地将对她怀有性欲意识的男人们统统变成了鸟兽①。而夏目漱石"第十夜"中的女子,将男子带到荒野后,让成群栖息于荒凉原野上的野猪舔着男子,这令我们窥见她是饲养野兽的妖女。就这一点而论,"第十夜"中的妖女与《高野圣僧》中统治着深山里的野兽的魔女,存在微妙的重叠。根据这个事实来推断,不言而喻,《梦十夜》带有民间故事风格②,而两篇作品神髓的微妙重叠,为探索《梦十夜》的创作特色与泉镜花的相关性提供了重要启发。一言以蔽之,"第十夜"中的女子特质,与济慈笔下的"无情妖女"、《高野圣僧》中的魔女相同,是带有魅惑性的美女,她们有统治畜生的魔力。在这一点上,还可以发现"第十夜"与传说或民间故事的接触点。

第三节　欲望的修辞学

"第十夜"寓意性的叙述结构,与人的欲望问题有着千丝万缕的关联。通过夏目漱石在其后创作的《三四郎》中的记述我们可以明确看到这一特点:

"看到自己喜欢吃的东西,自然地会伸出手去。此乃无可奈何的

---

① 《高野圣僧》中的美丽魔女,见到高野山的行脚僧宗朝,将他领到溶溶月光下山中一条清溪边。美女脱光衣裙,给宗朝擦洗身体。宗朝极力以超性欲的审美眼光欣赏裸体美女。他心乱如麻,痛苦地强压真性情,极力克制强烈的性冲动,坚守道德,所以免遭祸殃,平安下山了。泉镜花认为,仅以性欲狎女的男人是披着人皮的马或猿。《高野圣僧》是泉镜花描绘的人世众生相缩影,他以巧妙笔法构筑幽玄神秘、浪漫的妖艳世界,以幻想和自由主义精神反抗俗世,是故,泉镜花获得"浪漫主义小说家"称号。——译者注
② 平川祐弘围绕《梦十夜》与拉甫卡迪沃·赫恩(1850—1904)的小品文之关系,发表了论文《父亲抛弃了孩子》,载于《新潮》昭和51年(1976年)10月号,还发表了《志怪·从江户到明治——石川鸿斋·赫恩·夏目漱石》,载于《阿斯提恩》第17号,平成2年(1990年)。关于《梦十夜》的民间故事风格,这两篇论文中有详论。前者详细指出,夏目漱石的"第三夜"与拉甫卡迪沃·赫恩《不为人知的日本面影》中的"在日本海的海滩"这一段故事,存在类似点。后者围绕夏目漱石的"第一夜"与拉甫卡迪沃·赫恩《怪谈》中的《阿贞的故事》做了比较论述,论点超越前人,阐明了夏目漱石与拉甫卡迪沃·赫恩的深层关联。

事。猪之类的动物,不会伸手,就代之以伸鼻子。将猪捆绑得不能动弹,然后将好吃的东西置于猪鼻子前面,猪因动弹不得,据说鼻子会逐渐地伸长,一直伸到能够着食物为止。实在是没有什么能比执念更可怕的事了。"说完,他咧嘴笑了。他那种口气,不知他是在开玩笑呢,还是说真的。

"哎,幸好咱俩不是猪。若是猪,鼻子朝向喜欢的东西一直伸长而去,现在一定会长得无法坐火车了,那可非常苦恼啊。"(《夏目漱石全集》第4卷,第18页)

在从九州开往东京的列车上,小川三四郎结识了一位教师模样的男子。这位男子一边劝小川三四郎吃水蜜桃,一边说出上述一番莫名其妙的话来。当然,对纯真的青年小川三四郎来说,他不可能理解这位男子带某种寓意地拿猪做比喻的本意。为了促动这样的小川三四郎开悟,男子又一边举出一个人吃毒桃子死了的例子,一边补充说道:"危险呀,不加小心很危险。"直到这时,小川三四郎才"想起昨天晚上那个女子,感到莫名的不快",被这种不快的心绪包围着。

小川三四郎在列车上结识一个女子,被她领走,小川三四郎与性诱惑激烈格斗,度过了同卧一床的一夜[①]。小川三四郎觉悟到,列车上男子齿及的水蜜桃或猪鼻子的比喻,原样不动就完全适用于自己的境遇。不言而喻,这里的水蜜桃与猪鼻子被用作诱惑与污秽欲望的暗喻。归根结底,我们可以知晓,《梦十夜》里使用过的以猪和水果来比喻人的官能欲望这一修辞学手法余韵绵长,而后,夏目漱石又将其活用到《三四郎》之中。

如《圣经》世界与神话文脉所示,猪作为在男人性欲噩梦中登场动物的象征最为恰当的。夏目漱石也许做过这种梦,在这种噩梦高潮阶段,夏目漱石不知出于何种原因,将英国留学时代看见的一幅关于猪的绘画印象

[①]小川三四郎应女子恳求,在名古屋下车后,为少妇找旅馆,阴差阳错,两人同卧一床而未乱性。翌日分手时,女子嫣笑着对小川三四郎说道:"你是一个没有胆量的人。"——译者注

巧妙活用到创作中。其再现力非常精确，而且栩栩如生。这个事实说明夏目漱石是为数不多的功底颇深的作家，在实际创作活动中，纵然是深藏于记忆最深处微小的视觉印象，他也能一丝不苟地将其发掘出来，奇妙地再现。关于夏目漱石与绘画的关系，最近的评论日益炽盛，然而，"第十夜"中的这一事例给我们的启示是，在这个方面尚有许多领域未被探究。

第四节　"怪异"的梦想

本章开头就提出了问题，即《梦十夜》的"梦物语"，从"第一夜"罗曼蒂克的幽远的爱的世界开始，到"第十夜"罗曼蒂克的故事告终，这一切究竟意味着什么？这里，笔者欲围绕这一点，对《梦十夜》略做整体考察。

《梦十夜》里，仅在"第一夜"与"第十夜"里有男女登场。以故，二者的关系值得比较研究。首先，探索一下"第一夜"与"第十夜"里出现的男女主人公的性格。二者的共同点是，面对女子，男子都采取了被动的态度。二者的女主人公都是妙龄美人，都有某种超人的灵性。"第一夜"中的女子，有着无限的神秘感和崇高的性格；与此相反，"第十夜"中的女子，始终好似附体的鬼神一般。从"第一夜"中的女子言行举止上，几乎找不到色情要素；然而，"第十夜"中的女子色情魅力四射，能即刻将男人化作官能的俘虏。若按照但丁·加百列·罗塞蒂的评价风格说来，前者堪称"灵魂之美"（soul's beauty）的体现，后者堪称"肉体之美"（body's beauty）的体现。命令庄太郎跳下绝壁的那个女子，宛如但丁·加百列·罗塞蒂的名画《莉莉丝夫人》（*Lady Lilith*）一样，莉莉丝夫人是一个让男人走入死亡的女人。夏目漱石"第一夜"中的女子，好像走进了但丁·加百列·罗塞蒂的十四行诗中，这个女子反复说"我就要死了"，还留下了

"百年后再会"这样的话,然后,选择了近似于自我牺牲的"盲目的死"[①]。从这一点看,"莉莉丝夫人"与"第一夜"中的女子构成了极好的对照。

如此这般,装饰着《梦十夜》两端的"第一夜"与"第十夜"之间,似乎横亘着对立的构图。如果说"第一夜"的主题是"永恒的精神之爱",那么,"第十夜"的主题则是受性欲本能支配着的人的俗恶。

如果围绕这两个"梦物语"分别举出一个顶级中心意象,那么,究竟举什么为宜呢?若是拥有普通审美眼光的读者,一定会不太犹豫地首先举出百合花与猪。"百合花与猪"——如此奇异的组合,会出人意料地表达各种各样"物语"的性质,例如,纯粹与俗恶,高贵与卑鄙,灵性与兽性。总而言之,百合花与猪,二者处于"崇高"与"怪异"构成的反语关系之中。如果说"第一夜"是点缀着许多意味深长的细部的"象征性美人画",那么"第十夜"就是如同名画《莉莉丝夫人》一样的"肉感美人画"。这种"肉感美人画"与西班牙画家戈雅(Goya,1746—1828)作品表现的人之兽性相重叠。换言之,"第十夜"是"肉感美人画"与戈雅特色怪异画面合筑起来的世界。

伏尔夫甘戈·凯瑟对自文艺复兴至当代文学与绘画领域的怪异谱系进行了追溯,内容见其专著《怪异事物》(*Das Groteske*,1957年)。在这部专著中,伏尔夫甘戈·凯瑟这样写道:

> 怪异事物唯有作为崇高事物对立面之一点时,它的深度才能被全部发掘出来。这是因为崇高事物与美不同,它令人纵目更高的超人的世界。同理,在怪异事物的荒诞扭曲、奇怪可怖之中,非人的、暗夜般的、如同深渊般的世界才能铺展开来[②]。

[①] 有些女人为了证明自己对男人的爱,选择了死亡。维多利亚时代的艺术家们,从这样的女人身上追求一个理想的形象。我菲利亚自不待言,阿尔弗雷德·丁尼生笔下的艾莲或夏洛特那样的女主人公也一直受到世纪末画家们的青睐,如此现象反映了那个时代的风潮。
[②] 伏尔夫甘戈·凯瑟:《怪异事物》,竹内丰治译,法政大学出版局,昭和43年(1968年),第73页。

从这个角度展开思考，《梦十夜》的内部结构似乎就会展示出来。维克多·雨果（Victor Hugo，1802—1885）认为，"为了表达崇高事物与怪异事象之间的紧张度，艺术家喜欢活用如下的手法——让崇高的纯粹的'灵'与怪异的'人的兽性'相对立"①。因此，人们认为，如同维克多·雨果的上述观点，"第一夜"与"第十夜"的序列安排并非毫无关系。由于"第一夜"神秘氛围的作用，"第十夜"的滑稽、丑恶、阴森的程度才得以深化，这是二者组合的结构特色。二者好似两面镜子相对而照一样的关系，这是夏目漱石做出的结论。他认为，唯有如此排列，梦才能成为一种装置，照射人性的深层。

笔者的说法也许有点离奇，笔者总是认为，夏目漱石的精神世界里潜藏着某种亲和于怪异事物的"内质"。下面《日记》中的一节，为笔者的观点提供了有力的线索。

> 我讨厌罗伯特·布朗宁。我完全讨厌华兹华斯那种哲味诗歌。我喜欢爱伦·坡，也喜欢霍夫曼②。（1911年7月10日）

一般认为，这是夏目漱石记录下的拉斐尔·封·科贝尔（Raphael von Koeber，1848—1923③）的谈话。科贝尔是夏目漱石尊敬的学者。然而笔者认为，从夏目漱石平素的嗜好看，上述日记里的话原样置换成夏目漱石的话也并无不当。众所周知，夏目漱石具有丰富的浪漫主义想象力，上述日记内容，暗示出夏目漱石的浪漫想象力领域中存在的审美倾向。也就是说，与华兹华斯相比，夏目漱石更喜爱伦·坡与霍夫曼。爱伦·坡的《述异集》（1840年）与霍夫曼的《黑夜故事》（1817年）"发展了内藏怪异要素的小说的一个类型"④，两个作家对后世文学产生了巨大影响。上

---

①伏尔夫甘戈·凯瑟：《怪异事物》，竹内丰治译，法政大学出版局，昭和43年（1968年），第73页。
②夏目漱石：《夏目漱石全集》第13卷，第650页。
③德国哲学家、音乐家，明治26年（1893年）开始任教于东京帝国大学，讲授哲学与美学。代表作有《哈特曼的哲学体系》与《叔本华的哲学》等。大正12年（1923年）病殁于横滨。——译者注
④伏尔夫甘戈·凯瑟：《怪异事物》，竹内丰治译，法政大学出版局，昭和43年（1968年），第100页。

述事实证明，笔者认为夏目漱石的性格偏于亲和怪异事象的看法并非极其离谱。

夏目漱石亲和于怪异事象，有作品可以佐证。譬如《幻影之盾》中无数的蛇纠缠着，附着于盾牌上的夏洛特的头发上，令人毛骨悚然。《永日小品》中的《蒙娜丽莎》描写瘆人的怪奇故事；《蛇》描写无法形容的唤起恐怖的魔神世界；《印象》与《火灾》描写阴森的力量与人群的恐怖。《旅宿》里描写阴险的风景——"黑乎乎的、带毒气的、有着可怕味道"的山茶花落在"镜之池"上。《梦十夜》中的"第三夜"描写杀死盲人的恐怖故事；"第四夜"描写老翁一边说"手巾会变成蛇"，一边消失在河流中。这些可以说都是属于怪异系列的表现形式。如此排列归纳起来审视，一个事实就会凸现出来，即怪异事象频繁出现在幻想或梦的世界里，换言之，即怪异事象频繁出现在白日梦的世界里。"怪异事象构成了被疏远的世界"[①]，伏尔夫甘戈·凯瑟的这个观点即指上述事象。

文艺评论家荒正人围绕《梦十夜》，写出了《夏目漱石文学作品中黑暗部分的指标》（载《近代文学》1953年12月号）。这篇论文发表之后，又经过了漫长的光阴，如今已经基本无人怀疑《梦十夜》中的梦与夏目漱石作品的本质密切相关。如人们通常所言，贯穿"梦物语"的主题是"人对存在的不安""期待与挫折"[②]。这样看来，"与死的恐怖相比，怪异事象更重要的特点是刺激人对'生'产生的不安"[③]。笔者觉得伏尔夫甘戈·凯瑟的这个见地为读者理解《梦十夜》这篇风格奇特的作品之本质提供了很好的启示。

夏目漱石充分解悟到，梦是由带装饰性的幻想与怪异事象的花纹交织成的世界。正如"第三夜""第七夜""第十夜"所代表的那样，《梦十夜》的世界以暗色为基调，映照出"人的'存在'之深层"，以故，《梦

[①] 伏尔夫甘戈·凯瑟：《怪异事物》，竹内丰治译，法政大学出版局，昭和43年（1968年），第258页。
[②] 三好行雄编《夏目漱石事典》另册国文学，学灯社，平成2年（1990年），第64—65页。
[③] 伏尔夫甘戈·凯瑟：《怪异事物》，竹内丰治译，法政大学出版局，昭和43年（1968年），第258页。

十夜》被喻为"夜景画"的世界。依据这个意义来审视,夏目漱石将千奇百怪的梦串联起来,并以"第十夜"那样滑稽可怖的故事煞尾,他自己对如此设定的动机一定了然于胸。

补论　住宅的风景——论《门》里的空间象征描写法

第一节　安乐窝——住宅的原生态风景

文艺评论家前田爱从"都市论"的角度解读夏目漱石的主要作品，他在论述长篇小说《门》（1910年）的卓越论文《山手的深处》[1]中，从正面阐述都市空间里的住宅主题。他在文中没有采用方便的都市街区图，而是以图示方式表现主人公夫妇的住宅房间，此图发挥的作用超过了"对野中宗助来说，'生活之事'中，最重要的首先是'居住之事'"[2]这一行富于洞察力的文字，启发读者应当如何解读《门》的本旨。

《门》的开头与结尾场面都描写了阳光明丽的"套廊"[3]，令人觉得如此手法中包含若干重要含义。首先，开头与结尾都是星期日，都在同一个套廊，如此设定结构中，存在着时间与空间的循环。关于这一点，此前又有学者经常论及。不过这里还秘藏一个重要的意思，即套廊这个部位，既非外部空间，亦非内部空间，可称之为"连接内与外的空间"或"第三空间"[4]。从这个角度展开思考，套廊作为长篇小说《门》开头与煞尾的场面背景，其寓意即：套廊是小官吏野中宗助夫妇进出平凡的日常生活这

---

[1] "山手"是地名，指东京都区部西部的台地，相当于武藏野台地的东端。——译者注
[2] 前田爱：《都市空间中的文学》，筑摩书房，昭和57年（1982年），第346页。
[3] 紧贴住宅主体外侧铺有地板的走廊，走廊的外侧通常有防风雨的"雨户"（木板套窗）或玻璃门。这是纯日本式住宅的特色。——译者注
[4] 上田笃：《日本人与住宅》，岩波新书，昭和49年（1974年），第167页。

个"物语"的入口与出口。位于悬崖下面的住宅,是作品的舞台。(实际上,据《门》的情节来看,全书二十三章中,除了后半部分里男主人公野中宗助赴镰仓参拜禅寺①的四章外,情节的推展几乎均以陡崖下租来的住宅为中心。)

进一步说来,《门》的开头关于套廊的描写是一个象征性的设定,他将寓居此家中的阴暗的人鲜明地展示出来:

> 野中宗助俨然跳跃似地跨过了针线盒与线屑,拉开了吃饭间的隔扇②,这就是客厅了。客厅南侧有玄关阻隔,再往前是拉门③。野中宗助从向阳处来到这里,拉门映在他的眼中,带有清寒之意。野中宗助拉开了拉门,陡崖俨如逼近房檐一般,耸立于套廊的尽头。本来早晨应该照临的阳光,也被遮挡住了。(《门》第一章)

野中宗助躺在套廊里,贪婪地享受着"阳光的温暖"。他的第一个行动就明显突出了住宅的阴暗。《门》的这种开头,属于阳与阴、暖与寒的对立结构,这种艺术结构好似日本"能剧"中的配角与主角般贯穿整个故事的始终。

《门》以长约四个月的时间为背景,夹着一个漫长的冬季,这种时间设定使住宅与家的意义得到进一步深化。纵然不借助加斯东·巴什拉的"冬季会令作为家的住宅增值"④这一观点,我们也会知晓,在置身于寒风呼啸的严冬里的人看来,家作为场所,是提供温暖安适的保证,严冬使家成

---

① 据漱石年谱,野中宗助参禅,其素材源于夏目漱石赴镰仓圆觉寺参禅的切身体验。明治27年(1894年)12月至翌年1月,27岁的夏目漱石想通过参禅来排解烦虑。宗教的神髓大多表现在虔诚跪拜于神佛面前,靠"他力"解救自己。禅则不然,它始终靠自身修行这一"自力"来自我开悟,直探生命本原,进而达到心灵平衡的境界。故而禅被称作"知识分子的宗教"。——译者注
② 原文是"襖",是房间与房间之间的糊纸的拉门,或壁橱(日式房间里放置被褥、衣服用具等)的拉门。——译者注
③ 原文是"障子",糊着白纸或镶着玻璃的拉门,其作用是将房间与外部隔开,兼有采光功能。——译者注
④ 加斯东·巴什拉:《空间的诗学》,岩村行雄译,思潮社,昭和44年(1969年),第76页。

为比其他任何季节都更有价值更有深厚内涵的亲密空间。在野中宗助租来的位于陡崖下的住宅中展开日常平凡的故事，而冬季作为这个故事的时间背景，对《门》这部小说来说具有决定性的意义。

在《门》中，野中宗助习惯在星期日的白天悠闲地睡在套廊里；冬季逼近时，他就被撵进了内室；而当漫漫寒冬过去，他返回套廊，品赏"光线的温暖"时，作品也进入尾声。从这个意义上看，《门》的开头，野中宗助摆出的异样姿势——"双膝弯曲"，"抄着手，乌黑的脑袋插入其间"（《门》第一章）——耐人寻味。换言之，野中宗助的这种姿势俨然是钻入洞穴"猫冬"的动物姿势。这一点还与继之出现的、关于这个家的特殊地形位置说明相互照应。野中宗助的家，好似力求隐蔽，建在生长着孟宗竹的阴气很重的山崖之下，这也就是说，与坐落于地面上的普通住宅不同，野中宗助的住宅俨如半截埋入了土中。

野中宗助的寝室，以及被当作书斋使用的八叠①大的客厅，面对坡度很陡的山崖。野中宗助望着山崖，心里担忧。然而，尽管他嘴里说着"不知何时，山崖就会突然崩塌"，却又满不在乎地睡在崖下的家里，而且进入深度睡眠，就连住在崖上的房东坂井家夜里来了梁上君子，闹腾一阵，野中宗助都没有听见。所以妻子阿米说他："你的心真宽，无忧无虑的，一躺下来，没过十分钟，就呼呼地睡着了。"（《门》第七章）由此可见，野中宗助在家里是一个嗜睡的人。他的这一习惯乍看起来好似矛盾，实则不然。因为正像此后详述的那样，野中宗助害怕的并非山崖崩塌砸毁住宅，而是夫妇俩平稳生活的毁灭。一言以蔽之，野中宗助的"不知何时，山崖就会突然崩塌"这句话，是围绕夫妇俩平稳的生活做出的比喻。

《门》这部作品中微暗的八叠客厅或者整个住宅内部，在野中宗助意识的一隅，恐怕与"横穴"②同质，这种"横穴"能够唤醒人的原始居住感觉。素有"住宅的梦想家"之称的加斯东·巴什拉这样说过：

---

① "叠"即日式房间地板上铺的草席，也是面积单位，1叠通常是180厘米×90厘米。——译者注
② 在悬崖上挖的洞穴，也是中国古代墓葬形制之一。——译者注

比方说，避难所里的一个梦想家，纵然坐在自家起居室里，也会梦想着简陋的小屋、巢穴或不引人注目的角落。他希望钻进这样的地方，像藏入洞穴的动物一样，藏影匿形。①

"洞穴"是灵魂对话最恰当的空间。奔赴镰仓参禅的野中宗助，埋头思悟"父母未生吾以前的本来面目"这一道"公案"的场所也是"山崖下挖出的横穴"。如同《门》的开头出现的野中宗助动物式姿势所象征的那样，《门》里关于家的描写一直附着对住宅怀有的某种自然的、原始的感觉。

野中宗助夫妇不与社会往来，静悄悄地过着自己的日子。在这对夫妇看来，屋外陡崖表现在心理领域就是一道篱笆，将自己的生活领域与社会隔离开来。夏目漱石有意识地做出如下设定，野中宗助住在崖下，房东坂井住在崖上，强调二者相异，其动机或恐也是基于上述背景。野中宗助对逼近的学友安井的幻影感到恐惧，起因于小偷从崖上扔下来的小型文卷箱，野中宗助见到此物，意味着与社会的交往。换言之，即小偷从崖上闯入崖下，冲破了将野中宗助与社会隔离开来的那一道篱笆。野中宗助曾担忧"不知何时，山崖就会突然崩塌"，这个担忧如今变成了现实。

野中宗助"抛弃了住在都市里的文明人的特权"（《门》第十四章），他"怀着隐居山中的心情，住在都市里"（《门》第十四章）。与其说此言仅仅是观念性文脉的修辞艺术，倒不如说实际上此言反映了野中宗助内

---

① 加斯东·巴什拉：《空间的诗学》，岩村行雄译，思潮社，昭和44年（1969年），第65页。

心世界对住宅的原始感觉①。

第二节　家具的秘密

　　加斯东·巴什拉将家作为手段，以此来分析人的灵魂。他的洞察力浓缩在如下简短文字之内："家的价值远超过风景，它是一种'精神状况'。"②夏目漱石的《门》是以家为舞台演出的"日常剧"，加斯东·巴什拉的金言非常有助于人们读解《门》的神髓。此外，京都大学教授、文艺评论家多田道太郎（1924—2007）认为，作品中登场的人与物或生活空间，是小说修辞学的要素，唯有这样风格的舞台装置才能够将作者的潜意识凸现出来③。如此高见，值得洗耳恭听。

　　特别是多田道太郎的文化随笔集《曩昔有物曰"矮腿饭桌"》，将《门》里出现的"矮腿饭桌"这个"舞台装置"视为情节描写的中心，进而读解故事的内部结构。这部随笔集显示出其先驱性成果的价值，值得人们关注。据《曩昔有物曰"矮腿饭桌"》的阐述，《门》里的野中宗助夫妇吃饭时，总是面对面坐着，中间摆着矮腿饭桌。这张矮腿饭桌是"与世隔绝，隐遁一隅之幸福"的象征。这种围绕矮腿饭桌一家团聚的氛围，由

---

①结合这个问题，夏目漱石在创作《门》之前的明治42年（1909年）6月15日与16日的《国民新闻》上，发表了题为《致高滨虚子》的文章，文章中的如下内容非常有趣。
　　"我的性格莫名其妙，坐在欣赏曲艺或戏剧及其他的娱乐场所，便萌发一种苍凉感。……我在那样的地方，看周围人的面容或样子，好像他（她）们都很高兴，男女都很得意。此时看着他（她）们的面容与样子，便不知从何处冒出这样想法——'我居住的社会就是因此而得以成立'，突然感到焦虑。于是急三火四就想返回<u>自己的巢穴</u>。……因此，不言而喻，面对这个人造的世界，我不能冠飞猛进。按照我近年来生活状态看，我被招进了'山手'的竹林中。不仅如此，<u>宛如在这竹林与书籍之中，构建趣味独特的巢穴，活到现在</u>。如此生活方式，吻合我的性格。这里没有直接诉诸官能的人为的刺激，此巢甚有意义。我因不能痛快地耽溺于四周的人文空气而感到迷惑。"（底线为引用者所加，《夏目漱石全集》第11卷，第199—200页）
②加斯东·巴什拉：《空间的诗学》，岩村行雄译，思潮社，昭和44年（1969年），第180页。
③多田道太郎：《曩昔有物曰"矮腿饭桌"》，载《风俗学——路上的思考》，筑摩书房，昭和53年（1978年）。

于弟弟野中小六（比野中宗助年幼 10 岁）这个"外来的闯入者"的出现，被无情地捣毁了，此事意义重大①。不过是平平常常并不引人注目的一件日常家具——矮腿饭桌，却被多田道太郎界定为"肩负着深厚意识的小道具"，如此卓见颇具刺激性。

确实，对于平静无波的夫妻单调的日常世界而言，高中生的弟弟野中小六是一个"闯入者"。从某种意义上说，野中小六作为"闯入者"，可以说早在夺走野中宗助夫妇围绕矮腿饭桌的团聚气氛之前就已经开始发挥作用了。譬如，野中小六住进哥哥家，一弹指间，就招致家里空间秩序的紊乱，成为将野中宗助夫妇间秘藏的"过去秘密"拨拉出来的要因。

> "或许因为天气很冷的关系吧？"阿米回答后，立即打开立于房间西侧"一间"②宽的壁橱的门，壁橱下侧是伤痕累累的柜子，上侧摞着两三个中国式提包③与柳条箱④。
> "这样的东西，<u>无论如何也无法处置啊</u>。"
> "那就原样放置着吧。"（底线为引用者所加，《门》第六章）

阿米收拾一间六叠大的房间，决定将其腾出来给野中小六当今后的卧室。夫妇俩拾掇房间，打开壁橱，看到的是从前收起来的柜子、柳条箱等旧家具。目睹这些东西，阿米情不自禁地说出这样的话："这样的东西，无论如何也无法安置啊。"这句话里渗进了与阿米"血色不佳"的神情相同的某种阴影。

在住宅配备的各式各样家具中，壁橱时常被划入"秘密家具"这一类里。

---

① 多田道太郎：《曩昔有物曰"矮腿饭桌"》，载《风俗学——路上的思考》，筑摩书房，昭和 53 年（1978 年），第 81—83 页。
② "间"是日本的长度单位，约合 1.82 米。——译者注
③ 木制，小箱形，表面包以皮革或糊纸。——译者注
④ 用剥去灌木红皮柳（或称"簸箕柳"）嫩枝外皮后的细白柳条，编制的装衣物的行李箱。——译者注

"壁橱的内部空间等于内密空间,并非在任何人面前都能打开的空间。"①在家的空间里,关于壁橱具有的心理性意义,一言以蔽之,用"秘密场所"来比喻或许最为恰如其分。

夫妇俩打开了壁橱,面对着本来早已埋在日常空间深处的"过去"。换言之,这个所谓"过去",就是野中宗助夫妇背叛了亲密朋友安井私奔之际阿米携带的家具。其中的"柳条箱"似乎凝聚着当年阿米与安井同居生活的记忆②;"伤痕累累的柜子"是野中宗助与阿米结合后备感烦恼的流浪生活的见证;附着于柜子上的"鳞伤"象征二人艰难的人生。他俩必须躲避人们的眼睛,背负着伦理重罪活在人间。

夫妇俩为何原样保存着似乎不太常用的中国式提包与柳条箱?笔者认为其理由是,这两个物件与旅行必备用具这一现实相关。正如野中宗助在电气列车中看到搬家广告暗示的那样,二人的流浪生活尚未打上休止符。"到处奔逃",是"无论如何也无法处置"的二人命运。不言而喻,夫妇二人收拾房间时的简短对话,与结尾"但是,冬天马上就会到来的"这句野中宗助感到绝望的话,是首尾照应关系。

隐藏于家具中的野中宗助夫妇的"过去",并不仅仅是以上这些。例如,放在吃饭间里的阿米的柜子上,铭刻着"野中宗助夫妇与孩子相关的'过去'"。阿米在广岛和福冈分别有过流产和死胎的阴暗体验,尔后移至此宅后,胎儿因"脐带缠络"窒息而夭折,留下了可怕的死产记忆。

> 野中宗助为夭折的婴儿做了一口小小的棺材,举办了不引人注目的葬礼。尔后,又为这个亡灵立了一块小牌位。……过了一段时间后,不知野中宗助是怎么想的,将小牌位藏在柜子的抽屉里的底下了。
> (《门》第十三章)

---

① 加斯东·巴什拉:《空间的诗学》,岩村行雄译,思潮社,昭和 44 年(1969 年),第 117 页。
② 安井因为易地疗养,前往神户,出发时的描写如下:"安井无奈,用麻绳捆好了<u>柳条箱</u>,阿米锁上了<u>手提包</u>。"(底线为引用者所加,《门》第十四章)

某日，阿米换衣服时，手碰触到了放置于衣柜抽屉底下的牌位后，她来到了算命先生面前。算命先生对她说道："你有罪孽，遭报应，绝不会有孩子。"在处于如此境地的阿米看来，衣柜就等于亡子的灵柩。这种秘藏着阴暗记忆的"家具意象"，在先于《门》发表的《其后》中，也可以见到。

"这是什么东西啊？"

"婴儿的衣服。做好之后，一直原样放着，衣服的带子都没解开过呢。方才从柳条箱底发现了，就拿了出来。"三千代一边说着，一边解开衣服上的带子，将袖筒向两边展开。

"哎，看呀。"

"那样的东西还保存着呢，趁早拆了，做个抹布什么的吧。"（《其后》第六章）

这里，柳条箱保存着孩子夭折的记忆。英语的"closet"（衣柜）、"cabinet"（橱柜）之类的单词深层，含有"秘密的、内密的"等意思。夏目漱石小说中出现的类似家具，异乎寻常地带有秘密性。作品里的家具，化作象征性的小道具，酿造出作品的氛围，与故事的深层结构直接相关。

第三节　煤油灯的含义

野中宗助清晨很早就走出家门，黄昏时分才回家，唯有日暮入夜后，才是他真正的日常时间。夫妇俩吃罢晚饭，在明亮煤油灯映照下，围着火盆相对而坐，享受夜里时光。

未久，夜幕降临了。这一带街区，白昼也不太能听见车子经过的声响。薄暮时分开始，更加安静了。夫妇俩一如既往，聚坐在煤油灯下，心里都觉得，在广大的世间，唯有彼此坐的这一块地方是光明的。在这明亮的灯光里，野中宗助只意识到阿米，阿米只意识到野中宗助，忘掉了煤油灯光照不到的黑暗的社会。他俩在每天晚上如此度过的过程中，发现了自己生命存在的价值。

入夜，家的周围万籁俱寂，寂静会唤醒广阔无垠的空间。然而，野中宗助夫妇面对空间的意识矢量特性是朝向油灯火苗圆心凝聚收缩。这也就是说，他俩的"生命的圆圈"（前田爱语）是由不断向内收缩变小的同心圆构成的。

在野中宗助夫妇单调的日常生活中，被煤油灯光照射得暖融融的室内是一方最亲密的领域。煤油灯在本质上具有凝聚居住空间的特点[1]。对追求精神安宁的人而言，没有什么东西能比煤油灯更能守住住宅内的秘密。这一部分的空间描写显示出主人公"开始向内深入"或"失去了广度的同时，却增加了深度"（《门》第十四章）的意识的相互照应。换言之，被描写的房间，已经成为居住者灵魂的风景。

> 野中宗助夫妇俩，每晨瀼瀼露水未晞之际就起床，仰望屋檐上美丽的朝阳。二人坐在熏竹支架托起的煤油灯两旁，映照出长长的身影。大多时候，能听见挂钟的钟摆的摆动声。（《门》第四章）

沉浸于秘密的世界之际，人往往被呼唤到遥远的过去。"野中宗助的日常时间，就是他过去犯下罪孽的非日常时间"[2]，正如越智治雄这一解释所指出的那样，二人坐在深深的沉默之中，煤油灯映照出的"长长的身影"象征的是潜伏于野中宗助夫妇日常生活中的阴影。野中宗助清楚地记得，早在京都时代，他与阿米站在安井家门前，身影落在土墙上。在野中

---

[1] 加斯东·巴什拉：《蜡烛的火焰》，涩泽孝辅译，现代思潮社，昭和51年（1976年），第150页。
[2] 越智治雄：《夏目漱石私论》，角川书店，昭和46年（1971年），第186页。

宗助看来，二人现在于煤油灯旁出现的"长长的身影"，就等于永远不会消失的心灵阴影的痕迹。以下文字明确说明了这一点：

> 于是，夫妇就这样缄默不语地相对而坐着，不知不觉之间，二人就落入二人造孽的过去这孔阴暗巨大的深窖中。（《门》第四章）

野中宗助夫妇为了取暖，每天晚上围着火盆相对而坐，火盆是二人认可的、小小的慰藉道具。然而，十分滑稽的是，正是这个火盆变成了一个黑暗的陷阱，将夫妇俩引入了"过去"这个黑暗之中，这"过去"的黑暗侵蚀了他俩的生活领域。

> 有一次，野中宗助一如既往地去拜访安井，却赶上安井外出，家中仅剩下阿米一人，她孑然坐在寂寥的晚秋里。野中宗助说道："您挺寂寞吧？"然后进了客厅。二人隔着火盆相对而坐，烤火聊天的时间之长超过了预想，然后野中宗助才归去。（《门》第十四章）

这一段记述告诉我们，这个火盆是促发二人不伦之恋萌芽的温床。也就是说，对野中宗助夫妇来说，当时的火盆里深藏着"将彼此二人烧焦的火焰"（《门》第十四章）之火种，火盆是二人的"命运之场"。

这样看来，笔者认为，将《门》这个心灵阴暗的物语之时间背景选在冬天，其理由不言自明。归根结底，野中宗助夫妇一直忍耐着的，与其说是目前笼罩着陡崖之下的家的冬天，不如说是六年前京都的那个冬天。那个冬天"不声不响，阴森森的，寒气彻骨"（《门》第十四章），是他俩冬天的源头。

野中宗助夫妇避开世人耳目，逃至"不为人知"的地方（《门》第四章），悄无声息地生活下去。在这样的一对夫妇看来，煤油灯柔和的光似乎带有某种宗教意义。如此说来，煤油灯的灯光照出的"长长的身影"是这二人需要精神救赎的证明。

野中宗助夫妇有一个习惯，那就是夜里点着煤油灯睡觉，作品中这样写道：

  阿米不时睁开眼睛，望一下昏暗的寝室。细小火苗的煤油灯，置于壁龛①上。夫妇俩有通宵点灯睡觉的习惯，睡觉之前，先将煤油灯捻儿拨小后，将其放在壁龛处。（《门》第七章）

围绕这一段文字，前田爱做过这样评述："可以说，这是下等职员夫妇可以承受的一种奢侈。"②事实果真如此吗？"……野中宗助上床躺着，胡思乱想起来。他发现自己的主观臆断与自己心中琢磨的事愚蠢可笑。于是'噗'的一声，将忘了吹灭的煤油灯吹灭了。"（《门》第十四章）从这一段引文中我们可以看出，至少京都时代的野中宗助，还没有点灯睡觉的"习惯"。那么，这种习惯从何时开始有的呢？大概源于他背叛了好朋友安井，与阿米结为眷属之后。一言以蔽之，笔者认为，这个部分含有道德层次的意义。

夏目漱石的长篇小说《心》里，涉及主人公"先生"部分与"K"的自杀场面出现了"煤油灯意象"。

  ……我看见了宛如一点灯火的先生的家。……不消说，我没察觉到那灯火必然忽地熄灭的命运就逼近在我的眼前。（《心·中·双亲与我》第五章）

  此时，"K"的煤油灯的灯油，似乎已经燃尽了，房间里几乎是一团漆黑。（《心·下·先生与遗书》第五十章）

---

①壁龛的正面挂字画，下面摆着"生花"等。——译者注。
②前田爱：《都市空间中的文学》，筑摩书房，昭和57年（1982年），第349页。

文中，煤油灯的熄灭，是死亡的隐喻。因此，相互照应，通盘考虑，对《门》里通宵点着的煤油灯"微弱的灯火"可以做如此解释："微弱的灯火"是野中宗助夫妇植物性生命的一个象征符号，夫妇俩将听天由命，靠"煤油灯的力量"勉强地活着。

第四节　莫里斯·梅特林克与象征剧

在《门》这部作品里，夏目漱石执拗地强调生活的日常性。其证据，与其说来自有意识地频繁使用"照例"或"一如既往"等词语，不如说来自作品中更根本的地方。譬如，夏目漱石在《门》里开始正面审视夫妻的日常生活，这一点的意义重大。在《三四郎》与《其后》中，夏目漱石一直在观望都市，昂首阔步。但是，到了《门》这部作品，夏目漱石的眼界变得极端狭窄，而且几乎是固定不动的。《门》的导入部分，野中宗助在散步的这一举动，相当于照相机的焦点逐渐朝向故事的主要舞台（主人公的家）聚焦的过程。不消说，这样的视角操作中确实潜藏着要生动描写平凡的庶民日常生活的动机。

明治45年（1912年），夏目漱石发表了长篇小说《过了春分时节》。此作第五章"须永的故事"中，须永这样说道：

> 电车通行的小巷两旁，分布着非常狭小的住宅与小路，好似被划分成了"色子"块儿，形成了默默无名的都市人士的巢穴。<u>在这"形成"的过程中，这里的几乎每一家，都在上演着不能登大雅之堂的戏剧</u>[①]。（底线为引用者所加）

我们可以从这一段话里拔树寻根，推断夏目漱石创作《门》的意图。

[①] 夏目漱石：《夏目漱石全集》第5卷，第50页。

特别是画底线的部分，笔者认为，从中可以看出夏目漱石在创作"日常剧"方面出现了觉醒。《门》里的主人公，既非《三四郎》中的小川三四郎那样潇洒的"大学生"，亦非《其后》中的长井代助那样的"高等游民"，而是"无名无声"平凡的"下等职员"。夏目漱石设定这样角色，是因为要将《门》打造成"日常剧"，而如此角色设定是前提条件。

与《三四郎》《其后》那样的作品相比，《门》这部"日常剧"的配角之间相互交谈的台词基本上远离概念化的程式，自始至终都很平板，令人感到散发着身边生活的气息，但也没有引人注目的情节之流动，缺乏动态的推展。所以，这反倒使一个细小的动作或一句凡庸的话语都带有象征性意义，总体上带来了浓郁的情调与深度。越智治雄在这个意义上一语中地指出，《门》里的日常性，已经达至某种象征性的领域①。夏目漱石在如此平浅通俗的叙述原理中，试用了与《三四郎》《其后》的旨趣相异的语言表现，我们从中可以发现夏目漱石作品的深化程度。

有限的空间、在这有限空间里配置的象征性小道具、被这空间与小道具包围着的人，乃至人的意识，这一切都营造出了独特的氛围。《门》就是在如此氛围中，探究心理主题。若将《门》界定为一种"氛围小说"，那么，我们脑际会浮现出比利时象征主义剧作家莫里斯·梅特林克（1862—1949），会想到他的代表作《室内》（*L'Intérieur*，1894年）与《闯入者》（*L'Intruse*，1890年）的作品世界。《其后》中的长井代助，心怀密室幻想，具有耽美快乐倾向。与此相似，夏目漱石身上流露出与梅特林克、罗登巴赫（1855—1898）等象征派文士相似的感受性。象征派文士对笼闭于"沉默的硬壳"之内这一做法，赋予了重要意义，夏目漱石留学英国之际写的英文诗 Silence（《沉默》）呈现出与这些"沉默王国"的诗人们相似的审美取向。考虑到梅特林克等象征派文士与夏目漱石都是在受到了拉

---

①越智治雄：《夏目漱石私论》，角川书店，昭和46年（1971年），第179页。

斐尔前派诗画很大影响下① 完成了文学首途的，我们可以说，文学表现与绘画之间存在近亲关系，实属自然而然的事情。

考察《门》与梅特林克的关系，应当分外关注的是梅特林克的初期作品，即称为"静剧"（le théâtre statique）的部分。"静剧"的风格特色来源于梅特林克的诗集《温室》（*Serres Chaudes*，1889 年）中流露的颓废倾向的转化。因此，"来自单纯日常生活的主题与事件，会化作平平淡淡的结构，而意味深长的语言，反倒会成为凡庸的台词"，静剧是由这些因素构成的新的类型的戏剧②。静剧之一的《室内》写的是，家庭成员之一的少女溺水而亡，家人不知此事，在油灯下过着一如既往的夜晚，来报丧的人们站在窗外，一边观察室内，一边通知噩耗。结构就是如此简单。这个"日常生活剧"的主题内涵，正如被家的周围的阴暗所象征的那样，可以将其明确界定为：命运的力量不断威胁着人的幸福，人们对未来心怀焦虑。

如此看来，我们可以明晓，《室内》与《门》之间虽然存在一定的相异，但两部作品在主题、整体氛围与细部要素方面均存在颇多的重叠要素。例如：以日常生活为题材；以"油灯意象"作为小道具来象征家庭的秘密；夜晚团聚时掠过家人脑际的莫名其妙的灵魂恐怖；暗中逼近平安无事家庭的死亡阴影等③。凡此种种，重点与夏目漱石《门》的如下内容相对应：第一，野中宗助害怕安井的幻影的那种内心世界；第二，野中宗助夫妇周

---

① 根据 W.D. 霍尔斯的考察，莫里斯·梅特林克在布鲁塞尔的临时住宅工作室墙壁上挂着伯恩·琼斯创作的拉斐尔前派绘画的复制品（W.D.Halls, *Maurice Maeterlinck: A Study of His Life and Thought,* Oxford, 1960, pp.27—28）。此外，关于罗塞蒂与莫里斯·梅特林克之间具体的影响关系，可参见本书第四章"拉斐尔前派的想象力"。
② 关于莫里斯·梅特林克的"静剧"，笔者参阅了夏目漱石文库收藏的 Edward E. Hale, *Dramatists of To-day* (G.Bell, 1906), pp.156—159 的解说。约长达 30 页的论述莫里斯·梅特林克的这一章里，到处可见夏目漱石画的底线，特别是"static theatre"或"Silence"下面有重点底线。
③ 夏目漱石《门》中的如下段落与莫里斯·梅特林克的"静剧"明显相关，具体说来，与《闯人者》非常相似："阿米的病情终于好转了。……野中宗助看看妻子那好像苏醒过来的醒目身姿，觉得可怕的悲剧好似远离了一步。心情安适下来。然而，野中宗助觉得，那种悲剧不知何时以何种形式，<u>还会来缠住自己的家庭。这种朦朦胧胧的担忧，</u>不时像迷雾一样，飘动在他的脑子里。"（底线为引用者所加，《门》第十三章）这一段描写，令人想起梅特林克的戏剧《闯人者》。《闯人者》描写家里的一个姑娘病势危笃，隔壁房间的家里人对逐渐逼近的死亡感到可怕。

围淡淡飘荡的婴儿夭折的气息。尤其是梅特林克《室内》里的老人的如下台词：

> ……对如此生活的情景心生感动，我还是第一次。何故？我不晓得。对那些人的一切所作所为，我觉得有着异乎寻常的严肃。……那些人在油灯下等待着夜的到来①。

这一段台词，宛如在诉说夏目漱石《门》里的生活状态，如此生活状态诱发出野中宗助夫妇的悲哀冷清之感。《室内》与《门》之间存在的类似是偶然巧合，还是《门》与梅特林克的作品世界之间确实存在某种影响关系？如果存在，它又是以何种形式投影于夏目漱石作品之中的呢？

夏目漱石收藏的梅特林克著作共有五册，仅次于剧作家易卜生的作品（共有九册）。梅特林克的作品有戏剧集《蒙娜·凡娜》《普莱雅斯和梅丽桑德》《室内》《丁达奇尔之死》等主要作品三册，另有随笔集《蜜蜂的生活》与《二重庭院》两册②。梅特林克的作品，夏目漱石几乎都是读的英文版。例外的是，他读了法文版的《普莱雅斯和梅丽桑德》③。

夏目漱石创作《门》之前，有两次机会观看梅特林克的戏剧。1898年，《普莱雅斯和梅丽桑德》在伦敦公演，伯恩·琼斯担任服装设计。其后，1902年6月，剧团不顾审查当局的禁演警告，在维多利亚剧场上演了《蒙

---

① 莫里斯·梅特林克：《室内》，法国世纪末文学丛书XII，仓智恒夫等译，国书刊行会，昭和59年（1984年）。
② 详细原文书目（引自《夏目漱石全集》第16卷，第51页）如下：
　　The Double Garden.Trans.by A.T. de Mattos.London: G.Allen.1904.
　　The Life of the Bee.Trans.by A.Sutro.London: G.Allen.1906.
　　Aglavaine and Sélysette.Trans.by A.Sutro, with Introduction by J.W.Mackail.London: G.Allen.1908.
　　Monna Vanna.Trans.by A.I.du Pont Conleman.New York: Harper & Bros.1903.
　　Pelléas et Mélisande;Alladine et Palomides; Intérieur La Mort de Tintagiles.Paris: Calmann Lévy.1908.
③ 梅特林克的四个剧本构成了剧本集 Teâtre II。其中的第一篇 Pelléas et Mélisande（《普莱雅斯和梅丽桑德》）中，关于梅丽桑德的头发的著名描写多达九处。夏目漱石都画了底线，可以认为他读过这些地方。

娜·凡娜》,引起了众多非议。这是夏目漱石第一次有观看梅特林克戏剧的机会。然而,这是在"伦敦梅特林克协会"内部演出的,夏目漱石看过的可能性很小。但是,通过媒体谴责《蒙娜·凡娜》强行公演的报道,夏目漱石很可能知道这件事。明治39年(1906年)2月,川上音二郎(1864—1911)在明治剧场首演《蒙娜·凡娜》,这是夏目漱石第二次观看梅特林克戏剧的机会,他有可能看过,但究竟是看过还是没看过,现在无法确认。

明治28年(1995年)1月号《帝国文学》上,登载了象征诗运动的先驱上田敏的评论《比利时文学》。这是日本介绍梅特林克的发端。尔后,生于冈山县的小说家、文艺评论家正宗白鸟(1879—1962),于明治36年(1903年)编译了《玛蕾因公主》《闯入者》等四个剧本,编成《莫里斯·梅特林克物语》,由富山房于同年出版。进入明治40年代,森鸥外吸取梅特林克的"静剧"手法,创作了《静》(载《昴星》1909年11月号)与《生田川》(载《中央公论》1910年4月号)两个剧本。夏目漱石的《门》开始连载不久的明治43年(1910年)4月号文艺杂志《早稻田文学》上,发表了诗人茅野萧萧(1883—1946)翻译的《闯入者》。如此这般,日本对梅特林克的介绍,呈现出蓬勃状态①。我们可以充分想象,以文坛与戏剧界为中心、日益高涨的"梅特林克热",进一步加深了夏目漱石对梅特林克的关心。

夏目漱石深化理解梅特林克作品的手段,除了前述作品集外,还有关于梅特林克的评论与学术研究专著等。譬如,马克斯·诺尔道的《堕落论》(Degeneration)第二部第二章"神秘主义的拙劣模仿"中这样评论道:梅特林克的诗与剧本是"非常幼稚的、愚蠢无聊的,梅特林克是支离破碎的神秘论者"的典型。马克斯·诺尔道的这个评论颇有些随意,尽管如此,他的评论确实相当详尽。明治36年(1903年),夏目漱石执教于东京帝国大学时,其讲义里首次谈及梅特林克。他在讲义中指出,"梅特林克的

---

① 关于日本引进梅特林克作品一事,可参阅菊田茂男著《莫里斯·梅特林克》,载福田光治等编《欧美作家与日本近代文学·三》,教育出版中心,昭和51年(1976年)。

诗，仅仅在音调方面能够引起与其他有思想的东西相同的情趣"。作为实例，夏目漱石引用了梅特林克的诗《倦怠》（Ennui）。他引用的英译本《倦怠》及其解说均出自马克斯·诺尔道的专著《堕落论》①。

此外，还可以从夏目漱石的藏书目录中找到有益于他理解梅特林克的资料：其一，亚瑟·西蒙斯的《象征主义文学运动》（The Symbolist Movement in Literature）；其二，爱德华·埃弗雷特·希尔的《现代剧作家》（Dramatists of To-day）②。《象征主义文学运动》里有一章的题目是"神秘派成员梅特林克"；《现代剧作家》将梅特林克与豪普特曼③（1862—1946）、苏德尔曼④（1857—1928）分别单立一章，详加阐述。这两部专著的见地，与马克斯·诺尔道失之偏颇的观点大异其趣，前者以肯定的态度，论述了梅特林克的近代剧之文学史意义。以故，可以认为，学术专著《象征主义文学运动》与《现代剧作家》为夏目漱石理解梅特林克发挥了作用。考虑到围绕夏目漱石的如此环境，我们感到，夏目漱石与梅特林克之间的距离很近，并不像迄今为止我们想象的那样遥远。

第五节 存在之中的"风声"

夏目漱石创作的 11 首英文诗中，包括如下一首无题诗。

---

① 夏目漱石收藏的马克斯·诺尔道的《堕落论》（1898 年）第 229 页，这样评论梅特林克的诗："不注重趣意和语意，仅由相互关联的类音构成了诗。"作为相关例子，马克斯·诺尔道举出了诗集《温室》中的一首诗《倦怠》的原文，介绍了英文版。这一段与夏目漱石在讲义中引用的内容一致。（参见《夏目漱石全集》第 16 卷，第 351—352 页）不过，夏目漱石讲义的英译本《倦怠》在英语拼写与标点符号方面，有的地方与原文有异（譬如，最后一行的"sound"，应为"sun"）。一般认为，夏目漱石依据的底本是皆川正禧的笔记，这个笔记有错误。

② Arthur Symons, *The Symbolist Movement in Literature* (London: William Heinemann, 1899); Edward E.Hale, *Dramatists of To-day* (London: G.Bell & Sons, 1906).

③ 德国剧作家，1912 年或诺贝尔文学奖，代表作有自然主义戏剧《日出之前》（1889 年）、现实主义戏剧《织工》（1892 年）与梦幻剧《汉奈蕾升天记》（1893 年）。——译者注

④ 德国小说家、自然主义剧作家，一度与豪普特曼齐名，其成名剧作《荣誉》（1890 年）描写资本主义社会里贫富两极分化的冲突。——译者注

Lonely I sit in my lonesome chamber

And cricket chirps,

My lamp lies lonely half in slumber

And cricket chirps.(《夏目漱石全集》第12卷，第381页）

我孤独地坐在寂寞的房间里，

蟋蟀在鸣叫，

我的油灯孤独地陷入半沉睡，

蟋蟀在鸣叫①。

夏目漱石的眼光谛视着内心世界，也投影于这首创作日期不明的英文诗之中。这首诗的情趣本旨是，孑然坐在空空荡荡的房间里，侧耳静听微弱灵魂的声音。如此审美情趣，令人联想到梅特林克随笔中的一段文字。

> 坐在安乐椅子上的一位老人，在煤油灯旁一边静静地等待着，一边本能地倾听着统治其家周围一切的所有永恒的法则，虽然未能解悟得一清二楚，但他明白了门与窗的沉默与煤油灯震颤的声响之神髓。面对自己的灵魂与命运，老人唯有俯首服从②。

这是梅特林克第一本随笔集《贫者之宝》③（*Le Trésor des Humbles*，1896年）中的"日常悲剧"（Le Tragique Quotidien）一章中出现的一段名言，充分表达了梅特林克初期思想的背景。夏目漱石读过的亚瑟·西蒙斯的著作与爱德华·埃弗雷特·希尔著作中都引用过《贫者之宝》中的这一段话。

---

①参考江藤淳的日文译诗译出。——译者注。
②这段日语译文与法语原文或 Alfred Sutro 的英译本（1897年）存在若干差异。夏目漱石一贯重视直接阅读原文，根据这一特点，笔者根据爱德华·埃弗雷特·希尔的《现代剧作家》（*Dramatists of To-day*）英文版第157页，译出了这段文字。
③又译作《卑微者的财宝》（1896年）。——译者注

夏目漱石的英文诗中，抒发沉默凝视内心世界这一情趣的诗还有如下一首：

> I hail from the Kingdom of Silence,
> Where I Knew no sun no moon,
> No man, no woman, nor God even.
> I lived in Silence and Silence reigned all.
> （"Silence"，《夏目漱石全集》第12卷，第375页）

> 我来自"沉默"的王国，
> 此国没有太阳，没有月亮，
> 没有男人，没有女人，连神也没有。
> 我生于"沉默"之中，"沉默"统治一切。

"Silence"也好，"Lonely I sit in……"也罢，在憧憬谛视内心世界的夏目漱石看来，"沉默"是值得追求的最高价值。这一点与梅特林克的"'积极的沉默'是一种力量，它能促进未知世界与精神实现交感"这一想法相通（参见 Robert Goldwater，*Symbolism*，New York：Harper & Row，1979，p.29）。这里所说的"积极的沉默"（Silence actif），是夏目漱石阅读梅特林克的随笔集《贫者之宝》第一章"沉默"里出现的概念。梅特林克活用"积极的沉默"这一概念，竭力反驳那种反映"困眠""死亡""不存在"等内涵的"消极的沉默"（Silence passif）。顺便提及，夏目漱石理当读过的亚瑟·西蒙斯的《象征主义文学运动》中，围绕梅特林克的"积极的沉默"进行了解说，并引用了随笔《沉默》中的一节。亚瑟·西蒙斯这样评价道：

> 灵魂因沉默才能得以衡量，这就像金银通过蒸馏水而得以计算一样。我们说出的语言，若不经过"沉浸于沉默中"这一道过滤程序，

便毫无意义。

笔者执着地认为，梅特林克上述这种特有的"沉潜世界"，不仅影响到本节开头夏目漱石的那首英文诗，而且与《门》的作品世界也存在微妙交叉。例如，《门》第四章里这样写道："户外，从黄昏开始，刮起风来，声响似乎特意从远方袭来。"这样地方的气氛里，存在野中宗助夫妇的形象。他俩坐在煤油灯旁，陷入深深的沉默，倾听着户外凌厉的寒风声。他俩倾听的，是支配着自家周围的命运的窃窃私议之声。夏目漱石嗜好以"风声"暗喻"命运"[①]，《门》第十七章中这样写道："阿米的话语里俨然有魔物，带有害怕风声的一种格调。"从这一段文字中我们可以看出，阿米与带有几分达观姿态倾听"风声"的野中宗助在反抗命运的态度方面存在不同。

"他俩达观地认为，残酷的命运任性、随心所欲，突然袭击无辜的二人，半开玩笑地将二人推入了陷阱。"（《门》第十四章）从这一段话里可以窥见，野中宗助并不认为过去的事件是自己的罪过，而是将一切都归结于"命运"。换言之，野中宗助认为，二人的结合是"命运性"的爱的结果。意味深长之处是，野中宗助的如此思路，与梅特林克的道德观是一致的。

这里引用如下一例。几乎与《门》的发表时间相同，厨川白村对梅特林克的象征主义戏剧《普莱雅斯和梅丽桑德》做出了详细解释：

> 作者梅特林克的本意是，普莱雅斯和梅丽桑德二人陷入悲惨结局，绝非本人所致。不言而喻，恋爱者无罪，悲惨结局完全是盲目的激情之昂奋引发的、不可抗拒的命运。此外，如此不可思议的命运悲剧，接连不断地在我们平凡的日常生活中反复出现[②]。

[①] 以风的意象来暗示"命运"，如此实例也出现在夏目漱石的《三四郎》之中："三四郎登上宿舍二楼，进入自己的房间，坐下之后，仍然能听见风声。三四郎每次听见这样的风声，就想起了'命运'二字。每当风呼呼地刮来，三四郎就感到悚惧。"（《三四郎》第九章，《夏目漱石全集》第4卷，第239页）
[②] 厨川白村：《近代文学十讲》，载《厨川白村全集》第1卷，福永书店，大正13年（1924年），第443—444页，最早发表于明治45年（1912年）。

《普莱雅斯和梅丽桑德》（1892年）令梅特林克突然变得赫赫有名，这部作品活用象征主义手法，描写两个男子爱上了同一个女子（普莱雅斯是老国王高罗的弟弟，他爱上了嫂子梅丽桑德），表达了"永恒的三角关系"这一主题。我们将厨川白村的解释略做推展，可以得出如下结论：作者梅特林克在《普莱雅斯和梅丽桑德》中描写的不只是两个人，悲剧之恋的当事者普莱雅斯、梅丽桑德和高罗，三人都被描写成被命运操纵的牺牲者。

这样一来，我们可以发现，《门》与《普莱雅斯和梅丽桑德》对罪孽意识与命运的认识十分近似。换言之，野中宗助夫妇心甘情愿背负的，不是罪孽，而是命运。

此外，前已述及，《门》里的"煤油灯"是象征性的小道具，它意味"活着"。这一点与梅特林克象征剧里的主要小道具"煤油灯"非常相似。梅特林克的《丁达奇尔之死》《玛兰纳公主》《闯入者》等作品中，煤油灯熄灭就意味着死亡。

梅特林克在随笔《日常悲剧》中这样写道："我们的日常生活中，与其说存在的是大事件里的悲剧，莫如说存在的是更贴近我们真正生活方式的、更现实的、更切身的悲剧领域。"[①]这一段话反映了梅特林克文学生涯初期的厌世观（pessimism）。这一段话可以说为我们解读夏目漱石《门》的深层主题提供了暗示。换言之，《门》里安井的出现，可谓这部小说里唯一的"事件"（虽说是"出现"，但实际上归根结底，安井不过是一个幻影）。《门》里这个"事件"的真正意义，不过是一个契机，它凸显出野中宗助日常生活里潜藏的阴暗面及其悲剧性。

[①] 笔者根据爱德华·埃弗雷特·希尔的《现代剧作家》（*Dramatists of To-day*）英文版第157页，译出了这段文字。

第六节　"静剧"的世界

明治41年（1908年）1月号杂志《趣味》上发表了夏目漱石的谈话《我爱读的外国小说与戏剧》，其中提及了当时戏剧的动向，介绍了梅特林克的评论。梅特林克认为：现今的戏剧失去了诗情的装饰，为补充这一缺陷，出现了"将诗情的装饰渗透于人的意识深处"这一艺术倾向。在这一倾向中，"达到意识的最高点"的巨匠是易卜生[①]。对梅特林克的如此评论，夏目漱石认为"非常有趣"，至于夏目漱石介绍的"达到意识的最高点"这一"梅特林克的说法"之出典，人们认为是梅特林克第五本随笔集《二重庭院》（1904年）中的《现代剧》（*The Modern Drama*）。夏目漱石引用的关于易卜生的解说，是对《现代剧》后半部分论述内容的概括。夏目漱石将如今戏剧应追求的方向聚焦在主题方面，在叙述梅特林克学说的过程中，不时夹杂着自己的创作观。夏目漱石文库收藏的《二重庭院》中清楚地留下了夏目漱石趣味盎然地阅读过的痕迹。尤其是如下一段：

> 曩昔戏剧上演时出现的那种欢呼声，今天很少能听见了。此外，流血的惨事也很稀少，眼泪也不太能见到了。人的喜悦和悲伤之所以被定型化，是因为人物在小房间里，近靠在炉火旁，围着饭桌[②]。

夏目漱石在这一段文字下面画了底线。关于此处的底线，我们可以理解为：对于梅特林克围绕自己的"静剧"作品做出的这一段带有解说格调的记述，夏目漱石直率地示以同感。

[①] "然而，梅特林克的戏剧论中存在有如此意味的事情。——因为形形色色的原因（包括内部与外界），现今的戏剧失去了诗情的装饰。为补充如此缺陷，戏剧家迫不得已，必须将诗情的装饰渗透人的意识深处。……意识在观察动作变化状态时，得出的结论是'愿望与义务的冲突'。换言之，不过是激情与道德义务的争吵。因此,现代戏剧家嗜好捕捉道德问题。"（《夏目漱石全集》第16卷，第572—573页）

[②] Maurice Maeterlinck, *The Double Garden*, tr.A.T.de Mattos (London: G.Allen, 1904), p.99. 收藏于"夏目漱石文库"。

尽管如此，夏目漱石并非全面赞同梅特林克的文学观与思想。譬如，《行人》中的长野一郎，读了梅特林克的关于"死后的世界"的论文后，做出这样的评价："归根结底，与普通的'心灵术'[①]（spiritualism）同样无聊。"[②] 夏目漱石到了晚年，在致畔柳都太郎的书简中，强调了自己的生死观与梅特林克的生死观之差异[③]。凡此种种，令我们感到了二者的不同之处。

二者的相异，象征性地表现在《蒙娜·凡娜》与《门》的各自结尾处主人公的台词里。《蒙娜·凡娜》（*Monna Vanna*，1902年）最后的场景中，蒙娜·凡娜度过了残酷命运的难关之后，以如下台词做闭幕词：

"啊，做了一场噩梦。……不过，美梦会从现在开始，美梦会从现在开始……"（"C'était un mauvais rêve...Le beau va commencer...Le beau va commencer..."，岛村抱月译成日文）

由此开始，梅特林克摆脱了初期戏剧中的厌世命运观，萌发出新的思想——可以通过人的睿智来克服命运。与《蒙娜·凡娜》相比，夏目漱石的《门》的结尾是这样写的：

"真是可喜可贺，春天终于来了。"阿米眉舒眼展地说。
野中宗助来到套廊，一边剪着长指甲，一边回言：
"那倒是的。不过，马上就是冬天。"他依然低头剪着指甲。（《门》第二十三章）

当我们想象到，《门》里的"冬天"象征着威胁野中宗助夫妇人生的、不可预测的命运时，不言而喻，阿米的话语意味着"春天"到来实在可喜

[①] 即死者灵魂与生者交流之术。——译者注
[②] 夏目漱石：《夏目漱石全集》第5卷，第668页。
[③] 大正4年(1915年)2月25日夏目漱石致畔柳都太郎书简，载《夏目漱石全集》第15卷，第440页。

可贺。"不过，马上就是冬天。"野中宗助的这个回答的核心，是名副其实的"命运怀疑论"，与蒙娜·凡娜的积极命运观形成了鲜明对照。如此看来，若说夏目漱石对梅特林克的某些作品产生过共鸣，那么，可以认为只限定于《蒙娜·凡娜》以前的作品世界。

《门》这部作品在表达日常生活中幸福的脆弱性方面，在表达潜藏于人的内心世界的不安①方面，没有使用任何特别出奇的小道具，而是司空见惯的家具、常用的生活用具，如听惯了的挂钟的钟摆声，或者油灯颤动的声音等。尽管如此，这些小道具在故事的每一个局部里都将象征意义发挥到了极致。我们从此类手法中可以发现，夏目漱石的表现手法与梅特林克在静剧中活用的象征手法存在类似现象。理查德·龙格与艾波·琼斯在题为《论"颓废小说"的定义》的论文中指出，世纪末小说的特色之一是："总体特质是静的，缺少动的感觉。也就是说，在这种小说里，时间与空间融为一体。"② 这个定义在性质上完全适用于界定夏目漱石的《门》。读者的目光，只要固定在主人公夫妇的住宅内部就可以了。《门》的结构简单，缺乏动感，对话较少。自然而然地展示在读者面前的"住宅风景"中，几乎包蕴了所有过去的记忆。比喻说来，他们"现在"的生活空间，是由"过去"的时间开创出来的。《门》描写的"住宅风景"，可以置换为"过去的风景"这一概念。梅特林克很早就领悟到，提示超越时空无限宽广的"生命的深度"这一手法不是理性的，而是直观的。梅特林克在柏格森与威廉·詹姆斯著作的影响下，于戏剧中尝试探求哲学方面与心理学方面的主题。他的如此探求在世纪转换期也开始出现在发表的散文作品之中。如此看来，夏目漱石前期"三部曲"中的第三部《门》，与前两部《三四郎》《其后》不同，在某种意义上，《门》可谓是与世纪末审美倾向相连的作品。夏目漱石很早就对心理学与"灵魂交流术"颇感兴趣，他认真阅

---

① 关于《门》所描写的"人生不安"主题，吉田六郎的如下卓见会给我们提供许多启发："野中宗助的'威胁观念'并不源于夺友之妻，而源于更深层次的原因，即源于野中宗助的心灵特质。……面对自己闹出的'不义事件'，野中宗助觉得这没有什么。是他的心在追问他，令他焦灼不安。"（吉田六郎：《成为作家之前的夏目漱石》，劲草书房，1966年，第124—125页）

② 前川祐：《时髦精神的世界》，晶文社，平成2年（1990年），第140页。

读过许多属于象征主义系列的作品。如果说夏目漱石认认真真地思考过象征主义创作手法，那么可以说，《门》就是尝试活用如此手法的一个终点。

  《门》中的家里，男女主人公被象征性的装饰物件围绕着，沉默寡言的主人公自然而然的举动中有时就含有某种信息。这一点也充分证明了《门》这部作品的特点。《门》的开头出现的动物式的姿势（pose）展示的象征意义一如前述；《门》的结尾场面，野中宗助做出的那个剪指甲的动作比"那倒是的，不过，马上就是冬天"这句台词更能打动人心。因为人只要维持生命体，长指甲被剪掉后，新的指甲还会继续长到原来的长度，这是公认的铁的事实。

参考文献

〔1〕阿部良雄：《非人的诗学》，小泽书店，昭和 57 年（1982 年）。

〔2〕荒正人：《夏目漱石研究年表》，集英社，昭和 59 年（1984 年）。

〔3〕池内纪：《维也纳——神圣的春天》，"德国的世纪末"第 1 卷，国书刊行会，昭和 61 年（1986 年）。

〔4〕石崎等：《夏目漱石的方法》，有精堂，平成元年（1989 年）。

〔5〕石崎等主编：《夏目漱石的方法——作家及其时代》，"日本文学研究资料新集"15，有精堂书店，昭和 63 年（1988 年）。

〔6〕石原千秋编：《夏目漱石——颠覆的文本》，"日本文学研究资料新集"14，有精堂书店，平成 2 年（1990 年）。

〔7〕伊藤俊治：《魔发——头发的厄洛斯与宇宙》，PARCO 出版社，昭和 62 年（1987 年）。

〔8〕弥永徒史子：《再生的树林》，朝日出版店，昭和 63 年（1988 年）。

〔9〕岩切信一郎：《桥本五叶的装订书籍》，冲积店，昭和 55 年（1980 年）。

〔10〕岩野泡鸣：《岩野泡鸣著全集》第 14 卷、第 15 卷、第 18 卷，国民图书出版社，大正 11 年（1922 年）。

〔11〕上田笃：《日本人与住宅》，岩波新书，昭和 49 年（1974 年）。

〔12〕上田敏：《上田敏全集》第 3 卷、第 7 卷，教育出版中心书店，昭和 53 年（1978 年）。

〔13〕内田鲁庵：《内田鲁庵全集》第 6 卷，Yumani 书房，昭和 61 年（1986 年）。

〔14〕海野弘：《"新艺术"的世界》，造形社，昭和48年（1973年）。

〔15〕海野弘：《日本的"新艺术"》，青土社，昭和53年（1978年）。

〔16〕海野弘：《都市风景的发现》，求龙堂，昭和57年（1982年）。

〔17〕江藤淳：《夏目漱石》，新潮社，昭和49年（1974年）。

〔18〕江藤淳：《夏目漱石及其时代》第1部、第2部，新潮选书，昭和45年（1970年）。

〔19〕江藤淳：《夏目漱石与亚瑟王传说——关于〈薤露行〉的比较文学研究》，东京大学出版会，昭和50年（1975年）。

〔20〕大冈升平：《小说家夏目漱石》，筑摩书房，昭和63年（1988年）。

〔21〕冈三郎：《夏目漱石研究》第1卷、第2卷，国文社，昭和56年（1981年）。

〔22〕冈田隆彦：《日本的世纪末》，小泽书店，昭和51年（1976年）。

〔23〕小隆修三：《夏目漱石——接受威廉·詹姆斯的影响的范围》，有精堂，平成元年（1989年）。

〔24〕越智治雄：《夏目漱石私论》，角川书店，昭和46年（1971年）。

〔25〕镜味国彦：《19世纪后半期英国文学与近代日本》，文化书房博文社，昭和62年（1987年）。

〔26〕河北伦明：《青木繁——悲剧生涯与艺术》，角川书店，昭和39年（1964年）。

〔27〕河村锭一郎：《奥布里·比亚兹莱与世纪末》，青土社，昭和55年（1980年）。

〔28〕北原白秋：《北原白秋全集》第21卷，岩波书店，昭和56年（1986年）。

〔29〕木下杢太郎：《木下杢太郎全集》第7卷，岩波书店，昭和56年（1981年）。

〔30〕厨川白村：《厨川白村全集》第1卷、第2卷，福永书店，大正13年（1924年）。

〔31〕黑田清辉：《绘画的未来》，中央公论美术出版社，昭和58年（1983年）。

〔32〕笹渊友一：《夏目漱石——〈梦十夜〉论及其他》，明治书院，昭和61年（1986年）。

〔33〕佐渡谷重信：《夏目漱石与世纪末艺术》，美术公论社，昭和57年（1982

年）。

〔34〕涩泽龙彦：《涩泽龙彦集成》第Ⅵ卷，桃源社，昭和45年（1970年）。

〔35〕岛村抱月：《岛村抱月全集》第1卷、第3卷，日本图书中心，昭和54年（1979年）。

〔36〕相马庸郎：《日本自然主义论》，八木书店，昭和45年（1970年）。

〔37〕相马庸郎：《日本自然主义再考》，八木书店，昭和56年（1981年）。

〔38〕高阶秀尔：《近代日本的审美艺术》，青土社，昭和53年（1978年）。

〔39〕高阶秀尔：《世纪末艺术》新版，纪伊国屋书店，昭和56年（1981年）。

〔40〕高阶秀尔：《续观赏名画的眼光》，岩波新书，昭和46年（1971年）。

〔41〕高桥康也等：《从浪漫主义到象征主义——英美文学研讨会》，学生社，昭和50年（1975年）。

〔42〕匠秀夫：《近代日本的美术与文学》，木耳社，昭和54年（1979年）。

〔43〕多田道太郎：《风俗学——路上的思考》，筑摩书房，昭和53年（1978年）。

〔44〕田中清光：《世纪末的戏剧》，筑摩书房，昭和60年（1985年）。

〔45〕田边贞之助：《梦想的诗学——法国幻想文学散步》，牧神社，昭和52年（1977年）。

〔46〕玉井敬之：《夏目漱石论》，樱枫社，昭和51年（1976年）。

〔47〕田山花袋：《夏目漱石与英国》第15卷，文泉堂书店，昭和49年（1974年）。

〔48〕塚本利明：《夏目漱石与英国》，彩流社，昭和62年（1987年）。

〔49〕中村义一：《近代日本美术的侧面——明治时代西洋油画与英国美术》，岩波新书，昭和30年（1955年）。

〔50〕中村光夫：《日本的近代小说》，岩波新书，昭和29年（1954年）。

〔51〕中村光夫：《风俗小说论》，河出书房，昭和30年（1955年）。

〔52〕中村光夫：《明治文学史》，筑摩丛书，昭和38年（1963年）。

〔53〕夏目漱石：《夏目漱石全集》全16卷，岩波书店，昭和40年（1965年）至，昭和42年（1967年）。

〔54〕成濑正胜主编：《明治反自然主义文学集（二）》，《明治文学全集》第75卷，筑摩书房，昭和43年（1968年）。

〔55〕野田宇太郎：《日本唯美派文学的诞生》，河出书房，昭和50年（1975年）。

〔56〕野田宇太郎主编：《明治反自然主义文学集（一）》，《明治文学全集》第74卷，筑摩书房，昭和41年（1966年）。

〔57〕芳贺彻：《乱发的谱系》，美术公论社，昭和56年（1981年）。

〔58〕芳贺彻：《绘画的领域——近代日本比较文化史研究》，朝日新闻社，昭和59年（1984年）。

〔59〕芳贺彻主编：《从世纪末到新世纪末》，筑摩书房，平成2年（1990年）。

〔60〕芳贺彻等主编：《讲座比较文学4·近代日本的思想与艺术》，东京大学出版会，昭和49年（1974年）。

〔61〕荻野昌利：《走向黑暗的旅行》，名古屋大学出版会，昭和63年（1988年）。

〔62〕莲实重彦：《夏目漱石论》，青土社，昭和53年（1978年）。

〔63〕日夏耿之助：《日本浪漫文学史》，中央公论社，昭和26年（1951年）。

〔64〕平川祐弘：《夏目漱石——非西洋的苦斗》，新潮社，昭和51年（1976年）。

〔65〕平川祐弘：《夏目漱石的老师马德克先生》，讲谈社学术文库，昭和59年（1984年）。

〔66〕平川祐弘：《小泉八云——逃离西洋的梦》，新潮社，昭和56年（1981年）。

〔67〕平川祐弘主编：《作家的世界——夏目漱石》，番町书房，昭和52年（1977年）。

〔68〕平岛正郎等主编：《19世纪的文学·艺术》，青土社，昭和59年（1984年）。

〔69〕平野威马雄：《法国象征诗研究》，新潮社，昭和54年（1979年）。

〔70〕堀江珠喜：《莎乐美与世纪末都市》，大阪教育图书，昭和59年（1984年）。

〔71〕木间久雄：《明治文学作家论》，早稻田大学出版部，昭和33年（1958年）。

〔72〕前川祐：《时髦精神的世界》，晶文社，平成2年（1990年）。

〔73〕前田爱：《都市空间中的文学》，筑摩书房，昭和 57 年（1982 年）。

〔74〕松浦畅：《宿命的女人——爱与美的印象》，平凡社，昭和 62 年（1987 年）。

〔75〕松永伍一：《青木繁——他的爱与放浪》，日本放送出版协会，昭和 54 年（1979 年）。

〔76〕宫川淳：《美术史及其理论》，中央公论社，昭和 53 年（1978 年）。

〔77〕宫下键三：《慕尼黑的世纪末》，中公新书，昭和 60 年（1985 年）。

〔78〕三好、平冈、平川、江藤主编：《讲座夏目漱石》全 5 卷，有斐阁，昭和 57 年（1982 年）。

〔79〕三好行雄：《森鸥外与夏目漱石——明治的精神》，理富书房，昭和 58 年（1983 年）。

〔80〕三好行雄编：《夏目漱石事典》，另册国文学，学灯社，平成 2 年（1990 年）。

〔81〕村冈勇主编：《夏目漱石资料——文学论笔记》，岩波书店，昭和 51 年（1976 年）。

〔82〕持田季末子：《生成的诗学》，新曜社，昭和 62 年（1987 年）。

〔83〕森口多里：《美术五十年史》，鳟书房，昭和 38 年（1943 年）。

〔84〕安田保雄：《上田敏研究》，有精堂，昭和 44 年（1969 年）。

〔85〕山田胜：《世纪末与时髦精神——奥斯卡·王尔德研究》，创元社，昭和 56 年（1981 年）。

〔86〕吉田精一：《近代日本浪漫主义研究》，修文馆，昭和 18 年（1943 年）。

〔87〕吉田六郎：《当作家之前的夏目漱石》，劲草书房，昭和 41 年（1966 年）。

〔88〕早稻田文学社主编：《文艺百科全书》，早稻田大学文学社，昭和 42 年（1967 年）。

〔89〕渡边淳：《巴黎的世纪末》，中公新书，昭和 59 年（1984 年）。

〔90〕马里欧·阿麻亚：《新艺术》，斋藤稔译，PARCO 出版社，昭和 56 年（1976 年）。

〔91〕伏尔夫甘戈·凯瑟：《怪异事物》，竹内丰治译，法政大学出版局，昭和 43 年（1968 年）。

〔92〕瓦伊理·萨伊伐：《从洛可可到立体派》，河村锭一郎译，河出书房新社，

昭和63年（1988年）。

〔93〕亚瑟·西蒙斯：《象征主义文学运动》，樋口觉译，国文社，昭和53年（1978年）。

〔94〕菲利普·居里安：《世纪末的梦——象征派艺术》，杉本秀太郎译，白水社，昭和57年（1982年）。

〔95〕卡尔·E.乔斯基：《世纪末的维也纳——政治与文化》，安井琢磨译，岩波书店，昭和58年（1983年）。

〔96〕罗宾·斯宾塞：《唯物主义运动》，爱甲健儿译，PARCO出版社，昭和53年（1978年）。

〔97〕加斯东·巴什拉：《空间的诗学》，岩村行雄译，思潮社，昭和44年（1969年）。

〔98〕加斯东·巴什拉：《水与梦——试论物质与想象力》，小滨俊郎、樱木泰行译，国文社，昭和45年（1970年）。

〔99〕加斯东·巴什拉：《蜡烛的火焰》，涩泽孝辅译，现代思潮社，昭和56年（1981年）。

〔100〕让·皮耶鲁：《颓废倾向的想象力》，渡边义爱译，白水社，昭和62年（1887年）。

〔101〕恩斯特·费歇尔：《幻想与颓废》，岩渊达治译，合同出版社，昭和43年（1968年）。

〔102〕马利欧·珀拉茨：《肉体与死亡和恶魔》，仓智恒夫等译，国书刊行会，昭和61年（1986年）。

〔103〕N.布尔德等：《美术与妇女解放论》，坂上桂子译，PARCO出版社，昭和63年（1988年）。

〔104〕安里·佩尔：《象征主义文学》，堀田乡弘、冈田友久译，白水社，昭和58年（1983年）。

〔105〕瓦尔特·本雅明：《波德莱尔》，《本雅明著作集》第6卷，川村二郎译，晶文社，昭和50年（1975年）。

〔106〕汉斯·H.霍夫斯特塔：《象征主义与世纪末艺术》，种村季宏译，美术出版社，昭和45年（1970年）。

〔107〕汉斯·H.霍夫斯特塔：《"新艺术"绘画史》，种村季宏等译，河出书房，

平成 2 年（1990 年）。

〔108〕S.T. 马德森：《新艺术》，高阶秀尔、千足伸行译，平凡社，昭和 45 年（1970 年）。

〔109〕约翰·米尔纳：《象征派与颓废派美术》，吉田正彦译，PARCO 出版社，昭和 51 年（1976 年）。

〔110〕尼克·瓦格纳：《世纪末的维也纳精神》，菊盛英夫译，筑摩书房，昭和 63 年（1988 年）。

〔111〕Altick Richard D., *Victorian People and Ideas*, New York, 1973.

〔112〕Auerbach, Nina, *Woman and the Demon: The Life of a Victorian Myth*, Cambridge, 1982.

〔113〕Bate, Percy, *The English Pre-Raphaelite Painters: Their Associates and Successors*, London, 1899.

〔114〕Beckson, Karl ed., *The Memoirs of Arthur Symons: Life and Art in the 1890s*, Pennsylvania, 1977.

〔115〕Beers, Henry A., *A History of English Romanticism in the Nineteenth Century,* New York, 1901.

〔116〕Birkett, Jennifer, *The Sins of the Fathers: Decadence in France 1870-1914*, London, 1986.

〔117〕Borsi, F. & E.Godoli, *Paris 1900*, tr.C.L.Staples, Madrid, 1978.

〔118〕Bouillon, Jean-Paul, *Journal de L'Art Nouveau 1870-1914*, Genève, 1985.

〔119〕Calinescu, Matei, *Faces of Modernity: Avant-Garde, Decadence, Kitsch,* Bloomington, 1977.

〔120〕Cary, Elizabeth L., *Tennyson, His Homes, His Friends and His Work*, New York, 1898.

〔121〕Charlesworth, Barbara, *Dark Passages: The Decadent Consciousness in Victorian Literature*, Wisconsin, 1965.

〔122〕Chiari, Joseph, *Symbolism From Poe to Mallarmé: The Growth of a Myth*, New York, 1970.

〔123〕Christ, Carol T., *The Finer Optic: The Aesthetic of Particularity in Victorian Poetry*, New York, 1975.

〔124〕Christian, John ed., *The Last Romantics: The Romantic Tradition in British Art*, London, 1989.

〔125〕Clark, Kenneth, *Feminine Beauty*, London, 1980.

〔126〕Cornell, Kenneth, *The Symbolist Movement*, New Haven, 1951.

〔127〕Culler, A.Dwight, *The Poetry of Tennyson,* New Haven, 1977.

〔128〕Curry, David C., *James McNeil Whistler*, Washington D.C., 1984.

〔129〕Dijkstra, Bram, *The Idols of Perversity: Fantasies of Feminine Evil in Fin-de-Siècle Culture*, New York, 1986.

〔130〕Fletcher, Ian ed., *Decadence and the 1890s*, London, 1979.

〔131〕Frye, Northrop ed., *Romanticism Reconsidered,* New York, 1963.

〔132〕Gaunt, William, *The Aesthetic Adventure*, London, 1945.

〔133〕Gilman, Richard, *Decadence: The Strange Life of an Epithet*, New York, 1975.

〔134〕Goldwater, Robert, *Symbolism*, New York, 1979.

〔135〕Hale, Edward E., *Dramatists of To-day*, London, 1906.

〔136〕Halls, W.D., *Maurice Maeterlinck: A Study of His Life and Thought*, Oxford, 1960.

〔137〕Hilton, Timothy, *The Pre-Raphaelites*, London, 1970.

〔138〕Hofstätter, Hans H., *Art Nouveau: Prints, Illustrations and Posters*, New York, 1984.

〔139〕Hollander, Anne, *Seeing through Cloths*, New York, 1980.

〔140〕Holt, E.G., *The Expanding World of Art, 1874-1902*, Vol 1, New Haven, 1988.

〔141〕Houfe, Simon, *The Dictionary of British Book Illustrators and Caricaturists 1800-1914*, Woodbridge, 1978.

〔142〕Hough, Graham, *The Last Romantics*, London, 1961.

〔143〕Hunt, John D., *The Pre-Raphaelite Imagination 1848-1900*, London, 1968.

〔144〕Huysmans, J.-K., *Certains*, Paris, 1908.

〔145〕Hyder, K.ed., *Swinburne as Critic*, London, 1972.

〔146〕Jackson, Holbrook, *The Eighteen Nineties*, London, 1923.

[147] Jullian, Philippe, *Oscar Wilde*, London, 1968.

[148] Jullian, Philippe, *The Symbolists*, tr. Mary Anne Stevens, Oxford, 1973.

[149] Kahn, Annette, *J.-K.Huysmans: Novelist, Poet, and Art Critic*, Ann Arbor, 1987.

[150] Karl, Frederick R., *Modern and Modernnism: The Sovereinty of The Artist 1885-1925*, New York, 1985.

[151] Kermode, Frank, *Romantic Image*, New York, 1986.

[152] ——, *The Sense of an Ending: Studies in the Theory of Fiction*, Oxford, 1966.

[153] Kozichi, Henry, *Tennyson and Clio*, Baltimore, 1979.

[154] Lacy, Norris J.ed., *The Arthurian Encyclopedia*, New York, 1986.

[155] Landow, George P., *William Holman Hunt and Typological Symbolism*, New Haven, 1979.

[156] Le Gallienne, Richard, *The Romantic '90s*, London, 1951.

[157] Legrand, Francine-Claire, *Le Symbolisme en Belgique*, Bruxelles, 1971.

[158] Lerner, Laurence ed., *The Victorians*, New York, 1978.

[159] Lucie-Smith, Edward, *Symbolist Art*, London, 1972.

[160] Madsen, Stephan T., *Sources of Art Nouveau*, Oslo, 1956.

[161] Martin, Stoddard, *Wagner to "The Waste Land" : A Study of the Relationship of Wagner to English Literature*, London, 1982.

[162] Mathews, Patricia, *Aurier's Symbolist Art Criticism and Theory*, Ann Arbor, 1984.

[163] Mauclair, Camille, *The French Impressionists 1860-1900*, tr.P.G.Konody, London, 1903.

[164] Mcsweeney, Kerry, *Tennyson and Swinburne as Romantic Naturalists*, Toronto, 1981.

[165] Moore, George, *Modern Painting*, London, 1893.

[166] Munro, John M., *The Decadent Poetry of the Eighteen-Nineties,* Beirut, 1970.

[167] Nalbantian, Suzanne, *Seeds of Decadence in the Late Nineteenth-Century*

Novel, London, 1983.

〔168〕Nordau, Max, *Degeneration*, London, 1898.

〔169〕Parris, Leslie ed., *Pre-Raphaelite Papers*, London, 1984.

〔170〕Peekham, Morse, *Beyond the Tragic Vision: The Quest for Identity in Nineteenth Century*, Cambridge, 1962.

〔171〕Pool, Phoebe, *Impressionism*, London, 1967.

〔172〕Praz, Mario, *The Romantic Agony*, tr.A.Davidson, OxFord, 1970.

〔173〕Pynsent, Robert ed., *Decadence & Innovation-Austro-Hungarian Life and Art at the Turn of the Century*, London, 1989.

〔174〕Rearick, Charles, *Pleasures of the Belle Epoque: Entertainment & Festivity in Turn of the Century France,* New Haven, 1985.

〔175〕Reed, John R., *Decadent Style*, Athens, Ohio, 1985.

〔176〕Rees, John, *The Poetry of D.G.Rossetti: Mode of Self-Expression,* Cambridge, 1981.

〔177〕Richard, Noël, *Le Mouvement Décadent: dandys, esthètes et Quitessents*, Paris, 1968.

〔178〕Richards, Bernard, *English Poetry of the Victorian Period 1830-1890*, New York, 1988.

〔179〕Ridge, George Ross, *The Hero in French Decadent Literature*, Athens, 1961.

〔180〕Rosenberg, John D., *The Fall of Camelot: A Study of Tennyson's "Idylls of the King"*, Cambridge, 1973.

〔181〕Rosenblatt, Louise, *L'Idée de l'Art dans la Littérature Anglaise pendant la Période Victorienne,* Paris, 1931.

〔182〕Sambrook, James ed., *Pre-Raphaelitism*, Chicago, 1974.

〔183〕Scott-James, R.A., *Modernism and Romance*, London, 1908.

〔184〕Showalter, Elaine, *Sexual Anarchy: Gender and Culture at the Fin de Siècle*, London, 1991.

〔185〕Silverman, Debora L., *Art Nouveau in Fin-de-Siècle France: Politics, Psychology, and Style*, Berkeley, 1989.

[186] Stanford, Derek, *Critics of the 'Nineties*, London, 1970.

[187] Starkie, Enid, *From Gautier to Eliot: The Influence of France on English Literature 1851-1939*, London, 1960.

[188] Stein, Richard L., *The Ritual of Interpretation: The Fine Arts As Literature in Ruskin, Rossetti, and Pater*, Cambridge, Mass, 1975.

[189] Stevenson, Lionel, *The Pre-Raphaelite, Poets*, New York, 1974.

[190] Stonyk, Margaret, *Nineteenth Century English Literature*, London, 1983.

[191] Symons, Arthur, *Figures of Several Centuries*, London, 1917.

[192] ——, *Studies in Prose and Verse*, London, 1904.

[193] ——, *The Symbolist Movement in Literature*, London, 1899.

[194] Taylor, B. & Brewer, E., *The Return of King Arthur*, Totowa, N.J., 1983.

[195] Thornton, R.K.R., *The Decadent Dilemma*, London, 1983.

[196] Vergo, Peter, *Art in Vienna 1898-1918: Klimt, Kokoschka, Schiele and their contemporaries*, Oxford, 1975.

[197] Waldstein, C., *Art in the Nineteenth Century*, Cambridge, 1903.

[198] Weber, Eugen, *France, Fin de Siècle*, Cambridge, Mass., 1986.

[199] Wheeler, Michael, *English Fiction of the Victorian Period 1830-1890*, New York, 1985.

[200] Wood, Christopher, *The Pre-Raphaelites*, London, 1981.

[201] ——, *Victorian Panorama: Paintings of Victorian Life*, London, 1976.

后　记

　　1990年，笔者向东京大学研究生院综合文化研究科提交了申请博士学位的博士论文——《明治时代末期日本文学中"世纪末"美学之比较研究——夏目漱石与那个时代》。尔后，笔者又针对与夏目漱石相关的内容，进行了更深入的归纳整理，最终成为这本拙著——《世纪末的漱石》。19世纪后半期至末期，西欧出现了唯美的思考形式，其具体内容正如成熟的名称"世纪末"所明示的那样。唯美的思考形式究竟通过何种路径东渐日本？对日本近代文学的发展产生了何种影响？又通过怎样的具体形式，将"世纪末"表现在日文之中？围绕这些问题，笔者在本书中通过上田敏、北原白秋和夏目漱石进行了探索。如书名所示，本书论述的中心人物是夏目漱石。

　　关于夏目漱石与"世纪末艺术"的关联，早在20余年前，学者们就经常进行探究。在如此态势下，笔者认为，应该将夏目漱石作品中的"世纪末"要素，定位于他所生活的时代精神基础之上，然后再将其统括于"世纪末美学"这个文艺史体系之内，这样做对把握夏目漱石文学创作的想象力的结构至关重要。以故，笔者以此为主体，撰写本书。正如本书之名《世纪末的漱石》所示，将"世纪末"排在"夏目漱石"前头的意图是，从"世纪末"这个角度，重新解读夏目漱石。

　　最近的"夏目漱石论"通常围绕"黑暗的深渊"、"虚无感"、"狂气"（不拘常调）、"梦想"等概念与夏目漱石文学创作特质的关联展开研究。笔者在撰写此书过程中，查阅过"夏目漱石文库"，并赴英国进行过实地调查。此间，笔者再次由衷感到，以相关的文艺理念为核心来研究夏目漱石，就等于着眼于围绕作家的知识与艺术环境来论述作家，这种研究方法非常重要。所以，夏目漱石留学伦敦，接受世纪末艺术洗礼之事自不待言，熟知当时西欧最新文艺动向的夏目漱石的书斋也富有说服力地告诉笔者：无论如何，夏目漱石也不可能置身于"世纪末"这个特定的时代精神现象范围之外。

从严格的意义上说，笔者不得不承认，本书与"夏目漱石研究专著"存在很远的距离，因为主题本身的特殊性，考察的范围无论如何也要受到限制，论述的对象容易出现偏重或偏轻的现象，操作方式存在图解式的粗糙之处。笔者奢望此书能够证明夏目漱石的文学矿脉之丰富。夏目漱石是一个"嗜好做梦的人"，迄今为止，这一点未受到研究者的足够强调。本书若仅仅能对凸显夏目漱石的这一侧面有所裨益，则感幸甚。

夏目漱石是笔者用日文阅读的第一位日本作家，他的作品十分深奥，包容了丰富的世界，令读者不断挑战令人战栗的解谜活动。岛国留学八载，专门研究夏目漱石作品，如今回眸往事，甚感幸运。

感谢多位先生的支持与鼓励，笔者得以将留学成果以如此形式归纳成型付梓。笔者进入研究生院之后，芳贺彻先生将笔者领上了治学之路，告诉笔者从事充满理智张力的学术研究之重要性。芳贺彻先生态度温和地监督我，要求我将来须成为一个日本文学与比较文学的研究者。先生的深厚学恩，笔者终生难忘。笔者满怀尊敬与感谢之念，将这本小书献给芳贺彻先生。在东京大学比较文学比较文化研究室，多蒙平川祐弘先生、小堀桂一郎先生、川本皓嗣先生、阿部良雄先生赐教，先生们的谆谆教导将成为我今后治学道路上宝贵的精神食粮。

本书中包含了已经公开出版过的章节。对痛快采用拙稿的各位先生，在此深致谢意。特别是杂志《心潮》的柴田光滋先生，让一介无名无声的留学生体尝了撰文的艰难与喜悦，在此向先生表示由衷的感谢。

感谢"富士XEROX"（富士复印机制造公司）公司设立的"小林节

太郎纪念基金"的学术研究资助金，笔者有幸查阅日本东北大学附属图书收藏的《夏目漱石文库》，实现了伦敦实地调查。完成学位论文之后，笔者被"日本国际交流基金外国人研究者海外派遣项目"选中，有机会赴英国留学一年，使本书的部分内容得以补充完善。这里，对两项基金的有关人士深表谢意。此外，留学期间，伦敦大学亚非研究系远东学科主任修·贝伊卡教授、约翰·布林博士，伦敦大学日本研究中心主任杉原博士，对笔者都多有关照，在此一并致谢。

笔者前后两次查阅日本东北大学附属图书馆的"夏目漱石文库"，受到了东北大学佐佐木昭先生与该图书馆各位有关人士的善意接待。另外，还受到了东京大学附属图书馆、国立国会图书馆、东京艺术大学图书馆的关照。

岩波书店曾经出版了最具定评的《夏目漱石全集》，如今岩波书店又出版笔者第一本夏目漱石研究专著，笔者只能说自己殊甚幸运。在此，对痛快地同意出版拙著的岩波书店表示感谢。岩波书店编辑部的高村幸治先生、川原裕之女士，带着忍耐与宽容之意，为本书的出版尽力颇多，在此表示感谢。从撰写博士论文之时开始，妻就一直陪伴在笔者身边，给我帮忙，最后，借此机会，向妻表达慰劳之意。

尹相仁

1994 年 1 月 15 日

另外，本书中已经发表的论文如下：

第五章原题为《夏目漱石的世纪末的感受性——以水底幻想为中心》，载《新潮》第 84 卷第 11 号，昭和 62 年（1987 年），后收入《日本文学研究资料新集 15·夏目漱石——作家及其时代》，有精堂，昭和 63 年（1988 年）。

第六章原题为《浪漫灵魂的去向——从〈薤露行〉到〈旅宿〉》，载《赫尔墨斯》第 34 号，平成 3 年（1991 年）11 月。

第七章原题为《论〈梦十夜〉中"第十夜"里猪的细部描写——绘画体验与创作之间》，载《比较文学研究》第 55 号，平成元年（1989 年）。

补论原题为《住宅的风景——论〈门〉里的空间象征描写法》，载《比较文学研究》第 57 号，平成 2 年（1990 年）6 月。

寄语"岩波精选人文丛书"

本书出版发行之后,已经过了25年有余的时光。当年留学日本,邂逅了夏目漱石这位修养与才气出类拔萃的日本作家的作品,埋头于领略他的审美感受性,全神贯注地解读破译深埋于审美感受性之内的语言秘密,如今忆起这一切,仍十分怀念。

笔者阅读的第一部夏目漱石的作品是《心》。坦白说,对于那种沉重的伦理观,笔者有点难以理解,只感觉这篇作品非常像教科书中的常见课文。而且,人们以"明治精神""殉死""罪孽意识"之类的概念来谈论夏目漱石。以故,夏目漱石确实俨然是脑袋上扎着"缠头布"①的艺术家。笔者观看如此夏目漱石形象,对这位文豪不太感兴趣。

在阅读夏目漱石作品的过程中,强烈吸引笔者的是《梦十夜》《永日小品》等短篇小品,以及《旅宿》《其后》那样的长篇小说。夏目漱石的作品,有的乍一看,觉得某些描写好像与情节无关,但语言和语言之间存在着寻常解释难以说清的含蓄与十足的紧张感,读者能充分感到快乐与满足。夏目漱石在《行人》与《心》中,执拗地深掘内心的黑暗面;在《我是猫》与《哥儿》中,纵横自如地活用巧妙的语言表达艺术。他的作品中存在着由美与梦的世界构成的艺术领域,这一点令笔者感到非常诧愕。

笔者认为,夏目漱石的众多作品里,恒久不失其魅力的是那种流露着

---

①原文写作"钵卷",将白布或毛巾横扎在头上,以示振奋精神或威严等。"钵卷"源于平安时代,至今犹存。——译者注

"动摇"的感觉与精神的作品。出生于明治维新即将发生之前的夏目漱石，成长于风波不断的潮流之中，在近代科学或艺术激烈动摇的伦敦度过了留学生活。归国后，经过了日俄战争时期，由大学教师变成了专业作家。《其后》中的男主人公长井代助，并不为了面包而与世间保持安适的关联，他执着于个性与情趣，是一个"高等游民"。敢于选择走一条不安定的道路的夏目漱石则非常近似于长井代助这一类人的形象。

在处于混沌的世纪转换期的伦敦，夏目漱石看到了名副其实的西洋文明，他首先怀疑西洋文明，而后又努力融入西洋文明，对同时代的文学与绘画中流露的唯美表现，心灵与感官都很自然地认同。罗曼蒂克式不可思议的幻想世界，或者艳丽的女性美的世界，对笼闭于宿舍里、与"怀疑"激烈搏斗而力竭精疲的灵魂来说，不啻是唯一的避难所。可以说，不仅夏目漱石那带有批评功能的眼睛凝视着时代，而且他那对所有艺术刺激能做出敏感反应的感觉，也构成了他的作家本能。笔者认为，点缀在夏目漱石作品中的丰富多彩的艺术表现，源自"世纪末"这个时代的氛围与艺术风潮。

出于如上原因，笔者心想，若要将夏目漱石的作品翻译成韩语，第一本就译《其后》。就在笔者这么思考之际，韩国偏重于人文与文艺的大出版社民音社与笔者商量，计划作为"世界文学全集"中的一卷，翻译夏目漱石的小说，笔者接受了约稿。出版之后，读者的反响远超过预想。初版发行后，至今已再版了25次。据网上书店最大单位"阿拉丁"提供的销售情况，在韩语版夏目漱石作品中，《其后》的销售量仅次于《我是猫》。

读过《其后》的人，在网上写了30余篇书评，数量实在可观。"分明是百年前的小说，却毫不陈腐，好像写着现在的事情。"如此感想极其引人注目。主人公长井代助的生活方式，得到了韩国人的支持。长井代助不与社会和组织深度往来，不循规蹈矩因袭旧套。他不屈服于权威，贯彻自己的生活方式与个性。这样的登场人物，在面对俗恶的社会之门而希望沉浸于精神贵族主义之中的年轻读者们看来，可以说具有某种普遍价值。

然而，就研究方面而言，15年以来，我几乎没写什么关于夏目漱石的东西。这是因为笔者有一种自觉与反省——自己嘴上说夏目漱石是"多面体的存在",实际上却仅仅偏重于夏目漱石文学创作领域的某些侧面。

然而,笔者并不因为出现如此空白期而感到可惜。经过漫长的15年空白期之后,笔者的关心从"在世纪末生活过的夏目金之助",转移至殂落百年后依旧受到大多数日本人热爱、尊敬的"文豪夏目漱石",关注其作品的历史与政治内涵。譬如,笔者借助夏目漱石来理解日本的近代,或者用亚洲人的眼睛重新观察夏目漱石,或者利用外部视线审视日本学者大量发表的"夏目漱石论"。总而言之,笔者在青春年代,被夏目漱石引上了文学研究之路,如今笔者认为,只有始终如一地以"自己本位"的观点来研究夏目漱石,才是对其厚恩的最佳回报。

尹相仁
2010年10月13日

阅读日本书系选书委员会名单

姓名	单位	专业
高原 明生（委员长）	东京大学 教授	中国政治、日本关系
苅部 直（委员）	东京大学 教授	政治思想史
小西 砂千夫（委员）	关西学院大学 教授	财政学
上田 信（委员）	立教大学 教授	环境史
田南 立也（委员）	日本财团 常务理事	国际交流、情报信息
王 中忱（委员）	清华大学 教授	日本文化、思潮
白 智立（委员）	北京大学 政府管理学院 副教授	行政学
周 以量（委员）	首都师范大学 副教授	比较文化论
于 铁军（委员）	北京大学 国际关系学院 副教授	国际政治、外交
田 雁（委员）	南京大学 中日文化研究中心研究员	日本文化

SEIKIMATSU TO SOSEKI
by Sang In Yoon
© 1994, 2010 by Sang In Yoon
First published 1994 by Iwanami Shoten, Publishers,Tokyo.
This simplified Chinese edition published 2017
by New Star Press Co., Ltd., Beijing
by arrangement with the proprietor c/o Iwanami Shoten, Publishers, Tokyo

图书在版编目（CIP）数据

世纪末的漱石／（韩）尹相仁著；刘立善译．—北京：新星出版社，2017.1
ISBN 978-7-5133-2369-7

Ⅰ.①世… Ⅱ.①尹… ②刘… Ⅲ.①夏目漱石（1867—1916）-文学研究 Ⅳ.①I313.064

中国版本图书馆CIP数据核字（2016）第274499号

世纪末的漱石

[韩] 尹相仁 著　刘立善 译

责任编辑：高传杰
特约编辑：沈　艺
责任印制：李珊珊
装帧设计：一千遍工作室

出版发行：新星出版社
出 版 人：谢　刚
社　　址：北京市西城区车公庄大街丙3号楼　　100044
网　　址：www.newstarpress.com
电　　话：010-88310888
传　　真：010-65270449
法律顾问：北京市大成律师事务所

读者服务：010-88310811　　service@newstarpress.com
邮购地址：北京市西城区车公庄大街丙3号楼　　100044

印　　刷：北京京都六环印刷厂
开　　本：660mm×970mm　　1/16
印　　张：20.75
字　　数：297千字
版　　次：2017年1月第一版　2017年1月第一次印刷
书　　号：ISBN 978-7-5133-2369-7
定　　价：58.00元

版权专有，侵权必究；如有质量问题，请与印刷厂联系调换。